MEIKE WERKMEISTER

Der Wind singt unser Lied

W0411694

GOLDMANN

Lesen erleben

Meike Werkmeister

Der Wind singt unser Lied

Roman

GOLDMANN

Sollte diese Publikation Links auf Webseiten Dritter enthalten, so übernehmen wir für deren Inhalte keine Haftung, da wir uns diese nicht zu eigen machen, sondern lediglich auf deren Stand zum Zeitpunkt der Erstveröffentlichung verweisen.

Die Songtexte, die Toni im Roman singt, stammen aus den Liedern »Flüssiger Sonnenschein«, »Wieder Engel« und »Bessere Fehler« der Münchener Sängerin und Songschreiberin Julia Kautz und werden mit freundlicher Genehmigung der Künstlerin abgedruckt. Alle Infos zu Julia Kautz sowie ihre Musik findet man unter: www.juliakautz.de

Dieses Buch ist auch als E-Book erhältlich.

MIX
Papier aus verantwortungsvollen Quellen
FSC® C014496
www.fsc.org

Penguin Random House Verlagsgruppe FSC® N001967

1. Auflage
Originalausgabe Mai 2021

Dieses Werk wurde vermittelt durch die Literarische Agentur Michael Gaeb.
Umschlaggestaltung: UNO Werbeagentur, München
Umschlagmotiv: FinePic®, München
Karte und Anhang: FinePic®, München
Autorenfoto: Ulrike Schacht
Redaktion: Kristina Lake-Zapp
LS · Herstellung: kw
Satz: Uhl + Massopust, Aalen
Druck und Bindung: GGP Media GmbH, Pößneck
Printed in Germany
ISBN 978-3-442-49196-4
www.goldmann-verlag.de

Es gibt Menschen
Die passen perfekt ins Herz
Du musst sie nur finden
Dann wird's besser
Ich schwör's.

Julia Kautz

Nebel lag über den Feldern, als ich in den kleinen, unbefestigten Weg einbog. Die Wolken hingen so tief, dass ich nicht mal den Deich sehen konnte. Hinter dem Zaun am Wegesrand tauchten die Umrisse einer Kuh auf, die interessiert den Kopf in meine Richtung drehte. Als würde auch sie sich fragen, was ich hier eigentlich wollte. Ich spürte mein Herz unter der Windjacke pochen, dort, wo der Riemen des Gitarrenkoffers spannte. War es eine gute Idee, hier unangekündigt aufzutauchen? Beinahe musste ich lachen. Natürlich war es das nicht. Aber ich hatte bereits Tausende Kilometer zurückgelegt. Auf den letzten Metern drehte ich bestimmt nicht mehr um.

Der Rucksack auf meinem Rücken fühlte sich mit jedem Schritt schwerer an. Vor etwas mehr als einem Tag hatte ich alles hineingestopft, was ich besaß. Nur ein paar ausgewaschene T-Shirts und zwei zerlesene Bücher hatte ich am Ende nicht mehr oben draufgequetscht bekommen und in Costa Rica zurückgelassen. Ich blies mir eine Haarsträhne aus der kalten Stirn. Als ich am Hamburger Hauptbahnhof in den Regionalexpress gestiegen war, ging über der Speicherstadt die Sonne auf. Bis hierher hatte sie sich heute noch nicht durchgekämpft. Ich war andere Temperaturen gewöhnt und fröstelte innerlich.

Im Gestrüpp am Feldrand entdeckte ich im Vorbeigehen die beiden Steine, die mit etwas Fantasie aussahen wie ineinander verschränkte Herzen. Ich kannte hier jeden Stein. Jeden Busch. Hier veränderte sich nichts, das war ja das Problem gewesen, aber in diesem Moment empfand ich es als tröstlich. Egal, was irgendwo auf der Welt passierte – hier liefen die Uhren weiter, als wäre nichts gewesen.

Noch ein paar Schritte, dann tauchte das Haus aus dem Nebel auf, ein weiß getünchter Klinkerbau hinter dicht blühenden Rosenbüschen. Mit seinen kleinen Fenstern und dem massiven Reetdach wirkte es auf mich noch immer wie aus einem Märchenbuch entsprungen. Ein Segeltuch mit dem aufgepinselten Schriftzug *Familienhof Ferienglück* war mit Karabinerhaken über die moosbefleckten Mauern gespannt.

Ich erreichte das schwere Tor, das den Weg auf den Hof versperrte. Dahinter erkannte ich den alten Opel Kadett, auf dessen hart gepolstertem Rücksitz man mich einst hierher gebracht hatte, unter stillem Protest. Die ganzen sechs Stunden Fahrt von Berlin hatte ich dieselbe Kassette gehört. Wieder und wieder hatte ich sie umgedreht und mit niemandem ein Wort gesprochen. Irgendwann hatte meine Schwester Caro meine Hand genommen und gehalten, bis wir in Heide von der Autobahn fuhren und sie sich die Nase an der

Scheibe platt drückte, weil draußen Fohlen auf einer Weide um die Wette rannten.

Dass mein Vater mehr als anderthalb Jahrzehnte später immer noch denselben Wagen fuhr, grenzte an Starrsinn. Neben den schmalen Vorderreifen pickten ein paar Hühner im Sand. Ich atmete tief aus und gab mir einen Ruck. Wuchtete mein Gepäck über das Tor, weil es deutlich anstrengender gewesen wäre, es zu öffnen, und kletterte mit meinem Gitarrenkoffer über der Schulter und leicht zittrigen Beinen hinterher.

Kurz hielt ich inne, weil ich erwartete, dass Hummel angelaufen und kläffen und dann wie verrückt wedeln würde, mit ihrem ganzen weichen Hundekörper, der vor Freude gar nicht wusste, wie er sich verbiegen sollte. Egal, wie viele Jahre ohne sie vergangen waren, ich erwartete diese Begrüßung noch immer, weil die Hündin zu diesem Fleckchen Erde gehörte wie Papas alter Opel. Genau wie der ehemalige Schweinestall zu meiner Rechten, in dem heute die Ferienwohnungen untergebracht waren.

Rund um die drei Türen, die Mama in unterschiedlichen Pastelltönen gestrichen hatte, wucherte dichtes Efeu. Daneben sah ich den windschiefen Hühnerstall, inmitten von hüfthohem Dünengras. Weiter hinten erstreckten sich die endlosen Weiden. Ich stellte mich suchend auf die Zehenspitzen, aber die Schafe waren irgendwo da draußen im Nebel versunken, der die gleiche Farbe hatte wie ihr Pelz. Der Verschlag aus Wellblechplatten, der den Ziegen und Eseln gehörte, war ebenfalls leer. Auf dem brüchigen Asphalt zu meinen Füßen lagen einzelne Strohhalme, etwas zertrampeltes Hühnerfutter und ein schlammverkrustetes Matchbox-Auto.

Ich sog noch einmal tief den Geruch von Tieren und frisch gemähtem Gras ein und wappnete mich innerlich für das, was nun kam. Dann nahm ich meine Sachen und lief zur Tür des Haupthauses. Das Ornamentglas war noch trüber geworden seit meinem letzten Besuch. Dahinter konnte ich die karierten Vorhänge erkennen. Ich blickte nach links zum gekippten Küchenfenster, aus dem ich einen Oldie-Radiosender dudeln hörte. Dann legte ich meinen Zeigefinger auf die Klingel, obwohl ich wettete, dass sie noch immer nicht repariert war. Auf dem Land brauche man keine Türklingeln, sagte meine Mutter gerne, weil die Türen hier ohnehin immer offen stünden. Doch einfach so hineinzuschneien, nach anderthalb Jahren, das traute ich mich nicht. Also klopfte ich, laut genug, um die Musik zu übertönen.

Einige Sekunden geschah nichts. Dann hörte ich Schritte. Sie waren schnell und zackig, und ich wusste sofort, wem sie gehörten. Die Tür wurde geöffnet. Und da stand sie: meine Schwester, in einer geblümten Schürze. Um die kurzen Haare hatte sie ein Tuch gebunden. Ungläubig öffnete sie den Mund.

»Hey, Caro!«, sagte ich und blickte auf meine Stoffturnschuhe hinab, die mal weiß gewesen waren, aber mittlerweile einen undefinierbaren Grauton angenommen hatten. Sie waren in den vielen Monaten, in denen ich immer nur barfuß gelaufen war, unter meinem Bett verstaubt.

»Toni!« Sie sah aus, als ob sie nicht wüsste, ob sie lachen oder weinen sollte.

Ich lächelte sie unsicher an, weil mir nicht klar war, ob sie mir jetzt um den Hals fallen oder sich umdrehen und mit dem weitermachen würde, wobei ich sie gestört hatte.

Sie zögerte nur einen winzigen Moment, dann verzogen sich ihre vollen Lippen zu einem breiten Lächeln. Es wanderte hoch über ihre Apfelbäckchen bis zu ihren großen graugrünen Augen, die zu glitzern begannen. Als wir Kinder waren, hatte mein Vater immer gesagt: »Wenn Linchen lacht, geht die Sonne auf.« Und es stimmte auch heute noch, denn mir wurde augenblicklich warm. Meine große Schwester machte einen Schritt auf mich zu und drückte mich so heftig an sich, dass mir kurz die Luft wegblieb. Sie duftete vertraut nach frisch gebackenen Brötchen und Heu.

»Was für eine Überraschung!«, sagte sie und zog mich hinter sich her in die Küche. »Ich dachte schon, du kommst nie wieder.«

1

Zwei Wochen zuvor

Es roch nach Bananenpfannkuchen, als ich mit nackten Füßen auf die Veranda trat. Die Bodenfliesen waren bereits warm, obwohl es noch früh am Morgen war. Meine Kollegin Helen stand im Nachthemd an der Außenküche und machte wieder einmal Pancakes für alle. Die dicken, fluffigen, amerikanischen, wie sie es von ihrer Mutter gelernt hatte. Die langen Haare fielen ihr über den Rücken, ganz ausgeblichen von den vielen Stunden im und am Meer.

»*Hey, Sweety! Hungry?*«, rief sie mir fröhlich zu.

»*Always!*« Ich reckte mich, wobei mein Top über den Bauch nach oben rutschte. Ein Sonnenstrahl fiel durch die Bäume und kitzelte meine gebräunte Haut.

Ich blickte zum Pool hinüber, dessen sattes Türkis zwischen den flachen Bungalows schimmerte. Mein Kollege Nino machte gerade einen gekonnten Kopfsprung ins Wasser. In den dichten Palmen ringsum zwitscherten winzige Vögel. Sie waren so erstaunlich laut für ihre Körpergröße, dass sie uns mit ihrem Gesang jeden Morgen weckten. Sie oder die Affenfamilien, die sich bei Sonnenaufgang ebenfalls alles Mögliche von

Ast zu Ast mitzuteilen hatten. Nino schwamm an den Beckenrand und stemmte sich mit wohldefinierten Armen hoch. Aus seinen kinnlangen dunklen Haaren tropfte das Wasser. Diese kleine Einlage war für mich gewesen, das wusste er, das wusste ich. Helen zwinkerte mir zu, während sie mit dem Pfannenheber einen weiteren Bananenpfannkuchen auf den schiefen Turm neben sich stapelte.

Nino schlenderte auf uns zu und blickte mich herausfordernd an. »Hey, Toni, gut geschlafen?«

Er sagte das mit seinem niedlichen lateinamerikanischen Deutsch und mit gekonntem Augenaufschlag. Ein leichter Schauer lief mir den Rücken hinunter, wenn ich daran dachte, wie wir neulich getanzt hatten, bei einer Party hier im Camp. Ich war stolz auf mich gewesen, weil ich danach allein in mein Zimmer gegangen war. Diese Affären mit Kollegen, die auf hundert Meter Entfernung nach Ärger rochen, wollte ich mir endgültig abgewöhnen. Aber jetzt, wo er nur in Badeshorts vor mir stand, sich einen von Helens Pancakes stibitzte und mich mit seinen tiefbraunen Augen anfunkelte, begann mein eiserner Vorsatz in der Morgenhitze Costa Ricas zu schmelzen. Noch während ich ihn musterte, hörte ich jemanden meinen Namen rufen. Es war Elsie von der Rezeption.

»Toni?« Ihr Kopf mit dem vielen krausen Haar tauchte zwischen den Palmen auf. *»A call for you. Someone speaking German.«*

Das machte mich stutzig, denn wenn meine Freunde

sich meldeten, dann meist auf dem Handy. Außerdem sprachen sie alle zumindest Schulenglisch. Ich warf Nino einen letzten Blick zu, schnappte mir einen Pancake und lief Elsie hinterher. Der Weg war mit hellem Kies bestreut, und die kleinen Steine pikten in meine nackten Fußsohlen. Vor mir flitzte eine feingliedrige Eidechse von dem Palmblatt, auf dem sie sich gerade gesonnt hatte. Nachttau glitzerte in imposanten Spinnennetzen im Morgenlicht.

Elsie verschwand in einem kleinen Holzhaus am Rand der Anlage und hielt mir den bunten Perlenvorhang zur Seite. Ich biss noch einmal in mein Frühstück und trat hinter ihr ein, woraufhin sie den Vorhang losließ und er klappernd zurückschwang. Auf dem Boden lagen handgewebte Teppiche, von der Decke baumelten lackierte Holzfaultiere. Sie lief hinter die Theke, die aus einem alten Surfbrett gebaut war, und reichte mir einen speckigen Telefonhörer. Ich lehnte mich mit dem Rücken an die Wand und hielt ihn mir kauend ans Ohr.

»Hallo?«

Ich hörte es rascheln. Mit etwas Verzögerung sagte eine Männerstimme: »Hallo, Tönchen.«

Verdutzt schluckte ich den letzten Bissen von meinem Pancake hinunter. »Hallo … Papa.« Ich spürte, wie meine Finger sich um den Hörer krampften. Mein Vater rief mich nie an. Mir war nicht mal klar gewesen, dass er diese Nummer besaß. Wenn er sich also meldete, konnte das nur bedeuten, dass etwas Schlimmes geschehen war. »Papa? Ist alles okay?«

Es knackte in der Leitung. »Jaja. Ich wollte nur mal hören, wie es dir geht.«

Meine Finger fühlten sich taub an, auch wenn offenbar niemand gestorben war. Ich bemerkte, dass Elsie mich immer wieder neugierig musterte, während sie ein paar Papiere auf ihrer Surfbrett-Rezeption hin und her schob.

»Es geht mir gut, Papa, danke. Wie geht es euch?«

Wieder dauerte es einen Moment, bis er antwortete. »Gut, gut, wie ist das Wetter?«

»Sonnig, schwül. Papa … Bist du sicher, dass alles okay ist?«

»Alles in Ordnung. Mal wieder zu wenig Regen, die Nachbarn jammern. Gleich kommt eine neue Familie an. Alles wie immer.«

»Schön.« Vor meinem inneren Auge sah ich meinen Vater in unserer Küche sitzen, mit dem alten Kabeltelefon vor sich auf dem massiven Holztisch. Daneben stand vermutlich der Tonbottich mit Schmalz, mit dem er gleich eine dicke Kruste Brot bestreichen würde. Dann würde er sich die Hände an der modischen Jeans abwischen, die Mama ihm besorgt hatte, und die Esel füttern gehen. Hatte ich ihn je telefonieren sehen? Und wo war Mama? Eigentlich entfernten die beiden sich nie weiter voneinander, als dass sie sich zumindest einen Luftkuss zuwerfen konnten. Der Gedanke machte mein Herz schwer, und ich konnte nicht mal genau sagen, wieso. »Sind die Frühsommerlämmer schon geboren?«

»Kann jetzt jede Nacht so weit sein.« Er atmete schwer. »Ich bin gespannt, ob ein schwarzes für dich dabei ist.«

Ich spürte, wie mir Tränen in die Augen schossen. Auch das traf mich unvorbereitet. Meine Heimat in Nordfriesland, die Weiden, die Lämmer, mein Vater in der alten Küche, wie er aus dem kleinen Fenster sah und nach seinem »Sternchen« Ausschau hielt – all das könnte nicht weiter weg sein von mir in meinem Schlafshirt, hier, mitten in den Tropen.

»Das würde mich freuen«, hörte ich mich selbst mit belegter Stimme sagen.

Einige Sekunden war es still. Etwas raschelte im Hintergrund. Elsie räusperte sich, aber ich nahm es kaum wahr.

»So.« Mein Vater atmete wieder schwer. »Dann lass ich dich mal arbeiten. Oder was du machst.«

»Ich gebe gleich eine Surfstunde.«

»Gut. Dann.«

»Hab einen schönen Tag, Papa.« Ich kämpfte noch immer mit den Tränen. »Danke für den Anruf. Grüß mir …«

»Tönchen?«, unterbrach er mich.

»Ja?«

»Kommst du bald mal wieder nach Hause?«

Er sagte das beiläufig, als wäre es eine ganz normale Frage. Meine Mutter stellte sie mir in jeder der minutenlangen Sprachnachrichten, die sie mir in unregelmäßigen Abständen schickte und in denen sie immer von

»wir« sprach, womit sie natürlich Papa und sich meinte. Anfangs hatte auch Caro mir diese Frage gestellt, wenn sie mich per Videocall anrief. Mein Vater? Von sich aus noch nie.

»Ich weiß noch nicht, Papa. Vielleicht an Weihnachten.«

Ich hörte ihn tief einatmen. »Ginge es vielleicht etwas eher?«

Die Frage hing einen Moment in der Luft, bis sie zu mir durchgedrungen war. »Braucht ihr Hilfe, Papa?«

»Nicht direkt.« Er zögerte. »Ein wenig vielleicht. Für ein paar Wochen nur.« Es knackte in der Leitung, vermutlich spielte er am Kabel herum. »Entschuldige, ich möchte dir keine Unannehmlichkeiten machen.«

»Ich würde gern kommen und euch helfen, Papa, aber ich habe hier noch einen Vertrag bis Ende des Jahres und …«

»Schon gut, schon gut«, unterbrach er mich erneut. »Das dachte ich mir. Gar kein Problem.«

Wir schwiegen beide einen Moment.

»Tut mir leid, Papa«, sagte ich schließlich.

»Macht gar nichts, wir finden eine andere Lösung. Mach's gut. Bis bald, mein Kind.«

»Bis bald, Papa.«

Noch ein lautes Knacken. »Tschüss, Tönchen.« Dann legte er auf.

Ratlos stand ich mit dem Hörer in der Hand vor der Rezeption und blickte Elsie an, die den Papierstapel beiseitelegte und mich interessiert betrachtete.

»Time to go home?«, fragte sie und ließ die geschwungenen Augenbrauen tanzen.

Ich gab ihr den Hörer zurück und rieb mir übers Gesicht. *»Why do you say that?«*

»Just a guess.«

Zwei Tage später erledigte ich mit dem Camp-Pick-up Einkäufe auf einer nahe gelegenen Farm. Gemeinsam mit Pola, die den Hof mit ihrer Familie betrieb, stapelte ich Kisten voller Mangos, Wassermelonen und Kokosnüsse auf der Ladefläche und befestigte sie mit Seilen. Dabei sah Pola mich plötzlich prüfend von der Seite an.

»Was ist denn bei dir gerade los?«, fragte sie und pfiff durch die Lücke zwischen ihren Schneidezähnen.

Ich lachte, denn solche Gespräche führten wir bei jedem meiner Besuche. Pola hatte angeblich übersinnliche Fähigkeiten, sie konnte aus der Hand lesen und hatte schon manchen meiner Kolleginnen Dinge vorausgesagt, die wirklich eingetreten waren. Mir hatte sie bereits mehrfach die große Liebe prophezeit. Allerdings nicht hier, sondern weit, weit weg, mit einem Mann mit dunklem Herzen, dessen Schönheit ich nicht sofort erkennen würde. Ich hatte das immer mit einem wissenden Grinsen hingenommen. Ich glaubte nicht an so etwas, mochte Pola aber gern und spielte das Spiel stillschweigend mit.

Sie kniete in ihrer bunten Haremshose auf der Ladefläche des Pick-ups und reichte mir mit nachdenklicher Miene die letzte Mangokiste.

Ich nahm ihr die Ware ab, verstaute sie, zog das Seil fest und fragte dann neckend: »Sag schon, brauchst du meine Hand?«

Aber da hatte sie schon danach gegriffen und die Handfläche nach oben gedreht. Meine Hände waren vom Surfen braun gebrannt, doch verglichen mit ihren wirkten sie immer noch blass. Polas Hände hatten Furchen von der Feldarbeit, obwohl sie nicht viel älter war als ich. Während sie mit dem rauen Zeigefinger über meine Handflächen fuhr, betrachtete ich ihr Gesicht, das sich in kritische Falten legte.

Dann hob sie den Kopf, und ihre fast runden Augen fixierten mich ernst. »Du hast eine Aufgabe vor dir.«

Ich schmunzelte.

»Du musst mit jemandem sprechen«, flüsterte sie jetzt. »Bevor es zu spät ist.«

Sie blickte wieder auf meine Hand. Ich bewunderte ihre dichten schwarzen Wimpern, die sich hoben und senkten.

»Warum hast du so lange gewartet? Deine arme Seele!« Das wurde mir jetzt doch etwas zu bunt. Noch während ich ihr sanft meine Hand entzog, funkelte sie mich an. »Kläre die Dinge, Toni, bald! Sonst finden die Geister keine Ruhe.«

Ich stupste sie lachend in die Seite. »Pola, das genügt, hör auf mit deinen Geistern!«

Aber sie sah mich verschwörerisch an. »Sie kommen zu dir, ob ich es sage oder nicht.«

»In meinen Albträumen, ja, da hast du wohl recht.«

Jetzt musste auch Pola lachen. Ich bezahlte ihr die Einkäufe aus meiner Hüfttasche und umarmte sie fest. Dabei flüsterte sie mir erneut ins Ohr: »Warte nicht zu lange!«

Als ich winkend von ihrem Hof fuhr, sah ich im Rückspiegel, wie sie mir nachdenklich hinterherblickte. Sie war wirklich wunderlich, aber für Originale wie sie liebte ich dieses Land genauso wie für seine warmen Wellen und immergrünen Wälder.

Auf der Schotterstraße fuhr ich zurück in Richtung Camp. Ich genoss es, Erledigungen wie diese zu übernehmen, mal woanders zu sein als in unserer Ferienanlage oder am Strand. Die Straßen waren nicht gepflastert und führten in tausend kleinen Kurven durch den tiefen Urwald. Ab und an tauchte völlig überraschend ein Haus am Straßenrand auf oder eine Herde Rinder oder ein Ameisenhaufen, der fast so hoch war wie der Pick-up.

Ich gelangte an das Flussbett, das man auf dem Weg zum Camp durchqueren musste. Für den Allradantrieb des Autos war das kein Problem, aber ich musste immer noch kurz die Luft anhalten, bevor ich mit meinem nackten Fuß aufs Gaspedal trat, ins Wasser rollte und es rings um den Wagen in alle Richtungen spritzte. Am anderen Ufer dösten ein paar Krokodile in der Sonne. Ich fuhr über das Kiesbett zurück in den Wald, dessen dichtes Blätterwerk kaum Sonne durchließ. Und ganz plötzlich, von einem Moment auf den anderen, fragte ich mich: Was wollte Papa? Warum hatte er mich um Hilfe gebeten? Das ungute Gefühl, das mich nach unserem Telefonat beschlichen hatte, kam zurück. Vielleicht hatte es mit Polas düsterer Prophezeiung und ihren Geistern zu tun.

In diesem Moment ratterte der Pick-up durch ein mächtiges Schlagloch, und ich hörte hinten auf der Ladefläche einen Knall. Die Straße war hier sehr schmal und ließ eigentlich keinen Platz zum Anhalten, aber ich wollte sichergehen, dass nichts heruntergefallen war, also blieb ich am Straßenrand stehen. Meistens kam einem hier ohnehin niemand entgegen. Auf dem Hinweg war ich nur einem neugierigen Nasenbären begegnet. Ich öffnete die Fahrertür und stieg aus. Mein Bremsmanöver hatte Staub aufgewirbelt, der in meinen Augen brannte. Hustend lief ich um den Wagen herum, kletterte auf die Ladefläche und kontrollierte die Ware. Auf den ersten Blick sah alles aus wie zuvor. Dann entdeckte ich eine Kiste, die durch das Schlagloch verrutscht sein musste. Ein paar Kokosnüsse waren herausgerollt. Ich sammelte sie auf, legte sie zurück und zog das Seil nach. Dabei dachte ich erneut über Polas Prophezeiung nach.

Natürlich gab es etwas, was damit gemeint sein könnte. Jemanden, mit dem ich sprechen musste. Aber das war ja das Prinzip von Wahrsagern. Hatten wir nicht alle Dinge, die wir klären mussten, vor denen wir uns drückten, manchmal so lange, bis es zu spät war? Oder waren meine Geister der Vergangenheit tatsächlich größer als die anderer Leute? Waren sie der Grund dafür, dass ich im Moment wieder häufiger am Meer saß und mich fragte, wie es weitergehen sollte?

Über mir im Baum schrien ein paar Papageien und rissen mich aus meinen Gedanken. Ich schob sie endgültig beiseite und sprang von der Ladefläche auf die Straße. In diesem Moment hörte ich einen Motor aufheulen. Ein Auto raste um die Ecke, ich sah nur noch den Staub, die Scheinwerfer, hörte das Quietschen der Bremse.

Danach wurde alles schwarz.

Das Nächste, was ich sah, war Licht, das durch die Blätter über mir fiel. Jemand beugte sich über mich, ein Ranger mit großem Hut, vermutlich der Fahrer des anderen Wagens. Er tröpfelte Wasser aus einer Flasche auf mein Gesicht und stammelte immer wieder: *»Dios mío, dios mío.«*

»Alles okay«, brachte ich schließlich auf Spanisch hervor.

Wilde Entschuldigungen vor sich hin murmelnd tätschelte er meine Wange. Ganz langsam richtete ich mich ein Stück weit auf. Ich lag neben dem Pick-up im Dickicht am Straßenrand. Offenbar hatte ich mich instinktiv mit einem Hechtsprung ins Gebüsch gerettet.

»Das war so knapp«, stieß der Mann mit bebender Stimme hervor. »So eine schnelle Reaktion, ein großes Glück, ich danke dem Herrn.«

Vorsichtig stand ich auf, klopfte Staub und Blätter von meinen Shorts. Nichts tat weh.

»Es geht mir wirklich gut«, versicherte ich dem Ranger erneut. Er wirkte immer noch besorgt, aber ich sah an mir herunter und entdeckte tatsächlich nichts außer einer kleinen Schnittwunde am Fuß, die mir wohl ein spitzer Ast in die Haut geritzt hatte.

Nach einigen Diskussionen, ob er mich nicht doch zum Arzt bringen sollte, setzte ich mich wieder ans Steuer und fuhr los. Diesmal war mein Kopf völlig leer. Wie ferngesteuert lenkte ich den Pick-up zurück ins Camp. Erst als ich ihn abgestellt und den Zündschlüssel umgedreht hatte, spürte ich, dass meine Hände zitterten. Und dass mir Tränen über die Wangen liefen.

Abends saß ich am Pool und ließ den unverletzten Fuß ins Wasser baumeln. Der mit dem Schnitt pochte leicht, nachdem Elsie die Wunde desinfiziert und einen Verband mit irgendwelchen heilenden Blättern angelegt hatte. Noch immer spürte ich mein Herz heftiger schlagen als gewöhnlich, aber der erste Schock war überwunden. Ich habe wirklich Glück gehabt, dachte ich erneut. Bruchteile von Sekunden, und ich säße jetzt nicht mehr hier. Dann hätte Papa vor zwei Tagen zum letzten Mal mit mir gesprochen.

Es raschelte in den Blättern um mich herum. Um diese Zeit wurde der Dschungel lebendig. Ein großes Bananenblatt fiel neben meinen Füßen herunter und segelte wie ein kleines Schiff auf der Wasseroberfläche, auf der sich das Licht aus den Bungalows spiegelte. Gedämpfte Stimmen drangen zu mir heraus. Neben mir auf dem Boden lag meine Gitarre, die ich mir nun auf den Schoß zog. Ich schlug ein paar Akkorde an und spürte, wie sich mein Herzschlag augenblicklich beruhigte. Leise begann ich eines meiner Lieder zu singen, an dem ich gerade schrieb.

»Oh Mann, du lächelst so schön
Hast immer alles im Griff
Jeder beneidet dich
Und keiner merkt, wie du grad zerbrichst…«

Die Melodie war fast fertig, an Text fehlte mir noch das meiste. Den Rest summte ich vor mich hin. Als ich den letzten Akkord ausklingen ließ, hörte ich aus dem geöffneten Fenster eines der Bungalows ein leises Klatschen.

Ich wollte gerade weitersingen, als das Handy in meiner Hosentasche vibrierte. Also legte ich die Gitarre beiseite, zog es heraus und sah, dass es ein Videoanruf meiner Freundin Maria aus Deutschland war. Eigentlich war ich gerade gar nicht in der Stimmung zu quatschen, dennoch nahm ich das Gespräch an.

»Hey, schöne Frau, wie geht es dir?« Marias strahlendes Gesicht erschien etwas verpixelt auf meinem Bildschirm. »Ich komme gerade vom Surfen, war herrlich heute, da musste ich an dich denken.« Allem Anschein nach waren ihre Haare noch nass.

»Selber schöne Frau«, entgegnete ich. »Es ist doch noch so früh bei euch, ist alles okay?«

Maria sah sich kurz um. Hinter ihr lief ihre kleine Tochter Hannah durchs Bild, nur in Windeln und mit einer Puppe im Arm. »Alles gut, sie hatte heute irgendwie keine Lust, länger zu schlafen. Aber Simon meinte, ich soll ins Wasser, er kümmert sich. Gestern war es im Café echt stressig, da hat das Surfen sehr gut getan.«

Vor meiner Ankunft hier hatte ich etwa ein halbes Jahr bei Maria und ihrer Familie auf Norderney verbracht und wusste, wovon sie sprach. Ich hatte mit ihr die stressigen Tage im Café gemeistert, und zur Entspannung waren wir danach gemeinsam surfen gegangen. Seit ich die Insel verlassen hatte, kamen wir viel zu selten zum Telefonieren. Warum meldeten sich denn plötzlich alle bei mir?

»Hattest du nur Sehnsucht nach mir, oder gibt es einen besonderen Grund, warum du anrufst?«, fragte ich und plätscherte mit dem Fuß im lauen Poolwasser.

»Vor allem Sehnsucht natürlich!« Sie grinste breit. »Aber ja, tatsächlich, es gibt auch einen Anlass. Dein Vater hat vor ein paar Tagen angerufen.« Maria griff nach einem Handtuch und rubbelte ihre nassen Haare. »Er hatte wohl noch irgendwo die alte Nummer notiert und dachte, er könnte dich hier erreichen. Hat sich mehrmals für seinen Irrtum entschuldigt. Ich hab ihm dann deine Handynummer und die vom Camp gegeben. Ich hoffe, das war dir recht?«

»Ja, klar.« Ich geriet sofort wieder ins Grübeln. Warum rief mein Vater auf Norderney an? Meine Mutter und meine Schwester hatten doch alle aktuellen Nummern. Die Sache wurde immer ominöser.

»Ist bei euch zu Hause alles in Ordnung?« Maria wickelte das Handtuch zu einem Turban um ihren Kopf. Im Hintergrund sah ich ihren Freund Simon in Boxershorts durchs Bild laufen. Er blieb im Vorbeigehen kurz stehen und winkte etwas verschlafen in die Kamera: »Hey, Toni!« Schon hatte er sich Hannah unter den Arm geklemmt und war mit ihr aus dem Bildausschnitt verschwunden.

»Ich bin mir ehrlich gesagt nicht sicher, ob da alles in Ordnung ist«, sagte ich zu Maria. »Ich glaube, ich muss noch mal anrufen.«

»Mach das.« Sie benutzte die Handykamera als Spiegel und cremte sich mit schnellen Bewegungen das Gesicht ein. »Hier bei uns ist gerade viel los, die Saison beginnt, und ich könnte dich gut gebrauchen. Falls du irgendwann genug vom Paradies hast, weißt du ja, wo du mich findest.« Sie lachte ihr lautes Lachen.

Ich stimmte halbherzig mit ein. »Diesen Sommer nicht, Süße, ich bin hier bis Ende des Jahres angestellt.«

»Verstehe.« Etwas schepperte im Hintergrund, und ich konnte Simon fluchen hören. Maria wandte sich um. »Ich glaube, ich muss da mal helfen. Wollte dir nur Bescheid geben wegen deines Vaters, bin die Tage irgendwie nicht dazu gekommen, und jetzt fiel es mir im Wasser wieder ein. Pass auf dich auf!«

Wir warfen uns Handküsse zu, dann wurde mein Bildschirm schwarz. Ich steckte das Handy weg und sah mich um. Schon komisch, dass Technik die Illusion erschaffen konnte, wir säßen direkt nebeneinander, auch wenn uns gerade unzählige Flugstunden trennten.

»Schön hast du gesungen!«, hörte ich jemanden sagen. Nino schlenderte am Pool entlang auf mich zu.

»Danke!«, sagte ich und griff wieder nach der Gitarre.

»Wollen wir noch eine Runde spazieren gehen? Geht das mit deinem Fuß?« Er balancierte am Rand des Pools entlang und versuchte, mit den Zehen das Palmblatt aus dem Wasser zu fischen. Ich zögerte, denn eigentlich hatte ich gerade das Bedürfnis, allein zu sein und noch etwas Musik zu machen. Mit gekonntem Augenaufschlag fügte er hinzu: »Komm schon. Wir müssen auch nicht sprechen.«

Also gut, dachte ich, womöglich ist es wirklich keine schlechte Idee, um auf andere Gedanken zu kommen. Außerdem war es bereits spät, und vielleicht wollten einige Urlauber lieber schlafen, statt mir zuzuhören. Ich brachte meine Gitarre rein, zupfte mein Trägerkleid zurecht und tappte barfuß über den Kiesweg hinter Nino her bis zum Tor an der Straße. Auch diese war nicht befestigt. Seite an Seite gingen wir über den Split. Jeder unserer Schritte wirbelte feinen Staub auf und färbte den Verband an meinem Fuß grau. Schmerzen hatte ich dank Elsies heilenden Blättern keine. Was habe ich nur für ein Glück gehabt, schoss es mir erneut durch den Kopf.

Es war schon dunkel, über uns flogen immer mehr

Fledermäuse ihre waghalsigen Runden. Aus dem Regenwald links und rechts der Straße waren Schreie zu hören, die ich nicht zuordnen konnte. Waren das Affen, Vögel, Ameisenbären oder doch die Kinder aus dem Hotel einige Hundert Meter weiter, die mit ihren Taschenlampen nach Faultieren suchten?

»Geht es dir besser?«, fragte Nino nach einer Weile.

»Ich denke, ja.« Ich spürte, wie sich ein Schweißfilm auf meiner Nase bildete. Selbst nach Sonnenuntergang war es hier zu schwül für viel Bewegung. »Ich bin mit dem Schrecken davongekommen.«

Ein Hund kam schwanzwedelnd auf uns zugelaufen. Wir streichelten ihn beide. In diesem Dorf gab es viele Streuner, und ich hatte gelernt, dass die Gemeinschaft sich um sie kümmerte. Bei diesem hier handelte es sich um einen Mischling mit drahtigem Fell, der besonders freundlich war und uns häufig im Camp besuchte. Elsie gab ihm regelmäßig etwas zu fressen.

Der Hund folgte uns ein Stück, bis wir in einen kleinen Pfad in Richtung Meer einbogen und er einen Pfiff aus der Ferne vernahm. Blitzschnell hechtete er davon.

Der Pfad war unbeleuchtet, und meine Augen gewöhnten sich nur langsam an die Dunkelheit. Nino hatte einen Stock aufgehoben und klopfte damit auf den Weg, damit keiner von uns auf eine Schlange trat. Blätter knisterten unter unseren Füßen. Wellenrauschen mischte sich darunter, das mit jedem Schritt lauter wurde. Dann lichteten sich die Bäume, und ich spürte grobkörnigen Sand unter den Füßen.

Vor uns rollten sanfte Wellen auf einen Strand, der von Palmen umrandet war. Ich hatte meine Jugend in der Nähe eines Strandes verbracht, aber er sah ganz anders aus als dieser. Hier war der Sand warm, selbst am Abend, wenn keine Sonne mehr darauf brannte. Und das Wasser war ebenfalls warm, das ganze Jahr über. Musik von den Lokalen am Ufer schallte zu uns herüber. Ihre bunten Lichterketten funkelten mit den Sternen um die Wette. Ein schmaler Sichelmond war am Horizont aufgegangen. Ich drehte mich um mich selbst und betrachtete die Bucht, die seit einigen Monaten mein Zuhause war. Wie ein Band legte sich etwas um meine Brust und zog sich zusammen.

Nino kam ein Stück näher und musterte mich. »Woran denkst du?«

Ja, woran dachte ich?

Ich dachte daran, dass ich froh war, noch am Leben zu sein. Ich fragte mich, wo Papa gerade war. Ob schon ein Lamm geboren war. Wie es Mama ging. Und Caro. Und Mads. Ich dachte daran, dass der Strand in meiner Heimat um diese Uhrzeit kalt unter meinen Füßen wäre und der Horizont düster und dass der Wind niemals heiß war, nicht mal im Hochsommer.

»An viel zu viel«, antwortete ich.

Ich sah auf meine Füße hinab, auf den Verband, der ganz grau und staubig geworden war. Egal, ob Polas Prophezeiungen Hokuspokus waren oder nicht: Sie hatte recht. Ich musste wirklich mit jemandem sprechen. Ich musste ein für alle Mal etwas klären und die

Geister der Vergangenheit zum Schweigen bringen. So pathetisch es klang – es war die Wahrheit.

Nino hob sanft mein Kinn an und sah mir tief in die Augen. »Ich mag dich.«

»Ich mag dich auch.« Ich lächelte gedankenversunken. »Aber ich muss jetzt los.«

Nino ließ mit enttäuschter Miene mein Kinn los. »Wo willst du denn hin?«

Ich drehte mich Richtung Wasser und atmete tief die vor Feuchtigkeit schwere Luft ein. »Nach Hause.«

2

Als ich hinter Caro in die Küche mit den verschnörkelten Holzfronten und den alten gemusterten Wandfliesen trat, sah ich zunächst nur Geschirr. Geschirr in allen Farben und Formen, zusammengesucht von meiner Mutter bei ihren zahllosen Flohmarktbesuchen. Tassen mit Goldrand oder feinen Rosenranken waren zu Türmen gestapelt, auf Tellern mit Käserinde und Brötchenresten lagen zerknüllte Stoffservietten. Mitten im Chaos stand mein Vater. Sein noch dichtes graues Haar stand zu Berge, die Jeans wurde von einem Gürtel unter seinem rundlichen Bauch gehalten, das Fischerhemd hing hinten heraus, und er schnaufte angestrengt, während er mit seinen großen Händen Krümel von den Tellern spülte.

»Hallo, Papa«, sagte ich laut, damit er mich bei dem Geklapper überhaupt hörte.

Er hielt mitten in der Bewegung inne und drehte sich abrupt um. Fast erschrocken sah er mich an. »Tönchen.«

Ich verzog entschuldigend das Gesicht. »Doch nicht erst Weihnachten.«

Er ließ den Teller ins Spülbecken sinken, wischte sich die nassen Hände an dem Geschirrtuch ab, das über seiner Schulter hing, und kam mit großen Schritten auf mich zu, um mich in seine weit ausgebreiteten Arme zu ziehen. Er roch nach Tierfutter und Arbeit und Schmalz, wie immer, und ganz kurz spürte ich, wie sehr mich das rührte.

»Immer noch keine Frühsommerlämmer, du kommst genau richtig«, sagte er, während er meinen Rücken tätschelte.

Mein Blick fiel auf meine Schwester, die hinter ihm stand. Mit verschränkten Armen lehnte sie an dem alten Gasherd und beobachtete uns, ein warmes Lächeln im Gesicht. Als unsere Blicke sich trafen, zwinkerte sie mir zu, ging zur Spüle und streichelte mir im Vorbeigehen über die Wange. »Ich kann nicht glauben, dass du wirklich da bist!«, sagte sie und griff nach einem schmutzigen Teller.

Papa ließ mich los. »Lass mal, Linchen, ich spüle gleich weiter.« An mich gewandt, sagte er: »Die Spülmaschine ist seit einigen Wochen kaputt.«

»Seit einigen Wochen?«, fragte ich. »Kann Bob der Baumeister sie nicht reparieren?«

Diesen Spitznamen hatten wir als Jugendliche meiner Mutter verpasst, weil sie niemals auf die Idee kam, einen Handwerker zu rufen. Tatsächlich schaffte sie das allermeiste selbst, wenn auch nicht immer ganz so, wie ursprünglich gedacht.

Caro stellte einen weiteren Teller ins Abtropfgestell. »Leider nein, diesmal ist die Sache offenbar komplizierter.«

Papa wischte sich mit dem Handrücken über die Stirn. »Ja, leider. Aber jetzt bist du da, und wir haben noch zwei Hände mehr zum Abtrocknen.« Er lachte dröhnend, und wir stimmten mit ein.

Neben der Kaffeemaschine entdeckte ich ein letztes Dinkelbrötchen. Mein Vater backte also immer noch selbst für die Gäste. Ich nahm es mir und biss beherzt in die knusprige Kruste. »Wie geht es euch sonst?«, fragte ich mit vollem Mund.

Mein Vater legte seinen massigen Arm um mich. »Wir freuen uns, dass du da bist.«

Caro ließ den Spüllappen sinken. »Ansonsten alles gut. Aber sag, wie ist es bei dir, wo kommst du her, wie war der Flug?«

»Mir geht es auch gut.« Ich reckte mich. »Aber ich bin echt kaputt. Bin vor über vierundzwanzig Stunden in Samara an der Westküste von Costa Rica aufgebrochen und anschließend von San José über Zürich nach Hamburg geflogen. Von dort mit dem Regionalexpress bis Husum und dann weiter mit dem Bus.«

»Wir hätten dich doch irgendwo abholen können.« Mein Vater klang ehrlich empört.

Ich drückte seinen Arm, der noch immer über meinen Schultern lag. »Dann wäre es keine Überraschung gewesen.«

Caro strahlte mich an. »Die ist dir echt gelungen! Wisst ihr, was? Wir machen jetzt einen Sekt auf, ja?«

»Oh, ich glaub, ich hab noch einen kalt stehen.«

Mein Vater war schon auf dem Weg zum Kühlschrank, als ich sagte: »Seid nicht böse, aber ich glaube, ich muss mich kurz hinlegen, bevor ich mit euch anstoßen kann. Geht das auch später?«

»Klar, das verstehen wir, oder, Papa?« Caro legte den Spüllappen neben das Waschbecken. »Ich besorge dir Bettzeug.« Sie lief in den Flur.

»Wo ist eigentlich Mama?«, fragte ich.

»Unterwegs«, rief Caro von der Treppe aus.

Mein Vater hatte sich bereits wieder den Lappen geschnappt und spülte munter weiter. »Sie macht Besorgungen.«

Ich zog das Geschirrtuch von seiner Schulter. »Komm, ich helfe dir, bevor ich mich hinlege.«

Mit dem Spüllappen in der Hand schlenderte er zur Fensterbank und drehte das Radio lauter. Es lief ein ABBA-Song. Grinsend schwang er den Lappen wie ein Torero. »Und danach machen wir es uns nett.«

Etwa eine halbe Stunde später folgte ich Caro über den Hof. Ich trug meinen Rucksack auf dem Rücken, den Gitarrenkoffer über der Schulter und ein Kissen vor der Brust. Sie hatte die Daunendecke und ein Bettlaken im Arm. Ich war so erschöpft, dass ich alles nur schemenhaft wahrnahm. Eine Familie am Hühnerstall, die interessiert zu uns herübersah. Die Ziegen am Gatter, die laut meckerten, als wir vorbeigingen. Die Weide dahinter, auf der nur noch hier und da vereinzelte Nebelschwaden waberten. Man konnte jetzt bis zum Deich schauen, auf dem die Schafe grasten.

Caro schritt energisch vor mir her, an den Ferienwohnungen mit der roséfarbenen, der mintgrünen und der babyblauen Tür vorbei, an der Scheune entlang, über die Wiese. Kurz sah ich uns als Jugendliche vor mir, wie wir übers ungemähte Gras hüpften. Hand in Hand, laut singend. Caro mit dickem braunem Haar und unerschütterlichem Selbstbewusstsein, ich zarter und unsicherer mit meinem feinen hellblonden Minizopf, der einfach nicht wachsen wollte. In meiner Erinnerung trug sie einen alten Pulli von Mama, weil es ihr egal war, wie sie aussah, so wohl fühlte sie sich in ihrer Haut. Ich hingegen zupfte ständig an der tief sitzenden Hüftjeans, die man gerade trug, oder an irgendeinem Bandshirt, weil man so in Berlin hatte aussehen müssen, um dazuzugehören. Aber hier war das keine geltende Währung gewesen.

Wie gut, dass ich meine große Schwester hatte, dachte ich, und betrachtete Caro von der Seite. Noch immer musste für sie alles praktisch sein, die kurzen Haare, die bequemen Stoffhosen, die einfarbigen Shirts, die flachen Schuhe. Über die Jahre hatten einige Freundinnen versucht, sie zu mehr Mut in Sachen Mode oder Make-up zu bewegen, aber Caro war immun gegen jede Form von Selbstoptimierung. Und das nicht nur, weil sie auch so schon spitzenmäßig aussah, sondern auch, weil es in ihrem Leben immer wichtigere Dinge als Äußerlichkeiten gegeben hatte, und gerade das machte sie für mich noch schöner.

Caro steuerte auf den alten Schuppen mitten auf

der Wiese zu, der in Vanillegelb lackiert war. Der Lack blätterte in großen Stücken von den Holzlamellen ab. Sie griff mit der freien Hand nach dem Schlüsselbund um ihren Hals und suchte nach dem passenden Schlüssel. Als sie ihn gefunden hatte, hantierte sie schimpfend an der Tür herum.

»Gib mal.« Ich drehte den Schlüssel herum und drückte die Schulter gegen die Tür. Sie sprang sofort auf. Das funktionierte also noch immer.

Von drinnen schlug uns abgestandene Luft entgegen. Während Caro sich daranmachte, das schmale Bett zu beziehen, sah ich mich staunend um. Alles sah aus wie früher. Die schwarzen Lackmöbel aus den Achtzigern, die in den Nullerjahren, als ich hier einzog, längst nicht mehr modern gewesen waren, die meine Mutter aber günstig bei einem Hinterhofverkauf erbeutet hatte. Der ovale Spiegel, vor dem ich als Jugendliche stundenlang geübt hatte, mich mit meiner Gitarre zu bewegen wie die Sängerin von Wir sind Helden. Der Schreibtisch, auf dem eine leere Retro-Coladose mit Stiften stand. Mein alter Plattenspieler, die Plattensammlung daneben und meine erste Kindergitarre in der Hülle voller Skateboard-Sticker. Die Poster an den Wänden von The Strokes und The White Stripes. Mehr als anderthalb Jahrzehnte waren vergangen, seit ich sie aufgehängt hatte. Niemand hatte hier je etwas verändert. Ein seltsames Gefühl von Nostalgie machte sich in mir breit.

»Fertig«, sagte Caro, nahm mir das Daunenkissen

ab und warf es ans Kopfende des Bettes. »Brauchst du noch was?«

Müde und ein wenig rührselig betrachtete ich meine große Schwester im schummrigen Licht meines alten Zimmers. »Dich könnte ich gebrauchen. Weißt du noch, wie du dich früher manchmal zu mir ins Bett gelegt hast, wenn ich nicht einschlafen konnte?«

Sie lächelte sanft. »Ja, das war schön. Aber du hast mich dann gar nicht mehr losgelassen, du kleines Äffchen.«

»Ja, weil du immer so schön warm warst.«

Wir lachten, dann umarmte sie mich, diesmal noch länger und fester. »Ruh dich aus! Ich bin drüben, wenn du was brauchst, ich hab heute meinen schulfreien Tag. Und heute Abend stoßen wir an.«

Ich warf ihr eine Kusshand zu und ließ mich aufs Bett fallen. Obwohl die Erinnerungen in mir sprudelten, übermannte mich innerhalb von Minuten ein traumloser Schlaf.

3

Als ich aufwachte, fiel mattes Licht durch die Jalousien. Ein paar der alten Lamellen waren verbogen und von einer feinen Staubschicht überzogen. Jetzt war ich also wieder hier, in diesem Zimmer, das ich mir einst eingerichtet hatte, um etwas Abstand zu meinen Eltern und meiner Schwester zu gewinnen. Sie waren so anders umgegangen mit unserem Umzug, waren längst angekommen in der neuen Umgebung, wurden nicht müde zu jubeln über die Landluft, die Aussicht, die Weite. Ich hatte damals hier auf diesem Bett gelegen und mein altes Zuhause vermisst. Meine beste Freundin Vanessa, mit der ich jeden Tag zur Schule gegangen war. Die Parks und Hinterhöfe in unserem Kiez, wo wir nach der Schule rumhingen und über die Jungs in unserer Klasse und den Sinn des Lebens philosophierten. Meinen Gitarrenlehrer, der mir versicherte, ich hätte Talent, und der mir andere Jugendliche vorstellen wollte, mit denen ich vielleicht eine Band gründen konnte.

Dieser Hof bei St. Peter-Ording in Nordfriesland mit seinen endlosen Weiden und dem noch endloseren Strand ganz in der Nähe mochte für viele Urlauber das Paradies auf Erden sein, aber in meinen Augen gab es hier für eine Fünfzehnjährige: nichts. Warum nur hatten meine Eltern sich entschieden, ausgerechnet hier neu anzufangen? Andere Mütter und Väter kauften in ihrer Midlife-Crisis teure Autos auf Kredit oder knutschten in Hauseingängen mit ihrem Tennistrainer, nur meine mussten gleich unser ganzes Leben über den Haufen werfen. Waren ihre Bürojobs und unsere Etagenwohnung in Berlin wirklich so unerträglich gewesen, dass sie sich nach einer »Aufgabe mit mehr Sinn« sehnten und einen nachhaltigen Ferienhof eröffnen mussten, weit weg von allem, was mir vertraut und wichtig war? Zur Schule musste ich fortan im Morgengrauen mit dem Bus fahren, meistens in Regenjacke. Ich kannte noch niemanden, musste ständig auf dem Hof mit anpacken, statt irgendwo abhängen zu können wie meine alten Freunde. In diesen Schuppen zu ziehen, der eigentlich als Abstellraum für Gartengeräte gedacht war, war mein stiller Protest gewesen. Meine erste Abgrenzung von den anderen, die meinen Kummer nicht verstanden oder nicht sehen wollten.

Ich richtete mich im Bett auf und schob die Decke zur Seite. Plötzlich hatte ich ein merkwürdiges Gefühl. Das Gefühl, beobachtet zu werden. Ich sah mich um, entdeckte aber niemanden. Als ich die Füße auf den alten blauen Teppich stellte, hörte ich ein Rascheln. Es kam aus dem Kleiderschrank. Ob sich während meiner Abwesenheit Mäuse eingenistet hatten? Oder gar ein Marder? Verwunderlich wäre es nicht.

Ich stand auf und öffnete vorsichtig die Schranktür. Dann wich ich kreischend einen Schritt zurück. Zwischen meinen alten T-Shirts tauchte ein kleiner Kopf mit dichtem weißblondem Haar auf. Ein zahnlückiges Grinsen folgte.

»Mads! Du hast mich zu Tode erschreckt!« Ich bückte mich und schloss meinen Neffen in die Arme, der mir aus dem Schrank entgegensprang.

»Tante Toni!« Er schrie mir so laut ins Ohr, dass es wehtat. Etwa fünfundzwanzig Kilo Mensch warfen sich auf mich und ließen mich rücklings aufs Bett plumpsen.

»Was treibt du denn in meinem Schrank, du kleiner Schlawiner?« Mein Herz hämmerte noch immer, so einen Schreck hatte er mir eingejagt.

Mads lehnte sich zurück und schaute mich aus den großen graugrünen Augen an, die er von Caro geerbt hatte. »Ich bin aus der Schule gekommen, und Mama hat gesagt, du bist da, aber ich darf dich nicht wecken. Da hab ich mich reingeschlichen und versteckt.« Er strahlte, und ich drückte ihn fest an mich.

»Ich freue mich so, dich zu sehen! Wie geht es dir?«

Er musterte mich eindringlich von oben bis unten wie ein verliehenes Spielzeug, das man auf Kratzer untersucht. »Gut.«

»Wirklich?« Ich kitzelte ihn, was ihn zum Quieken brachte.

»Klar.« Jetzt sah er mir wieder in die Augen. »Komm, ich zeige dir mein Baumhaus und das Insektenhotel, das ich mit Mama gebaut hab …« Er sprang von meinem Schoß und riss die Tür auf.

Eigentlich wollte ich duschen und mich umziehen. Ich trug noch immer meine Flugzeug-Jogginghose und das verschwitzte T-Shirt, mit dem ich heute früh hier angekommen war, aber wie konnte ich diesem zahnlückigen Grinsen widerstehen?

»Warte kurz, ich ziehe mir nur schnell etwas über.«

Ich blickte auf meinen Rucksack, der ungeöffnet am Schreibtisch lehnte. Bis ich darin etwas gefunden hätte, wäre Mads mit seiner Geduld am Ende. Meine Windjacke hing noch drüben in der Küche. Da fiel mein Blick wieder auf den geöffneten Kleiderschrank. Ich nahm das oberste Sweatshirt von einem der Stapel und zog es über den Kopf. Es passte, denn ich war mit zweiunddreißig noch genauso klein und schmächtig wie der Teenager, der es einst getragen hatte und nicht genug mochte, um es mit auf Reisen zu nehmen. Im milchig gewordenen Spiegel gegenüber konnte ich sehen, welchen Kapuzenpulli ich erwischt hatte. *Abi 2008* stand in fetten Lettern auf meinem Rücken. Ich streckte meinem Spiegelbild die Zunge raus. Keine Zeit, an die ich gern zurückdachte.

»Tante Toni?«, hörte ich Mads von draußen rufen.

Ich pfriemelte meine Haare notdürftig zu einer Zopfpalme, schlüpfte in meine Stoffturnschuhe und folgte ihm.

Draußen stand die Sonne sattorange über dem Scheunendach. Ich musste lange geschlafen haben, denn es war offenbar bereits später Nachmittag. Mads war schon ein paar Meter weiter am Gatter. Er bückte sich und hob einen Stein auf, mit dem er etwas in die Erde ritzte.

Auf der Weide entdeckte ich die Esel und Ziegen. »Ui, darf ich die eben begrüßen?«, fragte ich meinen kleinen Neffen.

»Erst das Baumhaus, bitte, bitte!«, rief er, richtete sich wieder auf und rannte los.

Ich eilte hinter ihm her. Am geöffneten Scheunentor entdeckte ich meinen Vater, der Heuballen auf eine Schubkarre hob. Zwei kleine Mädchen halfen ihm dabei nach Kräften, vermutlich die aktuellen Urlauberkinder. Sie trugen pinkfarbene Gummistiefel und redeten mit ihren hohen Stimmchen auf meinen Vater ein. Wir liefen weiter, an den Ferienwohnungen vorbei aufs Haus meiner Eltern zu. Die Haustür stand offen, und ich hörte das Radio dudeln, bestimmt werkelte meine Mutter irgendwo vor sich hin. Ich hatte sie immer noch nicht begrüßt. Aber zuerst musste ich Mads' Baumhaus bewundern, ich hatte es schließlich versprochen. Wir kamen am Hühnerstall vorbei und an dem alten Kornspeicher, der um moderne Anbauten aus Glas und Holz erweitert worden war und in dem heute Caro mit ihrer Familie wohnte. Davor standen mehrere teils halb zerlegte Kettcars, ein Kinderfahrrad, ein Laufrad und ein Trettraktor mit Gülleanhänger.

Mads, dem es offenbar nicht schnell genug ging, nahm meine Hand. Er zerrte mich am Haus seiner

Eltern vorbei, hinter dem es einen Sandkasten in einem alten Lasterreifen, ein Fußballtor und ein Klettergerüst mit Schaukel gab, das meine Mutter einst selbst gebaut hatte. Ich erinnerte mich gut, wie mein Vater darüber geschimpft hatte, es würde sie noch ins Grab bringen oder ihr mindestens den Rücken brechen, dass sie immer alles selbst machen musste. Hinter dem kleinen Spielplatz des Ferienhofes wuchsen mehrere massive Ahornbäume, zu denen Mads mich jetzt zog. Seine kleine Hand fühlte sich warm und klebrig an. Vor einem besonders breiten Baumstamm machte er halt und zeigte hinauf: »Da oben.«

Ich blickte an der geknüpften Strickleiter empor, die vor uns baumelte. Sie endete an einer Holzplattform. »Hat Oma das gebaut?«

»Ich und Oma zusammen.« Mads war schon auf der dritten Sprosse. Kurz darauf tauchte sein kleiner Kopf neben der Plattform auf. »Kommst du?«

Ich kletterte hinterher, was mich zum Schwitzen brachte, weil die Leiter so wackelig war. Oben zog ich mich auf die Plattform. Das hintere Drittel war mit einem Geflecht aus kleinen Ästen überdacht.

»Hier ist mein Versteck.« Mads' Augen glänzten vor Stolz.

Ich nickte anerkennend. »Ganz schön cool.«

»Das coolste Versteck *ever*!«

Ich musste grinsen. Hatte er diese Ausdrucksweise in der Schule von den älteren Kindern gelernt?

Mads schnappte sich ein Schnitzmesser, das im

überdachten Teil lag, und begann, ein Stück Treibholz zu bearbeiten. Ich blickte mich um. Durch die Zweige rund um das Baumhaus hatte man eine tolle Aussicht. Der Nebel hatte sich komplett verzogen, und von hier oben erspähte ich die ganze Schafherde, die auf dem Deich graste. Durch eine andere Lücke im Geäst entdeckte ich meinen Vater, wie er, die kleinen Mädchen im Schlepptau, die Hühner für die Nacht in den Stall trieb. Dahinter sah ich den ehemaligen Schweinestall mit den drei Ferienwohnungen. Gerade trug ein molliger Mann mit Baseballkappe eine Kiste mit Einkäufen zu der roséfarbenen Eingangstür. An der Scheune fiel mir eine Regenrinne auf, die halb herunterhing. Ob Mama die noch nicht bemerkt hatte? Ich würde ihr Bescheid geben, wenn ich sie sah, hoffentlich dachte ich daran.

Ich hörte ein Auto über den Schotterweg fahren und erkannte meinen Schwager Christian am Steuer. Er parkte und stieg aus. Dann rief Caro etwas, das ich nicht verstand. Bestimmt zauberte sie bereits ein leckeres Abendessen für uns alle. Zur Feier des Tages, weil ich da war. Erst jetzt spürte ich, wie hungrig ich war. Die letzte richtige Mahlzeit hatte ich irgendwann heute Nacht im Flugzeug zu mir genommen, von einem mit Alufolie bespannten Tablett, auf dem alles die gleiche Konsistenz und die gleiche Farbe hatte.

»Mads!«, hörte ich meine Schwester von unten rufen. Sie war auf die Terrasse getreten, die sie offenbar kürzlich frisch gepflastert hatten, und hielt sich die

Hand gegen die niedrig stehende Sonne vor die Augen. »Abendbrot ist fertig!«

Ich drehte mich um. Mads schnitzte immer noch völlig versunken an seinem Stock herum. Erstmals konnte ich ihn in Ruhe betrachten. Er war ein ganzes Stück gewachsen, seit ich ihn zuletzt gesehen hatte. Seine Pausbäckchen waren nicht mehr ganz so rund, die Haare, die in der Abendsonne glänzten, dichter und länger. Ein Schwall Zärtlichkeit überkam mich. Ich sah Mads viel zu selten. Er war mein einziger Neffe, und ich liebte ihn heiß und innig, seit ich ihn zum ersten Mal im Arm gehalten hatte, winzig und zerknautscht, an seinem ersten Weihnachten vor sechs Jahren.

Er bemerkte meinen Blick und grinste mich an. Die Zahnlücken, die dabei wieder zum Vorschein kamen, waren auch neu.

»Wann hast du die Zähne verloren?«, fragte ich ihn.

Er sah mich verständnislos an. »Weiß nicht mehr.« Dann fiel ihm etwas ein, und seine Augen funkelten. »Willst du sie sehen? Ich hab sie in einer Schatzkiste.«

Schon war er wieder an der Leiter, die mir von hier oben noch wackliger und länger vorkam, und ich hörte ihn rufen: »Kommst du?«

Etwas unsicher sah ich ihm hinterher. Ganz schön hoch, dieses Baumhaus. Mads machte das offenbar gar nichts aus, er war längst unten und sah erwartungsvoll zu mir herauf. Er war wirklich groß geworden. Während ich auf Norderney und in Costa Rica war, hatten wir regelmäßig geskypt, aber Mads hatte immer nur wenige Minuten Geduld gehabt, mir irgendetwas zu erzählen, bevor er wieder davongerannt war und Caro mir an seiner Stelle berichtete, dass er sich beim Klettern auf dem Schulhof das Knie aufgeschlagen hatte oder schon meinen Namen schreiben konnte. Wir würden ein bisschen brauchen, um die letzten anderthalb Jahre aufzuarbeiten, dachte ich, als ich die Sprossen hinunterkletterte und er unten meine Hand mit seiner kleinen klebrigen ergriff. Aber Aufwärmzeit brauchten wir nicht. Hatten wir nie gebraucht.

Mads setzte sich neben mich an den Abendbrottisch. Mein Vater und Christian sprachen darüber, dass eine der drei Ferienwohnungen gerade leer stand und wann die nächsten Gäste anreisten. Meine Schwester werkelte noch in der offenen Küche und stellte nach und nach Platten mit Wurst und Käse sowie dick geschnittenes Graubrot auf den Tisch. Mads schnappte sich sofort eine Brotscheibe und strich ordentlich Butter drauf. Insgeheim ärgerte ich mich darüber, dass die Männer wie selbstverständlich am Tisch saßen, während Caro sie bediente, aber sie hatte auch meine Hilfe abgelehnt. Ich beobachtete bei meiner Schwester seit einigen Jahren etwas, das mich schon bei meiner Mutter gestört hatte: Beide erzogen ihre Männer zur Unselbstständigkeit.

Caro kam noch einmal aus der Küche und wuchtete einen riesigen Topf dampfende Suppe in die Mitte des Tisches. Ich roch sofort, was sie da gekocht hatte.

»Kartoffelsuppe für meine Toni.« Sie strahlte mich an. Ihre vollen kurzen Haare waren ein wenig zerzaust, ihre Wangen gerötet, die ungeschminkten Wimpern dicht und dunkel.

»Du siehst gut aus!«, stellte ich fest.

Sie wischte meine Bemerkung mit der Hand beiseite, tippte sich an die Nasenspitze und eilte noch einmal zum Kühlschrank. Gleich darauf kam sie mit einer Flasche Sekt zurück, die sie beherzt öffnete. Der Knall des Korkens brachte die Männer zum Schweigen. Caro füllte Sektkelche und verteilte sie.

»Auf Tonis Heimkehr!«, rief sie und setzte sich endlich.

»Auf unsere Toni!«, riefen die anderen.

Mads prostete mir mit seiner Apfelschorle so energisch zu, dass Caro gleich wieder aufsprang und einen Lappen aus der Küche holte. Sie nahm das nasse Brot von seinem gefluteten Teller und reichte ihm mit einem nachsichtigen Lächeln ein neues. »Du kleiner, stürmischer Bär.«

Unter dem Tisch suchte ich nach Mads' Hand. Seine kleinen Finger schlossen sich fest um meine.

Endlich kam ich dazu, die Frage zu stellen, die mir auf der Zunge lag, seit ich Caros Haus betreten hatte: »Hey, wo ist eigentlich Mama?«

Ein kurzer Moment der Stille, dann öffneten mein Vater und meine Schwester gleichzeitig den Mund.

Er sagte: »Unterwegs.«

Sie: »Bei einer Freundin.«

Ich musste lachen. »Sie weiß aber schon, dass ich hier bin?«

»Natürlich«, beeilte sich Caro zu versichern. »Sei ihr bitte nicht böse, sie ist wie immer ziemlich im Stress.«

Mads löste seine Hand aus meiner und schmierte sein frisches Brot.

Christian warf mir einen erstaunten Blick zu, nahm einen großen Schluck Sekt und lockerte seine Krawatte. »Hast du Petra noch gar nicht gesehen?«

»Nein«, antwortete ich. »Wo haltet ihr sie versteckt?«

Christian hängte die Krawatte über die Armlehne und fuhr sich durch die grau melierten, langsam etwas lichter werdenden Haare. »Wir dachten, du solltest erst mal in Ruhe ankommen.« Er zwinkerte mir zu. »Wenn du den Jetlag überwunden hast, lassen wir sie wieder frei.«

Meine Schwester kicherte hinter vorgehaltener Hand, während mein Vater eine Gabel mit Schinken zu seinem Teller balancierte. Hatte Mama ihm nicht wegen seiner Cholesterinwerte den Aufschnitt vom Speiseplan gestrichen? Vermutlich war ich nicht auf dem neusten Stand, oder er nutzte die Gelegenheit, dass sie nicht mit uns aß. Sein Bauch wirkte auf mich jedenfalls ein bisschen runder als bei meinem letzten Besuch.

»Wie war's in Costa Rica?«, fragte Christian.

Ich nahm von Caro einen Teller dampfende Kartoffelsuppe entgegen. »Es war toll! Ein wundervolles Land mit atemberaubender Landschaft.«

»Und was wurde aus dem Latino Lover, von dem du erzählt hast? Mino, Nino?« Meine große Schwester sah mich erwartungsvoll an, sie liebte meine Geschichten aus fernen Ländern, vor allem die über meine Liebschaften.

Mads machte kreisrunde Augen. »Hast du jemanden geküsst?«

Mein Vater schlug sich auf die Schenkel. »Das ein oder andere Mal bestimmt, denke ich.«

Ich funkelte ihn amüsiert an, während er dröhnend lachte und die anderen mit einstimmten. Als sie sich beruhigt hatten, sagte ich: »Nino. Daraus wurde nichts. Ich habe beschlossen, mich auf mich selbst zu konzentrieren und auf das, was mir guttut.«

Caro wirkte etwas enttäuscht. Sie war endlich mit dem Austeilen der Suppe fertig, wobei sie ihren eigenen Teller wie immer nur halb gefüllt hatte. Sie hatte im Gegensatz zu mir den Stoffwechsel meines Vaters geerbt. Während Mama und ich essen konnten, so viel wir wollten, kämpften die beiden ständig mit den Pfunden. Und sosehr Caro mit sich im Reinen war – wenn die Jeans anfing zu kneifen, gab es ein paar Wochen kleinere Portionen. Dabei hatte ich meine Schwester immer beneidet um die weiblichen Kurven, die man auch mir in der Jugend versprochen hatte und von denen bis heute nicht viel zu sehen war.

Ich kratzte meinen Teller aus und wischte mit einer Scheibe Graubrot die letzten Reste auf. »Schmeckt wie immer fantastisch.«

Caro schnupperte an ihrem dampfenden Teller. »Danke, hab ich extra für dich gekocht.«

Mein Vater hatte sich bereits eine zweite Portion genommen und pustete auf seinen Suppenlöffel. »Und aus dem Vertrag bist du ohne Probleme rausgekommen?«

Ich füllte meinen Teller ebenfalls noch einmal auf. »Ja, das war erstaunlich leicht. Und jetzt bin ich hier, um euch zu helfen.«

Er nickte zufrieden. »Das können wir gut gebrauchen, oder?«

Von Caro und Chris kam zustimmendes Raunen.

»Du kannst mir bei den Hausaufgaben helfen!«, rief Mads aufgeregt, wobei ein paar Krümel Graubrot aus seinem halb vollen Mund flogen.

»Bloß nicht!«, sagte mein Vater etwas zu schnell, woraufhin ich feixend meine Stoffserviette nach ihm warf.

Caro stand auf und füllte unsere Gläser nach. Und so tranken wir fröhlich unseren Sekt und löffelten Suppe, während ich ein paar Anekdoten aus dem Surfcamp zum Besten gab. Zum Abschluss schmierte ich mir noch ein Käsebrot, das nach vielen Monaten costaricanischer Küche, die hauptsächlich aus Bohnen und Reis bestand, absolut himmlisch schmeckte.

Als alle Teller und Gläser geleert waren, verkündete mein Vater: »So, ihr Lieben, ich muss noch die Tiere reinbringen und morgen früh raus, ich mach mich auf.«

»Kann ich mit zu den Tieren?«, fragte ich.

»Ja klar, geht schon«, antwortete Caro sofort.

Ich wollte ihr beim Abräumen helfen, aber sie winkte ab. »Das mache ich gleich in Ruhe, wenn Christian den Kleinen ins Bett bringt.«

Ich küsste sie auf ihre weiche Wange. »Habt ihr morgen Zeit, mit mir zum Strand zu fahren?«

Sie küsste mich zurück. »Ich habe bis mittags Schule, danach gern, wenn hier nicht zu viel zu tun ist.«

Ich wuschelte Mads durch die Haare und folgte meinem Vater nach draußen in die Dämmerung.

Mücken schwirrten um unsere Köpfe. Die mächtigen Ahornbäume, zwischen denen sich Mads' Baumhaus befand, zeichneten sich vor orangeroten Abendwolken ab. In den beiden belegten Ferienwohnungen brannte Licht. Stimmen und das Geklapper von Geschirr waren zu hören.

Mein Vater nahm einen Eimer und ließ am Außenhahn neben der Scheune Wasser hineinlaufen. Ich folgte ihm bis zum Tor des Gatters, das er öffnete. Schwer atmend lief er neben mir her über die feuchte Wiese, die Füße wie meistens in bunten Sneakers, die Mama in irgendeinem Second-Hand-Forum besorgt hatte.

»Ist alles okay, Papa?«, fragte ich.

Er nickte mir lächelnd zu. »Nur ein bisschen wenig Regen dieses Jahr. Wenn das so bleibt, können wir bald Wüstenwanderungen für die Gäste anbieten. Oder Kurse im Grundwasserbrunnen-Graben.«

Ich kicherte, wurde aber schnell wieder ernst. »Und sonst? Warum hast du mich gebeten, nach Hause zu kommen?«

Er stutzte kurz. »Och.« Mit der freien Hand massierte er sein nicht ganz ordentlich rasiertes Kinn. »Linchen hat gerade eine anstrengende Klasse und muss über die Sommerferien in der Hortbetreuung helfen, Christian arbeitet viel in der Kanzlei. Deshalb wollte ich die beiden etwas entlasten, wenn die Saison beginnt.«

»Verstehe.«

Die drei Ziegen meckerten, als sie uns bemerkten.

Mein Vater gab hohe Lockrufe von sich. »Schlafenszeit, meine Süßen!« Er trieb sie vor sich her in den Wellblechverschlag.

Die beiden Esel trotteten von allein hinein, und wir folgten ihnen. Mein Vater füllte Wasser in ihren Trog und klopfte ihnen zärtlich auf den Hals. Ich streichelte den kleineren der Esel. Als wir hierher zogen, war er noch ein Baby, winzig und puschelig wie ein Plüschtier. Ich hatte mich gleich in ihn verliebt und ihn Dumbo getauft, weil seine Ohren für seinen Körper viel zu groß gewesen waren. Versonnen grub ich meine Hand in sein Fell. Es war noch immer unglaublich weich.

Ich zeigte in Richtung Deich. »Sind die Schafe schon drinnen?«

Mein Vater pflückte einen Halm vom Rücken der kleinsten Ziege. »Das organisiert Gerd jetzt alles selbst. Ich werde nicht jünger.«

»Aber wenn die Lämmchen kommen …«

Papa lächelte. »Dann sagt er uns Bescheid, hat er versprochen.«

Wir gingen hinaus, und er schloss das halbhohe Tor hinter sich. »So, jetzt wird heia gemacht, meine Süßen.« Er fuhr sich erneut über die Bartstoppeln am Kinn. »Morgen muss ich wieder früh in der Küche stehen und Brötchen für alle backen. Für dich mache ich ein extragroßes, versteht sich.«

Ich streichelte noch einmal Dumbo, der kauend den Kopf herausstreckte. »Sind die aktuellen Gäste pflegeleicht?«

»Großstädter eben.« Mein Vater winkte grinsend ab und kraulte den Esel ebenfalls. »Behaupten, das Wasser in der Dusche sei nur lauwarm und die Matratzen gehörten dringend erneuert.« Dumbo fuhr mit seiner langen rauen Zunge über seinen Unterarm. »Aber mein Frühstück lieben sie.«

»Wie wir alle.«

Geschmeichelt fuhr mein Vater sich durch die dichten Haare, die in alle Richtungen abstanden. Die müsste Mama mal wieder schneiden, dachte ich.

»Hast du Suki gesehen?«, fragte mein Vater mich auf dem Weg zurück zum Haus.

Ich dachte nach. Tatsächlich, unsere Katze war mir noch nicht begegnet. »Leider nicht, machst du dir Sorgen?«

»Nee, nee.« Papa scheuchte mit der Hand eine Fliege weg. »Die ist sicher wieder auf einer ihrer Wanderungen und in ein paar Tagen zurück. Ich dachte nur, sie wäre vielleicht bei dir am Schuppen gewesen.«

Wir waren fast am Haus angelangt, als ich meine Schwester rufen hörte. »Toni?«

Ich drehte mich in die Richtung, aus der ihre Stimme kam. »Hier sind wir.«

Ihr Umriss tauchte neben dem Hühnerstall auf. »Mads wünscht sich ein Gute-Nacht-Küsschen.«

»Oh, gern.« Ich drückte meinem schnaufenden Vater einen Kuss auf die Schläfe. »Bis morgen, Papa, schlaf gut! Und sag Mama, wenn noch Licht bei mir brennt, soll sie bitte kurz klopfen.«

»Alles klar, mein Schatz, das mache ich. Schlaf gut!«

Ich folgte Caro über den Hof in ihr hübsches Haus, durch den Flur voller kleiner und großer Schuhe, vorbei an zig Wind- und Regenjacken und die Massivholztreppe hinauf.

Die Tür von Mads' Zimmer stand offen, aber es brannte kein Licht mehr.

»Mads, wo steckst du denn?« Vorsichtig arbeitete ich mich an Regalen und Bastkisten mit Spielzeug entlang zu seinem Bett vor.

»Hier«, hörte ich sein Stimmchen in der Dunkelheit.

Ich ertastete seinen kleinen Körper unter der Decke, und langsam gewöhnten sich meine Augen an die Lichtverhältnisse.

»Gibt es in Costa Rica große Spinnen?« Er sprach schleppend, als wäre sein Körper bereits dabei, das System herunterzufahren – Stand-by-Modus bis morgen früh um sieben.

»Nur noch einen Gute-Nacht-Kuss bitte, er muss früh aufstehen!«, rief meine Schwester aus dem Flur.

»Von den Spinnen erzähle ich dir morgen«, versprach ich. »Jetzt schlaf schön, mein kleiner Bär!« Ich beugte mich zu ihm runter und küsste ihn auf die Stirn. »Träum was Schönes!«

Ich war schon aufgestanden, als ich erneut Mads' Stimme hörte. »Tante Toni?« Plötzlich klang er wieder wach.

»Ja?«

Er drehte sich auf den Bauch und stützte sich auf die Ellenbogen. So leise, dass ich es kaum verstehen konnte, flüsterte er: »Oma ist weg.«

Ich setzte mich wieder hin.

»Toni, bitte! Er hat morgen Schule«, rief Caro aus dem Flur.

»Eine Minute«, rief ich zurück.

Dann bückte ich mich zu Mads hinunter. »Warum glaubst du das mit Oma?«

In seinen Augen spiegelte sich etwas Licht, das durch die Zimmertür fiel. »Sie ist einfach nicht mehr da, und keiner verrät mir, wo sie hin ist.«

Ich suchte nach seiner Hand und drückte sie. »Ich finde für dich heraus, wo sie ist, ja? Und jetzt mach die Augen zu, mein Schatz, sonst kriegen wir Ärger.«

»Tante Toni?« Er zupfte an seinem Laken herum.

»Ja, kleiner Bär?«

»Ich hab dich lieb.«

»Ich dich auch, Madsi.«

Ich küsste ihn erneut auf die Stirn, und er rollte sich auf die Seite. Als ich in den Flur trat, sah ich meine Schwester mit meinem Schwager im hell erleuchteten Schlafzimmer stehen. Sie diskutierten mit gedämpften Stimmen, aber ich konnte nicht verstehen, worüber. Als sie mich bemerkten, drehten sie sich wie ertappt zu mir um.

Caro kam auf mich zu und schob mich sanft vor sich her die Treppe hinunter ins Wohnzimmer. Der Tisch war abgeräumt. Auf farbigen Stoffsets warteten drei Schalen und Tassen auf morgen früh. Manchmal fragte ich mich, ob wir wirklich Schwestern waren.

Ich hatte schon verstanden, dass Caro mich nun möglichst schnell loswerden wollte, damit Mads oben einschlief, trotzdem drehte ich mich an der Haustür noch einmal um. »Wo ist Mama?«, flüsterte ich.

Caro machte schmale Augen. »Ich sag doch, bei einer Freundin. Morgen mehr.« Sie wies mit dem Kopf nach oben. »Der kleine Bär soll sich keine Sorgen machen.«

»Und ich?«, fragte ich und verschränkte die Arme vor der Brust.

»Du bist schon groß.« Jetzt musste sie doch grinsen. »Im Ernst, ich erzähle es dir morgen.«

»Oder du läufst jetzt mit mir zum Deich«, hielt ich dagegen. »Als kleines Begrüßungsritual?«

»Jetzt?« Sie drehte sich zu Christian um, der hinter ihr in einer groß karierten Pyjamahose die Treppe herunterkam. »Du, wir müssen noch etwas besprechen, und der Tag war lang. Sei mir nicht böse, Süße, wir reden morgen, versprochen.« Sie kam auf mich zu und drückte mich kurz an sich. »Ich bin so froh, dass du hier bist. Wir machen es uns ganz schön.«

Ich nickte und winkte Christian zu. »Schlaft gut!«

Er lächelte matt und winkte zurück. »Du auch!«

Draußen war es fast dunkel. Nur ein nachtblauer Hauch tauchte den Hof in ein besonderes Licht. Ich ging am Haus meiner Eltern vorbei. In der Küche brannte noch eine Lampe. Hinter dem gekippten Fenster sah ich meinen Vater an der Arbeitsplatte stehen. Er knetete den Brötchenteig für morgen früh und beugte sich dabei auf eine Art und Weise nach vorn, die nicht gesund für den Rücken sein konnte. Leise Musik drang zu mir heraus. Ich sollte reingehen, dachte ich. Ihn bitten, mir zu sagen, wo Mama ist. Aber etwas hielt mich zurück. Er summte laut mit und wirkte seltsam entrückt, völlig versunken in seine Arbeit. Was verheimlichte er mir? Warum hatte er mich angerufen? Ich musste es herausfinden, beschloss ich, es würde mir sonst keine Ruhe lassen.

Ich machte kehrt und eilte schnellen Schrittes zurück zu Caro. Es musste doch möglich sein, noch einmal kurz mit ihr zu sprechen. Um Mads nicht zu wecken, ging ich über die Terrasse, aber die Glastür war schon geschlossen. Ich wollte gerade klopfen, hielt jedoch im letzten Moment inne. Meine Schwester und mein Schwager standen im Wohnzimmer und funkelten einander aufgebracht an. Ihre gedämpften Stimmen klangen zornig. Schnell wandte ich mich ab, ich wollte mich nicht einmischen.

Mit klopfendem Herzen lief ich über die Wiese in Richtung Deich. Ich war viel zu aufgewühlt, um zu schlafen. Was war hier nur los? Ich konnte mich nicht daran erinnern, Caro und Chris schon einmal derart heftig streiten gesehen zu haben.

Das Gras stand hoch und kitzelte mich an den Knöcheln. Es war kühl geworden, und wie immer im Frühsommer kam die Kälte vom Boden. Langsam kroch sie an mir hinauf. Ich zog mir die Kapuze des alten Sweatshirts über den Kopf. Wiedersehen zu feiern war wichtiger gewesen, als mir etwas Frisches anzuziehen, und wir waren ja unter uns. Ich hörte die Grillen um mich herum zirpen. Sah das Reet, das an den Wassergräben mannshoch stand. Die Umrisse der Schafe im blauen Licht auf dem Deich. Müssten die nicht längst in ihrem Verschlag sein? So mild waren die Nächte noch nicht, dass sie sie komplett draußen verbringen konnten.

Ich ging den Deich hinauf und näherte mich einer Gruppe von Schafen, die nur kurz die Köpfe hoben und dann friedlich weitergrasten. Oben angekommen atmete ich tief ein. Von hier aus konnte ich bis zum Hof meiner Eltern gucken. Wie eine Zeichnung in einem Kinderbuch lag er da, mit dem dicken Reetdach, dem Stall, der Scheune und den hohen Bäumen hinter Caros Haus. Ich drehte mich um. Auf der anderen Seite des Deichs lagen weitere Höfe mit ihren Wiesen und Weiden, nur getrennt durch Zäune und Wassergräben und weitere Deiche. Und ganz hinten, einige Kilometer entfernt, erahnte ich das Meer. Sehen konnte man es auch im Hellen von hier aus nicht, aber man konnte es riechen. Hier oben war die Luft noch kühler als auf der Wiese, und sie roch eindeutig nach Salzwasser.

Oh ja, heute verstand ich, was meine Eltern einst hier gesucht hatten. Diese Weite, die Freiheit, nichts als Natur, so weit das Auge reichte. Ich war viel zu lange nicht hier gewesen. Gut, dass mein Vater mich gebeten hatte zu kommen.

Ich hielt die Nase in die salzige Luft, füllte meine Lunge damit und breitete die Arme aus. Der Wind ließ die weiten Ärmel meines Sweatshirts flattern.

Plötzlich hörte ich ein Bellen, das schnell näher kam. Ein großer Hund rannte auf mich zu und baute sich knurrend vor mir auf. Ich liebte Hunde, aber dieser hier gebärdete sich bedrohlich. Daher blieb ich ganz still stehen und gab beruhigende Laute von mir. Das Tier, offenbar ein deutscher Schäferhund, zog die Lefzen hoch.

»Alfie!«, hörte ich unten am Deich eine Männerstimme rufen.

Der Hund bellte erneut und kam ein Stückchen näher. »Alfie! Aus!«, rief der Mann noch lauter. »Sitz!«

Knurrend setzte der Hund sich hin.

Der Mann, dem die Stimme gehörte, tauchte zwischen den Schafen auf. Mit schnellen Schritten eilte er den Deich hinauf. Oben angekommen fasste er den Hund an der Schnauze und strich ihm über den Kopf. »Alfie, was machst du denn da?«, fragte er, dann fiel sein Blick auf mich. Er schob seine dicke Wollmütze ein Stück zurück. »Er hat dich wohl für einen Wolf gehalten.« Sein Lächeln blitzte in der Dunkelheit. Ich konnte nicht viel erkennen, aber ich schätzte, dass er etwa in meinem Alter war. Er zog die Schultern hoch. »Wir sind beide noch neu im Job, entschuldige bitte.«

»Wo ist Arnold? Wo ist Gerd?« Meine Stimme zitterte leicht. Unterstützt von seinem alten Schäferhund Arnold, zog der ebenfalls in die Jahre gekommene Schäfer Gerd, dem die Herde gehörte, jedes Jahr über unsere Wiese und die der Nachbarn, damit die Tiere beim Grasen mit ihren Tritten die Deiche festigten.

Der Mann streichelte erneut den Hund neben sich und sagte: »Arnold ist leider im Winter verstorben, seitdem lernt Gerd Alfie an, aber der ist offenbar kein Naturtalent.« Alfie sah ihn ergeben hechelnd an, als wüsste er, dass es gerade um ihn ging. »Gerd selbst hatte eine Rücken-OP, deshalb kümmere ich mich vorübergehend um seine Herde.« Er streckte mir die rechte Hand entgegen. »Ich bin Florian.«

Ich ergriff seine Hand, er drückte etwas zu fest zu, und ehe ich antworten konnte, sah ich wieder sein Lächeln aufblitzen. »Und du musst Toni sein. Habt ihr schön gefeiert heute Abend?«

Ich zog meine Hand aus seiner. »Schon, aber woher weißt du das?«

Er lachte erneut. »Dein Vater hat mir heute Nachmittag von deinem Besuch erzählt.« Er steckte die Hände in die Hosentaschen. »Was machst du hier im Dunkeln allein auf dem Deich?«

Ich reckte mich. »Ich wollte nur dem Meer Hallo sagen, auch wenn man es nicht sehen kann.«

Florian blickte über die Wiesen in Richtung des schwarzen Horizonts. »Aber du kannst es riechen.«

»Genau.«

Im Profil konnte ich sehen, dass er eine markante Nase hatte. »Bist du von hier?«, fragte ich.

»Eigentlich nicht, ich arbeite hier nur während der Saison.«

Wie oft ich diesen Satz schon gesagt hatte. An allen möglichen Orten dieser Welt.

»Aha.« Ich hielt Alfie meine Hand hin, an der er nun schwanzwedelnd schnüffelte. »Noch keine Frühsommerlämmer in Sicht?«

»Gerd sagt, er rechnet jeden Tag mit ihnen, dann wird er natürlich kommen.« Florian redete ein kleines bisschen zu laut dafür, dass wir allein hier oben waren und nichts zu hören war außer dem Rauschen des Windes und dem ein oder anderen Schaf, das in die Nacht hineinblökte.

Ich schob die Ärmel meines Sweatshirts nach oben. Meine Hände zitterten immer noch leicht. Alfie hatte mich ziemlich erschreckt, und seit dem Unfall in Costa

Rica waren meine Nerven etwas schwächer. »Gut, dann bin ich ja noch rechtzeitig gekommen.«

»Magst du Schafe auch so gerne wie ich?« Zuerst dachte ich, er mache sich über mich lustig, aber seinem Gesichtsausdruck nach zu urteilen, meinte er es vollkommen ernst. Er zupfte an einer Haarsträhne, die aus seiner Mütze schaute. »Sie sind etwas schlicht vom Gemüt her, aber so herrlich gutmütig. Sie wollen einfach nur zusammen mit ihren Kumpels grasen und in die Weite schauen. So sorglos ist ihr Leben.«

»Stimmt.« Ich musste wieder an Christian und Caro denken. Wie wütend sie ausgesehen hatten. Ein sorgloses Leben führten hier offenbar gerade nur die Schafe. »Das denke ich oft bei Tieren«, sagte ich.

»Ja, wobei der hier den deutlich härteren Job hat. Aber das lernst du noch, Kumpel.« Er klopfte Alfie auf den Rücken und sah sich nach den Schafen um. »Wir werden jetzt mal diese müden Wuschel ins Gatter bringen.« Er pfiff durch die Zähne, und diesmal war Alfie sofort auf den Beinen. Mit großer Begeisterung begann er, die Herde zu umkreisen und auf das Holzdach am anderen Ende der Wiese zuzutreiben. Auch diesen Verschlag hatte meine Mutter einst aus Holzplanken und Wellblech selbst gebaut.

»Also dann.« Florian setzte sich in Bewegung. »Man sieht sich«, sagte er über die Schulter. »Und sorry noch mal. Wenn wir gewusst hätten, dass du eine reizende junge Dame und kein Wolf bist, hätten wir dich anders begrüßt. Nicht wahr, Alfie?«

Alfie rannte mit heraushängender Zunge an uns vorbei auf ein kleineres Schaf zu, das völlig versunken etwas abseits graste, während Florian pfeifend den Deich hinunterging.

Ich sah ihm nach und fragte mich, wer er war, dass er sich so selbstverständlich auf dem Grundstück meiner Eltern bewegte. Aber manche Männer waren so, ich hatte beileibe einige von ihnen kennengelernt auf meinen Reisen. Brust raus, fester Handschlag, laut reden und immer nach dem Motto: Mir gehört die Welt. Meinem Beuteschema hatte das nie entsprochen. Während meine Freundin Maria, mit der ich früher meist gereist war, solchen Machern damals zielgerichtet lange Blicke zuwarf (viel mehr brauchte es bei ihr nicht), waren es bei mir immer die Planlosen, die Schüchternen, die Verpeilten, die mich anzogen. Caro behauptete, ich würde glauben, sie alle retten zu können, woran ich natürlich stets scheiterte. Und doch versuchte ich es wieder und wieder.

Ich ließ meinen Blick noch einmal über unser Grundstück schweifen, über den Deich hinweg, bis dorthin, wo das Meer lag. Ja, es war schön hier. Und ich war froh, wieder da zu sein.

»Willkommen zu Hause«, flüsterte ich mir selbst zu.

4

Am nächsten Tag fuhr ich mit dem Rad in Richtung Dorf. Der Wind wehte kräftig, und ich musste ordentlich treten, um überhaupt voranzukommen. Meine Windjacke flatterte mit meinem hohen Pferdeschwanz um die Wette. Mein Vater hatte mir seinen alten Opel zum Einkaufen angeboten, aber ich hatte dankend abgelehnt. Das Wetter war schön und der Weidenkorb vorne am Rad meiner Mutter groß genug für die Sachen auf der Liste, die Papa mir mitgegeben hatte.

Ich hatte ihn nach Mama fragen wollen, die offenbar immer noch nicht da oder schon wieder unterwegs war, aber er brachte gerade ein großes Tablett voller Köstlichkeiten zu den Wohnungen der Gäste. Meine Schwester und Mads waren längst zur Schule gefahren und Christian in die Kanzlei nach Garding, wo er als Steuerberater arbeitete. Wie lange glaubten sie, mich mit Ausreden abspeisen zu können? Sobald ich vom Einkaufen zurück war, würde ich Papa zur Rede stellen und ihn bitten, mir endlich zu sagen, wo Mama steckte.

Ich fuhr an mehreren Höfen vorbei. Neben dem Gewächshaus von Familie Averhoff fiel mir ein schnittiger neuer Mähdrescher auf. Familie Brodersen hatte ihr Haus um einen modernen Anbau mit viel Holz und Glas erweitert. Auch sie investierte nun offenbar in den Tourismus und nicht mehr allein in die Landwirtschaft. Dabei war es vor allem diese Familie gewesen, die meinen Eltern anfangs das Leben schwer gemacht hatte. Weltverbesserer-Berliner, die sich von ihrem Ersparten einen Hof kauften, kamen hier von vorneherein nicht gut an. Und wenn sie dann auch noch die Felder und Weiden vermieteten und die Stallungen zu Ferienwohnungen umbauten, erst recht nicht. Auf Caros und meiner Schule waren einige Söhne und Töchter von Hoteliers, Gastronomen und anderen im Tourismus tätigen Eltern gewesen. Mit denen versuchten wir uns anzufreunden, denn die Kinder der Landwirte schnitten uns.

So auch Ina, die jüngste Tochter der Petersens, an deren Hof ich gerade vorbeiradelte. Ich weiß noch, wie ich sie zum ersten Mal sah, kurz nach unserem Umzug. Sie stand oben auf dem Deich, als ich mit meiner Mutter auf dem Rad vorbeifuhr. Es war einer dieser Momente, in denen man jemanden sieht und denkt: Dich möchte ich als Freundin haben. Sie trug ein offenbar selbst gefärbtes T-Shirt, hatte einen kupferroten Pixie-Haarschnitt, eine freche Stupsnase und einen ziemlich selbstbewussten Blick. Ihre muskulösen Waden steckten in Reitstiefeln, um die eine kleine Katze strich. Als wir uns näherten, nahm sie das Kätzchen hoch und lief wortlos die Einfahrt hinunter.

»Guck mal, die Nachbarn haben ein Mädchen in

deinem Alter«, sagte meine Mutter. »Die kannst du ja im Schulbus mal ansprechen.«

Aber Ina hatte sich ihre Meinung schon vor dem ersten Schultag gebildet. Erst im letzten Jahr vor dem Abitur lernten wir manchmal zusammen, und es sah kurz so aus, als ob wir doch noch Freundinnen würden. Aber einige Monate später verließ ich Nordfriesland und meldete mich bei niemandem mehr, der mich an meine Zeit dort erinnerte.

Ob Ina noch hier wohnte? Bei meinen Weihnachtsbesuchen waren wir uns nie begegnet. Der Hof ihrer Eltern wirkte auf den ersten Blick unverändert, doch am Eingang hing ein glänzendes Messingschild. *Großzügige Stellplätze für Campingbusse und Wohnmobile* stand darauf. Wer hätte das gedacht?

Nach etwa zwanzig Minuten erreichte ich die nächstgelegene Ortschaft Tating. Die geschwungene Dorfstraße wurde von hübschen Altbauten und Backsteinhäusern gesäumt, in denen ein paar Geschäfte untergebracht waren. Eine Bäckerei, ein Laden mit Wohnaccessoires, ein Kiosk, der von Strandspielzeug bis Sonnenmilch alles vorrätig hatte, und ein Bioladen, in dem es vor allem Obst und Gemüse aus der Region gab. Da wir selbst nur ein paar Kräuter, ein wenig Gemüse und Salat anbauten und das Obst ernteten, das auf unserem Grundstück wuchs, war ich immer schon mit meinem Vater hierher zum Einkaufen gekommen. Die ersten Male hatte ich fassungslos im Laden gestanden. Ich kannte riesige

Supermärkte mit meterlangen Regalen und Joghurts in allen möglichen Geschmacksrichtungen. Hier gab es Natur oder Himbeere. Und jede Menge fröhliche Urlauber mit roten Nasen, die sich ihren Picknickkorb für den Strand füllten. Ich hatte zwischen ihnen gestanden, die Kapuze tief ins blasse Gesicht gezogen, und gestaunt.

Drinnen schlug mir der vertraut säuerliche Geruch von Bioläden entgegen. Selbst in dem kleinen Laden in der Nähe des Surfcamps in Costa Rica hatte es so gerochen. Manche Dinge waren überall auf der Welt gleich. Ich legte drei Packungen Dinkelmehl in meinen Einkaufskorb, vier Päckchen Hefe, Haselnüsse und kernige Haferflocken. Die Milchprodukte bekamen wir direkt von einem Hof in der Nähe, den Aufschnitt von einem anderen und von einem dritten den Honig. Die Marmelade kochte mein Vater mehrmals im Jahr in stundenlangen Sitzungen selbst ein. An der Kasse warf ich noch eine Packung ökologisch abbaubares Kaugummi aufs Band.

Als ich wieder nach draußen trat, sah ich meine Mutter. Zunächst dachte ich, ich hätte mich geirrt, weil die Frau auf der anderen Straßenseite gerade auf einen schnittigen roten Kleinwagen zusteuerte, den ich nicht kannte. Doch der energische Gang, die zackige Geste, mit der sie das halblange Haar zurückstrich, der schmale Körperbau – es gab keinen Zweifel.

»Mama!«, rief ich laut hinüber, aber sie hörte mich offenbar nicht. Behände stieg sie ins Auto und kramte im Handschuhfach.

Ich überquerte die Straße und eilte auf den Wagen zu. Schon setzte sie den Blinker, und noch ehe ich an die Scheibe klopfen konnte, fuhr sie los. Ein paar Meter rannte ich winkend hinter ihr her, dann blieb ich frustriert stehen. In ihrem Rückspiegel konnte ich sehen, wie sie eine große Sonnenbrille aufsetzte, dann war sie weg.

Nachdem ich wieder zu Atem gekommen war, entschied ich mich, umzudrehen und nach Hause zu fahren. Ich verstaute die Einkäufe im Korb und radelte etwas verärgert die Landstraße entlang. Warum besaß meine Mutter noch immer kein eigenes Handy? Das alte von Christian, das er meinen Eltern aufgeschwatzt hatte, lag meistens in der Schale mit Schlüsseln und Krimskrams im Hausflur. Nur abends schaute meine Mutter manchmal darauf und antwortete auf Nachrichten, die ich ihr von irgendwo auf der Welt geschickt hatte. Wenn mich nicht alles täuschte, hatte sie mir jedoch schon seit ein paar Wochen nicht mehr geschrieben. Wie lange war sie wohl nicht mehr zu Hause gewesen? Ich hörte ein großes Auto von hinten heranfahren und langsamer werden. Als wir auf einer Höhe waren, öffnete der Fahrer das Fenster und rief heraus: »Toni?«

Verdutzt blickte ich in den Kastenwagen und entdeckte einen alten Freund von mir. »Andy!«, rief ich zurück.

Er winkte und parkte am Straßenrand. Ich stellte mein Rad ab und lief ihm entgegen.

Er war immer noch schlank, trug eine zerrissene

Jeans und hatte mittlerweile flächendeckend tätowierte Arme. Als er vor mir stand, verzog sich sein Gesicht zu einem breiten Grinsen, und er drückte mich etwas ungestüm an sich. Dann löste er sich von mir und betrachtete mich. »Unfassbar! Du wirst nie älter, oder? Mann, das gibt es nicht!«

Ich musterte ihn ebenfalls und berührte mit der Hand den Hipsterbart, den ich noch nicht kannte. »Du irgendwie schon.«

Die langen Haare von früher waren bereits vor einigen Jahren einem schnittigen Undercut gewichen. Die sympathischen Fältchen um seine Augen verrieten, dass er seit unserer gemeinsamen Schulzeit nur wenige Partys ausgelassen hatte.

Andy betrachtete mich immer noch neugierig. »Mensch, wir haben uns ewig nicht gesehen. Was treibst du hier?«

Ein Auto raste an uns vorbei, und ich zog ihn etwas weiter von der Straße weg auf die Wiese. »Familienbesuch.«

»Im Sommer?« Er hob irritiert die dichten Augenbrauen. Wenn ich bis auf eine Ausnahme einmal im Jahr an Weihnachten hier gewesen war, hatten wir uns manchmal in der Kneipe getroffen, die er neben seinem Malerbetrieb besaß.

Ich zuckte mit den Schultern. »Immer für eine Überraschung gut.«

Er zögerte. »Tut mir leid, dass es gerade nicht so gut läuft bei euch.«

Ich seufzte. »Welchen Punkt auf der Liste meinst du?«

Andy griff in die Hosentasche seiner Jeans und zog ein Päckchen Zigaretten hervor. »Na, du weißt schon, ist nicht leichter geworden mit dem Tourismus. Hab deine Mum neulich getroffen. Sie sagte, die Buchungen wären dieses Jahr nicht gut und es würde ihnen langsam alles zu viel.« Er steckte die Zigaretten wieder weg.

»Oh.«

Ein weiteres Auto fuhr vorbei, und jemand streckte die Hand aus dem Fenster. Andy erwiderte den Gruß. »Sorry, ich dachte, das wüsstest du«, sagte er wieder an mich gewandt.

Ich zog die Nase kraus. »Nein, ich bin erst seit gestern da. Und da ja offenbar alle mehr wissen als ich: Weißt du auch, wo ich meine Mutter finde?«

Er grinste breit. »Soll ich dich hinbringen?«

Mit meinem Fahrrad und den Einkäufen auf der Ladefläche des Kastenwagens machten wir uns auf den Weg. Andy stellte das Radio laut und brauste die Landstraße entlang. Rasant überholte er dabei einen Kombi und einen Traktor mit Anhänger.

»Ich hab es nicht so eilig«, rief ich, in der Hoffnung, nicht zu angespannt zu klingen.

Andy ging vom Gaspedal, und ich spürte, wie er mich von der Seite musterte. Er drehte die Musik etwas leiser. »Wie geht es dir sonst so?«

Ich lehnte mich im Sitz zurück. »Eigentlich gut,

aber ich muss erst richtig ankommen, ehrlich gesagt. Ein Teil von mir ist noch in den Tropen.« Wir lachten beide, dann fügte ich hinzu: »Wie geht es dir?«

Er sah auf die Straße und lächelte konzentriert. »Bestens. Betrieb läuft, Kneipe läuft, Eltern werden älter, kommen aber allein klar. Ich kann mich echt nicht beschweren. Mir fehlt nur immer noch die Frau zum Glück.«

Ich sah ihn von der Seite an. Er war von jeher ein Frauentyp gewesen, konnte sich früher vor den Mädels kaum retten. Vermutlich war er aus diesem Stadium nie ganz herausgekommen. »Was ist aus Jessica geworden?«

Ich hatte ihn vor ein paar Jahren um die Feiertage herum in seiner Kneipe mit der Tochter eines Hoteliers gesehen, und sie hatten ziemlich verliebt gewirkt. Damals dachte ich, sie könnte diejenige sein, mit der er zusammenblieb.

»Das ist lange vorbei. Sie hat geheiratet letztes Jahr, den Sohn von Brodersens.«

»Nein!«

»Doch!«

»Den dicken Kalle?«

Andy lachte rau. »Du, der ist nicht mehr dick, der geht jetzt fünfmal die Woche in die Muckibude und hat solche Keulen.« Er deutete kugelrunde Muskeln an, als wäre er Popeye.

Ich grinste. »Übernehmen sie gemeinsam den Hof seiner Eltern?«

Andy bremste und bog in einen schmalen Feldweg

ab. Er trank etwas aus der Wasserflasche, die zwischen uns in einer Halterung stand. »Nee, die sind nach Rendsburg gezogen, haben beide irgendwelche anständigen Jobs. Alle hauen irgendwann ab, kennst du ja.« Er blickte kurz zu mir herüber und zwinkerte. »Wie lange bleibst du diesmal?« Er wurde noch langsamer und lenkte den Wagen auf einen Deichweg.

»Mal sehen, noch keinen Plan«, antwortete ich.

Er zwinkerte mir noch einmal zu. »Niemand, der irgendwo auf dich wartet?«

Ich erwiderte seinen Blick grinsend. »Nein, leider nicht.«

Unterhalb des Deiches lagen einige schöne Grundstücke mit sogenannten Haubargen, großen, alten Reetdachhöfen, die von Wassergräben umgeben waren. Viele von ihnen gehörten mittlerweile wohlhabenden Hamburgern, die sie als Wochenendhäuser nutzten. Andy fuhr vom Deich hinunter direkt auf einen solchen Hof zu, dessen Einfahrt wie eine Allee von Linden gesäumt war. Ratternd rollte der Kastenwagen über eine kleine Brücke und hielt vor einem gusseisernen Tor.

Ich sah Andy irritiert an. »Was machen wir hier?«

Er stellte den Motor aus und kurbelte das Fenster herunter. »Du wolltest doch zu deiner Mutter.«

Ich staunte. »Woher weißt du, dass sie hier ist?«

Andy lachte wieder sein raues Lachen und fummelte erneut seine Zigaretten hervor. Diesmal zündete er sich eine an. »Toni, du bist in Nordfriesland. Du weißt doch, dass hier jeder alles von jedem weiß. Sogar die Dinge, von denen der andere selbst nichts ahnt.«

Ich löste grinsend meinen Gurt.

»Soll ich warten?« Andy aschte auf der Fahrerseite aus dem Fenster.

»Ist lieb, aber lass mal.« Ich öffnete die Tür. »Ich fahre nachher mit dem Rad zurück.«

Andy half mir, das Fahrrad und die Einkaufstasche aus dem Wagen zu heben, wobei er die Zigarette lässig in den Mundwinkel klemmte. »Hast du meine Nummer?«, fragte er. »Ist noch meine allererste.«

»Na klar.« Ich drückte ihm links und rechts ein Küsschen auf. »Danke dir!«

»Ruf an, wenn du was brauchst. Und wenn du Lust auf ein Bierchen hast, komm vorbei. Ich freue mich auch, wenn du mal wieder Musik für uns machst.«

Ich verzog das Gesicht. »Mal sehen, ich hab gerade andere Dinge zu klären.« Ich wies mit dem Kopf auf den Hof hinter mir.

»Wie du meinst.« Er stieg wieder ein und stellte den Motor an. »Aber wehe, du haust ab, ohne dich noch mal zu melden!«

»Nein, das mache ich nicht, versprochen.«

Während er schon davonfuhr, den Arm mit der Zigarette aus dem Fenster gestreckt, rief er: »Willkommen zu Hause!«

Ich drehte mich um. Hinter dem Tor lag ein prächtiger quadratischer Rotklinkerbau mit massivem, tief gezogenem Reetdach. Offensichtlich wurde er nicht mehr für die Landwirtschaft genutzt, dazu war er viel zu herausgeputzt. Die Ziegelsteine glänzten mit den frisch lackierten Sprossenfenstern um die Wette, auf der Wiese vor der Tür graste eine Herde Tonschafe, mehrere große Autos parkten unter einem schicken Carport – und mitten davor: der kleine rote Flitzer, in den meine Mutter vorhin gestiegen war. Ich versuchte, das Tor zu öffnen, doch es war verschlossen. An der Mauer neben dem Tor bemerkte ich eine moderne Klingelanlage. Einen Moment zögerte ich, dann drückte ich wahllos auf einen der Knöpfe.

Ein Surren ertönte aus der Freisprechanlage, gefolgt von einer Männerstimme. »Ja, bitte?«

»Guten Tag, hier ist Petras Tochter.«

»Fräulein Carolin, wie schön!« Der Herr kannte offenbar meine Schwester, was mich kaum überraschte. »Warten Sie bitte einen Moment.« Die Anlage fiepte.

Ich blickte durch die Streben des Tores. Unter einer verschnörkelten Metallbank neben der Haustür tänzelte eine langhaarige Katze hervor, die eindeutig nicht angeschafft worden war, um Mäuse zu jagen. Leichtfüßig setzte sie einen pelzigen Fuß vor den anderen, ihr buschiger Schwanz schlängelte elegant hinter ihr her.

Dann trat meine Mutter aus der Haustür. Sie redete kurz auf die Katze ein und streichelte ihr über den durchgedrückten Rücken. Von Weitem sah sie aus wie immer. Schmal, klein, in weißen Turnschuhen und Jeans, die bauschige Bluse in den hohen Bund gesteckt. Niemand würde auf die Idee kommen, dass alles, was meine Mutter trug, aus ökologischen Gründen secondhand war. Genauso wenig würde man ihr zutrauen, dass sie ständig irgendwelche Holzpfähle in die Erde rammte oder in schwindelerregender Höhe neue Deckenleuchter anschraubte. Keine Ahnung, wie sie das machte, aber sie sah immer aus, als wäre sie der Mutter-Tochter-Kampagne einer französischen Modemarke entsprungen. Leider hatten weder meine Schwester noch ich ihr Stilbewusstsein geerbt. Caro trug in ihrem Streben nach Bequemlichkeit meistens fragwürdige Kombinationen, was meine Eltern vor vielen Jahren dazu veranlasst hatte, sie auf Farbenblindheit testen zu lassen. Und ich hatte meine dunklen Bandshirts schon lange gegen die Uniform eines Surfer Girls eingetauscht – Shorts, Tops oder Strandkleider aus bunter Baumwolle mit Kapuzenpullis drüber.

Jetzt drehte meine Mutter den Kopf zu mir. Ihre Augen weiteten sich.

»Du?«, rief sie über den Platz hinweg und rannte auf das Tor zu. Mit hastigen Bewegungen drückte sie ein paar piepsende Knöpfe, dann sprang das Tor auf, und sie eilte hindurch. Stürmisch schlang sie ihre Arme um mich. »Meine Toni!« Sie nahm mein Gesicht in beide Hände und küsste mehrmals meine Wangen. »Menschenskind, das kommt unerwartet!« Ihre Hände fühlten sich spröde an. Sie waren das Einzige an ihr, was die harte Arbeit verriet.

Sie trat einen Schritt zurück, und ich bemerkte, dass

sie eine andere Frisur hatte. Ihr feines helles Haar, das meinem glich, war in den letzten Jahren ziemlich grau geworden. Jetzt war es in einem warmen Goldblond getönt und offenbar so mit einem Lockenstab bearbeitet worden, dass es an den Seiten keck abstand, wie ich es mal in einer Zeitschrift gesehen hatte.

Sie bemerkte meinen Blick und strich sich lachend durch die sanften Wellen. »Für mehr Volumen, sagt Gisela.« Sie lachte laut, wobei sich um ihre Augen hübsche Lachfältchen bildeten. »Komm mit.« Sie nahm meine Hand und zog mich auf das Reetdachhaus zu. »Was machst du hier, wie geht es dir? Hach, ich habe so viele Fragen.« Im Vorbeigehen streichelte sie noch einmal die Katze, die dies mit geschlossenen Augen über sich ergehen ließ.

Meine Mutter führte mich zu einem Seiteneingang des Hauses, vor dem Hühner pickten, wie bei uns. Aber diese Hühner sahen nicht aus wie unsere. Es waren keine staubigen, gerupften Viecher, die man ständig vom Komposthaufen wegscheuchen musste, sondern Rassegeflügel mit mehrfarbigen Federn. Bestimmt legten sie gefleckte Eier, die den Cholesterinwert senkten oder irgendeinen anderen gesundheitlichen Nutzen hatten.

Meine Mutter machte gurrende Geräusche. »Berlotti«, mahnte sie dann, »sei nett zu deinen Frauen!« Sie bemerkte meinen irritierten Blick und erklärte: »Unser Hahn hat gerade eine Midlife-Crisis.« Meine Augen weiteten sich, deshalb fügte sie hinzu: »Er lässt seinen Frust an den Hennen aus, weißt du.«

Das hatte ich durchaus verstanden. Irritiert hatte mich vielmehr die Formulierung »unser Hahn«. Denn *unser* Hahn pickte meiner Meinung nach einige Kilometer Luftlinie von hier im Dreck und hatte nur noch eine einzige lange Schwanzfeder.

»So, Berlotti, jetzt lass uns mal durch.« Meine Mutter scheuchte den Hahn mit hektischen Bewegungen zur Seite und schlängelte sich an ihm vorbei zur Eingangstür, die direkt in die Küche führte.

Ich folgte ihr kopfschüttelnd. »Berlotti.«

»Gisela benennt die Hähne immer nach den Ermittlern ihrer aktuellen Lieblingskrimis, lustig nicht?« Meine Mutter kicherte. »Gisela?«, rief sie in die riesige Wohnküche hinein.

Alles hier war blitzblank und ordentlich. Auf der Kücheninsel standen mehrere Geräte aufgereiht nebeneinander, die zusammengenommen vermutlich den Wert eines Kleinwagens hatten. Ich entdeckte eine Espressomaschine, die auf mich so neu wirkte, als wäre sie noch nie benutzt worden.

»Gisela?«, rief meine Mutter noch einmal, mit der für sie typischen, etwas kratzigen Stimme.

Ich war so überwältigt von den Räumlichkeiten und Mamas üblicher Ruhelosigkeit, dass ich es nicht schaffte, sie zu fragen, warum sie nach jener Gisela rief, statt mir endlich zu erzählen, warum sie überhaupt hier war.

»Was ist denn, Petra? Ich eile, ich eile.« Eine große schlanke Dame erschien im Türrahmen, mit akkurat geschnittenem dunklem Bubikopf und Halbbrille. »Na, wen haben wir denn da?« Sie zupfte an ihrer bestickten Jacke, die sie über ein Strickkleid gezogen hatte. Keine Landwirtin, dachte ich bei mir, eindeutig keine Landwirtin.

»Gisela, schau, wer plötzlich vor der Tür stand. Meine Toni«, sagte Mama stolz.

»Deine …«

»Meine jüngere Tochter, die Surferin, du weißt schon.«

Gisela schlug sich die feingliedrige Hand, an der ein silberner Ring steckte, vor den Mund. »Die Vagabundin ist heimgekehrt! Wer hätte das gedacht?«

Ich wurde auf eine Eckbank gescheucht, während Gisela meine Mutter ebenfalls in Richtung Esstisch schob. »Petra, nun setz dich doch bitte auch mal!«

Mit bedachten Bewegungen nahm Gisela Tassen aus dem Regal, stellte sie vor uns auf den Lacktisch und zauberte einen Teller Kekse hervor. Den Kaffee goss sie aus einer Thermoskanne ein – wusste ich es doch, die Espressomaschine war reine Deko.

»Schatzi, erzähl!« Meine Mutter griff nach meiner braun gebrannten Hand und wandte sich dann wieder Gisela zu. »Sie war in Puerto Rico, stell dir vor.«

»Costa Rica, Mama.«

»Jaja, ich verwechsele das immer, und sie hat da in einem Hotel gearbeitet.«

»Einem Surfcamp.«

Gisela musterte mich interessiert über den Rand ihrer Brille hinweg. »Man sieht dir an, dass du lange irgendwo mit viel Sonne warst. Dieser Frühsommer war bisher etwas bescheiden in Norddeutschland. Wir arbeiten noch an unseren Bikinistreifen, nicht wahr, Petra?«

Sie gackerten beide laut los.

Jetzt hielt ich es nicht mehr aus. Ich setzte mich kerzengerade hin. »Mama, kann ich bitte kurz allein mit dir sprechen?«

Meine Mutter stellte ihre Kaffeetasse ab. »Warum, was ist denn, Spätzchen?«

Aber ihre neue Freundin hatte sich schon erhoben. Sie lächelte mich aufmunternd an und nahm ihre Tasse. »Ich schaue schon mal wegen der Sushi-Bestellung für heute Abend, bin am Computer, falls ihr mich sucht.« Im Flur flötete sie noch: »Nur vegetarisch, richtig, Petra? Und ruf mich, wenn du etwas brauchst.«

»Jaja, danke!« Meine Mutter wandte sich mir mit besorgter Miene zu. »Was ist los, Engelchen?«

Ich lehnte mich zu ihr vor. »Mama, wer ist die Frau, und warum wohnst du bei ihr?«

Ihr Gesicht hellte sich wieder auf. »Ich habe Gisela letzten Sommer im… Geschäft für Werkzeuge kennengelernt.«

»Im Baumarkt, meinst du?«

»Ja, genau. Eine tolle Frau, wir mochten uns direkt. Kommt aus Hamburg, war früher Studienrätin. Das hier war eigentlich ihr Wochenendhaus, bis ihr Mann – ein erfolgreicher Geschäftsmann – im vergangenen Frühjahr an einem Herzinfarkt verstorben ist. Danach ist sie in Pension gegangen und ganz hergezogen. Und jetzt wohne ich auch hier.«

Ich versuchte, diese Information zu verarbeiten. »Und warum?« Ich konnte von ihrem Gesicht ablesen, dass sie sich ihre Antwort gut überlegte, und fügte hinzu: »Bitte sag mir die ganze Wahrheit!«

Ihr Lächeln erlosch. »Also gut.« Nervös knibbelte sie an ihren Fingern herum, die weniger erdig und furchig aussahen als sonst. »Ich habe deinen Vater verlassen.«

Ich hielt kurz die Luft an. »Nein.«

»Doch.« Sie senkte den Blick. »Ihr seid doch jetzt groß.«

Ich starrte sie fassungslos an. »Aber du liebst Papa!«

Sie fuhr sich grob durch die gelegten Wellen. »Darum geht es nicht. Ich möchte nicht mehr das ganze Jahr über schuften, ich will mehr, noch etwas erleben. Ich muss jetzt auch mal an mich denken.«

»Aber Mama.« Ich schnappte nach Luft. »Du liebst doch dein Leben!«

»Schon, ja.« Sie winkte ab.

Ich griff nach ihrer Hand. »Ich habe nie gehört, dass du dich beschwert hast, nicht ein einziges Mal. Du hast immer nur gesagt, es sei die beste Entscheidung deines Lebens gewesen, hierherzuziehen und den Ferienhof zu eröffnen.« Meine Kaffeetasse stand noch immer unangerührt vor mir und wirkte auf mich zunehmend wie das Requisit aus einem Filmset, in das ich hier versehentlich geraten war.

Meine Mutter zog ihre Hand aus meiner. »Manche

Dinge ändern sich. Man wird älter, man spürt seine körperlichen Grenzen.« Sie betrachtete ihre Fingernägel. »Und dann kommt der Alltag, und der Zauber ist weg, und plötzlich fragst du dich: War das schon alles?« Sie sah mir in die Augen, und mir wurde schwer ums Herz.

»Kannst du nicht mit Papa zusammen etwas ändern? Musst du ihn dafür verlassen?«

Sie wandte den Blick nicht ab, doch ihre Augen wurden glasig. »Ja, leider, Engelchen. Ich weiß, dass du das irgendwann verstehen wirst.«

Ich vergrub mein Gesicht in den Händen.

Meine Mutter streichelte mir über den Rücken. »Mach dir keine Sorgen um mich, ich bin hier gut aufgehoben.«

Ich hob den Kopf. »Ich mache mir auch keine Sorgen um dich, Mama. Ich mache mir Sorgen um Papa.«

Sie zog ihre Hand wieder zurück. »Dass sein Linchen auf seiner Seite stehen würde, war klar. Aber du?«

Ich stöhnte genervt auf. »Mama, ich bin auf niemandes Seite. Es geht nur darum, dass Papa ohne dich lebensunfähig ist. Und was soll aus dem Hof werden? Wir können noch vor dem Sommer dichtmachen!«

Sie legte den Kopf schief. »Er hat doch bereits Hilfe geholt, wirst schon sehen, ihr schafft das.« Damit stand sie auf, ging zum Kühlschrank und nahm eine Flasche aus milchig braunem Glas heraus. »Wer weiß, wohin es mich treibt, aber im Augenblick fühle ich mich bei Gisela pudelwohl.« Sie holte zwei kleine Gläser aus einer Vitrine und goss etwas aus der Flasche hinein. »Ich verstehe, dass das für dich schwierig ist.«

Sie kam mit den Gläsern an den Tisch, stellte eines vor mir ab und setzte sich mit dem anderen in der Hand wieder hin. »Auf den Schreck trinken wir jetzt einen von diesem … diesem Zeug hier.«

»Eierlikör?«

»Genau. Den macht Gisela selbst, aus frischen Eiern, und ich sag dir, das macht so einen Unterschied. Ist ein Thermomix-Rezept.« Und schon war ihr Strahlen zurück, als wäre nichts gewesen. »Sagt dir Thermomix etwas? Gibt es das in Puerto Rico auch? Ist hier voll im Trend.« Sie zeigte auf eines der glänzenden Geräte auf der Kücheninsel.

Ich nahm mein Glas, schaute in die dickflüssige dottergelbe Masse und sagte: »Ich glaube, einer davon reicht heute nicht.«

5

Tief in Gedanken versunken radelte ich zurück. In meinem Magen hatte der Eierlikör ein wohliges Gefühl hinterlassen, meinen Schreck betäuben konnte er nicht. Mama hatte Papa verlassen. Weil sie ein neues Leben anfangen wollte. Weil sie mehr vom Leben wollte. Weil das noch nicht alles gewesen sein konnte. Ich drehte die neuen Tatsachen von links nach rechts und von rechts nach links, aber richtig begreifen konnte ich sie nicht.

Meine Mutter hatte auf mich immer einen zufriedenen Eindruck gemacht. Bis zum heutigen Tag war ich davon ausgegangen, keinen Menschen zu kennen, der sein Leben mehr liebte als sie. Und das nicht nur, weil mein Vater sie anbetete. Sie wurde auch niemals müde, bei jeder Gelegenheit zu betonen, dass der Umzug von Berlin hierher die goldrichtige Entscheidung gewesen war. Nicht ein einziges Mal hatte ich mitbekommen, dass sie sich über etwas beschwert hätte, auch wenn der Alltag auf dem Ferienhof viel Arbeit bedeutete. Jeden kleinen Anflug von Stress oder Ärger konnte mein Vater mit einer festen Umarmung vertreiben. »Schaffen wir, mein Sternchen, schaffen wir«, sagte er dann immer.

Ich konnte mich nicht daran erinnern, dass die beiden mal nicht einer Meinung gewesen waren. Hatte ich ihre Probleme nur nicht sehen wollen, oder hatte sich etwas geändert, seit ich zuletzt hier gewesen war?

Ich musste an meinen letzten Besuch denken, an Weihnachten vor anderthalb Jahren. Nur eine Familie war über die Feiertage zu Gast gewesen, mein Vater hatte ihr jeden Tag Frühstück gebracht, und meine Mutter hatte mit Begeisterung draußen in der Eiseskälte mit den Kindern an einem neuen Tor für das Ziegengatter gewerkelt. Alles war wie immer gewesen.

Ein Bild von Heiligabend schoss mir in den Kopf: mein Vater in seinem Lesesessel mit der defekten automatischen Fußstütze, der einst mit von Berlin hierher gezogen war. Meine Mutter saß quer auf seinem Schoß und kraulte ihm den Kopf. Im Vergleich zu ihm wirkte sie noch zarter, als sie es ohnehin war. Er hielt ein Geschenk in der Hand, irgendetwas, das meine Mutter für ihn selbst gemacht hatte, ich glaube, es war ein Brotkasten. Jedenfalls küsste mein Vater sie zärtlich und säuselte: »Danke, mein Sternchen, ich freue mich.«

Caro und ich hatten gemeinsam die Augen verdreht, und Mads hatte gekreischt: »Iiih, ihr sollt euch nicht küssen! Omas und Opas küssen sich nicht.«

»Deine schon«, hatte Christian gesagt, und wir hatten alle gelacht.

Und jetzt verließ meine Mutter meinen Vater und wohnte bei einer vornehmen Freundin, die ihre Hähne nach Krimiermittlern benannte? Ich hatte mich getäuscht. Auch hier stand die Welt nicht still.

Als ich zurück zu unserem Hof kam, fiel mir auf, wie sehr er sich vom blank polierten neuen Wohnsitz meiner Mutter unterschied. Die einst weiß getünchten Backsteine des Wohnhauses waren moosbefleckt. Die Rosen wucherten so dicht darum herum, dass sie manche Fenster fast vollends verdeckten. Von den hübschen Holzrahmen blätterte an mehreren Stellen der Lack ab. Die pastellfarbenen Türen der Ferienwohnungen waren vom Sonnenlicht ausgeblichen. Der alte Traktor auf dem Hof, mit dem die Kinder gerne spielten, war voller Spinnweben. Neben dem Hühnerstall lag eine Schubkarre im Gras. Besonders ordentlich waren meine Eltern nie gewesen, das machte den Charme ihres Märchenhofes aus. Aber jetzt sah ich es deutlich: Hier herrschte mehr Chaos als üblich.

Zwischen einer Vogeltränke in einem alten Baumstamm und der umgekippten Schubkarre hindurch marschierte mein Vater in Richtung Ferienwohnungen, zu meinem Erstaunen mit einem Werkzeugkasten in der Hand.

»Hallo, Papa, was hast du vor?«, rief ich ihm zu, noch während ich das Rad abstellte. Mir fielen auf Anhieb mindestens ein Dutzend Familienlegenden ein, in denen er beinahe Fingerkuppen oder sein Leben gelassen hätte, weil er meiner Mutter etwas abnehmen und selbst hatte reparieren wollen.

»In der mintfarbenen Ferienwohnung quietscht eine Tür.« Er hatte den ehemaligen Schweinestall schon fast erreicht, als ich ihm den Weg versperrte.

»Ich mach das, Papa.«

Er stellte den Werkzeugkasten mit einem Stöhnen neben sich auf den Boden. »Glaubt ihr, ich kann nicht mal eine Tür ölen?«

Vom Spielplatz her hörte ich Kinderlachen. »Doch, Papa, es ist nur …«

»Lass mal, Wolfgang, ich erledige das schnell«, hörte ich eine Stimme hinter mir sagen, die mir entfernt bekannt vorkam.

Ich drehte mich um und sah einen Mann auf uns zukommen, etwa in meinem Alter. Er hatte einen energischen Gang und diese Art Haare, die auf den ersten Blick ungekämmt wirken und in Wirklichkeit sorgsam verwuschelt sind.

Mein Vater legte ihm eine Hand auf die Schulter. »Ach so, Toni, das ist …«

»Wir kennen uns schon.« Der Kerl strahlte mich mit einem breiten Grinsen an. Ich musterte ihn ratlos, und er fügte hinzu: »Stimmt, war schon ziemlich dunkel. Ich bin Florian, der Aushilfsschäfer, der dich vor dem wilden Hund gerettet hat.«

Interessiert betrachtete ich ihn genauer. Bei Tageslicht sah er noch weniger wie ein echter Schäfer aus, sondern ziemlich großstädtisch. Er trug ein Flanellhemd, unter dem sich sportliche Oberarme abzeichneten. Irgendwie hatte ich das Gefühl, ihn vorher schon mal gesehen zu haben, nicht erst gestern Abend auf dem Deich.

»Herrje.« Mein Vater reichte Florian den Werkzeugkasten. »Dann geh ich jetzt fernsehen oder lass mir ein Bad ein oder so, wenn ich hier nicht gebraucht werde.« Mit einer Mischung aus Schmollen und Schmunzeln zog er von dannen. Seine bunten Turnschuhe quietschten bei jedem Schritt.

Florian grinste mich unverwandt an. »Deine Eltern haben gar keine Badewanne.«

»Richtig«, sagte ich, »und keinen Fernseher.«

Florian musterte mich. »Alles gut bei dir?«

Ich zögerte. Es ging ihn nichts an, aber vermutlich wusste er ohnehin längst Bescheid, daher sagte ich: »Ich hab gerade etwas rausgefunden, was wohl alle außer mir längst wussten.«

Florian verzog das Gesicht. »Sagen wir, es wird nicht langweilig hier!«

Ich schaute meinem Vater hinterher, der ächzend die Schubkarre beiseite räumte. Sofort verspürte ich den Impuls, ihm zu Hilfe zu eilen, ahnte aber, dass ich es damit nur noch schlimmer machen würde. »Du bist also die Hilfe, die Papa engagiert hat?«

Florian wiegte den Kopf hin und her. »Na ja, nicht wirklich. Ich bin gerade zwischen zwei Jobs, und Christian fragte, ob ich nicht mit anpacken wolle. Er hat es mir mit der schönen Umgebung und der Nähe zum Strand schmackhaft gemacht.« Er drehte sich in Richtung Deich, und mir fiel erneut seine markante Nase in dem sonst jungenhaften Gesicht auf. »Nur hatte ich bisher wenig Zeit für den Strand.«

»Ah, du bist ein Kumpel von Christian?«

Caro, die in einem etwas unförmigen Ringelshirt und ausgelatschten Halbschuhen auf uns zuschlenderte, hatte meine Frage offenbar gehört. »Bruder«, rief sie schon von Weitem. »Flo ist Chris' Bruder.«

Ich tippte mir mit der flachen Hand an die Schläfe. Jetzt fiel es mir wieder ein – deswegen kam er mir bekannt vor. Er war Christians ominöser kleiner Bruder, zu dem er eigentlich keinen Kontakt hatte und der nicht mal bei der Hochzeit dabei gewesen war. Ich hatte ihn auf ein, zwei Fotos gesehen, begegnet waren wir uns aber noch nie.

Erstaunt schaute ich von Caro zu Florian. »Wo habt ihr den denn ausgegraben?«

Florian zog eine Grimasse. »In der Not …«

Caro grinste ihn an. »Genau, da nehmen wir jeden, den wir kriegen können.« Sie schob ihre Ärmel nach oben. »Chris und ich schaffen es alleine neben Kanzlei und Schule nicht. Und dann ist auch noch Gerd ausgefallen und brauchte jemanden für die Schafe. Für Papa wird gerade ohnehin alles zu viel.«

»Ich höre euch«, kam es von meinem Vater, der begonnen hatte, vor dem Hühnerstall zu fegen.

Meine Schwester legte einen Arm um mich. »Konnte ja keiner ahnen, dass du plötzlich hier auftauchst. Eigentlich wollte Florian demnächst in deinen Schuppen ziehen, weil er Papa durch die Wände schnarchen hört.«

»So ein Quatsch! Ich habe noch nie geschnarcht«, rief Papa herüber. Ich war froh, dass er nicht wie sonst immer hinzufügte: »Fragt mein Sternchen!«, woraufhin meine Mutter ihm stets beipflichtete, weil sie mit einem ungewöhnlich tiefen Schlaf gesegnet war.

»Hast du gute Ohrstöpsel?«, wandte ich mich an Florian.

»Der ist zäh.« Meine Schwester grinste Florian erneut an. Sie wusste so gut wie ich, dass er nicht übertrieb. »Außerdem muss er eh früh aufstehen.«

Florian blitzte mich mit seinen strahlend blauen Augen frech an. »Hast du nicht gesagt, dass Toni hier ist, um zu helfen? Ich hätte da ein paar Ideen.«

Florian hatte nicht zu viel versprochen: Ich mistete den Hühnerstall und den Verschlag der Esel und Ziegen aus, wuchtete verrostete Kettcar-Teile in den Müllcontainer hinter der Scheune, putzte gemeinsam mit meinem Vater die noch unbelegte babyblaue Wohnung für die Gäste, die morgen ankommen sollten, und übernahm die Endreinigung in der mintfarbenen, die heute früh frei geworden war.

Die beiden Urlaubermädchen mit ihren pinkfarbenen Stiefeln führte ich auf dem Rücken der Esel über die Weide. Danach striegelten wir das Fell der Tiere, was offenbar seit einigen Wochen niemand mehr gemacht hatte, denn es staubte so stark, dass wir alle drei husten mussten. Die beiden Mädchen quietschten vor Vergnügen. Ob sie sich zu Hause in Hamburg je so schmutzig machen durften?

Nachdem wir uns am Außenwasserhahn die Hände

gewaschen hatten, brachte ich die beiden zu ihrer Mutter, der sie sofort mit leuchtenden Augen berichteten, was sie erlebt hatten. Ich selbst holte mir die Heckenschere aus der Scheune und begann, einige der Rosenbüsche so zu beschneiden, dass man wieder aus den Fenstern sehen konnte.

Am frühen Abend beschloss ich, die restlichen Hecken am nächsten Tag zu stutzen und für heute Feierabend zu machen. Ich hatte angenommen, dass ich nach dem vielen Surfen in Costa Rica topfit war, aber von der körperlichen Arbeit heute war ich richtig erschöpft. Diese Mischung aus Schweiß und Staub auf meiner Haut erinnerte mich an meine Jugend, als ich täglich hatte mit anpacken müssen. So sei das auf dem Land, hatte meine Mutter gesagt, da helfe von klein auf die ganze Familie. Und ich wollte ihr jedes Mal antworten: Deshalb wäre ich ja lieber in der Stadt geblieben.

Als ich die Heckenschere gerade in die Scheune geräumt hatte, sah ich meinen Vater allein auf der Weide bei den Eseln und Ziegen.

Ich schloss das Scheunentor und ging zu ihm. »Hey, Papa.«

»Tönchen.« Er drehte sich lächelnd zu mir um. »Mach du auch mal Schluss für heute, mein Schatz.« Er klopfte den ordentlich gestriegelten Eseln sanft auf die Seite, und sie steuerten gehorsam vor ihm auf den Verschlag zu. »Und morgen macht ihr endlich einen Strandtag, ja? Zumindest einen halben.«

Mein Vater und ich liefen einträchtig nebeneinander hinter den Tieren her.

»Wie geht es dir?«, fragte ich ihn.

Er lächelte etwas müde. »Alles bestens, alles bestens.«

Als die Esel im Verschlag angekommen waren, gingen wir zurück zu den Ziegen, die sofort auf das Gurren meines Vaters reagierten. Ich sah zu, wie er sie sachte vor sich hertrieb. Seine Haare und der Bart waren nicht ganz so gepflegt wie üblich, wenn Mama einen Blick darauf hatte. Aber sonst sah er aus wie immer. Die modischen Jeans, die bunten Turnschuhe, die Fischerhemden, einigermaßen gebügelt, der stets leicht amüsierte Gesichtsausdruck. Es machte mein Herz schwer, dass es in ihm drin anders aussehen musste und er offenbar glaubte, das vor uns verstecken zu müssen. Nur ab und an, wenn er sich unbeobachtet fühlte, blickte er ungewohnt ernst ins Leere. Wie gerade eben. Als er merkte, dass ich ihn ansah, lächelte er schnell.

»Papa?«

»Ja, mein Schatz?«

Ich presste die Lippen aufeinander. »Papa, ich weiß, dass Mama ausgezogen ist.«

Er zuckte kurz zusammen, dann wandte er sich wieder den Tieren zu, die in den Verschlag trabten.

»Wie geht es dir damit?«

Er schloss die Tür hinter ihnen.

Ich sah ihn abwartend an. »Möchtest du nicht mit mir darüber sprechen?«

»Was soll ich dir sagen?« Er kraulte Dumbo, der den Kopf über das halbhohe Tor streckte, die Ohren. »Es ist nicht leicht.«

Der Esel schloss genüsslich die Augen, und mein Vater redete mit leiser Stimme auf ihn ein. »So ein Feiner bist du, so ein Feiner.« Dann wandte er sich mir zu. »Das ist eine Sache zwischen Mama und mir. Ich würde euch da gerne raushalten.«

Ich strich ihm über den Oberarm. »Papa, du musst für uns nicht tapfer sein. Wir sind schon groß, wir können auch mal für dich da sein.«

Kurz flackerte etwas in seinem Gesicht auf, dann klopfte er Dumbo sanft auf den Rücken und lächelte bemüht. »Nein, mein Schatz, lass gut sein, es wird sich schon alles klären.«

In meinem Schuppen war die Luft abends leicht klamm, das war schon früher so gewesen. Ich schloss das Fenster, wobei mir auffiel, dass es noch immer kaputt war und sich nur kippen, aber nicht ganz öffnen ließ. Aufgewühlt sah ich mich um. Mein Blick fiel auf den Gitarrenkoffer, der noch immer so an der Wand lehnte, wie ich ihn gestern Morgen nach meiner Ankunft abgestellt hatte. Ich nahm die Gitarre aus dem Koffer, setzte mich damit auf die Bettkante und begann zu spielen. Aber die Musik beruhigte mich diesmal nicht, im Gegenteil, sie spülte meine Unruhe nur noch weiter an die Oberfläche.

Ich hatte bei einigen Freundinnen miterlebt, wie es

war, wenn die Eltern sich trennten. Nie hätte ich es für möglich gehalten, dass meine das auch einmal tun würden. Und ich hätte nicht gedacht, dass es mich so treffen würde. Wir hatten uns in den letzten Jahren voneinander entfernt. Seit ich nicht mehr hier wohnte, hatte mein Leben sich ganz anders entwickelt als ihres, und doch war es immer tröstlich gewesen zu wissen, dass sich hier nichts veränderte. Dass hier alles seinen Weg ging und alles beim Alten blieb, egal, wo auf der Welt ich gerade nach dem Glück suchte. Dass ich zur Not immer zurückkehren konnte und genau das vorfinden würde, was ich zurückgelassen hatte. Damit war es nun vorbei, und das machte mich trauriger, als ich gedacht hätte.

Ich klimperte noch ein bisschen auf meiner Gitarre herum, dann fielen mir ein paar neue Zeilen zu einem Song ein.

»Ich seh's in deinen Augen
Wie's in dir brennt
Solang' dein Feuer noch da ist
Hast du noch nicht verloren.«

Beim Singen fiel mein Blick auf meinen Fuß. Die Kruste hatte sich an einigen Stellen gelöst, und die Wunde juckte, weil sie heilte. Bald würde nichts zurückbleiben als eine Narbe, die nach und nach verblasste.

War es nur Papas Anruf gewesen, der mich dazu bewogen hatte, nach Hause zu kommen? Oder am Ende auch der Schreck nach dem Unfall, verbunden mit Polas düsterer Prophezeiung? Wenn ich ganz ehrlich war, war es nichts von alledem. Wenn ich ganz ehrlich war, waren diese Vorfälle nur die letzten Schubser gewesen, die ich gebraucht hatte, um endlich diesen Schritt zu gehen. Im Grunde meines Herzens hatte ich seit Langem gewusst, dass ich hierherkommen und mich mit meiner Familie aussprechen musste. Man hatte nur die eine.

Auf meinen Reisen hatte ich häufig Leute kennengelernt, die mit ihrer Familie gebrochen hatten. Und immer hatte ich sie fragen wollen, ob das wirklich der einzige Weg gewesen war. Ob es nicht doch eine Möglichkeit gegeben hätte, miteinander auszukommen, so aussichtlos es auch erscheinen mochte, so unterschiedlich man auch war.

Ich versuchte noch einmal, ein paar Akkorde zu spielen und weitere Zeilen zu texten, aber ich war zu müde. Schließlich legte ich die Gitarre beiseite und lief zur Pinnwand. Da hing es, das Foto unserer alten Band. Mit der Zopfpalme auf dem Kopf und dem kurzen Pony sah ich trotz der dunklen Klamotten eher aus wie dreizehn, nicht wie sechzehn. Über meiner Schulter hing meine erste Gitarre. Rechts von mir kniete Basti, unser Schlagzeuger, mit nacktem Oberkörper und mühsam gezüchtetem Ziegenbärtchen. Ganz am Rand saß Andy am Keyboard. Ich musste lachen, weil er von Jahr zu Jahr weniger gemein hatte mit dem Kerl, der er auf diesem Foto gewesen war. Damals trug er die

Haare lang mit ein paar platinblonden Strähnen. Seine Arme waren noch spindeldürr und frei von Tattoos, das Gesicht jung und unbeschwert.

Und neben mir, mit verschränkten Armen an mich gelehnt, stand er. Unser Bassist, der junge Mann, der mein Gefühlsleben damals auf den Kopf gestellt hatte: David. Es war das einzige Foto von ihm, das ich nicht abgehängt hatte. Ich wusste nur zu gut, warum ich alle anderen in eine Kiste unter meinem Bett verbannt hatte. Weil sein Anblick auch so viele Jahre später noch etwas mit mir machte. *The first cut is the deepest*, oder wie sang Cat Stevens? Nichts ist so schlimm wie der erste Liebeskummer. Es war so viele Jahre her, und dennoch: Niemand auf der Welt hatte in mir je wieder einen vergleichbaren Orkan ausgelöst wie David.

Ging es nur mir so, dass ich nach meiner ersten großen Liebe im Grunde nie wieder für jemanden so empfunden hatte wie für ihn? Oder war es normal, dass man in späteren Beziehungen nicht mehr so unbeschwert war, weil jeder schon einen Rucksack voller schlechter Erfahrungen und Misstrauen mitbrachte, der verhinderte, dass man sich je wieder so fallen ließ? Bei David war ich gefallen, ohne Sicherung, ohne dicke Matte am Boden. Und, oh Mann, die Landung war hart gewesen!

Das Foto war alt und leicht unscharf, aber nichtsdestotrotz erkannte man seinen stechenden Blick. Die Grübchen neben seinen geschwungenen Lippen. Wäre ich ihm nur nicht begegnet. Wie oft hatte ich das schon gedacht. Wer weiß, dachte ich, vielleicht hätte ich niemals so intensiv gefühlt. Aber vielleicht wäre ich dann heute mit Kalle Brodersen oder einem der anderen Nachbarsjungen verheiratet, die mir damals unerträglich provinziell und langweilig vorkamen, und würde ein ganz normales Leben führen. Zumindest hätte ich einige Narben weniger. Ich nahm das Bandfoto ab und heftete es mit der Rückseite nach vorn wieder an die Pinnwand. Sicher war sicher.

6

Nirgendwo ist der Himmel so weit wie hier, dachte ich, als ich aus dem alten Opel stieg. Der Strand war so breit, dass man sich einmal um sich selbst drehen und in drei Himmelsrichtungen Sand sehen konnte. Und in der vierten das Meer.

»Komm, los zum Wasser!«, rief Mads und nahm meine Hand. In der anderen hielt er ein Spielzeugschiff.

Ich griff nach meinem Leinenbeutel und ging mit ihm auf die Brandung zu, die bei Ebbe etliche Hundert Meter entfernt war. Wir liefen zwischen anderen parkenden Autos hindurch, bis vor uns nichts mehr lag als heller Sand und sattes Blau, so weit das Auge reichte. Meine Schwester folgte uns mit etwas Abstand.

»Mads!«, rief ich ihm gegen den Wind zu. »Ich hab was herausgefunden, wegen Oma.«

Aber er hörte mir nicht zu. Er hatte nur sein Ziel vor Augen, den Streifen dunkleres Blau, der immer breiter wurde. Der Sand war so weich, dass wir bei jedem Schritt einsanken. Ich würde es ihm ein anderes Mal erzählen, beschloss ich und sah mich nach Caro um.

»Komm, wir warten auf Mama«, sagte ich zu Mads, doch der ließ meine Hand los und begann zu rennen.

Caro kam lächelnd näher. Sie trug eine kurze Cargohose, ihre Jacke hatte sie um die Hüfte gebunden. Sie blickte Mads hinterher, der mittlerweile am Wasser angelangt war und sein Boot in die Wellen warf. »Gut, dass ich ihn schon zu Hause eingecremt habe.«

Über unseren Köpfen segelten die Möwen im Aufwind. Caro setzte sich einen Stoffhut auf und hielt ihn im Gehen mit einer Hand fest.

»Sag mal, Caro«, begann ich. »Warum habt ihr mir nicht gesagt, dass Mama ausgezogen ist? Und was ist eigentlich genau passiert?«

»Sie ist ja nicht wirklich ausgezogen.«

Ich atmete die milde Meeresluft ein. »Ist sie nicht?«

Sie fischte eine Sonnenbrille aus ihrer großen Tasche. »Nein, sie hat irgendeinen Floh im Ohr, aber sie kommt bald wieder.«

Wir liefen an einer ganzen Ansammlung von Strandkörben vorbei. Rund herum hatten Urlauberfamilien ihre Lager aufgeschlagen.

»Ich hoffe, du hast recht, für mich klang es ganz anders.«

»Du hast mit ihr gesprochen?« Caro sah mich erstaunt an und setzte ihre Sonnenbrille auf.

»Ja. Ich hab zufällig Andy im Dorf getroffen, und der hat mich zu ihr gefahren. Sie hat mir gesagt, dass sie von jetzt an ihr Leben genießen will. Ohne Papa. Gab es da einen konkreten Auslöser, hast du was mitbekommen?«

Caro rückte ihre Sonnenbrille zurecht. »Nein, hab

ich leider nicht. Ich wurde auch vor vollendete Tatsachen gestellt, und Papa will nicht darüber reden. Auf ein Gespräch mit Mama hab ich gerade keine große Lust. Ich glaube, es ist eine Art verspätete Midlife-Crisis oder so. Sie kommt schon wieder zur Vernunft.«

»So oder so, warum verheimlicht ihr mir so was? Das ist doch nicht normal. Über so was muss man doch als Familie sprechen können.«

Caro blieb kurz stehen. »Das kommt ausgerechnet von dir!«

»Was meinst du?«

Kopfschüttelnd lief sie weiter. »Im Ernst, du warst seit anderthalb Jahren nicht hier, du antwortest nur sporadisch auf Nachrichten, du meldest dich so gut wie nie. Ehrlich gesagt war mir nicht klar, dass du über so was informiert werden möchtest.«

Mehrmals versuchte ich, etwas zu erwidern, aber die Worte blieben mir im Hals stecken. Schließlich brachte ich hervor: »Aber das ist doch kein Grund, mich anzulügen.«

Sie machte eine wegwerfende Handbewegung. »Haben wir auch nicht, wir haben nur auf den richtigen Zeitpunkt gewartet, um es dir zu sagen. Wir wollten dich erst mal ankommen lassen. Das nennt man Rücksicht.«

Die letzten Meter gingen wir, ohne zu reden. Die Sonne strahlte vom Himmel, trotzdem fühlte ich mich, als wäre es soeben ein paar Grad kälter geworden. Schweigend kamen wir an der Wasserkante an, wo kleine Wellen gemütlich auf den Strand plätscherten. Mads war gerade dabei, seine Klamotten auszuziehen und in den Sand zu werfen.

»Darf ich, Mama? Bitte, bitte, darf ich?«, flehte er, das T-Shirt bereits halb über dem Kopf.

Caro sah ihn skeptisch an. »Madsi, der Wind ist noch ganz schön frisch, und ich will auch nicht mit rein.«

»Ich gehe mit«, sagte ich schnell. »Komm schon, Caro, nur kurz.«

»Du?« Caro sah mich neckend an. »Du frierst doch schon in der Badewanne.«

Ich zog T-Shirt und Shorts aus und schlüpfte in meinen Bikini. Tatsächlich begann ich in dem Moment zu zittern, in dem der Wind meine nackten Arme streifte. Aber was tat man nicht alles für seinen einzigen Neffen? Ich band meinen Dutt höher, damit wenigstens die Haare nicht nass würden, und folgte Mads, der bereits bis zur Hüfte in den sanften Wellen stand.

»Komm, Tante Toni, es ist herrlich!«

Ich war schon lange nicht mehr im Frühsommer an der Nordsee gewesen. Ich hatte vergessen, wie kalt sie um diese Jahreszeit noch war. Wie tausend feine Nadeln stach die Kälte in meine Füße und Waden. Aber ich würde mir nicht die Blöße geben umzudrehen, weil meine Schwester feixend mit verschränkten Armen am Ufer stand.

»Eins, zwei, drei« – und schon tauchte Mads ab.

Das schaffe ich nicht, dachte ich schlotternd. Ich

hatte es in Mads' Alter nicht gekonnt und jetzt erst recht nicht.

»Na, angenehm warm?«, rief Caro hinter mir.

»Eins, zwei, drei«, rief Mads noch einmal, und ich tauchte bis zur Brust unter. Ganz kurz, und leider ging es nicht ohne einen entsetzten Schrei, weil ich das Gefühl hatte, die Kälte würde meine Haut verbrennen.

Sofort tauchte ich wieder auf und hastete zurück ans Ufer, wo ich mit zitternden Händen nach meinem Handtuch griff.

Mads und Caro lachten sich kaputt.

Etwas später saßen wir im Sand. Ich hatte die Jacke über meinen Pulli gezogen und zitterte trotzdem noch. Früher waren wir oft hier gewesen. Caro war immer schwimmen gegangen, und sie hatte mich jedes Mal angefleht mitzukommen. Aber ich hatte ihr diesen Wunsch nur im Hochsommer erfüllt. Ansonsten hatte ich liebend gern auf meinem Handtuch gesessen, mit dem Zehen im Sand, und meiner Schwester zugesehen, die im eiskalten Wasser planschte wie ein kleines Kind, als wäre es das pure Vergnügen.

»Du hast ja immer noch blaue Lippen.« Caro betrachtete mich belustigt. So ist das mit großen Schwestern, dachte ich. Man kann ihnen nichts vormachen, weil sie einen länger kennen als man sich selbst.

Die bunten Schirme der Kitesurfer tanzten über den hellen Horizont. Die Sonne stand jetzt etwas tiefer und ließ mich kurz vor Wonne erschaudern, als sie meine nackten Füße streifte. Ich rieb meine kalten Zehen mit meinen noch kälteren Fingern.

»Was hast du da?«, fragte Caro und hielt mit ihrer Hand meinen Fuß fest.

»Ach, ich bin fast überfahren worden, mitten im Dschungel, als mir einer entgegenkam. Ist noch mal gut gegangen.«

»Du bist fast überfahren worden?« Caro riss hinter ihrer Sonnenbrille entsetzt die Augen auf.

»Ist ja nichts passiert.« Ich winkte ab.

Ein paar Jugendliche mit Stand-up-Paddle-Boards liefen an uns vorbei und ließen sie ins Wasser.

»Sind das nicht die Sachen, über die man als Familie sprechen sollte?«, fragte Caro.

Ertappt senkte ich den Blick.

»Aber ich meinte gar nicht die Verletzung«, fügte sie nach einer kurzen Pause hinzu.

Ich spürte ihren Finger unter meinem Knöchel. Sie fuhr über mein Tattoo. In feiner Schrift stand da: *Broken*, zerbrochen.

»Das meinte ich.« Sie beugte sich hinunter und betrachtete den Schriftzug. »Warum dieses Wort? Doch nicht etwa wegen …«

»Nein, nicht wegen David.« Es war komisch, Caro gegenüber seinen Namen laut auszusprechen. In unserer Familie wurde er fast nie erwähnt, wie Lord Voldemort bei Harry Potter, als könnte allein seine Erwähnung Unheil bringen. »Es ist nur …« Ich fuhr mit dem Zeigefinger durch den Sand. »Es gibt Menschen, die kommen heil und ganz auf die Welt. Wie du. Und andere, die sich von Anfang an etwas… na, halt zerbrochen fühlen.«

»So ein Quatsch!« Caro strich mir eine Strähne hinters Ohr, die aus meinem Dutt geweht worden war. Obwohl sie immer noch die Sonnenbrille trug, spürte ich die Zärtlichkeit in ihrem Blick. »Du warst immer schon perfekt, genau so, wie du bist.«

»Danke.« Ich warf ihr einen Luftkuss zu. »Ich denke, ich hätte es mir heute auch nicht mehr stechen lassen, mit zwanzig ist man ja irgendwie noch melodramatischer.«

»So lange hast du das schon?« Etwas lag in ihrer Stimme, das ich nicht sofort deuten konnte, aber dann begriff ich: Sie war verletzt. Verletzt, dass ich das so viele Jahre nicht mit ihr geteilt hatte, das und vieles andere.

»Abgesehen von Mama – ist denn bei euch gerade alles in Ordnung?«, traute ich mich so beiläufig wie möglich zu fragen.

Mads baute weit genug weg selbstvergessen eine Burg, die Sonne schien, wir hatten Zeit. Wenn sie mir erzählen wollte, was mit ihr und Chris los war, wäre jetzt die Gelegenheit dazu.

»Klar, alles gut«, sagte sie und klopfte sich den Sand von den Handflächen.

Als wir kurz darauf an einem kleinen Strandkiosk anstanden, fragte Caro unvermittelt: »Warum bist du eigentlich nach Hause gekommen?« Sie nahm die Sonnenbrille ab und sah mich an. »Du hattest doch eigentlich bis Ende des Jahres einen Vertrag. Hat es dir nicht mehr gefallen in Costa Rica?«

Hinter dem Foodtruck, in dem der Strandkiosk untergebracht war, sah ich einen der Kitesurfer hoch in den stahlblauen Himmel springen. In der Ferne flimmerten die Pfahlbauten vor meinen Augen wie eine Fata Morgana. »Doch, es war toll dort. Ich bin gekommen, um euch zu unterstützen.«

Caro musterte mich immer noch. »Wirklich, deswegen kommst du nach Hause?«

Ich stemmte die Hände in die Hüften. »Ist es dir nicht recht, störe ich irgendwie?«

Caro stupste mich mit dem Zeigefinger an. »Blödsinn, ich bin heilfroh, dass du da bist. Aber woher wusstest du, dass wir deine Hilfe gebrauchen könnten?«

Wir waren an der Reihe und kauften Mads ein Wassereis und für uns eine Schachtel Eiskonfekt zum Teilen.

Während Caro bezahlte, antwortete ich: »Papa hat mich angerufen.«

»Papa? Wie hat er das denn hinbekommen?« Caro reichte Mads sein Eis.

Ich öffnete die Schachtel und hielt Caro mit gespreizten Fingern ein Stück Eiskonfekt hin. Sie nahm es und steckte es sich sofort in den Mund.

Ich nahm mir ebenfalls ein Stück. »Er hat es zuerst bei Maria auf Norderney versucht, und die hat ihm die

Nummer vom Surfcamp gegeben. Jedenfalls wollte er wissen, wann ich das nächste Mal nach Hause komme, und ich hatte so ein komisches Gefühl. Kurz darauf kam es zu diesem Unfall, und plötzlich dachte ich: Das Leben kann so schnell vorbei sein. Ich sollte besser nicht so tun, als wäre es ewig.« Ich leckte meine Schokofinger ab.

Caro boxte mich lachend in die Seite. »Das fällt dir früh ein.«

Ich bemerkte, dass Mads sein Wassereis nicht anrührte, sondern zwischen uns hin und her sah. »Mama«, sagte er schließlich ernst. »Ich habe es mir anders überlegt. Ich will doch kein Geschwisterchen mehr.«

Caro ließ beinahe ihr zweites Stück Eiskonfekt fallen. »Wieso sagst du das, Bärchen?«

»Nur so.« Mit kritischem Gesichtsausdruck begann er, an seinem Eis zu schlecken.

Mit meinem Kulturbeutel im Arm und einem Handtuch über dem anderen lief ich abends nach dem Duschen vom Haupthaus zurück zum Schuppen. Meine Mutter hatte mir zwar eine kleine Nasszelle und ein Außenwaschbecken angebaut, allerdings war der Warmwasseranschluss defekt. Ich hatte nicht mit den anderen zu Abend gegessen. Nach dem Gespräch mit Caro am Strand brauchte ich ein bisschen Zeit für mich. Diese Spannung zwischen uns strengte mich an, weil ich nicht wusste, wie ich damit umgehen sollte. Immer wenn ich ein Stück auf sie zuging, hatte ich das Gefühl, sie würde einen weiteren Meter zurückweichen.

Von Weitem konnte ich das hell erleuchtete, bodentiefe Wohnzimmerfenster meiner Schwester sehen. Als wir hierhergezogen waren, hatte dort noch die Ruine des alten Kornspeichers gestanden. Wenn ich abends in meinen Schuppen ging, hatte ich zu dem leer stehenden Gemäuer hinübergesehen, wo oft eine der Katzen in einem glaslosen Fenster saß und ihre Pfoten leckte. Nie hätte ich es damals für möglich gehalten, dass man so etwas Tolles aus diesen alten Mauern zaubern könnte.

Über dem Deich breitete sich ein orangeroter Abendhimmel aus. Ich beschloss, mir die Farben des Sonnenuntergangs wie früher so oft in Ruhe von meiner Bank aus anzusehen, und lief einmal um den Schuppen herum.

»Hey, Toni«, sagte eine Stimme, und ich zuckte zusammen. »Sorry, ich wollte dich nicht erschrecken.« Florian saß auf der Bank, die Wollmütze auf dem Kopf, lässig an die Wand gelehnt. »Hab ich deinen Stammplatz besetzt?«

»Schon gut, was treibst du hier?«, fragte ich, nachdem ich mich wieder gefangen hatte.

»Ach …« Er rieb sich die Hände, die sauber und gepflegt aussahen, wie die eines Menschen, der sie sich nicht oft schmutzig machte. »Ich brauchte mal eine Pause von den familiären Spannungen da drüben.«

»Jetzt schon?« Ich ließ mich neben ihn auf die Bank sinken. »Da haben wir ja doch etwas gemeinsam.«

Er sah zu mir herüber. »Wer hätte das gedacht?«

Wir mussten beide lachen.

Ich stellte meinen Kulturbeutel neben mir auf der Bank ab und hängte das Handtuch über die Rückenlehne. »Was arbeitest du, wenn du nicht gerade Schafe zusammentreibst?«

Er legte einen Fuß aufs Knie. »Ich hab eigentlich BWL studiert. Und jetzt hab ich gerade von einem Vertriebsjob in den anderen gewechselt, muss aber erst in sechs Wochen anfangen. Ich fürchte, ich hab einen dieser Berufe, bei denen die Leute beim ersten Satz aussteigen, wenn man versucht, sie zu erklären.«

Ich grinste ihn an. »Du hattest mich schon bei BWL verloren.«

»Dachte ich mir.« Florian verschränkte die Arme vor der Brust. »Damit habe ich zu leben gelernt.«

»Du siehst gar nicht aus wie ein Schreibtischtäter.« Ich zupfte an seiner Wollmütze.

»Ach, die ist hipp, oder?«, sagte er und nahm sie ab. Sofort wuschelte er sich durch die platt gedrückten Haare. »Ehrlich gesagt hab ich die selbst gestrickt.«

Ich musste lachen. »Du hast sie selbst gestrickt? Echt jetzt?«

Erstmals sah ich so etwas wie Unsicherheit in seinem Gesicht. »Ja, ich konnte als Kind nie still sitzen, und da hat meine Mutter mir früh das Handarbeiten beigebracht.« Er räusperte sich verlegen. »Und wenn ich heute runterkommen muss, stricke oder häkele ich.« Er verbarg sein Gesicht in der Mütze in seinen

Händen. »Oh Mann, das hätte ich dir nie erzählen dürfen.«

Ich bemühte mich, ernst zu bleiben. »Dein Geheimnis ist bei mir sicher.« Sofort musste ich wieder losprusten, und diesmal lachte Florian zum Glück mit.

Schließlich setzte er sich die Mütze wieder auf und fragte: »Was nun, wo steppt hier der Bär?«

»Was meinst du?«

»Na, kann man hier noch irgendwo ausgehen?«

Ich verscheuchte ein paar Mücken vor meinem Gesicht. »Also After-Work-Clubs oder Szene-Bars gibt es hier keine, da muss ich dich leider enttäuschen.«

Er verzog pikiert das Gesicht. »Ich dachte eher an ein entspanntes Getränk. Vielleicht irgendetwas, wo die Einheimischen hingehen, nicht so ein Touri-Schuppen mit Sommerhitbeschallung.«

»Hm.« Ich tippte mir triumphierend an die Nasenspitze. »Könnte sein, dass ich so einen Ort kenne.«

Die Straßen von St. Peter-Ording waren um diese Zeit fast menschenleer. Wo tagsüber scharenweise Urlauber unterwegs waren, wehte nur der Wind ein Stück Papier durch die Gassen. Ich lenkte Papas Opel an unzähligen Ferienhäusern und Hotels vorbei, bis wir schließlich zu dem Teil des Ortes gelangten, der in Strandnähe lag. Hier reihten sich Fahrradverleiher an Eiscafés, Fischrestaurants an Sportboutiquen eng aneinander. In den vergangenen Jahren waren einige moderne Hotels hinzugekommen, von denen ich manche bisher nur von

Instagram kannte. Die Fotos verrieten, wie stylisch sie eingerichtet waren, mit Hängematten mitten im Raum und Regalen aus alten Skateboards. Dazu gab es extrabreite Boxspringbetten und nach Wunsch veganes Frühstück aufs Zimmer.

Das Gebäude, an dem wir gerade vorbeifuhren, erinnerte mich mit seinen Erkern und bunten Holzschildern an die Strandhotels in Miami Beach, wo ich einmal kurz auf der Durchreise übernachtet hatte. Direkt daneben stand ein elegantes Hotel, das es schon seit Jahrzehnten gab, ein kantiger weißer Bau mit großen Sprossenfenstern und mächtigem Atrium, vor dem edle Liegestühle aufgestellt waren. Instinktiv rutschte ich in meinem Sitz ein Stück tiefer.

»Hast du ein Gespenst gesehen?«, fragte Florian neben mir.

»Nee, nee.« Sobald wir das Hotel passiert hatten, richtete ich mich wieder auf. »Lange Geschichte.«

»Erzähl!«

Ich schüttelte den Kopf. »Dafür kennen wir uns noch nicht gut genug.« Ehe Florian etwas erwidern konnte, fügte ich hinzu: »Wir sind auch schon da.«

Ich parkte, wir stiegen aus und gingen an bereits geschlossenen Geschäften vorbei. Vor einem Fischimbiss hatte sich eine Schlange gebildet, aus dem Restaurant nebenan tönten Stimmen und Musik. Möwen pickten an den Resten eines Brötchens.

Florian lief mit den Händen in den Hosentaschen neben mir her. »Wo steigt jetzt deine Underground-Party?«

Ich führte ihn zwischen einem Laden voller Windjacken und einem Surfshop hindurch in einen Hinterhof, zu einem leuchtenden Schild mit dem Schriftzug *Herzanker* über einer unscheinbaren Tür.

»Der Name klingt schon mal vielversprechend.« Florian zog seine Wollmütze vom Kopf und wuschelte sich durch die Haare.

Ich ging zum Eingang und winkte ihn hinein. »Na, dann schauen wir mal, ob der Rest auch deinen Geschmack trifft.«

Vor uns erstreckte sich ein Raum mit einer langen Theke, einer kleinen Bühne mit Tanzfläche davor, einem Billardtisch, einem Spielautomaten und einem Tischkicker. Es roch leicht nach Zigarettenqualm. Obwohl hier schon seit Jahren nicht mehr geraucht wurde, hing der Geruch noch immer in den Möbeln. Aus den Boxen dröhnte wie meistens irgendwas Gitarrenlastiges.

»Toll!« Florian sah sich anerkennend um. »Aber wo sind denn alle?«

Bis auf zwei Männer, die Billard spielten, war niemand da. Kein Wunder, an einem Mittwochabend in der Vorsaison.

Ich setzte mich auf einen der Barhocker an der Theke. »Meine Gesellschaft wird dir heute wohl genügen müssen.«

In diesem Moment öffnete sich die Tür zu der kleinen Küche hinter der Bar, und Andy kam heraus.

»Toni!« Sein Gesicht verzog sich zu seinem sympathischen Lachfaltenlächeln. »Willkommen in deinem ehemaligen Wohnzimmer! Hast du deine Gitarre mitgebracht?«

Ich lehnte mich über die Bar und umarmte ihn. »Vielleicht nächstes Mal.«

Andys Blick fiel auf Florian, der immer noch den Raum inspizierte.

»Das ist Christians Bruder«, informierte ich ihn.

Florian kam näher und hielt ihm die Hand zum Einschlagen hin, was Andy zögerlich tat.

»Wusste gar nicht, dass Chris einen Bruder hat.« Andy steckte sich eine Zigarette hinters Ohr.

Ich zog meine Windjacke aus und hängte sie an einen der Haken unter dem Tresen. »Er hat ihn bisher auch versteckt.«

Florian setzte sich auf den Barhocker neben mir. »Wir sind nicht zusammen aufgewachsen, haben nur zufällig denselben Vater.«

Andy kniff die Augen zusammen. »Heißt, Chris' Dad hat seine Mutter verlassen, als er noch klein war, und mit einer anderen dich gezeugt?«

Florian fuhr sich erneut durch die Haare. »Ja, so ähnlich war es.«

»Na, dann verstehe ich, dass er dich nie erwähnt hat.« Andy lachte sein raues Lachen.

Florian wandte sich ab und schaute in Richtung der Billardpartie. »Ich glaube, ich könnte was zu trinken vertragen.«

»Pils?« Andy nahm zwei Gläser aus dem Regal hinter sich.

Florian winkte ab. »Gerne eine Apfelschorle, ich hab versprochen zurückzufahren.« Er stieß sich mit einem Fuß am Boden ab, sodass sich sein Hocker hin und her drehte. »Und du bist bestimmt Abi 2008?«

Andy hielt ein Glas unter den Zapfhahn und zog daran. »Nee, wieso?«

»Toni hatte neulich so ein Sweatshirt an, und da dachte ich, ihr wart bestimmt Klassenkameraden.«

Andy musterte mich über die frische Schaumkrone hinweg. »Ja, so ähnlich war es.«

Als ich etwas später von der Toilette kam, sah ich Andy am Hintereingang stehen und rauchen. Er bemerkte mich und winkte mich zu sich hinaus.

»Hey.« Er blies Rauchwolken in die Abendluft.

»Hey.« Ich steckte die Daumen in die Gürtelschlaufen meiner Jeans und betrachtete die Kistenstapel voller Bierflaschen und Softdrinks, die hier lagerten. Wie früher.

Andy lachte rau. »Weißt du noch, wie wir hier alle geraucht haben, vor unseren Auftritten?«

Ich lächelte ihn gedankenversunken an. »Oh ja.« Ich sah uns vor mir, aufgeregt in den Saal spähend, wie viele Zuschauer gekommen waren. »Ich hab es damals schon nicht vertragen.«

»War cool, oder?« Andy aschte auf den Boden. »Wir waren eine tolle Truppe, wir haben keine schlechte Musik gemacht, oder?«

Ich sah hinüber zur Mauer hinter den Kisten, wo wir

einst im Übermut unsere Namen hingesprayt hatten, was mächtig Ärger mit Andys Vater gab, dem die Kneipe damals noch gehörte. Er hatte die Namen trotzdem dort stehen lassen, einige Jahre lang, aber mittlerweile war die Wand wieder weiß. Davor standen alte Tapetenrollen und Farbeimer, die Andy offenbar aussortiert hatte. Sein Malerbetrieb lag direkt neben dem *Herzanker*.

»Nein, wir waren gut. Und trotzdem war ich eure Yoko Ono.«

Andy winkte ab. »Warst du nicht, Toni. David hatte schon Probleme, bevor du dazukamst. Und seine Beziehungen waren auch vor dir schon melodramatisch.«

Ich schob die Unterlippe vor. »Echt, ich dachte, ich wäre was Besonderes gewesen.«

Andy warf die Zigarette auf den Boden und trat sie aus. »Das warst du. Nach dir war er verrückt.«

»Noch mehr als vorher?«

Er rieb sich amüsiert über die tätowierten Oberarme, dann wurde er wieder ernst. »Wirklich, du hast ihn da nicht reingetrieben, Toni.«

Ich begutachtete Andys Tattoos, von denen einige Meeresmotive zeigten. »Aber ich hadere bis heute damit, dass ich ihn nicht retten konnte.«

Er sah mich eindringlich an. »Nur er selbst hätte sich retten können, das weißt du, Toni.«

Ich presste die Lippen aufeinander. »Anfangs war es so schön mit ihm. Ich war danach echt nie wieder so verliebt.«

Bilder schossen mir in den Kopf: David und ich, eng

umschlungen, wo immer wir waren. Andere hatten unseretwegen mit den Augen gerollt, weil wir nicht die Finger voneinander lassen konnten, nicht mal bei Proben oder Auftritten oder beim Abendbrot mit der Familie. Ständig hatte einer von uns eine Hand am anderen oder küsste ihn. Vielleicht tat man solche Dinge nur als verliebter Teenager. Aber ich hatte auch als Erwachsene immer wieder vergebens nach dieser Art der Anziehungskraft gesucht.

»Ich weiß.« Andy legte einen Arm um mich. »Trotzdem glaube ich, du musst aufhören, eure Beziehung im Rückblick zu verklären. Es ist ewig her.«

Ich lehnte meinen Kopf an seine Schulter. »Ja, fast fünfzehn Jahre.«

Andy stutzte. »Stimmt. Willst du mal hin?«

»Nein«, sagte ich schnell und hob den Kopf wieder. »Lieber nicht.«

Andy ließ mich los. »Denk drüber nach, ich würde dich gern begleiten, wenn du willst.«

Ich lächelte ihn dankbar an. »Du bist ein wahrer Freund.«

Wir waren schon auf dem Weg nach drinnen, als er hinzufügte: »Und wenn du hier Musik machen willst, sag Bescheid.«

»Du, Toni?«, sprach Florian mich drinnen an. Er hatte seine Schorle ausgetrunken, von meinem Bier war nur noch ein schaler Rest übrig. »Ich würd gerne mal deine Meinung zu etwas hören.«

Ich schob mein Glas ein Stück von mir weg. »Bitte, nur zu.«

Er drehte sich wieder auf seinem Stuhl hin und her, und ich musste unwillkürlich grinsen, obwohl ich gar nicht wusste, worum es ging. Er hingegen sah mich eindringlich an, es war ihm offenbar wichtig. »Findest du nicht, dass deine Eltern etwas aufrüsten sollten? Den Hof ein wenig modernisieren?«

»Hm.« Ich nahm meinen Bierdeckel und riss ihn an den Ecken ein. »Eigentlich nicht, ich finde, das Unmoderne ist gerade das, was ihn einzigartig macht.«

»Ach, echt?« Florian fischte die Zitronenscheibe aus seinem Glas und ließ sie gleich wieder hineinfallen. »Und wie erklärst du dir dann, dass die Buchungen seit Jahren runtergehen und dieses Jahr so schlecht sind wie noch nie?«

»Keine Ahnung, musst du Papa fragen oder Caro.«

Florian warf ironisch lachend den Kopf in den Nacken. »Oder Christian oder vielleicht deine Mutter, die haben ganz bestimmt eine Antwort darauf.«

»Was denn?« Ich knickte den Bierdeckel in der Mitte und legte ihn auf den Tisch. »Ich maße mir halt nicht an, die Lösungen für ihre Probleme zu kennen, wo ich nicht mal drei Tage hier bin.« Ich grinste frech. »Aber ich hab ja auch nicht BWL studiert.«

Florian drehte sich auf seinem Hocker ein Stück näher zu mir. »Im Ernst jetzt. Ich finde, du und ich, wir haben genug Abstand. Vielleicht könnten wir das zusammen anpacken, ein paar neue Ideen einbringen, die anderen davon überzeugen, eine ordentliche Website aufzusetzen, etwas Geld für gute Fotos in die Hand zu nehmen, mal die Appartements zu modernisieren.« Fasziniert beobachtete ich, wie sich seine Nasenspitze bewegte, wenn er sich so in Rage redete.

»Das ist nicht unsere Entscheidung.« Ich wandte mich zur Bühne um, und erneut schoss mir ein Bild in den Kopf, von meiner Band und mir, nass geschwitzt und glückstrunken.

Florian beugte sich zu mir herüber. Sein Duft stieg mir in die Nase, und ich fragte mich kurz, ob er im Bad mein Kokosöl benutzt hatte, denn er roch danach. Vielleicht war es aber auch nur eins der teuren Hipster-Haarprodukte, die er unter Garantie benutzte, um seine Wuschelfrisur zu stylen.

Er funkelte mich mit seinen blauen Augen an. »Hast du die Solaranlagen auf den Dächern der Nachbarn gesehen? Im Ernst, die anderen haben deine Eltern längst überholt, und ich kann mir nicht vorstellen, dass das in deinem Sinne ist.«

»Noch eins, Toni?« Andy lehnte sich über die Bar und griff nach meinem Glas.

Ich lächelte ihm zu. »Ein kleines noch, danke.«

»Du immer noch nicht«, sagte Andy und knallte eine Apfelschorle auf den Tresen vor Florian. »Du musst noch eine kostbare Fracht nach Hause fahren.« Er zwinkerte mir zu.

Florian schaute ungeduldig von mir zu Andy, der mir gerade ein frisches Bier zapfte. »Noch mal zurück zum Thema, Toni. Findest du nicht, dass wir etwas tun sollten wegen des Ferienhofes?«

Ich zuckte mit den Schultern. »Heute Abend jedenfalls nicht.«

Florian grummelte in seine Apfelschorle. »Du bist ja genauso stur wie deine Schwester.«

Das erheiterte Andy offenbar, denn ein Grinsen stahl sich auf sein Gesicht.

Ich zog eine Grimasse und hob dann beide Zeigefinger. »Oh, hört mal!«

Die ersten Takte von *Sweet Child o' Mine* von Guns N' Roses schallten durch den Raum. Andy lief zur Musikanlage und drehte sie lauter. Die beiden Billardspieler hoben nicht mal die Köpfe.

Florians Laune jedoch hellte sich von einem Moment auf den anderen auf. Begeistert sang er mit, völlig schräg, aber mit Inbrunst. »Geil, ihr wisst hier noch, was gut ist.«

»War das dein Exfreund?«, fragte Florian mich auf dem Heimweg im Auto.

Ich lehnte meinen Zopf an die Kopfstütze. »Nein, der beste Freund meines Exfreundes.«

»Hm.« Er sah kurz zu mir und dann wieder auf die dunkle Landstraße.

Ich blickte auf den Streifen Wiese am Straßenrand, den die Scheinwerfer zu fassen bekamen. Obwohl ich es mir nicht gern eingestand, musste ich zugeben, dass Florian mich zum Grübeln gebracht hatte. Auch wenn ich nichts damit hatte zu tun haben wollen, hatte ich das Konzept meiner Eltern immer genial gefunden. Ein nachhaltiger Ferienhof mit eigenen Hühnern, die von den Gästen gefüttert wurden, und Produkten, die alle von den Nachbarhöfen stammten. Dazu Möbel vom Flohmarkt, ein kleiner Streichelzoo und ein Gastgeber, der das Frühstück persönlich brachte und mit den Kindern Ausflüge zum Bienenvolk auf der anderen Seite des Deiches machte. In den Nullerjahren war das ein Konzept gewesen, das Großstädter anzog. Jetzt wirkte es so verstaubt wie die Jalousien an den Fenstern.

Florian hatte recht, die Nachbarn hatten aufgerüstet. Sie boten Ferienzimmer in schwedischem Design, manche hatten einen Pool neben den Getreidesilos aufgestellt oder einen Saunawagen mitten auf die Kuhweide gesetzt. Bei anderen konnte man für horrende Summen mit Alpakas Gassi gehen. Meinen Vater trieb mit Sicherheit mehr um als die Tatsache, dass seine Frau ihn verlassen hatte. Er fürchtete auch um ihr gemeinsames Lebenswerk. Und er fürchtete wohl zu Recht.

»Danke, dass du mir ein bisschen von deiner Welt gezeigt hast«, riss Florian mich aus meinen Gedanken.

»Na ja, meiner alten Welt.« Ich griff nach meinem Zopf und zwirbelte ihn um meine Finger. Das Licht der Scheinwerfer fiel auf den Wegweiser zu einem Erdbeerfeld. »Ist schon einige Jahre her, dass der *Herzanker* so was wie mein Wohnzimmer war.«

Florian trommelte mit den Fingerspitzen aufs Lenkrad. »Was ist heute dein Wohnzimmer?«

Wenn ich das nur wüsste, dachte ich und rieb mir über die müden Augen. »Die ganze Welt«, antwortete ich.

7

»Muss ich mit zum Einkaufen?« Mads saß neben mir in seinem Kindersitz und zog eine Schnute.

»Heute schon«, antwortete ich.

Aus den Augenwinkeln sah ich, wie der Kleine die Arme verschränkte und etwas tiefer rutschte. »Warum denn? Ich will spielen.«

Fast tat er mir leid. Er war eben erst von der Schule gekommen und hatte keine Ahnung, wohin ich ihn bringen würde. »Weil wir gar nicht einkaufen gehen«, versuchte ich, ihn aufzumuntern.

Mads drehte sich mit großen Augen zu mir. »Nicht?«

»Na ja.« Papas altes Auto japste und ruckelte. »Wir kaufen auf dem Rückweg kurz ein, aber vorher hab ich eine Überraschung für dich. Ich hab nichts gesagt, weil es sonst keine Überraschung mehr wäre.«

»Was ist es denn?« Mads richtete sich wieder auf und lehnte sich zu mir herüber.

Ich tat so, als würde ich mit einem Schlüssel meinen Mund verschließen. »Einen Moment musst du dich noch gedulden.«

Ein paar Minuten später fuhren wir durch die Lindenallee, über die kleine Brücke und auf den Haubarg zu.

»Was ist das?«, fragte Mads, der sich weit nach vorne beugte und staunend das imposante Anwesen betrachtete.

»Meine Überraschung«, sagte ich. »Das ist Omas Versteck.«

Er kaute auf seiner Backe. »*Nice*.«

Lachend stellte ich das Auto vor dem Tor ab. Woher hat er nur diese obercoole Sprache, fragte ich mich, öffnete Mads die Beifahrertür und führte ihn zu der modernen Klingelanlage, die ihn erneut staunen ließ.

Diesmal kam direkt ein Herr zum Tor. Bestimmt war es derselbe, den ich vorgestern durch die Freisprechanlage gehört hatte. Er war nicht besonders groß und trug einen Schlapphut, unter dem langes weißes Haar hervorschaute.

»Guten Tag! Ist Petra da?«, fragte ich durchs Tor.

Er musterte mich interessiert mit seinen etwas zerknautschten Dackelaugen. »Wen soll ich melden?«

»Einen glühenden Verehrer.« Ich schob Mads vor mich.

Mein Neffe sah zu mir hoch und schenkte mir sein breitestes Zahnlückengrinsen.

Und schon kam meine Mutter über den Vorplatz auf uns zu. Ihr Gesicht, als sie Mads sah, sprach Bände. So hatte sie nicht geschaut, als ich allein vor diesem Anwesen stand. Sie riss das Tor auf, rannte auf ihren Enkel zu, zog ihn an sich und drehte sich mit ihm im

Kreis. Schmatzend küsste sie ihn auf die Wangen, bis er rief: »Is' gut, Oma!« Aber er strahlte dabei übers ganze Gesicht.

Sie ließ ihn runter, nahm ihn an der Hand und zog ihn in Richtung Haus. »Ich zeige dir jetzt mal die Hühner und den Hof, stell dir vor, wir haben sogar eine Tischtennisplatte und eine Sauna.«

Mads folgte ihr mit hüpfenden Schritten. Mich beachtete niemand mehr. Ich setzte mich auf die Bank vor dem Haus. Sonnenstrahlen fielen durch die Linden auf mein Gesicht. Ich schlüpfte aus meinen Turnschuhen und stellte die nackten Füße auf die Bank. Dabei bemerkte ich, dass der Herr von vorhin begonnen hatte, Laub vom akkurat gemähten Rasen zu rechen. Er nickte mir freundlich zu.

Ich nickte lächelnd zurück. »Ich bin übrigens Toni, Petras jüngere Tochter.«

Er legte höflich eine Hand an die Krempe seines Schlapphutes. »Sehr erfreut, ich hatte es mir schon gedacht, Sie sehen ihr verblüffend ähnlich. Ihre Mutter ist eine wundervolle Frau.«

Ich sah einem Schmetterling nach, der an meiner Nase vorbeiflatterte. »Das ist sie.«

Er folgte meinem Blick und rechte dann lächelnd weiter den Rasen, bis er um die Hausecke und damit aus meinem Blickfeld verschwand.

Etwas später tauchte Mama allein wieder auf. »Mads füttert mit Gisela die Hühner«, sagte sie und nestelte an ihrem Blusenkleid herum. »Danke, dass du ihn hergebracht hast! Ich hab ihn so vermisst.«

»Gern geschehen.« Ich klopfte auf das freie Stück Bank neben mir, und meine Mutter setzte sich auf die Kante. »Mama, können wir uns verabreden und in Ruhe ein bisschen reden?«

Meine Mutter richtete sich auf. »Über Papa? Engelchen, ich hab dir doch gesagt, dass es gerade besser so ist.«

Ich zog ein Knie zum Bauch und stützte das Kinn darauf. »Ich meine eher so generell. Ich war lange nicht hier, und wir haben uns ewig nicht richtig miteinander unterhalten.«

Sie drehte sich zu mir und sah mich mit großen Augen an. Ich konnte sehen, dass sie Lidschatten trug, der mit leicht unsicherer Hand aufgetragen worden war. »Hast du eine Therapie gemacht?«, wollte sie wissen.

Ich verzog belustigt das Gesicht. »Nein, Mama, wieso?«

»Giselas Sohn hat eine Therapie gemacht, und danach hat er alles infrage gestellt, und sie hatte an allem Schuld – an seinem komplizierten Sexualleben, dem Hang zu Zuckerhaltigem, der Versagensangst. ›Bedanken Sie sich bei Ihrer Mutter‹, hat die Therapeutin gesagt. In der Physio… Psycho…, ach du weißt schon, da sind meistens die Mütter schuld, wusstest du das?« Sie atmete einmal heftig ein und aus, jedoch zu kurz für mich, um etwas zu erwidern. »Mach schon, leg los!

Was hat deine Therapeutin in Puerto Rico gesagt? Was hab ich falsch gemacht?« Sie riss die Augen noch weiter auf.

Ich musste kurz lachen, aber meine Mutter redete weiter. »Ich wusste, dass der Tag kommt, an dem du mit mir dieses Gespräch führen willst. Gisela war angeblich zu behütend und dominant. Das ist es bei mir auch, oder?« Wieder fixierte sie mich.

Ich schluckte mein Lachen hinunter. »Ich habe keine Therapie gemacht, Mama, und: Nein, das war es bei dir nicht.«

Ich konnte sehen, wie meine Mutter zu einer Verteidigungsrede ansetzte, aber ich stoppte sie mit einer Handbewegung. »Ich will einfach Zeit mit dir verbringen, ist das nicht verständlich?«

Endlich entspannten sich ihre Gesichtszüge wieder. »Doch, natürlich, darüber würde ich mich freuen.«

Hinter ihr hörte ich schnelle Schritte. Gleichzeitig standen wir auf. Mads rannte auf uns zu und plapperte aufgeregt drauflos: wie eines der Hühner aus seiner Hand gefressen hatte, dass die Sauna so groß sei wie sein Zimmer und dass Gisela einen eigenen Raum nur für Wein hatte. Zwischendurch musste er tief Luft holen, weil er das Atmen vergaß. Meine Mutter stand im Hintergrund und fuhr sich mit verklärtem Blick durch die frisch gewellten Haare.

»Klingt super, Madsi.« Ich fasste ihn an den Oberarmen und beugte mich zu ihm, sodass er mir in die Augen sehen musste. »Aber jetzt müssen wir wieder los, sonst macht Caro sich noch Sorgen, weil wir so lange einkaufen sind.«

Mads' Lächeln erlosch. »Nein!«

»Doch, mein Schatz«, sprang meine Mutter mir zur Seite. »Du kannst doch ganz bald wiederkommen.«

Mads befreite sich aus meinem Griff und sah sie misstrauisch an. »Warum kommst du nicht wieder?«

Meine Mutter suchte meinen Blick. Dann griff sie nach seiner Hand. »Bärchen, ich brauche gerade etwas Zeit für mich. Ich mache bei Gisela eine Art … Urlaub.«

Mads musterte sie. »Und danach kommst du zurück nach Hause?«

Wieder suchte meine Mutter meinen Blick. »Nun.« Mit leicht zitternder Hand strich sie sich eine Locke hinters Ohr, die direkt wieder nach vorne fiel. »Oder du kommst zu mir. Du kannst auch mal hier übernachten, wir haben sogar einen Whirlpool.«

»Den hast du mir doch gerade gezeigt, Oma.« Mads strahlte wieder. »Okay, mach ich.«

Er kletterte auf die Bank, legte seine Arme um den Hals meiner Mutter und drückte sie fest an sich. Mir wurde ein bisschen schwer ums Herz. Mads' heile Welt hatte erste Risse bekommen, auch wenn ihm das noch nicht ganz klar war.

Auf dem Heimweg war der kleine Mann still. Er saß neben mir in seinem Kindersitz und blickte hinaus auf die Felder. Das Rattern und Stottern des Opels wirkte offenbar beruhigend auf ihn. Die Abendsonne blendete mich, und ich konnte im Gegenlicht zwei Mädchen auf ihren Rädern erkennen, die nebeneinander über den Deich fuhren.

So war ich früher mit Caro dort entlanggeradelt, jeden Nachmittag, ich meist noch mit Jacke, Caro oft schon in Badesachen, nur ein Handtuch umgewickelt, damit sie möglichst schnell ins Wasser konnte. Die Vormittage in der Schule waren schwierig, ich hatte noch keine Freunde, ich vermisste Berlin. Aber sobald wir danach an den Strand kamen, fiel alles von mir ab. Sobald der Wind um meine Nase wehte und ich am Horizont die Wellen sah, war alles gut. Oft saß ich nur da, die Zehen im Sand, und spürte, wie die Weite um mich herum mich ruhig werden ließ. Dieses Gefühl war es wohl, das ich immer wieder suchte, überall auf der Welt. Den Frieden, den ich nur fand, wenn ich einen Tag am Meer verbrachte.

Ich musste an einen warmen Augusttag denken, in jenem ersten Sommer hier. Wir hatten eine Decke in den Sand gelegt, und Caro war schwimmen gegangen. Ich hatte auf dem Rücken liegend die Wolken beobachtet und mich gefragt, wohin sie flogen. Plötzlich hörte ich jemanden Gitarre spielen. Es war ein Song von einer damals ziemlich unbekannten Band, die ich gerade für mich entdeckt hatte. Ich setzte mich abrupt auf. Jemand kannte und spielte meine Musik, hier, an diesem Strand im Nirgendwo.

Einige Meter von mir entfernt saß ein Junge im Sand

und zupfte an seiner Gitarre. Er trug dunkle Klamotten, die braunen Haare fielen ihm ins Gesicht, und er wirkte völlig versunken. Ich starrte ihn fasziniert an. Als der Song zu Ende war, sah er auf, und unsere Blicke trafen sich. Und da war es, dieses Lächeln, die Grübchen neben den geschwungenen Lippen, diese intensiven dunklen Augen. Niemals hätte ich gedacht, so jemanden ausgerechnet hier zu finden.

Ich schüttelte den Kopf, um die Erinnerung zu vertreiben, und sah zu Mads hinüber, der noch immer tief versunken aus dem Fenster sah. Ich stupste ihn leicht am Arm an. »Weißt du, Mads, ich wollte dir noch was sagen. Weil deine Mama und ich manchmal unterschiedlicher Meinung sind. Das ist nicht so ernst, wie es dir vielleicht vorkommt.«

»Hm.« Wir fuhren gerade an einer Weide mit Kälbchen vorbei, die flauschiges erdbraunes Fell hatten. Mads drehte sich interessiert zu ihnen um, und ich war nicht sicher, ob er mir überhaupt zuhörte.

Ich nahm eine Hand vom Steuer und strich über seinen Unterarm. »Weißt du, Geschwister streiten sich manchmal. Aber es ist trotzdem toll, welche zu haben.«

»Hm.« Er knibbelte mit den Fingern am Fensterrahmen herum. »Ich bekomm aber keine.«

»Wer weiß«, erwiderte ich vage. Ich musste daran denken, wie Caro nach Mads' Geburt gesagt hatte, jetzt bräuchte sie erst mal mindestens zwei Jahre Pause. Insgeheim hatte ich längst damit gerechnet, dass ein Geschwisterchen folgen würde. Aber vielleicht hatte

Mads recht, und sie hatten es sich zwischenzeitlich anders überlegt. Sosehr Caro Kinder liebte – sie hatte ja nicht nur das eine zu Hause, sondern noch zig weitere jeden Tag in der Schule.

»Ich glaube, ich allein bin Mama und Papa schon anstrengend genug«, sagte Mads seufzend.

Erstaunt sah ich ihn von der Seite an. »Du bist doch nicht anstrengend, Bärchen. Du bist super! Und sie lieben dich, genau so, wie du bist.« Ich blickte auf die leere Landstraße vor mir. »Jedenfalls war deine Mama immer meine beste Freundin. Das Wichtigste, das ich auf der Welt hatte.«

Jetzt drehte er sich zu mir um. »Und was ist dann passiert?«

Ich legte die Hand zurück ans Lenkrad. »Dann sind wir erwachsen geworden, und ich bin woanders hingezogen. Wir ...« Er sah wieder aus dem Fenster. »Es ist immer noch alles wie früher, auch wenn wir uns nicht mehr so oft sehen.«

Mads sagte nichts mehr, den ganzen Rückweg über. Ich versuchte währenddessen, das Schamgefühl zu vertreiben, das in mir brannte. Weil ich nicht ganz ehrlich zu ihm sein konnte. Denn natürlich hatte er recht. Zwischen Caro und mir war es nicht mehr wie früher. Und Mads spürte das offenbar. Aber für die ganze Wahrheit, da war ich mir sicher, war er noch zu klein.

8

Als ich Papas Wagen auf den Hof lenkte, parkte dort bereits ein SUV mit Hamburger Kennzeichen. Ein Mann in enger Jeans holte gerade eine große Reisetasche aus dem Kofferraum. Ich stieg aus und begrüßte ihn. Er hob kurz die Hand und trug das Gepäck in die babyblaue Ferienwohnung.

Caro kam schnellen Schrittes auf mich zu. »Wo wart ihr so lange?« Ein wilder Haarwirbel stand ihr vom Kopf ab, ihre Wangen waren noch geröteter als sonst.

Ehe ich reagieren konnte, lief Mads ums Auto herum und strahlte seine Mutter an. »Bei Oma.«

Caro hob kurz den Kopf und sah mich mit einem merkwürdigen Gesichtsausdruck an, dann wandte sie sich lächelnd an Mads. »Oh, wie geht es ihr?«

»Gut. Sie hat eine Sauna, einen Whirlpool und …« Er hielt inne und lief dann mitten im Satz fort. »Papa!«, hörte ich ihn noch rufen.

Caro sah ihm kurz verblüfft hinterher und funkelte mich dann an. »Was sollte das denn?«

Hinter ihr kam der neue Gast aus der Wohnung zurück, und Caro wechselte sofort in ihren Gastgebermodus. »Benötigen Sie Hilfe mit dem Gepäck?«

Der Mann griff nach der nächsten Tasche. »Hab unterwegs einen kräftigen Helfer gefunden.«

Florian tauchte neben ihm auf und wuchtete ein Kinder-BMX-Rad und zwei Schaumstoffsurfbretter aus dem Kofferraum. Sein T-Shirt spannte dabei an den Oberarmen. Bestimmt ging er zum Kickboxen, Bouldern oder machte irgendeinen anderen Trendsport.

»Ich bringe Ihnen gleich noch etwas von unserem hofeigenen Obst«, sagte Caro.

Erst jetzt bemerkte ich den Jungen, der hinter dem SUV hervorschaute. Er war etwa in Mads' Alter, trug ein kariertes Hemd und eine wattierte Weste.

»Ich mag kein Obst«, sagte er.

»So ein Quatsch, Lovis. Hören Sie nicht auf ihn!« Sein Vater warf Caro ein schmales Lächeln zu.

Caro packte mich am Unterarm und zog mich mit sich in Richtung Haupthaus. Als wir weit genug weg waren, zischte sie: »Schieß los!«

Ich folgte ihr durch die Haustür und den Flur in die Küche. »Er vermisst seine Oma. Warum habt ihr ihm nicht erzählt, wo sie ist?«

Ohne mich anzusehen, nahm sie Äpfel, Erdbeeren und Rhabarberstangen aus einer großen Obstschale und legte sie in einen kleinen Weidenkorb. »Hättest du mir diese Frage nicht vorher stellen können? Bevor du einfach lospreschst?«

Ich lehnte mich an den Esstisch, auf dem ein Haufen Wäsche lag. »Er hat mich um Hilfe gebeten, und er tat mir ehrlich leid.«

Caro ließ den Weidenkorb sinken und musterte mich. »Er hat dich um Hilfe gebeten?«

»Ja, warum wundert dich das?«

Sie wandte sich wieder dem Obst zu. »Von wegen, alle sollen miteinander sprechen.«

Ich warf einen Blick auf die Wäsche. Handtücher, eindeutig noch ungewaschen. »Ich hatte befürchtet, dass du was dagegen hast.«

»Schau dich hier mal um«, sagte Caro plötzlich ungehalten. »Wir haben echt andere Probleme. Papa hat Kopfschmerzen, er ist oben. Wir kommen mit der Arbeit nicht hinterher, wir hätten heute deine Hilfe gebraucht.«

Erschrocken sah ich sie an. »Entschuldige.«

Sofort wurde ihr Blick wieder weich. Die Wut wich aus ihren Zügen, dafür sah sie jetzt traurig aus. Ein paarmal setzte sie an, den Blick auf den Korb in ihren Händen gerichtet. Schließlich sagte sie leise: »Ist alles etwas viel gerade.« Kurz dachte ich, sie würde in Tränen ausbrechen, aber sie fing sich wieder.

Ich hatte Caro nicht oft weinen sehen in meinem Leben. Nicht einmal, wenn sie sich wehgetan hatte. Als Kind hatte sie dann die Zähne so fest zusammengebissen, dass ihr Kopf rot wie eine Tomate wurde. Dass sie jetzt fast die Fassung verlor, machte mir Angst. Ich ging zu ihr und nahm sie in den Arm. Zu meiner Erleichterung ließ sie es zu.

»Vielleicht solltest du es mal rauslassen«, traute ich mich vorzuschlagen.

Ich spürte, wie sie mich sanft von sich schob. »Das wäre keine gute Idee.« Sie bemühte sich um ein tapferes Gesicht. »Es geht schon wieder.«

»Es tut mir wirklich leid«, sagte ich. »Ich wollte Madsi nur eine Freude machen. Du hättest sein Gesicht sehen sollen.«

Sie wischte sich mit dem Handrücken über das gerötete Gesicht. »Ich schätze, wir haben es ihm bisher verheimlicht, weil wir es selbst noch nicht ganz wahrhaben wollen. Und weil man sein Kind ja immer beschützen will.«

»Das verstehe ich.« Ich zupfte ihr eine Blüte aus dem wirren Haar, das sich zugleich fest und weich anfühlte, genau wie früher. Sie wandte sich wieder dem Obstkorb zu, und ich sah mich um. »Hör mal, ich kümmere mich um die Küche und die Wäsche, ja? Ist noch was in den Wohnungen zu tun?«

»Nein.« Caro legte noch eine Erdbeere oben auf den Weidenkorb. »Bis auf die Handtücher ist alles fertig.«

»Wollt ihr heute mal unter euch sein, und ich kümmere mich um Papa?«

»Ach.« Ich spürte, wie sie mit sich kämpfte. »Das musst du nicht.«

»Doch, komm, so machen wir es.«

Sie nickte stumm. Ich wollte sie noch einmal drücken, aber diesmal entkam sie mir. Sie lächelte mit zusammengepressten Lippen, und schon war sie fort, den Obstkorb in der Hand.

Ich sah mich um. Überall lagen Krümel – rund um

die Wäsche, neben der Spüle, auf der Arbeitsplatte, auf dem Boden. Jemand hatte hier offenbar gespült, aber keine Zeit mehr zum Fegen und Wischen gehabt. Ich stopfte die Handtücher in die Waschmaschine und stellte sie an. Um alles andere würde ich mich später kümmern, erst wollte ich nach meinem Vater sehen.

Mit einem Glas Wasser in der Hand stieg ich die Treppe hinauf. Oben im dunklen Flur hing noch immer dasselbe einsame Foto an der mittlerweile gräulichen Raufasertapete. Darauf waren meine Eltern in jungen Jahren zu sehen, irgendwo in Berlin. Mein Vater war erstaunlich schlank, er verschwand fast in seiner Cordhose. Meine Mutter sah im Grunde aus wie heute, nur ganz ohne Falten, sie trug ein bodenlanges Blümchenkleid und einen geflochtenen Kranz im Haar. Sie hielt meinen Vater an der Hand, nicht andersherum, und blickte keck in die Kamera. Und mein Vater sah sie an, mit diesem Blick, mit dem er nur sie ansah. Dies war ihr Hochzeitsfoto, und die beiden so glücklich zu sehen schmerzte mich.

Caro hatte einmal zu mir gesagt, dass Kinder von ihren Eltern lernen, was Liebe bedeutet. Unser Vorbild hätte besser nicht sein können. Meine Eltern mit ihrer friedlichen Symbiose hatten mir wirklich keinen Grund gegeben, beziehungsunfähig zu werden. Und doch fragte ich mich manchmal, ob sie die Latte für mich zu hoch gehängt hatten. Eine Liebe wie die ihre zu finden erschien mir wie ein Lottogewinn. Riesengroßes Glück und leider ziemlich unwahrscheinlich.

Ich wandte mich ab und klopfte an die Schlafzimmertür.

»Herein«, hörte ich von drinnen und öffnete sie. Der Geruch von Mamas Räucherstäbchen stieg mir in die Nase. Mein Vater saß mit dem Rücken zu mir in seinem Ohrensessel am Fenster.

Ich trat hinter ihn. »Papa?«

»Ja.« Er wandte sich nicht zu mir um.

Ich folgte seinem Blick nach draußen. Von hier aus sah man aufs Dach des ehemaligen Schweinestalls, in dem sich vermutlich gerade die neuen Gäste einrichteten. Dahinter erstreckte sich die Weide, über die Florian mit seiner Wollmütze lief, in Richtung der friedlich grasenden Schafe auf dem Deich. Alfie trottete hinter ihm her. Über ihnen schwebten ein paar weiße Wattewölkchen.

»Wie geht es dir?« Behutsam legte ich meine Hand auf Papas Schulter. »Kann ich irgendetwas für dich tun?«

Er zuckte kurz zusammen. »Mein Schatz, das ist lieb. Ich habe eine Tablette genommen, bestimmt wirkt sie gleich. Dann komm ich dir helfen, ja?«

»Nicht nötig, Papa, ist fast alles erledigt. Trink mal einen Schluck.« Ich reichte ihm das Glas, er trank und reichte es mir halb voll wieder zurück.

»Vielen Dank.«

Neben dem Sessel standen seine Sneakers, darüber lagen zwei verschiedenfarbige Socken. Ich stellte das Glas auf die Fensterbank vor ihm. »Hast du Hunger?«

»Nein, danke, gerade nicht, die Tabletten schlagen mir immer etwas auf den Magen.« Er griff nach meiner Hand und lachte matt. »Die Wolken sehen für dich auch aus wie Schäfchen, oder sind das die Nebenwirkungen?«

Ich drückte seine Hand, die sich kalt anfühlte. »Für mich sehen sie aus wie Drachen, Papa.«

Wir lachten ein bisschen, aber ich spürte, dass ihm eigentlich nicht danach zumute war. »Man wird nicht jünger. Ich denke, es kommt vom Nacken. Morgen bin ich wieder wie neu.«

Ich sah mich etwas ratlos um. Die übergroße Decke lag zerknüllt auf Papas Seite des schmalen Doppelbettes. Ein Meter vierzig für zwei Menschen in ihrem Alter. Wir hatten uns immer darüber lustig gemacht und meinen Eltern vorgeschlagen, mal ein richtiges Ehebett zu besorgen. Aber Papa und Mama hatten dagegengehalten, dass sie ohnehin eng aneinandergekuschelt schliefen. Mamas Nachthemd wartete ordentlich gefaltet auf dem Nachttisch. Auf ihrem Kopfkissen konnte ich eine Mulde erkennen, die aussah, als ob jemand seine Hand daraufgelegt hätte. Es versetzte mir einen Stich, und ich wandte mich schnell wieder ab.

Auf einer Kommode an der Wand standen allerhand Hutschachteln und Uhrenkisten, in denen Mama Kleinkram aufbewahrte. Diese Behältnisse hatte sie schon in Berlin besessen, und ich erinnerte mich daran, wie ich sie als Kind auf dem alten Dielenboden ausgekippt und mich darüber gewundert hatte, was sie alles aufbewahrte. Schrauben in den verschiedensten Größen, einzelne Glieder von Armbändern, Verschlüsse von Ketten, glitzernde Plättchen und verbogene Reißzwecken, von denen manche wohl noch heute in den Rillen des alten Bodens steckten und nie mehr herauszubekommen waren.

Neben den Kisten entdeckte ich einen Stapel ungeöffneter Post auf der Kommode und ein weiteres Foto meiner Eltern. Es musste bei einem Fest auf einem der Nachbarhöfe entstanden sein. Im Hintergrund waren einige klatschende Menschen zu sehen, über denen bunte Lampions baumelten. Im Vordergrund tanzten meine Eltern. Mein Vater schmiss Arme und Beine von sich, während meine Mutter lachend den Kopf in den Nacken warf.

Eine Erinnerung schoss mir in den Kopf: meine Eltern beim Tanzen im Wohnzimmer. Sie hatten immer schon miteinander getanzt, zu jeder Gelegenheit. Ein guter Song im Radio reichte, und meine Mutter schnappte meinen Vater bei den Händen, und er ließ sich mitziehen und grinste sie selbstvergessen an. Nie im Leben hätte ich gedacht, dass einer von ihnen freiwillig darauf verzichten würde.

»Ich gehe jetzt die Küche aufräumen«, sagte ich zu meinem Vater und drückte noch einmal seine Hand. »Und dann bringe ich dir etwas zu essen. Vielleicht bekommst du ja doch noch Hunger. Ruf mich, wenn du in der Zwischenzeit was brauchst.«

Er drehte sich zu mir und lächelte dankbar, was ihn augenscheinlich anstrengte. »Du bist ein Schatz. Sag deinen Eltern, dass sie dich gut hinbekommen haben.«

Nachdem ich etwas später die gesamte Küche gefegt und gewischt hatte, stieg ich wieder die Treppe hoch, mit einem Henkeltablett in der Hand. Darauf standen eine Karaffe mit Wasser sowie ein Teller mit Broten. Ich hatte sie dick mit dem Schmalz beschmiert, das mein Vater so liebte und das meine Mutter ihm seit Jahren abzugewöhnen versuchte wegen der Cholesterinwerte. Überhaupt war sie überzeugt davon, dass es gesundheitlich besser für ihn wäre, vegetarisch zu leben, so wie sie. Aber wer je die Augen meines Vaters beim Anblick eines Spanferkels gesehen hatte, verstand, warum sie ab und zu schwach wurde und ihm etwas vom Metzger mitbrachte. Mitgebracht hatte, korrigierte ich mich selbst. Denn meine Mutter saß wahrscheinlich gerade ein paar Kilometer entfernt in Giselas Küche und genoss den Gemüseauflauf, den ihre Freundin zubereitet hatte, als wir heute dort gewesen waren. Die Art und Weise, wie diese für mich fremde Frau sich um meine Mutter kümmerte, war mir irgendwie suspekt.

Als ich das Tablett auf der Fensterbank vor meinem Vater abstellte, bemerkte ich seinen gleichmäßigen Atem. Vorsichtig beugte ich mich über ihn. Seine Augen waren geschlossen, er war eingeschlafen. Die bereits etwas tiefer stehende Sonne warf sattgelbes

Licht auf sein entspanntes Gesicht. Er ist älter geworden, dachte ich, und diese Erkenntnis traf mich unerwartet hart.

Im Gegensatz zu Caro hatte ich als Erwachsene nicht viel Zeit mit meinen Eltern verbracht. Seit dem Ende der Schulzeit war ich nur noch an Weihnachten hier gewesen – und im letzten Jahr nicht mal das. Vermutlich war das selbstsüchtig von mir gewesen. Aber musste nicht am Ende jeder seinen eigenen Weg gehen? Caro hatte sich entschieden, dass ihr Platz hier war, auf diesem Hof, direkt neben meinen Eltern. Und ich hatte mein Glück woanders gesucht. Für meine Familie war das sicher nicht leicht gewesen. Als junges Mädchen hatte ich mir meinen Weg immer so vorgestellt: Eines Tages würde ich zurück nach Berlin ziehen, zu meinen alten Freunden. Ich würde einen Job finden, der mich erfüllte, irgendetwas mit Musik, eine eigene Familie gründen, mit ihr in einer verwinkelten Altbauwohnung wohnen, in unserem alten Kiez. Das war, bevor mir David das Herz brach. Danach hatte ich den Kurs geändert, danach hieß es: so weit wie möglich weg, weiter als Berlin, so viel wie möglich erleben. Lange war mir dieser Weg richtig vorgekommen. Doch über die Jahre war ich mir immer unsicherer geworden. Und jetzt gerade, als ich neben meinem schlafenden Vater stand, an dem Ort, an dem meine lange Reise einst begonnen hatte, fragte ich mich, ob ich mein Ziel unterwegs aus den Augen verloren hatte. Ob mein Reisen und Suchen am Ende nichts als eine große Flucht gewesen war vor dem, was ich wirklich wollte. Nur: Was wollte ich eigentlich wirklich?

Das Kinn meines Vaters war auf die Brust gesunken. Bestimmt träumte er gerade von besseren Zeiten, in denen er seinen Weg gekannt hatte, weil er ihn an der Hand meiner Mutter ging.

Ich wandte mich zur Tür, blieb aber noch einmal stehen und nahm den Stapel Post von der Kommode mit.

Auf meinem Bett im Schuppen sah ich mir die Briefe genauer an. Das meiste waren Rechnungen, viele ungeöffnet. Einiges konnte ich nicht richtig einordnen. In den Jobs, in denen ich bisher gearbeitet hatte, hatte ich oft nicht einmal richtige Gehaltsabrechnungen bekommen. Meistens erhielt man am Monatsende irgendeinen Zettel mit handschriftlichen Zahlen, und irgendwie kam man über die Runden. Stromabrechnungen oder GEZ-Gebühren hatte ich noch nie gezahlt, und angesichts der Rechnungen, die hier offensichtlich unbearbeitet warteten, fühlte ich mich völlig hilflos. Ich beschloss, die Briefe Christian zu geben. Ich wusste, dass er die Steuererklärung meiner Eltern erledigte und auch den größten Teil der Bürokratie des Ferienhofes übernahm. Vermutlich hatte bisher meine Mutter diese Dinge mit ihm besprochen, und nun blieben sie liegen, wie so vieles.

Als ich zum letzten Brief im Stapel gelangte, hielt ich verwundert inne. Es war der einzige, der nicht maschinell adressiert war. Ein mir vertrauter Poststempel prangte auf dem Umschlag. Und auch die Schrift kannte ich. Denn es war meine. Mein Herz schlug ein bisschen schneller. Was machte mein Brief an Caro im Schlafzimmer meiner Eltern?

Ich drehte und wendete ihn in den Händen. Ich wusste noch genau, wann ich ihn geschrieben hatte. Ich war gerade in Costa Rica angekommen, vor fast anderthalb Jahren. Ich hatte in meinem Zimmer im Surfcamp gesessen, auf der großen Matratze am Boden, über mir hatte der Ventilator die heiße Zimmerluft verteilt, und ich hatte mich gefragt: Warum bin ich hier? Ich kenne hier keine Menschenseele. Früher war ich mit Freundinnen gereist, anfangs vor allem mit Maria, aber sie und die anderen waren längst irgendwo angekommen und geblieben.

Eigentlich hatte ich es zuletzt ganz schön gehabt. Einen Sommer und einen Herbst lang war ich bei Maria auf Norderney gewesen, wo sie schließlich ihr Zuhause gefunden hatte: auf einer kleinen Nordseeinsel in Ostfriesland, beschaulich, idyllisch, gemütlich. Obwohl es dort oft kalt und ruppig war und die Nordsee zu kühl für meinen Geschmack, fühlte ich mich wohl. Ich genoss es, endlich wieder Zeit mit Maria zu verbringen. Ich mochte ihre Familie, ich mochte die Arbeit in ihrem Strandcafé, und ich mochte Lars, der die örtliche Surfschule betrieb. Ich fühlte mich wohl, aber nicht zu Hause. Denn irgendwann kam sie wieder, diese Unruhe. Diese Momente, in denen ich übers Meer blickte und mich fragte: War das schon alles? Bin ich hier angekommen? Sind meine Gefühle für

Lars Liebe, oder will ich einfach nur nicht mehr allein sein?

Irgendwann hatte ich in den Dünen ein junges Paar gesehen, das sich küsste. Sie knutschten, wie frisch Verliebte es tun, so voller Sehnsucht und Inbrunst, dass ich schnell wegsehen musste, weil dieser Moment nur ihnen gehörte. Und plötzlich wusste ich es: dass es sich so anfühlen sollte. Und dass es mit Lars nicht so war. Mit Lars nicht und auch nicht mit den Männern, die ich vor ihm getroffen hatte, im Yoga-Retreat auf Bali oder im Surfcamp in Südfrankreich. Alles Flirts, alles Zeitvertreib, mehr nicht. Nach David hatte es sich nie wieder nach mehr angefühlt. Einmal kurz, mit Simon, der mit mir in Marokko arbeitete, dachte ich: Das ist es. Aber Simon fühlte nicht so für mich, und aus Verliebtheit wurde doch schnell wieder Schmerz. Das war ewig her, seit Jahren war Simon nun mit Maria zusammen. Das zwischen uns war heute nur noch eine Anekdote, über die wir gemeinsam schmunzeln konnten.

Lars hingegen hatte es richtig ernst mit mir gemeint – doch ich konnte seine Liebe leider nicht erwidern. Ich hätte trotzdem bleiben können, aber so wie mit ihm fühlte es sich auch mit Norderney an. Ich war ein bisschen verknallt, aber für immer war das nichts mit uns. Und so packte ich wieder meinen Rucksack und flog nach Costa Rica, wo mein Leben als Nomadin einst begonnen hatte. Vor fünfzehn Jahren war ich erstmals dort gewesen. Direkt nach der Schule. Bloß weg aus Nordfriesland, weg von den Erwartungen meiner

Eltern, die mich gern auf dem Hof behalten hätten, weg von meiner Schwester, die längst studierte und sich das auch für mich wünschte. Und weg von David und meinen Gefühlen für ihn.

Bei meiner ersten Reise nach Costa Rica hatte ich Maria kennengelernt, eine verwandte Seele, ebenfalls auf der Flucht vor dem Ernst des Lebens. Wir jobbten dort beide in einer Ferienanlage und fingen gemeinsam an zu surfen. Und in den Wochen und Monaten, in denen wir vormittags die Gästezimmer reinigten und danach bis zum letzten Sonnenstrahl auf dem Surfbrett saßen, spürte ich, wie mein Kummer im warmen Salzwasser allmählich heilte. Doch es war nur eine feine Kruste, die sich über die Wunde legte. Jedes zu große, zu starke Gefühl konnte sie wieder aufreißen. Also machte ich nur noch, was mir gefiel. Ich surfte, ich jobbte mal hier und mal da, ich feierte. Erst in Costa Rica, später in Australien, in Afrika, überall auf der Welt. Ich blieb immer so lange, wie es sich gut anfühlte. Und jedes Mal landete ich irgendwann wieder am Meer und sah zum Horizont. Dann spürte ich das Ziehen in meinem Bauch und wusste: Ich muss weiter.

Einmal im Jahr flog ich nach Hause, und die Kruste riss wieder auf. Egal, wie viele Jahre verstrichen – die Vergangenheit war sofort wieder präsent. David. Und die junge Frau, die ich an seiner Seite gewesen war. Denn in den Augen meiner Schwester und meiner Eltern war ich nie eine andere geworden. Und deshalb blieb ich stets nur kurz, bevor ich wieder ans andere

Ende der Welt floh, wo das Meer und die Sonne mich wieder aufpäppelten.

An Weihnachten vor anderthalb Jahren war es besonders schwer gewesen. Der Moment, in dem ich unseren Hof betreten hatte. Der Schmerz in meiner Brust. Die Wochen, die ich gebraucht hatte, um mich davon zu erholen. Deshalb hatte ich das letzte Weihnachtsfest lieber mit Maria und ihrer Familie auf Norderney verbracht. Und deshalb hatte ich bei meiner Ankunft in Costa Rica einen Entschluss gefasst: Ich würde erst wieder nach Hause fliegen, wenn die Wunde verheilt war. Zumindest gut genug verschlossen, um nicht sofort wieder aufzureißen. Diesmal musste es klappen, irgendeinen Weg würde ich schon finden – meditieren, pilgern, was auch immer. Deshalb hatte ich Caro diesen Brief geschrieben, damals auf der Matratze am Boden, auf irgendeinem Zettel, den ich in meinem Rucksack fand.

Ihn jetzt aus dem Umschlag zu nehmen fühlte sich komisch an. Kurz stieg mir der leicht muffige Geruch meines damaligen Zimmers in die Nase, und ich glaubte den warmen Luftzug des Ventilators zu spüren, die Müdigkeit in meinen Knochen. Dann begann ich zu lesen.

Meine liebe Caro,

ich bin gut in Costa Rica angekommen. Keine Ahnung, wie lange es dauern wird, bis dieser Brief dich erreicht. Ich bin erst wenige Stunden hier, aber eins habe ich schon begriffen: Hier dauert alles irgendwie länger. Wenn die deutschen Mitarbeiter hier im Camp z.B. sagen, dass es Zeit für die nächste Surfstunde ist oder nach dem Busfahrplan fragen, lachen die Einheimischen nur und sagen: Genießt doch einfach das Leben!

Noch ist mir das alles ganz schön fremd. Es ist feucht und irre heiß. Jetzt gerade denke ich: Was mache ich hier? Warum muss ich es mir immer so schwer machen? Aber spätestens in ein paar Tagen werde ich froh sein über die neuen Erfahrungen, die Freiheit, die warmen Wellen. Ich weiß, dass es für Papa, Mama und dich kaum nachzuvollziehen ist, dass ich nirgendwo lange bleiben kann. Ich weiß, ihr hättet euch gewünscht, dass Norderney vielleicht meine Heimat wird. Dass ich dort angekommen bin. Aber ich musste leider in den letzten Monaten erkennen, dass dem nicht so ist. Dass ich noch weiter muss. Wer weiß, vielleicht gibt es Menschen, die nie ankommen? Für die der Weg ewig das Ziel bleibt?

Eins habe ich festgestellt, als ich letztes Jahr über Weihnachten bei euch zu Hause war: Es tut mir nicht gut. Ich meine damit nicht euch, das weißt du hoffentlich. Ich meine den Ort. Er macht etwas mit mir, und jeder Besuch wirft mich ein Stück zurück. Ich weiß, du wirst sagen: Es ist doch alles so lange her. Wieso bist du immer noch nicht darüber hinweg?

Weißt du, hier in der Ferne bin ich das. Aber so-

bald ich nordfriesischen Boden betrete, reißen die alten Wunden wieder auf. Es frustriert mich selbst am meisten, aber ich will das nicht mehr. Ich will nicht wieder zurückgeworfen werden. Mich nicht wieder und wieder davon erholen müssen. Ich glaube, ich brauche Abstand. Ja, noch mehr Abstand. Noch mehr Zeit. Um endlich eine richtige, dauerhafte Lösung zu finden.

Deswegen bin ich an Weihnachten nicht zu euch nach Hause gekommen. Ich wollte es dir noch einmal erklären, weil ich das Gefühl hatte, dass ihr euch gewundert habt. Ich möchte mir diesmal mehr Raum geben, damit es mir das nächste Mal, wenn ich euch besuche, gut damit geht. Ich würde mich freuen, wenn du versuchen könntest, das nachzuvollziehen. Sagst du Mama und Papa bitte, dass mein Arbeitgeber mir keinen längeren Urlaub gewährt und ich daher weiterhin erst mal nicht kommen kann? Ich will sie nicht kränken. Das wäre lieb.

Grüß alle von mir. Und richte Mads aus, dass ich ihn lieb habe. Dich habe ich auch lieb!

Ich drücke dich
deine Toni

Benommen ließ ich das Blatt auf den Schoß sinken. Mein Plan war gründlich schiefgelaufen. Verheilt war in der Ferne nichts. Gewandert war ich ab und an, hatte mit Yoga und Meditation angefangen und ein paar Stunden bei einer Amerikanerin verbracht, die als Coach arbeitete, aber nichts davon hatte große Wirkung gezeigt. Schließlich hatte ich weitergemacht, wo ich aufgehört hatte: surfen, jobben, feiern, verdrängen. Während hier zu Hause alle noch enttäuschter von mir waren als zuvor, vor allem Caro.

Ich legte den Umschlag zusammen mit den anderen Briefen auf meinen alten Schreibtisch und hockte mich auf den Boden neben meinen Rucksack. Bisher hatte ich nur sporadisch ein frisches T-Shirt oder Unterwäsche daraus hervorgezogen. Es wurde Zeit, dass ich ihn richtig auspackte. Denn diesmal, das war mir soeben bewusst geworden, würde ich länger bleiben als vier, fünf Tage. Diesmal würde ich so lange bleiben, wie es nötig war.

9

Weil ich nicht sicher war, ob es Papa gut genug ging, um das Frühstück für die Gäste zuzubereiten, stand ich am nächsten Morgen früh auf. Doch als ich in die Küche kam, lief wie gewöhnlich das Radio, und er stellte gerade eine Kanne Kaffee auf ein Tablett, neben einen Stapel frischer Teller und Stoffservietten.

»Guten Morgen, Papa.«

»Guten Morgen.« Er lächelte mir munter zu und öffnete dann den Ofen, in dem die Brötchen buken. Ein wunderbarer Duft schlug mir entgegen.

Papa brummte zufrieden. »Du hättest ruhig noch schlafen können.« Er nahm das Backblech mit einem Ofenhandschuh heraus und stellte es auf ein Holzbrett neben der Spüle. »Ich danke dir für deine Hilfe gestern.«

Draußen hörte ich Mads mit jemandem reden. Ich schob den Vorhang zur Seite, konnte ihn aber nicht entdecken. »Hast du gut geschlafen, Papa?«

»Ja, wunderbar. Eine Nacht Ruhe, und ich bin wie neu, hab ich dir ja gesagt.«

»Das freut mich.« Ich drehte mich wieder zu ihm um und betrachtete ihn. Seine zu langen Haare standen in Wirbeln in alle Richtungen. Er hatte etwas Rasierschaum am Kinn. Seine Schürze spannte über dem runden Bauch und gehörte dringend in die Waschmaschine. Aber er sah deutlich fröhlicher aus als gestern Abend.

In diesem Moment hörte ich draußen einen Schrei. Eher ein Kreischen – ein begeistertes Kreischen. Ich sah meinen Vater ratlos an. Er ließ das Brötchenmesser sinken, und wir liefen durch den Flur zur Haustür. Draußen saßen Mads und Florian am Boden. Sie streichelten einen kleinen Hund mit Schlappohren und dicken Tatzen. Mit etwas Abstand dahinter stand meine Mutter. Sie hatte sich ein Karotuch ins Haar geknotet und trug eine Latzhose, die sie bis zu den Knöcheln hochgekrempelt hatte. Auf ihrem Gesicht lag ein schuldbewusster Ausdruck. Ich blickte von meinem Vater zu ihr. In seinen Augen stand Hoffnung.

Mama öffnete mehrfach den Mund, schloss ihn wieder und sagte schließlich: »Ich bin hier, um Mads zu sehen.«

Etwas im Gesicht meines Vaters erlosch. Bemüht freundlich sagte er: »Guten Morgen … Petra. Entschuldigt mich bitte, ich muss das Frühstück servieren.« Er sah noch einmal meine Mutter an und verschwand dann im Haus.

Mama wich meinem Blick aus und wandte sich an Mads, der noch immer am Boden kniete. »Wie gefällt er dir?«

Mads strahlte seine Oma an. Seine kleinen Arme

waren um den bunt gefleckten Hundekörper geschlungen. »Ich liebe ihn.« Seine Augen funkelten so glücklich, dass mir ganz warm wurde.

Florian saß neben ihm, streichelte den Welpen und blickte interessiert von meiner Mutter zu mir.

Sie nahm überhaupt keine Notiz von ihm, sondern wandte sich mir zu. »Er wünscht sich schon lange einen Hund.«

Ich sah sie ratlos an. »Und das …«

Sie strahlte. »Das ist einer von denen, die Giselas Freundin gerettet hat.«

Ich kniete mich hin und ließ das Fellknäuel an meiner Hand schnüffeln. »Gerettet?« Ich richtete mich wieder auf.

»Giselas Freundin leitet doch diese … diese Organisation, wo Rentnerinnen auf den Heimflügen Straßenhunde von Madeira überführen. In Deutschland sucht sie dann neue Besitzer für die Tiere. Eine ganz tolle Sache ist das.«

»Und der hier …« Wir blickten beide auf den Hundewelpen, der Mads gerade quer durchs Gesicht schleckte.

Meine Mutter kicherte, wurde aber sofort wieder ernst. »Diese kleine Maus wurde mit ihren Geschwistern in einer Kiste auf einem verlassenen Grundstück gefunden, Gisela hat mir Bilder gezeigt. Ich war sofort verliebt und dachte: Er erinnert mich an Hummel, der wird es.«

Ich musterte den Welpen, der sich nun eine der großen Pfoten schleckte und Schluckauf bekam vor lauter Aufregung. Tatsächlich erinnerte er auch mich an Hummel, die damals in der Scheune eines Nachbarn geboren wurde, einer heimlichen Liebschaft zwischen deren Schäferhund und der Nachbarsdogge entsprungen. Nach Hummels Tod vor einigen Jahren hatte meine Mutter geschworen, ihr Herz nie wieder einem anderen Hund zu schenken.

Ich sah zu ihr auf. »Und er lebt jetzt bei Gisela und dir?«

»Aber nein.« Sie wirkte ein bisschen empört. »Er würde am Ende die Hühner reißen, und die Katze mag keine Hunde. Außerdem weißt du, dass ich nach Hummel keinen Hund mehr haben kann.«

Ich bemerkte Florians Grinsen, das er vergebens hinter einer Hand zu verbergen versuchte. Dann sah ich wieder zu meiner Mutter, die Mads und den Welpen verzückt beobachtete. »Was macht er dann hier, Mama?«

Sie klatschte in die Hände. »Er gehört Mads.«

»Wer gehört Mads?«, rief Caro, die gerade auf uns zueilte. Als sie den Hund entdeckte, warf sie meiner Mutter einen bitterbösen Blick zu. »Mama, kommst du bitte mal mit?«

Mit entschlossener Miene folgte meine Mutter meiner Schwester ins Haus, wo wir sie wenig später laut diskutieren hörten.

Da Mads heute erst später zur Schule musste, schnappte ich ihn mir und schlenderte mit ihm und dem Welpen, der sich inzwischen als Weibchen entpuppt hatte, in Richtung Deich. Motte, so hatte Mads die Kleine spontan getauft, brauchte eine gefühlte halbe Stunde für zwei Meter. Alles war für sie interessanter als laufen: die Steinchen unter ihren Pfoten, die wehenden Gräser am Wegesrand, die Libelle, die um ihre Schlappohren schwirrte. Mads schlenderte neben der Hündin her und folgte jedem ihrer neugierigen Blicke.

»Oma sagt, sie hatte es nicht gut«, teilte er mir irgendwann mit, ohne den Blick von Motte zu lösen.

Ich kniete mich zu den beiden ins hohe Gras. »Ja, aber zum Glück wurde sie gefunden. Ab jetzt wird es ihr gut gehen.«

Motte schnupperte an etwas am Boden, das verdächtig nach Schafmist aussah. Mads steckte seinen kleinen Finger hinein und roch ebenfalls daran. »Iiih!« Er wischte den Finger an seinen Shorts ab.

Gemeinsam sahen wir dem Welpen zu, der begonnen hatte, sich voller Wonne in dem Schafmist zu wälzen. Irgendwann sagte Mads leise: »Mama wird es nicht erlauben, oder?«

Schon während ich die nächsten Worte aussprach, wusste ich, dass es ein Fehler war. Wusste, dass ich meiner Schwester nicht in den Rücken fallen durfte. Wusste, dass ich zu viel versprach. Aber da war es schon zu spät. Ich streichelte Mads über die weichen Haare und sagte: »Wir werden für ihn kämpfen. Ich helfe dir.«

Mads war unter herzzerreißendem Gebrüll mit Christian in Richtung Schule aufgebrochen, während meine Schwester und ich noch immer mit meiner Mutter diskutierten. Florian saß auf dem Boden neben der Kücheninsel bei Motte, die auf einer Decke zusammengerollt schlief.

»Ein Hund würde ihm guttun«, behauptete meine Mutter zum gefühlt zehnten Mal. Sie saß neben mir auf der Arbeitsplatte und baumelte mit den Füßen, die in Sneakersocken steckten.

»Weil er keine Geschwister hat?« Meine Schwester lehnte mit dem Rücken am übergroßen amerikanischen Kühlschrank, den Kopf in den Nacken gelegt.

»Nein.« Meine Mutter drehte einen der Knöpfe ihrer Latzhose. »Weil er dann jemanden hätte, der immer auf seiner Seite ist, der ihn immer nimmt, wie er ist. Erinnert ihr euch daran, wie es für euch mit Hummel war?«

Meine Schwester schnaufte. »Das war etwas anderes, Mama. Wir waren älter.«

»Ach, papperlapapp, Mads ist alt genug für einen Hund.« Das Baumeln von Mamas Füßen wurde energischer.

Ich hatte bisher kaum etwas gesagt. Endlich ergriff ich das Wort: »Ich finde, Mama hat recht.«

Caros Augen wurden schmal. »Ach ja? Dann kümmere du dich doch um den Hund, wenn es dir so viel bedeutet, dass Mads ihn behält.«

Hinter Caros Kopf sah ich Mads' Stundenplan, der

mit einem Magneten an der Kühlschranktür befestigt war. Zwischen die Worte MATHE und SPORT in Großbuchstaben hatte er überall Männchen und Tiere gemalt. Ich schaute wieder meine Schwester an. »Was spricht denn deiner Meinung nach dagegen?«

Sie wandte den Blick ab. »Ich bin nur sauer, dass ihr alle besser zu wissen glaubt als ich, was gut für Mads ist. Und dass es euch egal ist, dass ich ohnehin schon am Limit bin. Wie bitte soll ich noch die Verantwortung für einen traumatisierten Welpen übernehmen?« Ihre Stimme klang vom vielen Diskutieren mittlerweile heiser.

Ich betrachtete das mehrfarbige Fellknäuel, das neben Florian lag und im Schlaf schmatzte. Ein zärtliches, vertrautes Gefühl machte sich in mir breit, und ich hörte mich sagen: »Dann mach ich das.«

»Was machst du?«, fragte meine Mutter, die deutlich angespannter aussah als noch vor einer Stunde.

»Ich kümmere mich mit Mads zusammen um den Hund.«

Meine Mutter verdrehte die Augen. »Aber du verschwindest doch eh bald wieder.«

Ich verschränkte die Arme vor der Brust. »Nein, diesmal bleibe ich länger.«

»Ich unterstütze dich gern«, hörte ich Florian vom Boden aus sagen. Seine Hand ruhte auf Mottes Rücken.

»Und wer kümmert sich um das Tier, wenn ihr wieder weg seid?« Caro klang nicht mehr wütend, sondern nur noch erschöpft.

»Ich«, kam die Antwort aus dem Flur.

Ich hatte meinen Vater nicht kommen hören. Als ich mich umdrehte, stand er in der Küchentür. Sein ernster Blick ruhte auf meiner Mutter, die diesem auswich. Sie rutschte von der Arbeitsplatte und ging zur Terrassentür, von wo sie gedankenverloren hinaus auf den Spielplatz schaute.

»Ich mache das schon«, sagte mein Vater noch einmal, dann wandte er sich ab und ging mit schweren Schritten zurück durch den Flur. Wir hörten nur noch die Haustür, die hinter ihm ins Schloss fiel.

An jenem Abend schlief Motte bei mir. Wie ich es Caro versprochen hatte, übernahm ich die erste Nachtschicht, weil sie befürchtete, dass die Kleine nachts rausmüsste und Mads morgen zu müde für die Schule sein würde. Er hatte mir noch geholfen, vor meinem Bett ein kuscheliges Nest aus Handtüchern für sie zu errichten. Dort lag Motte nun, die großen Pfoten weit von sich gestreckt. Ihr kleines Gesicht sah aus, als ob sie lächelte. Sie atmete gleichmäßig, und auch ich wurde mit einem Mal ganz ruhig. Es war dasselbe Gefühl wie damals, als Hummel das erste Mal hier geschlafen hatte. Bevor meine Schwester und ich meine Eltern überredet hatten, sie bei uns aufzunehmen, hatte ich nachts immer Angst gehabt. Der Wind wehte laut um die Balken, von allen Seiten waren unheimliche Geräusche zu hören, und ich hatte oft wach gelegen und fantasiert, was passieren würde, wenn jetzt jemand käme und mich mitnähme. Im Haupthaus drüben würde es sicher niemand mitbekommen. Aber von dem Moment an, in dem Hummel bei mir schlief, hatte ich mich nie wieder gefürchtet. Obwohl sie niemals irgendjemandem etwas zuleide getan und vermutlich jeden Einbrecher freudig begrüßt hätte – ihre reine Anwesenheit gab mir Sicherheit.

Motte knurrte im Schlaf. Wovon sie wohl träumte? Was sie alles schon erlebt hatte in ihren wenigen Lebensmonaten? Ich dachte an den Abend zurück, an dem meine Eltern diskutiert hatten, ob wir Hummel haben durften, und Caro und ich draußen bangten und vergeblich hofften, etwas von ihrem Gespräch aufzuschnappen.

Ob meine Mutter damals auch gesagt hatte: »Ein Hund würde ihr guttun«? Ob mein Vater geantwortet hatte: »Ja, dann hätte sie endlich jemanden, der immer auf ihrer Seite ist«?

Sie hatten mir damals jedenfalls einen riesigen Gefallen getan. Und genau das wünschte ich mir auch für Mads. Motte würde ihn nicht bewahren können vor Gefühlen, die nicht gesund für ihn waren, oder Mädchen, die sein Herz brachen. Aber er hätte zumindest immer jemanden, der in dunklen Nächten an seiner Seite lag und ruhig atmete. Und manchmal war das alles, was man brauchte, um sich besser zu fühlen.

10

Am nächsten Morgen weckte Motte mich früh mit einem Fiepen. Wie früh es war, sah ich am fahlen Licht, das durch die Jalousien vor meinem Fenster fiel. Sonnenaufgangslicht. Noch etwas schwerfällig stand ich auf, zog mir ein altes Sweatshirt über und ließ Motte nach draußen. Wedelnd lief sie durch das feuchte Gras. Langsam schoben sich lila getränkte Wolken über den Deich. Motte hüpfte vergnügt neben mir her, ihre Schlappohren wippten auf und ab. Ich erinnerte mich an ein Spiel, das meine Schwester und ich als Jugendliche gespielt hatten: »Entweder oder«. Entweder Pommes oder Pizza? Coldplay oder Phoenix? Sonnenuntergang oder Sonnenaufgang? Ich war immer schon ein Sonnenaufgangsmensch gewesen. Was gab es Schöneres als einen beginnenden Tag? Licht, das langsam über den Horizont blinzelte? Das erst zartlila und dann immer kräftiger wurde und alles erstrahlen ließ, was gerade noch schemenhaft und grau war?

Sonnenuntergänge bedeuteten das Ende eines Tages und machten mich melancholisch. Nur in der Zeit, in der ich frisch mit David zusammen gewesen war, hatte ich sie genossen. Vielleicht weil wir die Tage gemeinsam beendeten. Und bestimmt, weil wir uns bei einem Sonnenuntergang kennengelernt hatten. Einige Tage nachdem ich ihn damals zum ersten Mal mit seiner Gitarre am Strand beobachtet hatte, stand er zufällig neben mir am Kiosk an. Minutenlang ging ich im Kopf verschiedene Sätze durch, bis ich plötzlich herausplatzte: »Coole Gitarre.«

Ein wissendes Lächeln zog sich über sein hübsches Gesicht. »Spielst du auch?«

Kurze Zeit später saß ich neben ihm im Sand und zupfte mit zittrigen Fingern an seiner Gitarre, während er mich durchdringend musterte. Caro sah hinter ihrem Buch von unserem Lager aus immer wieder zu uns herüber, mit wachsamem Blick. Als ahnte sie, dass sie mich beschützen musste vor dieser geballten Ladung Charisma.

Aber da war es schon zu spät, mein Leben hatte eine neue Wendung genommen.

»Ich hab eine Band, magst du mal vorbeikommen?«, fragte David irgendwann, als wir ein bisschen zusammen gesungen hatten. »Wir proben immer Montag- und Mittwochabend, in der Kneipe der Eltern unseres Keyboarders, nicht weit von hier.«

»Gerne«, antwortete ich, während die Sonne langsam im Meer versank. Ich erinnerte mich bis heute an das Gefühl dieses Sonnenuntergangs auf meinem Gesicht. Denn zum ersten Mal seit unserem Umzug war ich richtig glücklich.

Jeder weitere Sonnenuntergang in meinem Leben

hatte sich mit diesem messen müssen. Und ich hatte einige gesehen, die unfassbar schön waren. Auf Norderney hatte ich manchmal auf meinem Surfbrett gesessen, die Wellen vorbeiziehen lassen und der Sonne dabei zugeschaut, wie sie immer tiefer sank. Es sah jedes Mal aus, als ob das Licht über dem Meer tanzte.

Sonnenuntergänge waren ausnahmslos schön anzusehen, keine Frage, aber sie erinnerten mich daran, dass alles Schöne endlich war. Deswegen war ich ein Sonnenaufgangsmensch. Weil jeder Tag eine neue Chance bedeutete. Ich liebte es, mit den ersten Sonnenstrahlen zu erwachen, zu beobachten, wie die Blätter sich entkräuselten, wie alles zum Leben erweckt wurde, was gerade noch friedlich geschlummert hatte. Hier, in meiner alten Heimat, hatte ich lange keinen Sonnenaufgang mehr gesehen. Dieser machte auf mich den Eindruck, als würde der Tag Regen bringen. Intensive Farben, das hatte mein Vater mir mal erklärt, konnten ein Zeichen für eine Kaltwetterfront sein.

Motte steckte ihre Nase in eine Pusteblume und schniefte. Die kleinen Fallschirmchen flogen in alle Richtungen. Sie sah mich verblüfft an, was mich zum Lachen brachte. Dann wanderte ihr Blick den Deich entlang, und sie stellte die Ohren auf. Ich folgte ihrem Blick und sah Schäferhund Alfie heraneilen. Zum Glück wedelte er diesmal freundlich mit dem Schwanz. Bei uns angekommen, beschnupperte er Motte ausgiebig, während diese sich ergeben auf den Rücken drehte.

Florian schlenderte auf mich zu. Hinter ihm sah ich die Schafe aus dem Verschlag trotten. »Hey, schon so früh wach?«, rief er mir zu.

Als er vor mir stand, wies ich mit dem Kopf auf Motte, die sich mittlerweile fröhlich mit Alfie balgte. »Jemand wollte aufstehen.«

Florian nickte wissend. »Verstehe. So jemanden gibt es bei mir auch. Weckt mich jeden Morgen mit seinem Geklapper und Gesinge in der Küche.«

Ich schaute in Richtung Hof. In den Ferienwohnungen brannte noch kein Licht. Dafür fiel mir von hier aus wieder die Regenrinne auf, die an der Scheunenwand herunterhing.

Florian sah sie offenbar auch. »Ich hab schon versucht, einen Handwerker zu bestellen, er sollte die Tage kommen, hat er versprochen.«

Ein Windstoß fuhr mir in die Haare, und ich zog mir fröstelnd die Kapuze des Sweatshirts über den Kopf. »Kann der auch Spülmaschinen reparieren?«

»Wir fragen ihn.«

»Ja, bitte.« Ich betrachtete ihn von der Seite. Im Gegensatz zu mir war er schon komplett angezogen, wie immer ziemlich modisch mit irgendwelchen Markenklamotten. »Bezahlen sie dich eigentlich?«

Florian pfiff durch die Zähne. »Sag mal, ich gehöre doch zur Familie.«

»Na ja, aber bisher warst du nie hier.«

Florian drehte sich zu den Schafen um. »Ja, stimmt.« Er zögerte, dann fügte er hinzu: »Ich hab Chris neulich wiedergesehen, bei unserem Vater. Und da haben wir erstmals seit Langem miteinander gesprochen, richtig offen. Als er mir von der Situation hier erzählt hat, hab ich spontan angeboten zu helfen.«

Ich betrachtete Motte und Alfie, die sich hechelnd zu unseren Füßen hingelegt hatten. »Das heißt, du tust das hier aus Bruderliebe?«

Florian bückte sich und kraulte Motte hinter den Ohren. »Ja, ich denke schon. Und weil ich irgendwie Lust auf Landleben hatte. Hab gedacht, es wäre ein netter Ausgleich für einen – wie hast du mich genannt? Einen ›Schreibtischtäter‹?« Er sah mich an. »Und du? Warum bist du gekommen? Du warst ja offenbar auch länger nicht hier.«

Ich sah wieder in Richtung Hof, wo gerade mein Vater aus der Tür trat und mit einem Eimer zum Komposthaufen ging. »Ich mache mir Sorgen um ihn.«

Florian zeigte hinüber zum ausgebauten Kornspeicher. »Caro und Chris sind doch da.«

»Stimmt. Aber ich will nicht, dass alles immer an Caro hängen bleibt. Ich tue es also auch aus Schwesternliebe.«

Florian grinste. »Schau, da haben wir noch etwas gemeinsam.«

Eine Zeit lang beobachteten wir einträchtig, wie die Hunde eine weitere Runde miteinander balgten. Irgendwann sagte Florian: »Heute ist Karaoke-Abend im *Herzanker*.«

Ich lachte verdutzt. »Woher weißt du das denn?«

»Da hing ein Plakat bei den Toiletten, als wir dort waren. Gehen wir hin?«

Ich bückte mich zu Motte, die zwischen meinen Füßen Schutz suchte, offenbar hatte sie genug vom Spielen. »Klingt lustig. Warum nicht?«

Tatsächlich begann es zwei Stunden später zu schütten. Motte schlief völlig erschöpft vom Balgen mit Alfie in einer Ecke der Scheune, während mein Vater und ich frische Heuballen für die Tiere auf die Schubkarre wuchteten. Papa summte dabei laut vor sich hin, und wieder dachte ich, dass er ganz schön alt geworden war.

»Sag mal«, setzte ich irgendwann an.

Er hob den Kopf. Auf seiner Oberlippe glänzte Schweiß. »Ja, mein Schatz?«

»Darf ich dich was fragen?«

»Sicher.« Draußen prasselten die Tropfen auf das Scheunendach, die kaputte Abflussrinne schlug klappernd gegen die Wand. »Natürlich darfst du das.«

Ich zupfte mir etwas Heu von der Jeans. »Hast du das einfach so hingenommen, als Mama gegangen ist?«

Er spießte einen weiteren Ballen mit der Heugabel auf und stapelte ihn auf die anderen. »Wie meinst du das?«

Ich drehte einen Halm zwischen meinen Fingern. »Ich meine, hast du gesagt: ›Klar, geh ruhig‹? Oder hast du versucht, sie aufzuhalten?«

»Na ja, ich dachte, Reisende soll man nicht aufhalten.« Er widmete sich einem neuen Heuballen.

»Du hättest um sie kämpfen können«, sagte ich zu seinem Rücken.

Eine ganze Zeit lang schichtete er Heuballen um, ohne zu reagieren. Erst nach Minuten sagte er: »Du kennst doch deine Mutter. Nichts und niemand kann sie von dem abbringen, was sie sich in den Kopf gesetzt hat.«

Von draußen hörte ich Stimmen und das dumpfe Knallen zuschlagender Autotüren. Das war sicher die Familie mit den zwei kleinen Mädchen, die heute abreisen wollte. Mein Vater unterbrach kurz seine Arbeit und schaute zu mir herüber.

Ich sah ihn liebevoll an. »Aber manchmal zählt schon der Versuch.«

Er lächelte traurig. »Lass mal, Tönchen, das soll nicht dein Problem sein, ich komme schon klar.«

Ich stapelte einen letzten Ballen auf die Schubkarre. Dann fiel mir noch etwas ein: »Vielleicht sollten wir mal was Schönes zusammen unternehmen. Etwas anderes als Arbeit. Was würde dir eine Freude bereiten?«

Mein Vater bückte sich, griff nach der Schubkarre und schob sie in Richtung Scheunentor. Etwas außer Atem antwortete er: »Vielleicht wäre es gut, hier mal für ein paar Stunden rauszukommen.«

Ich folgte ihm nach draußen, wo wir durch den Regen über den Hof bis zum Verschlag der Esel und Ziegen rannten. Im Trockenen angekommen kippte mein Vater die Heuballen auf dem Boden aus, wo ich sie mit der Heugabel verteilte und zerpflückte.

»Florian und ich wollen heute in den *Herzanker*. Was hältst du von Musik, Pommes und Bier?«

Er wischte sich mit dem Ärmel seines Fischerhemds übers Gesicht. »Klingt gut, vielleicht mag Linchen auch mit.«

Abends regnete es noch immer. Dicke Tropfen prasselten auf das Dach des alten Opels, als wir in Richtung St. Peter-Ording fuhren. Die Familie mit den kleinen Mädchen war vorhin abgereist, und mein Vater und ich hatten noch die Wohnung geputzt, bevor wir aufbrachen.

Caro saß vorne auf dem Beifahrersitz. Es hatte etwas Überredung gekostet, sie zum Mitkommen zu bewegen, weil sie morgen früh Unterricht hatte und eigentlich abends ohnehin zu müde war. Aber ich hatte argumentiert, dass wir alle mal etwas Spaß brauchten, und schließlich war sie nach oben in ihr Schlafzimmer verschwunden und in einem für sie völlig untypischen figurbetonten Einteiler wieder heruntergekommen.

Ich saß hinter meinem Vater, trug ein Holzfällerhemd unter der Windjacke, hatte meine Haare frisch geföhnt und mich sogar ein bisschen geschminkt. Von hinten sah ich, dass Papas Haare im Nacken noch nass vom Duschen waren. Er roch nach seinem herben Herren-Duschgel und trug ein frisches Hemd, das ein bisschen spannte, aber immerhin einigermaßen gebügelt war. Die Jeans hatte er gegen eine Cordhose eingetauscht und die bunten Turnschuhe gegen polierte braune Lederschuhe, die eigens auf Anlässe wie diesen im Schuhschrank am Treppenaufgang warteten.

»Ich hoffe, es ist alles klar bei den neuen Gästen, wenn wir weg sind«, sagte er, den Blick auf die regennasse Straße gerichtet.

»Mach dir mal keine Sorgen, Wolfgang!«, sagte Florian neben mir auf dem Rücksitz. Er trug wieder ein Flanellhemd, das meinem erstaunlich ähnlich sah, und hatte seine Haare aufwendig verwuschelt. »Chris ist doch nebenan.«

Mein Vater grummelte. »Und dann noch der Welpe, nicht dass das alles zu viel wird.«

Caro lächelte ihn von der Seite an. »Das kriegt er schon hin, Papa.«

Ich musste an Motte denken, die bei unserem Aufbruch am Fußende von Mads' Bett gelegen und leise geschnarcht hatte. Der Ausdruck auf Mads' Gesicht war unbezahlbar gewesen. »Das ist eine Ausnahme«, hatte Caro mir auf dem Weg zum Auto zugeraunt, allerdings hatte sie dabei nicht ganz überzeugt geklungen.

Mein Vater parkte vor dem Surfladen. Ein Pärchen rannte an uns vorbei über den Gehweg, die Kapuzen ihrer Öljacken tief ins Gesicht gezogen.

Ich setzte mir ebenfalls die Kapuze auf, meine Schwester und Florian schirmten ihre Frisuren mit den Händen ab. Nur mein Vater lief durch den Regen, als könne er ihm nichts anhaben. Gemächlich folgte er uns in den Hinterhof und in Andys Kneipe. Drinnen war es warm und laut. Caro und Florian schüttelten sich die Regentropfen aus den Haaren.

Im Gegensatz zu unserem letzten Abend im *Herzanker* war es heute brechend voll. Wir schoben uns durch die Menge an die Bar, wo Andy vom Zapfhahn aufsah und uns mit einem Winken begrüßte. Vor allem als er Caro bemerkte, hellte sich sein Gesicht auf. So war das immer schon gewesen, alle liebten meine große Schwester, und ich wusste verdammt gut, weshalb.

Es lief ein Lied von den Beach Boys, und ich beobachtete, wie sich das Gesicht meines Vaters, auf dem noch immer Regentropfen glänzten, entspannte. Wir bestellten Bier und Pommes und hörten kurz darauf amüsiert ein paar Touristen zu, die sich auf der Karaoke-Bühne an einem Song von Queen vergingen.

Andy lehnte sich über die Theke und stellte zwei Keramikschalen mit Pommes vor uns. Florian griff zu, als hätte er seit Tagen nichts gegessen. Sofort fächelte er sich mit der Hand Luft zu, weil die Pommes noch zu heiß waren.

Andy sah amüsiert von ihm zu mir und rief gegen die Musik an: »Na, Partnerlook?«

Ich zog eine freundliche Grimasse. »Ja, das ist unsere neue trendy Hofuniform. Schick, oder?«

Andy grinste Caro an, die ihm ihr schönstes Strahlen schenkte. Dann schob sie Florian zur Seite, der noch immer mit den zu heißen Pommes beschäftigt war. »Hey, lass uns auch welche übrig!«

Unser Bier kam mit einer Runde Schnaps aufs Haus,

und wir stießen an. Florian hatte angeboten zurückzufahren und trank Limo.

»Auf den ersten Abend in Freiheit seit Langem!«, rief Caro.

Wie wunderschön sie ist, dachte ich. Die Pölsterchen an Hüften und Po mochten nicht gerade dem aktuellen Schönheitsideal entsprechen, ihre Frisur war sicher nicht die modernste, und ein bisschen Wimperntusche oder Rouge hätten ihr hübsches Gesicht noch mehr betont. Doch im Grunde zählte das alles nicht. Denn wenn sie glücklich war, so wie jetzt, strahlte sie so sehr von innen heraus, dass sie alle um sich herum ansteckte. Innerhalb kürzester Zeit hatte sie ihre gute Laune auf uns übertragen. Mein Vater hatte rote Flecken auf den Wangen vor Lachen, Florian grölte gemeinsam mit Caro bei einigen Songs lautstark mit, und ich tanzte ausgelassen mit ihr auf der Stelle.

Ach, mit Caro tanzen! Jeder hatte doch diese eine Freundin, oder? Die, mit der er sich auf jede Tanzfläche traute. Mit der er zu eigentlich untanzbaren Liedern die Hüften schwang, ganz gleich, vor wie vielen Leuten, weil nichts zählte als dieser Moment. Für mich war das immer schon Caro gewesen. Niemand konnte ausgelassener Spaß haben als meine große Schwester. Zu spüren, dass zumindest diese eine Sache sich zwischen uns nicht geändert hatte, machte mein Herz leicht. Wie hatte ich nur so lange darauf verzichten können?

Nach der dritten Runde Bier mit Schnaps stupste

mein Vater mich und Caro mit dem Zeigefinger an. »Guck mal, Linchen, guck mal, Tönchen, jetzt singt die kleine Petersen.«

»Die kleine Petersen« – ich musste schmunzeln. Ina war mein Jahrgang, also mittlerweile zweiunddreißig, und sie arbeitete als Ärztin, wie meine Mutter mir mal erzählt hatte.

Tatsächlich, das war Ina da vorne auf der Bühne, unverkennbar. Von meinem Barhocker aus sah sie fast genauso aus wie das coole Mädchen, das sie früher gewesen war. Sie trug die Haare noch immer kupferrot, nur waren sie jetzt schulterlang, und hatte noch immer dieses stupsnasige und irgendwie unergründliche Gesicht, nur etwas kantiger und erwachsener als früher. Sie da oben auf der Bühne zu sehen, ließ die Erinnerungen in mir durcheinanderpurzeln. Ina hatte früher schon hier gesungen, was ich als Jugendliche unfassbar mutig fand, weil ich es mich nur mit meiner Band im Rücken traute – und mich selbst dann schlimmes Lampenfieber plagte. Ein paar Monate nachdem ich bei Davids Band den Job als Sängerin ergattert hatte, hatte ich erfahren, dass auch Ina damals dafür im Gespräch gewesen war. Und dass man sich für mich entschieden hatte, weil mein Stil irgendwie zeitgemäßer war. Danach wollte sie erst recht nicht mehr meine Freundin werden.

Ina hob einen Barhocker auf die Bühne und setzte sich auf die vordere Kante. Dann zog sie das Mikro nah an ihre Lippen und begann mit geschlossenen Augen einen Song von Adele zu singen, ohne auf den Text am Monitor zu schauen.

Augenblicklich wurde es still im Saal. Alle Blicke waren auf die Bühne gerichtet. Sogar Florian neben mir hörte auf, die letzten Pommesstummel im Ketchup zu wälzen, und hob interessiert den Kopf. »Nicht schlecht.«

»Ja«, stimmte ich ihm zu. »Sie ist hier so etwas wie die Stammsängerin, alle freuen sich auf ihren Auftritt.«

Ich spürte Florians Blick. »Ich dachte, das wärst du.«

Ich winkte lachend ab. »Nee, ich hab hier nur manchmal mit meiner Band gespielt.« Ich sah aus dem Augenwinkel, dass Caro bei ein paar alten Klassenkameradinnen stand. Gerade hatten sie noch ausgelassen gelacht, jetzt lauschten sie genauso andächtig wie alle anderen.

Florian griff noch einmal in die Pommes und schob sie dann zu mir. »Ich kann nicht mehr.«

Ich blickte auf die leicht verkohlten Reste. »Sehr freundlich, dass du mir etwas übrig gelassen hast.«

Er sah schuldbewusst in die Schale. Offenbar fiel ihm erst in diesem Moment auf, dass sie so gut wie leer war. Er stupste meinen Vater an. »Wolfgang, hattest du genug, oder wollen wir noch welche nachbestellen?«

Mein Vater reagierte nicht. Zunächst dachte ich, er wäre so fasziniert von Inas Auftritt. Doch dann folgte ich seinem Blick auf die andere Seite des Raumes. Hinter dem Billardtisch schnatterte eine Gruppe Frauen lautstark durcheinander. Sie waren die Einzigen im

Raum, die Ina nicht die Aufmerksamkeit schenkten, die sie verdiente. Und dann erkannte ich, wohin genau mein Vater sah: Mitten im Damenpulk stand meine Mutter. Sie hatte wieder diese modernen Wellen im Haar, und trotz der Entfernung konnte ich erkennen, dass sie ungewöhnlich stark geschminkt war.

Instinktiv griff ich nach Papas Arm. Auch Florian legte ihm eine Hand auf die Schulter. »Wolfgang, was meinst du, sollen wir etwas frische Luft schnappen?«

In diesem Moment wandte meine Mutter den Kopf in unsere Richtung. Zuerst sah sie mich, dann meinen Vater, und langsam erlosch ihr Lächeln. Sie sagte etwas zu der Dame neben ihr und schob sich anschließend durch die Menge auf uns zu.

Jetzt kam Bewegung in meinen Vater. »Ich muss kurz für kleine Cowboys, die Party geht gleich weiter«, murmelte er und drängelte sich an der Bar vorbei zu den Toiletten.

Sekunden später stand meine Mutter vor mir, in einer für sie völlig untypischen und viel zu großen Rüschenbluse mit Paillettenkragen. Offenbar bemerkte sie meinen irritierten Blick. »Wir hatten eine Klamottentauschparty bei Edeltraut. Jede hat Sachen mitgebracht, die sie aussortiert hat. Und dann haben wir uns gegenseitig geschminkt, ein großer Spaß! Wie geht es euch, was macht ihr hier, wo ist dein Vater?«

Wieder einmal fragte ich mich, warum meine Mutter nicht wie andere Menschen atmen musste beim Sprechen.

»Hallo, Mama.« Ich beugte mich zu ihr vor und küsste sie auf die nach Puder riechende Wange.

»Hallo, Petra«, sagte Florian neben mir, aber der Blick meiner Mutter streifte ihn nur desinteressiert, bevor sie sich wieder mir zuwandte.

»Schön, dass ihr auch da seid, hast du gerade die kleine Petersen singen hören, wunderbar, oder?«

Ich wollte sagen: »Ihr habt ihr doch gar nicht zugehört«, ließ es aber bleiben.

Meine Mutter erwartete sowieso keine Antwort, sondern plapperte munter weiter: »Ach, diese Abende sind so herrlich, nicht wahr? Früher wolltest du nie mitkommen, aber deine Schwester hat es geliebt. Wie geht es dem Hund, was habt ihr mit dem gemacht, da, schau, dort hinten ist die olle Brodersen, hat sich auch mal aus ihrer frisch renovierten Luxushöhle getraut.« Dann hielt sie kurz inne, als sie meine Schwester bei ihren alten Freundinnen stehen sah. »Oh, Linchen ist auch hier.«

Florian schob wortlos die Schale Pommes, die Andy gerade vor ihn hingestellt hatte, in mein Blickfeld, und ich steckte mir drei auf einmal in den Mund.

»Oh, das ist aber lieb!« Meine Mutter langte ordentlich zu und kaute genüsslich. »Von den Brunos hier bekomme ich immer Appetit auf was Deftiges, sind die euch auch zu süß?«

»Du meinst Hugos, Mama«, korrigierte ich sie.

Sie sah noch einmal zu meiner Schwester. »Meinst du, ich sollte zu Linchen rübergehen oder lieber nicht?«

Ich wollte gerade etwas sagen, als ich meinen Vater entdeckte. Ich begriff nicht sofort, was er vorhatte, erst nach und nach verarbeitete mein Gehirn, was ich sah.

Mein Vater stand oben auf der Bühne. An der Karaoke-Maschine. Er tippte etwas ein. Dann schob er den Barhocker beiseite, der noch von Inas Auftritt dort stand, und stellte den Mikrofonständer höher.

Die erste Takte von Elvis Presleys *Always on My Mind* erklangen. Florian und ich sprangen synchron auf. Aber da war es schon zu spät. Mein Vater begann zu singen – und nein, ich täuschte mich nicht – er sah dabei meine Mutter an.

»Maybe I didn't treat you
Quite as good as I should
Maybe I didn't love you
Quite as often as I could have
Little things I should have said and done
I just never took the time
But you were always on my mind …«

Dann brach ihm die Stimme. Er stand da oben auf der Bühne und starrte meine Mutter an.

»Das ist meine Schuld.« Entsetzt schlug ich die Hand vor den Mund und bahnte mir einen Weg durch die Menge.

Am Rand der Bühne angelangt bemerkte ich, dass Florian mir gefolgt war und nun zu meinem Vater hinaufstieg. Im ersten Augenblick dachte ich, er wolle ihn da runterzerren, dann sah ich, wie er ihn vom Mikro wegschob und weitersang. Was ihm an Gesangstalent und Timing fehlte, machte er durch Gestik, Mimik und ordentlich Hüftschwung wett, das musste man ihm lassen. Er warf mir einen Blick zu, der anscheinend sagen sollte: Keine Sorge, ich hab alles im Griff. Aber das da oben war mein Vater, der vermutlich meinetwegen hier stand und um meine Mutter kämpfte, und so stellte ich mich neben Florian und sang ebenfalls tapfer mit.

Mein Vater war so überrumpelt, dass er aufhörte, meine Mutter anzustarren. Jetzt starrte er Florian und mich an.

»Tell me, tell me that your sweet love hasn't died«, grölten wir gemeinsam, und irgendwie fing die Sache an, mir Spaß zu machen.

Florian forderte das fasziniert zuschauende Publikum auf mitzusingen, und plötzlich schwenkte der halbe Saal die Arme und schmetterte: *»Give me, give me one more chance to keep you satisfied.«*

Dankbar zwinkerte ich Florian zu. Auch in meinen Vater kam wieder Leben. Er drängelte sich zwischen uns ans Mikro und unterstützte uns mit heiserer Stimme. Im Publikum sah ich Caro, die mit beiden Armen eine La Ola machte und auf und ab hüpfte.

Nur meine Mutter sah uns regungslos zu, und auch wenn sie nach Kräften versuchte, es zu verbergen, sah ich, dass sie mit den Tränen kämpfte. Erst bei den letzten Tönen des Songs trafen sich unsere Blicke. Sofort lächelte sie wieder und fiel dann in den tosenden Applaus des Saales mit ein.

Florian, mein Vater und ich hoben die Hände zum High five, dann kletterten wir von der Bühne und kehrten unter dem Jubel der Menge zurück zur Bar. Meine Mutter stand angestrengt klatschend neben Caro, die noch immer völlig aus dem Häuschen auf ihren Fingern pfiff. Ich kam als Erste bei den beiden an.

Meine Mutter kniff die Augen zusammen. »Na, da hat dein Vater den Tratschtanten im Dorf ordentlich was zu lästern gegeben. Ein Glück, dass die Brodersen das live erleben durfte, davon erzählt die morgen beim Frühstück ihren Enkeln.« Noch ehe ich etwas erwidern konnte, drückte sie mir einen Kuss auf die Wange und drehte sich wieder zu meiner Schwester um. »Du siehst heute übrigens besonders hübsch aus, Linchen.«

Caro schenkte ihr nur ein schmales Lächeln. »Danke. Du hast schon mal besser ausgesehen.« Zwischen ihr und Mama flogen Blicke hin und her, die ich nicht ganz deuten konnte. Freundlich waren sie jedenfalls nicht.

Meine Mutter schob sich eine gewellte Strähne hinters Ohr. »Ich geh mal wieder zu meinen Mädels, bis später.« Und gerade als Florian und mein Vater sich zu uns vorgekämpft hatten, verschwand sie in der Menge.

»Sie hat mir nicht mal Hallo gesagt.« Mein Vater stand etwas windschief neben mir, und erst jetzt erkannte ich, dass er ganz schön beschwipst wirkte.

»Ich mach euch noch eine Pommes und bring sie euch mit einem großen Glas Wasser raus an die frische Luft«, hörte ich Andy zu Caro sagen.

Aber mein Vater winkte matt ab. »Kinder, es war ein tolles Fest, aber der Brötchenteig für morgen ist noch nicht fertig. Ich muss nach Hause.«

Florian fuhr uns zurück über die dunklen Felder. Ich saß auf der Rückbank neben Caro und sah den Regen über die Frontscheibe laufen. Caro begann, *Always on My Mind* zu summen. Erst dachte ich, es würde meinen Vater traurig machen, aber er lachte dröhnend und stimmte mit ein. Schließlich sangen wir alle lautstark die Textfetzen, an die wir uns erinnern konnten.

»Ach, das war schön«, sagte mein Vater.

Für den Rest der Fahrt sahen wir still nach draußen.

Als wir auf den Hof einbogen und Florian geparkt hatte, drehte er sich zu uns um und flüsterte: »Er ist eingeschlafen.«

Sanft rüttelte er an Papas Arm, aber er wurde nur halb wach. Gemeinsam hievten wir ihn aus dem Sitz. Stützten ihn bis zur Haustür. Und legten ihn schließlich aufs Sofa.

Während Florian in die Küche ging, um den Brötchenteig zu machen, zog ich Papa die Schuhe aus. Ich bettete seinen Kopf auf zwei Sofakissen, und Caro breitete eine Wolldecke über ihm aus. Wir wollten uns rausschleichen, da flüsterte mein Vater mit schwerer Zunge: »Danke, Tönchen.«

»Wofür, Papa?« Ich beugte mich noch einmal über ihn und streichelte seine Hand, die auf der Decke über seinem runden Bauch lag.

Er hatte die Augen schon geschlossen, aber er lächelte. »Dafür, dass du nach Hause gekommen bist.«

Ich drückte leicht seine kalten Finger. »Ich bin froh, hier zu sein.«

Auf Zehenspitzen schlichen Caro und ich aus dem Raum. »Das hat Spaß gemacht«, flüsterte ich ihr im Flur zu. »Sollten wir öfter machen.«

»Stimmt.« Sie sah jetzt ganz schön abgekämpft aus. Die Nähe, die ich beim Tanzen zwischen uns gespürt hatte, war wieder verflogen. Meine Schwester stand direkt vor mir, sie lächelte mich an, und doch spürte ich eine unsichtbare Wand zwischen uns. »Ich fand es auch lustig.« Sie wies mit dem Kopf in Richtung Küche, wo Florian mit dem Teig beschäftigt war. »Braucht ihr noch Hilfe?«

»Nein, geh nur schlafen, wir machen das.« Ich küsste sie auf die weiche Wange und blickte ihr nach, wie sie raus auf den Hof ging und die Haustür hinter sich schloss.

Erst als ich die Küchentür öffnen wollte, sah ich das Post-it, das von außen daran klebte. Darauf stand in Christians Handschrift, etwas eilig geschrieben:

Vorsicht, der Hund hat die Leiter an Mads' Baumhaus kaputt gebissen, er soll da nicht rauf!!!

Drei Ausrufezeichen, dachte ich. Das wird Caro in ihren Bedenken bezüglich Motte bestärken. Als Christian den Zettel geschrieben hatte, konnte er nicht ahnen, dass mein Vater morgen früh wohl kaum in der Küche stehen und mit Mads' Unterstützung das Frühstück für die Gäste vorbereiten würde. Er würde Mads auch nicht davon abhalten können, einen Abstecher ins Baumhaus zu machen, um von dort aus zu schauen, ob sich bei den Schafen etwas getan hatte. Seinem Schnarchen nach zu urteilen, würde mein Vater morgen erst mal seinen Rausch ausschlafen müssen. Also würde ich das Frühstück übernehmen und Madsi bitten, nicht ins Baumhaus zu klettern.

Die Küchentür öffnete sich, und Florian kam heraus. »Brötchenteig steht im Kühlschrank.«

»Super, danke dir!«

Wir gingen gemeinsam nach draußen auf den Hof. Es hatte aufgehört zu regnen. Pfützen standen auf dem brüchigen Asphalt. Die Luft roch nach feuchter Wiese.

Florian stupste mich mit dem Ellenbogen in die Seite. »Ich schaue nachher noch mal nach ihm, mach dir keine Sorgen, so viele Schnäpse waren es nicht.«

Ich lächelte ihn dankbar an. »Bist du sicher? Ich kann auch im Haus schlafen.«

Er winkte ab. »Nee, lass mal, ich bin ja da. Nur morgen früh wäre ich dir dankbar ...«

Ich unterdrückte ein Gähnen. »Klar, ich stell mir den Wecker auf halb sieben. Falls du Madsi vor mir siehst, sag ihm bitte, dass er nicht ins Baumhaus darf.

Offenbar ist die Leiter kaputt, Chris hat einen Zettel geschrieben.«

»Alles klar.« Florian kickte mit seinen Boots einen kleinen Stein in eine der Pfützen. Plötzlich, völlig aus dem Nichts, musste ich lachen.

Florian legte skeptisch den Kopf schief. »Lachst du mich gerade aus?«

»Nein, nein«, brachte ich hervor. »Aber du da oben auf der Bühne.« Es schüttelte mich, und jetzt lachte auch Florian mit. Sein Lachen war so ansteckend, dass ich mir den Bauch halten musste.

»Danke, du bist zu freundlich«, sagte er zwischen seinen Lachattacken. Seine Nasenspitze wackelte dabei niedlich, was mich noch mehr aus der Fassung brachte.

Ich wischte mir die Tränen aus den Augenwinkeln. »Nee, im Ernst, du warst toll! Ehrlich!«

Nachdem wir noch eine Weile gemeinsam gelacht hatten, wurde Florian plötzlich ernst. »Nein, *du* warst toll da oben. Du hast eine wunderschöne Stimme und …« Er senkte den Blick, und ich hätte trotz der Dunkelheit schwören können, dass er rot wurde. »Man schaut dich einfach gern an.«

Ich boxte ihn lachend in die Seite. »Das ist aber nett.«

Er konnte mich immer noch nicht richtig angucken. »Im Ernst, ich fand das echt groß von dir, wie du deinen Vater unterstützt hast.«

»Hey, du warst doch auch da oben. Du warst viel mutiger, weil …« Ich prustete wieder los.

Florian riss empört den Mund auf. »Was willst du damit sagen?«

Ich grinste. »Im Ernst, ich danke dir. War wirklich lieb von dir, dass du mitgesungen hast.«

Er trat von einem Fuß auf den anderen. »Dafür sind Freunde da, oder?«

»Sind wir das denn?«

Er wischte sich das wirre Haar aus der Stirn. »Ich glaube, nach der Nummer heute Abend gibt es kein Zurück mehr.«

Eine Weile schmunzelten wir uns verstohlen an.

Irgendwann sagte Florian heiser: »Glaubst du, es gibt noch eine Chance?« Er schluckte hörbar. »Also, für deine Eltern?«

Ich betrachtete eine Pfütze, in der sich das Mondlicht spiegelte. »Ich weiß es nicht. Ich hätte es bis heute nie für möglich gehalten, dass Papa mal mit Schmachtsongs um Mama kämpft. Von daher: Wer weiß?« Wieder musste ich lachen, fing mich diesmal aber schneller. »Im Ernst, Mamas Reaktion war interessant. Zum ersten Mal hatte ich das Gefühl, dass ihr das Ganze doch ganz schön nahegeht.«

Florian plätscherte mit einem Schuh im trüben Pfützenwasser. »Weißt du, was ich glaube?« Er hob den Blick und sah mich eindringlich an. »Ich glaube, alles wird gut.«

»Weil du so ein Typ Mensch bist, oder? In deiner Vorstellung sind alle im Grunde ihres Herzens gut, und alle bekommen, was sie verdienen, richtig?«

»In deiner etwa nicht?« Er sah mich an wie ein Kind, dem man gerade erklärt hat, dass es den Weihnachtsmann nicht gibt.

Ich seufzte tief. »Ich fürchte, das Leben hat mich gelehrt, da weniger optimistisch zu sein.«

»Pah.« Florian kickte so heftig gegen einen Stein, dass ich ein Stück zurücksprang, um nicht nass zu werden. »Das glaube ich dir nicht. Ich wette, du warst immer schon eine Zweckpessimistin. Lieber nicht ans Gute glauben, damit du hinterher nicht enttäuscht wirst.«

»Hey, gerade fand ich dich noch nett.« Ich hob warnend den Zeigefinger. »Ich gehe jetzt besser ins Bett und erinnere mich an die freundlichen Sachen, die du gesagt hast.«

Er grinste schief. »Mach das. Und versuch mal, dran zu glauben, dass alles gut wird. Vielleicht wird es das dann tatsächlich.«

Ich wuschelte ihm neckend durchs Haar, wie ich es gern bei Mads tat. Zu meiner Überraschung war es ebenso weich wie das meines Neffen, was mich seltsam berührte. Um mir nichts anmerken zu lassen, sagte ich schnell: »Der kleine Florian möchte aus dem Bällebad abgeholt werden.«

Er schob mich lachend weg. »Bällebad?«

»Ach, meine Freundin Maria hat so einen Spruch in ihrem Café hängen: *Das Leben ist kein Bällebad*.«

Er griff nach meiner Hand und sagte sanft, aber bestimmt: »Hier ist das Leben eher ein Streichelzoo als ein Bällebad.«

Eine Sekunde zu lang erwiderte ich seinen Blick. Dann entzog ich ihm vorsichtig meine Hand, drückte ihn einmal kurz und lief zu meinem Schuppen.

Wenig später lag ich im Bett, hörte, wie die Regenrinne leise gegen die Außenwand der Scheune schlug, und dachte über unser Gespräch nach. Florian war gar nicht so übel, wie ich gedacht hatte. Auf den ersten Blick wirkte er wie ein Schnösel, aber eigentlich war er ein lieber Kerl. Ich sollte Leute nicht immer so schnell nach ihrem Äußeren beurteilen. Vielleicht hatte er am Ende recht mit dem, was er gesagt hatte. Was auf jeden Fall stimmte: Ich ging oft vom Schlimmsten aus, um hinterher nicht enttäuscht zu werden. Ich redete mir ein, nie einen Job zu finden, der mich wirklich erfüllte. Nie einen Mann, den ich so aufrichtig liebte wie einst David. Nie einen Ort, an dem ich mich dauerhaft zu Hause fühlte. Das Problem war nur: Ich behielt meistens recht mit meinen finsteren Prognosen. Aber vielleicht sollte ich Florians Rat befolgen und versuchen, daran zu glauben, dass alles gut würde. Vielleicht funktionierte es ja. Einen Versuch war es wert.

Ich schloss die Augen und legte die Handflächen übereinander auf meine Brust. Das mit Mama und Papa wird sich einrenken, redete ich mir ein. Sie werden sich versöhnen. Mama wird zurück nach Hause kommen. Caro und ich werden uns ausgiebig aussprechen und wieder Arm in Arm tanzen, oft und ausgelassen, und einander wieder so nah sein wir früher. Und ich werde endlich mit David abschließen, so richtig, und glücklich werden, wo und wie auch immer.

Im Kopf wiederholte ich immer wieder Florians Worte: Alles wird gut. Mit diesem Gedanken schlief ich ein. *Alles wird gut.*

Etwa zwei Stunden später erwachte ich von der Sirene des Krankenwagens.

11

Im Morgengrauen trat ich vor das Krankenhaus in Husum. Der Parkplatz war fast leer. Nur ein paar junge Frauen in weißer Arbeitskleidung standen mit Kaffeebechern und Zigaretten in der Hand unter einem Baum und unterhielten sich mit gedämpften Stimmen.

»Du musst es Mama sagen«, hatte Caro beschlossen, drinnen in den Gängen der Klinik, in denen noch die Nachtbeleuchtung brannte, zwischen Frühstückswagen mit Thermoskannen und Wartestühlen aus Hartplastik, alles in der gleichen undefinierbaren Farbe.

Auch hier draußen wirkte das Licht fahl an diesem Morgen. Es regnete nicht mehr, aber die Luft hing schwer vor Feuchtigkeit zwischen den Gebäuden. Eigentlich würde ich jetzt noch schlafen, dachte ich. Friedlich und im Glauben, dass alles gut würde. Aber heute hatte der Sonnenaufgang nichts Tröstliches.

Mit zittrigen Fingern suchte ich in meiner Hosentasche nach dem Zettel, den Caro mir zugesteckt hatte. Ich betrachtete die Zahlen darauf, die vor meinen müden Augen verschwammen. Schließlich zog ich mein Handy hervor und gab langsam eine Ziffer nach der anderen ein.

Es tutete endlos lange. Endlich, nach gefühlten dreißigmal Klingeln, ging jemand dran.

»Ja?« Zu meinem Erstaunen war es nicht Gisela, sondern meine Mutter, die zugleich schlaftrunken und unwirsch klang.

»Mama?«

»Toni, um Himmels willen, wie viel Uhr ist bei dir?«

Fast musste ich grinsen, weil sie im Halbschlaf offenbar annahm, ich wäre irgendwo am anderen Ende der Welt und hätte mich bei der Zeitverschiebung verrechnet.

»Ich bin in Husum, Mama, in der Klinik.«

Eine kurze Pause, dann klang meine Mutter mit einem Mal hellwach. »Was ist passiert?«

»Es gab einen Unfall, am Baumhaus.«

Ein erstickter Schrei klang durch die Leitung. »Oh nein, ich hätte nie … Ich fahre los, ich fahre sofort los … Bitte sag mir, dass es nichts Ernstes ist.«

»Mama, beruhige dich, es ist … Er wird es überleben, sagen die Ärzte. Aber er hat mehrere komplizierte Brüche und ein Schädel-Hirn-Trauma. Sie haben ihn ins künstliche Koma versetzt, damit der Körper sich erholen kann. In seinem Alter …«

»Oh mein Gott!«, meine Mutter schluchzte so laut in den Hörer, dass ich das Handy ein Stück von meinem Ohr weghalten musste. »Das ist alles meine Schuld.«

»Mama!«, unterbrach ich sie. »Niemand ist schuld, er hatte was getrunken, keine Ahnung, was er da oben wollte mitten in der Nacht …«

»Was hat er denn getrunken? Wo waren Caro und Christian? Um Himmels willen, hat denn niemand auf das Kind aufgepasst?«, schrie sie, außer sich vor Aufregung. Ich bemerkte, wie die Krankenhausmitarbeiter zu mir herübersahen, und schirmte den Hörer mit einer Hand ab.

»Wieso Kind, Mama, was redest du?«

Etwas leiser jammerte sie: »Mein Mads, mein armer Madsi, es ist so furchtbar!«

»Stopp!«, unterbrach ich sie. »Jetzt hör mir doch mal zu, Mama. Mads geht es gut.«

Es wurde still in der Leitung. »Wer ist vom Baumhaus gefallen?«, fragte meine Mutter schließlich.

Ich atmete tief ein. »Papa.«

Christian holte Caro und mich am Krankenhaus ab. Er hatte zuerst Florian beim Frühstückmachen unterstützt und dann Mads in die Schule gebracht. Jetzt saß er ruhig am Steuer seines Wagens und fuhr über die Landstraße zurück in Richtung Tating. Zwischendurch schaute er zu Caro hinüber, die schweigend neben ihm saß und aus dem Fenster sah. Ein paarmal legte er eine Hand auf ihr Bein. Jedes Mal schob sie sie unauffällig weg.

»War auf dem Hof und mit Mads alles in Ordnung?«, fragte ich von der Rückbank aus.

»Alles so weit in Ordnung«, antwortete Christian. »Ich habe Mads nicht die Wahrheit gesagt, am Ende denkt er, Motte sei schuld, weil sie die Leiter angenagt hat, dabei ist sie ja nur an die unterste Sprosse gekommen. Er weiß bloß, dass Opa gestürzt ist und zum Arzt musste.«

»Warum hast du die Leiter gestern Abend nicht direkt abmontiert?«, fragte Caro tonlos, ohne den Blick vom Fenster zu lösen.

Christian stockte. »Du meinst, ich hätte ahnen müssen, dass dein Vater da mitten in der Nacht hinaufsteigt? War er je zuvor da oben?«

»Das hätte auch Mads sein können!« Caros Stimme klang schneidend.

»Als ob ich ihn aus den Augen lassen würde!« Auch Christian wurde jetzt lauter.

»Hey, hey«, unterbrach ich die beiden. »Also wenn jemand Schuld hat, dann ja wohl ich.«

Caro drehte sich zu mir um. »Wieso das denn? Du warst doch mit uns feiern.« Ihre Augen waren gerötet vor Müdigkeit. Geweint hatten wir beide noch nicht, erst mal funktionieren, erst mal alle versorgen.

Ich rieb mir über die brennenden Augenlider. »Aber ich habe gesagt, der Hund kann bleiben. Und wenn der Hund nicht wäre und die Leiter …«

»Wie gesagt: Es ist nur die unterste Sprosse zerbissen, das kann unmöglich der Grund für den Sturz gewesen sein«, unterbrach Christian mich.

»Das bringt doch alles nichts.« Caro drehte sich wieder nach vorn und sah hinaus auf die Felder. Sie schimmerten golden im Morgenlicht, als wären winzige Lichterketten zwischen den Ähren versteckt. »Seit ein paar Wochen geht alles schief. Ich denke immer, es kann nicht schlimmer werden, und dann … dann passiert so eine Katastrophe. Ich hoffe nur …« Sie legte die Stirn ans Seitenfenster.

Ich streichelte von hinten ihre Schulter. »Er schafft das«, sagte ich leise. »Er ist zäh.«

Unser Märchenhof sah an diesem Morgen so friedlich aus wie immer. Der Tau tropfte von den Rosenblüten vor der weiß getünchten Hauswand, die Schafe auf der Weide hoben die Köpfe, als sie uns hörten, die Sonne trocknete die Pfützen der Nacht. Nichts wies darauf hin, dass mein Vater vor wenigen Stunden vom Baumhaus gefallen war. Niemand würde ahnen, dass meine Schwester durch den Garten zu ihm gerannt war, geweckt durch den Aufprall hinter dem Haus, und den Notruf gewählt hatte. Dass ich im Schlafanzug den Sanitätern durch die Dunkelheit gefolgt war, bis wir Caro starr vor Schreck neben ihm hockend gefunden hatten. Nur die tiefen Rillen in den trocknenden Pfützen erinnerten noch an den Krankenwagen.

Die Urlauberfamilie mit dem Jungen in Mads' Alter packte gerade das Auto für den Strand. Der kleine Lovis saß bereits in seinem Kindersitz und wischte auf einem Tablet herum. Seine Mutter, eine große Blondine mit strengem Pferdeschwanz, kam auf mich zu.

»Wie geht es Ihrem Vater? Uns tut das alles so leid.«

»Machen Sie sich bitte keine Sorgen.« Ich bemühte mich um ein zuversichtliches Gesicht. »Er hat ein paar

Brüche davongetragen, wird sich aber sicher bald erholen.«

Sie lächelte mich aufmunternd an und lud dann weiter Bastmatten und Sandspielzeug in den geräumigen Kofferraum. Ich wandte mich schon zum Gehen, als sie hinzufügte: »Ach, und: Es eilt nicht, aber … Wenn Sie irgendwann dazu kommen … Der Duschkopf ist verkalkt.«

Ich nickte tapfer. »Alles klar, ich kümmere mich darum.«

In der Küche fand ich Florian. Er lag auf dem Kissenlager, das Papa für Motte hergerichtet hatte, eingerollt neben dem Welpen am Boden. Beide schliefen, mitten im Chaos. Aber offensichtlich war hier etwas zum Frühstück serviert worden. Zumindest lagen Reste von Brötchen und Aufschnitt auf den benutzten Tellern.

Wie soll das nur werden, fragte ich mich. Wie schaffen wir das nur ohne Mama *und* Papa? Caro und Christian arbeiteten. Blieben Florian und ich. Aber zu zweit konnten wir das hier nicht stemmen. Wer wusste schon, wie lange Papa ausfallen würde. Und wie es ihm danach ginge. Mama musste zurückkommen. Unter diesen Umständen konnte sie uns nicht im Stich lassen.

Florian regte sich, hob den Kopf und rieb sich die Augen. Als er mich sah, stand er langsam auf, kam auf mich zu und nahm mich in den Arm.

Ich war zunächst perplex über diese ungewohnt vertraute Geste. Kurz wollte ich ihn wegschieben, doch er zog mich noch etwas fester an sich, und schließlich ließ ich es zu.

Und dann, völlig unvorbereitet, verlor ich die seit Stunden aufrechterhaltene Fassung. Ich stand da, mitten in der Küche meiner Eltern, und weinte an Florians Brust, wie ich lange nicht mehr geweint hatte. Ich weinte um die große Liebe meiner Eltern, die ich für unverwüstlich gehalten hatte und die offenbar doch zerbrochen war. Ich weinte, weil wir alle nicht richtig darüber sprechen konnten, was wir dabei empfanden. Ich weinte, weil ich das Gefühl hatte, nicht mehr richtig zu dieser Familie zu gehören, weil ich zu viele Jahre hatte verstreichen lassen auf der Suche nach etwas, das ich nicht gefunden hatte. Ich weinte um die Seelenverwandtschaft zu meiner Schwester, die uns abhandengekommen war. Aber vor allem weinte ich um meinen Vater, der nun allein in einem Krankenhausbett lag, in Verbände gewickelt, an Schläuche angeschlossen, die Gliedmaßen in Schlaufen, weil er mitten in der Nacht ins Baumhaus geklettert war.

Nach einigen Minuten löste ich mich von Florian. Mit einem Mal war mir mein Gefühlsausbruch unangenehm. »Entschuldige.« Ich konnte ihm nicht ins Gesicht sehen und fixierte stattdessen den nassen Fleck, den meine Tränen auf seinem T-Shirt hinterlassen hatten.

»Es gibt nichts zu entschuldigen.«

»Danke.« Ich drehte mich um und betrachtete die Überbleibsel des Frühstücks. Erst jetzt wurde mir bewusst, dass ich noch immer meinen Schlafanzug unter der Jacke trug.

»Ich mach das«, bot Florian gähnend an. »Leg du dich noch mal hin.«

Ich wischte mir über das tränennasse Gesicht. »Anderer Vorschlag: Wir tragen das Geschirr zusammen rüber zu Caro und packen es in ihre Spülmaschine, und dann legen wir uns beide noch mal hin, ja?«

»Zusammen?« Florian bemühte sich um ein kleines Lächeln. Als er sah, dass ich nicht reagierte, fügte er schnell hinzu: »Entschuldige, ich wollte dich aufmuntern, aber es ist noch zu früh für blöde Scherze.«

»Schon gut. Na dann, los.«

Wir stapelten das Geschirr auf ein Tablett, und ich berichtete ihm dabei, was die Ärzte im Krankenhaus gesagt hatten. Er erzählte mir von dem improvisierten Frühstück, das er und Chris serviert hatten.

Als Caros Spülmaschine eingeräumt war und wir die Tiere auf die Weide gelassen hatten, gingen wir schlafen, mitten am Tag.

Als ich erwachte, war es bereits später Nachmittag. Ich stellte mich kurz unter die kalte Außendusche und warf mir ein Baumwollkleid über. Auf dem Deich grasten die Schafe. Die Esel dösten im Schatten der Bäume, die Ziegen nagten an der Rinde eines Baumstamms, der in ihrem Gehege lag. Dann entdeckte ich Florian und Christian. Sie standen unter den Ahornbäumen, direkt unter Mads' Baumhaus und redeten miteinander. Als sie mich bemerkten, winkten sie mich zu sich.

»Gibt es was Neues aus dem Krankenhaus?«, fragte ich schon von Weitem.

Christian rieb sich über das unrasierte Kinn. »Caro ist noch einmal dort gewesen. Sein Zustand ist stabil, die Ärzte waren so weit zufrieden.«

Sofort fühlte ich mich schlecht. Ich hatte mich hingelegt, während meine Schwester ein weiteres Mal nach Husum gefahren war. »Wo ist Caro jetzt?«

Christian wies mit dem Kopf in Richtung ihres Hauses. »Sie ist endlich schlafen gegangen. Mads und Motte übernachten heute bei Oma Petra.«

Ich sah zu Florian, dessen gerötete Augen und fahle Haut die kurze Nacht verrieten. »Ist in den Wohnungen noch etwas zu tun?«

Christian schüttelte den Kopf. »Nein, alles fertig so weit. Wir haben auch das Geschirr wieder zurückgebracht. Weißt du …« Er zögerte. »Caro will allen Gästen für die Saison absagen. Sie sagt, wir schaffen das nicht.«

Ich sah den dicken Stamm hinauf zum Baumhaus, an dem nun keine Leiter mehr hing. Wie hoch ist das, fragte ich mich. Vier Meter oder eher sechs? Er hätte auch tot sein können.

Christian folgte meinem Blick und schaute dann hinter sich. Die abmontierte Strickleiter lag im Gras. Ich hockte mich daneben und untersuchte sie. Motte hatte offenbar das Seil neben der untersten Strebe durchgenagt, es hatte sich dadurch bis zur zweiten Strebe aufgeribbelt. Der Rest der Leiter war intakt. Papa war der Wucht des Aufpralls nach zu urteilen von weit höher heruntergefallen.

»Was wollte er da oben?«, fragte ich mehr mich selbst als die anderen.

»Florian sagt, er hatte ordentlich getrunken«, meinte Christian.

Ich nickte und erhob mich wieder. »Das stimmt. Komisch finde ich es trotzdem.«

Alle drei schauten wir noch einmal hoch zum Baumhaus, dann sagte Christian: »Seid mir nicht böse, aber ich leg mich dann auch mal hin.« Er drückte mich kurz an sich, nickte seinem Bruder ernst zu und kehrte zum Haus zurück.

Florian und ich sahen ihm nach.

»Gehen wir ein Stück?«, fragte er.

»Gern.«

Wir schlenderten zur Schafweide und kletterten über den Zaun. Nebeneinander bahnten wir uns einen Weg durch die grasenden Schafe, beide in Gedanken versunken. Zu unseren Füßen lagen überall Knäuel aus Schafwolle im Gras.

Unterwegs hockte Florian sich hin und sammelte ein kleines Wollknäuel auf. »Wie geht es dir?«, fragte er schließlich.

Ich rieb mir über die Arme. Ein paar Sonnenstrahlen drängten durch die Wolkendecke, aber ich fröstelte vor Erschöpfung. »Es geht«, log ich.

Florian blieb stehen und zupfte an der Schafwolle herum. »Sag mal, machst du eigentlich noch Musik? Also … wenn du nicht gerade den ganzen *Herzanker* verzauberst?«

Ich schirmte die Augen gegen die Sonne ab. »Eigentlich schon. Nur hier bin ich bisher kaum dazu gekommen.«

Florian blickte auf. »Hast du Lust, mir was vorzuspielen?«

Ich nahm ihm die Wolle ab und betrachtete sie. Sie fühlte sich zugleich fest und weich an. Wie Caros dicker Zopf früher, dachte ich. »Ich weiß nicht, ob ich gerade in der richtigen Stimmung bin.«

»Ich glaube, es würde uns beiden guttun.« Er sah mich eindringlich an. »Bitte?«

Also gingen wir zurück, ich holte meine Gitarre aus dem Schuppen, und wir setzten uns draußen auf die Bank. Die Sonne, die sich endgültig durch die Wolken gekämpft hatte, wärmte meine kalten Finger, mit denen ich andächtig über die Saiten strich. Meine Gitarre hatte mich überallhin begleitet. Ich hatte an Lagerfeuern auf der ganzen Welt gespielt, auf kleinen Bühnen bei Strandpartys, manchmal auch bei größeren Feiern.

Florian sah mich erwartungsvoll an, und obwohl ich es gewohnt war, vor Publikum zu spielen und zu singen, war es mir plötzlich unangenehm. Meine Texte waren so persönlich, und ich fühlte mich heute merkwürdig schutzlos. Ich hatte das schon häufiger von Musikern gehört. Lieber vor Tausenden von Fremden spielen als vor einem Menschen, dessen Meinung einem etwas bedeutete. Aber seit wann bedeutete Florians Meinung mir etwas?

Offenbar spürte er, dass ich mit mir kämpfte, denn er fragte: »Welches deiner Lieder mag dein Vater am liebsten?«

Ich zupfte ein bisschen an den Saiten und betrachtete dabei meine Finger. »Er kennt keins.«

Florian zog einen seiner Boots aufs Knie. »Er kennt keins?«

»Na ja, meine Eltern haben mich schon lange nicht mehr spielen gehört, fürchte ich.« Ich ließ einen Ton lange klingen und stoppte ihn dann mit der flachen Hand. »Nur früher, als ich in der Band gespielt hab, aber das war noch völlig andere Musik, auf Englisch und ziemlich wüst.«

»Und ich dachte, ich hätte ein kompliziertes Verhältnis zu meinen Eltern.«

Eine Zeit lang lauschten wir dem Wind, der um den Schuppen wehte und sein eigenes Lied sang. Ich spürte deutlich, dass er wärmer geworden war seit gestern. Vielleicht wurde es endlich richtig Sommer. Ausgerechnet jetzt.

»Welches Lied würde deinem Vater denn gut gefallen, was glaubst du?«, fragte Florian.

Ich überlegte einen Moment, und plötzlich wusste ich es, auch wenn Papa es nicht kannte und vielleicht niemals zu hören bekommen würde. Erstmals an diesem Tag brachte ich ein Lächeln zustande, das Florian mit glitzernden Augen erwiderte. Ich gab mir einen Ruck und begann zu spielen. Und mit einem Mal wussten auch meine Finger wieder, was sie zu tun hatten. Wie von allein glitten sie über die Saiten. Ich schloss die Augen und sang:

»Und ich brauch' keinen Grund
Ich will nur das Gefühl
Ich will einfach nur Liebe
Ohne Kalkül
Irgendwann kommt ein Mensch
Der dasselbe will
Und dann ist es klar
Warum's vorher nicht ging
Ich liebe diese Liebe
Und ich werde niemals aufhören
Immer wieder drauf schwören
Liebe diese Liebe
Und solang' mein Herz noch pumpt
Werd' ich immer wieder zuhören
Ey, ich bin tief gefallen
Doch ich steh wieder auf
Und beim nächsten Mal
Leg ich noch einen drauf
Verdammte Liebe
Ich liebe diese Liebe.«

Nachdem ich die letzten Akkorde gespielt hatte, öffnete ich die Augen. Florian saß neben mir und starrte mich an. Mehrfach setzte er an, etwas zu sagen, schloss dann aber den Mund.

Ich spielte noch ein wenig weiter, dann stellte ich die Gitarre weg. Tatsächlich fühlte ich mich ein kleines bisschen leichter. Unterwegs machte ich eigentlich jeden Tag Musik. Warum gelang es mir ausgerechnet hier nicht, wo ich sie so nötig hatte, um meine Gefühle zu sortieren?

Florian starrte mich noch immer an, hatte aber offenbar seine Sprache wiedergefunden. »Es ist ein Jammer, dass deine Eltern das noch nie gehört haben.«

Ich lächelte ihn traurig an. »Na ja, weißt du, meine Familie ist mit vielem, was ich gemacht habe, nicht einverstanden. Mama findet, ich fliege zu oft, das ist schlecht für die Umwelt. Caro findet, ich lasse die Familie im Stich, ich bin nie da. Außerdem sollte ich etwas Ordentliches lernen, mein Potenzial nicht verschwenden, an meine Zukunft denken. Und Papa? Keine Ahnung, was der denkt. Ich hab ihn die letzten fünfzehn Jahre maximal einmal im Jahr gesehen. Und groß nach mir gefragt haben sie nie. ›Wie ist das Wetter, wie war die Reise, was macht das Surfen?‹ Es macht mich traurig, das zu sagen, aber über das, was uns wirklich bewegt, sprechen wir schon lange nicht mehr.« Ich sah einer Schwalbe nach, die zu ihrem Nest unter dem Scheunendach flog. »Irgendwann hat sich das verselbstständigt. Ich hab mein Leben gelebt und sie aus allem rausgehalten.«

Florian rieb seine Hände aneinander. »Kenne ich alles.«

Ich sah ihn erstaunt an. »Wirklich? Du bist doch der perfekte Sohn, der BWL studiert hat und von einem gut bezahlten Job in den nächsten wechselt?«

Er schaute über die Weide bis zum Deich. »Ja, so sieht es von außen aus, ich weiß.«

In diesem Moment hörte ich ein Mähen. Ganz leise. Ganz hoch und zart. Abrupt stand ich auf. Florian sah mich verwundert an.

»Hast du das gehört?«, fragte ich ihn.

»Was?«

»Komm mit!«

Ich stand auf und lief über die Wiese, die noch immer leicht feucht war, sich unter meinen nackten Fußsohlen aber bereits wärmer anfühlte. Florian folgte mir.

Und dann sah ich es, inmitten einer Gruppe von Schafen hockte es im hohen Gras: ein Lamm. Winzig klein, zitternd, das Fell noch feucht. Seine Mutter stupste es sanft an, um es zum Aufstehen zu bewegen, damit es trinken konnte.

Ich nahm Florians Hand, dessen Finger meine umschlossen. Als wäre es das Normalste der Welt, dass wir hier standen, inmitten einer Schafherde, und Händchen hielten. Ich drückte sanft seine Hand und flüsterte: »Es ist schwarz.«

12

Beim nächsten Besuch berichtete ich meinem Vater von diesem Lamm. Und von den anderen, die in der Nacht noch geboren worden waren. Florian hatte Gerd angerufen, und er war mit einem Gehstock über die Wiese gehumpelt und hatte sich vergewissert, dass es ihnen gut ging. Alle Lämmchen wirkten stabil und hatten bei ihren Müttern getrunken. Wieder hatte ich zu wenig Schlaf bekommen, aber diesmal gab es dafür einen schönen Grund.

»Schon lustig, dass ausgerechnet in diesem Frühsommer ein schwarzes dabei ist, oder?«, flüsterte ich meinem schlafenden Vater zu.

Das war unser Ding, unser Insider. Wann immer er ein seltenes schwarzes Schaf in einer weißen Herde entdeckte, hatte Papa früher gerufen: »Ein Tönchen, schaut mal!« Weil ich eben ein bisschen anders war als die anderen. Er hatte das nicht böse gemeint, es war ein liebevoller Gag zwischen uns, bis heute.

Wann würden wir wieder so scherzen können? Regungslos lag er im Krankenbett, an zig Schläuche angeschlossen. Um ihn herum piepten die Maschinen. Ob er spürte, dass ich hier war? Vorhin hatte ich die

Chance gehabt, mit einer Ärztin zu sprechen, und sie hatte gemeint, er erhole sich den Umständen entsprechend gut. Trotzdem wollten sie noch einige Tage warten, bis sie ihn aus dem Koma holten, damit seine Gehirnschwellung zurückgehen und die Verletzungen heilen konnten.

Caro war schon heute früh vor der Schule hier gewesen. Meine Mutter bisher nicht. Ich hatte mehrmals versucht, sie zu erreichen, doch bei Gisela im Haus war niemand ans Telefon gegangen. Caro hatte aber offenbar kurz mit ihr gesprochen und sie über die medizinische Situation informiert. Es war mir ein Rätsel, warum sie noch nicht hier gewesen war. Da lag der Vater ihrer Kinder, die Liebe ihres Lebens, im künstlichen Koma, und sie kam nicht mal her, um seine Hand zu halten. Der Gedanke schmerzte mich, und ich schob ihn beiseite.

Nachdenklich betrachtete ich sein Gesicht, das erstaunlich friedlich wirkte. »Was wolltest du da oben?«, fragte ich in die laute Stille des Krankenzimmers hinein. »Warum bist du da hinaufgeklettert, Papa?«

Eine Krankenschwester trat von hinten an mich heran. »Wir wollen gleich die Verbände wechseln, Sie müssten …«

Ich stand schnell auf. »Ich wollte ohnehin gerade los.«

Ich küsste meinen Vater sanft auf die kalte Stirn. »Bis morgen, Papa.«

Die ganze Fahrt zurück überlegte ich, einen Zwischenstopp bei meiner Mutter einzulegen. Sie zur Rede zu stellen und zu fragen, warum sie sich noch nicht im Krankenhaus hatte blicken lassen und ob sie sich bitte endlich auf den Weg machen könnte. Aber ich zwang mich, die Sache zu vertagen. Ich war zu aufgebracht und zu erschöpft für Gespräche dieser Dimension.

Zurück auf dem Hof suchte ich nach Caro. Ich fand sie mit Mads und Ferienkind Lovis im Hühnerstall. Sie saßen auf dem Boden, um sich herum winzig kleine, wenige Tage alte Küken. Die Jungs quietschten begeistert, während Caro abwesend vor sich hin starrte.

»Können wir kurz reden?«, fragte ich sie.

Sie sah mich besorgt an. »Alles in Ordnung im Krankenhaus?« Über ihren Fuß, der in Gesundheitssandalen steckte, hüpfte ein knallgelbes, plüschiges Hühnchen.

»Ja, alles beim Alten. Aber wir müssen klären, wie es hier weitergeht. Mama muss zurückkommen.«

Caro stöhnte. Sie stand auf und schob mich aus dem Hühnerstall, ein Stück weg von den Kindern und den Küken. »Das kannst du leider vergessen.«

»Du hast sie gefragt?«

»Natürlich. Sie sagt, sie kann jetzt nicht.«

Es war mir ein Rätsel, dass Caro nicht genauso fassungslos darüber war wie ich. »Ich rede noch mal mit ihr.«

Caro stöhnte erneut. »Das bringt doch nichts!«

Ich stemmte die Hände in die Hüften. »Findest du nicht, dass wir alles probieren müssen, damit der Hof nicht zugrunde geht? Wir sollten darum kämpfen, für Papa.«

Caro sah mich mit schmalen Augen an. »Leb einen Tag mein Leben, dann wirst du sehen: Es ist nichts als ein Kampf, von morgens bis abends.«

»Was meinst du damit?«, fragte ich irritiert.

Aber sie antwortete nicht, sondern ging zurück zum Stall. Während sie die Kinder hinausscheuchte und die Tür hinter ihnen schloss, sagte sie: »Die aktuellen Gäste bleiben noch diese Woche, allen anderen habe ich abgesagt.«

Ich lief hinter ihr her. »Im Ernst, so schnell? Wir hätten doch vorher mal drüber reden können, oder?«

Sie sammelte fahrig ein paar Strohhalme vom Boden auf. »Jahrelang überlässt du mir für alles die Verantwortung, und jetzt willst du auf einmal mitbestimmen?« Offenbar merkte sie selbst, wie scharf sie klang, denn sie fügte hinzu: »Entschuldige, ich bin fertig mit den Nerven.« Sie rieb sich heftig über die Stirn. »Ich hatte das Gefühl, ich müsste schnell handeln. Mir hat es solche Sorgen bereitet, dass hier Gäste anreisen und wir ihnen nicht gerecht werden können.«

»Okay«, erwiderte ich und versuchte, mir nicht anmerken zu lassen, dass sie mich gekränkt hatte. »Sag mir bitte, wie ich dich noch besser unterstützen kann, ja?«

Als Motte von ihrem Ausflug zu meiner Mutter zurückkam, machte ich einen Spaziergang mit ihr über den Deich. Die Sonne schien so warm auf uns herunter, dass mir ein wohliger Schauer über den Rücken lief. Ich hatte mich nicht getäuscht: Der Sommer war da.

»Hey, warte mal!«, hörte ich eine Stimme hinter mir rufen.

Ich drehte mich um und sah Florian und Alfie. »Hey!«

Motte winselte aufgeregt, als Alfie wild wedelnd näher kam.

Florian sah den Hunden lächelnd zu. »Können wir euch ein Stück begleiten?«

»Gern.«

Wortlos liefen wir den schnurgeraden Weg entlang. Zu unserer Rechten wuchs der leuchtend grüne Mais in symmetrischen Linien. Zu unserer Linken schaukelte die Gerste sanft im warmen Wind.

Wenn nur das Leben so wäre wie dieser Deich, dachte ich. Eine gerade, verlässliche Linie, bei der man von Anfang an wusste, wohin sie führte. Aber nein, das wäre langweilig. Es waren schließlich die gefährlich scharfen Kurven, die plötzlichen Kehrtwenden, die auf den ersten Blick sinnlos erscheinenden Umwege, die das Leben interessant machten. Auch wenn ich auf die plötzliche Schussfahrt von vorgestern Nacht gern verzichtet hätte.

Am Wegesrand dufteten bunte Wildblumen. Motte liebte es, sich zwischen ihnen zu verstecken. Gemeinsam mit Alfie jagte sie in vollem Tempo in die Wiese hinein und kam an einer anderen Stelle wieder heraus, über und über mit Blütenpollen bestäubt. Sie nieste laut, was uns zum Lachen brachte.

Florian sah mich von der Seite an. »Ich hab mitbekommen, dass ihr diskutiert habt, wegen der Gäste.«

Motte stupste von hinten meine nackten Waden mit ihrer feuchten Nase an und hechtete dann hinter Alfie her über die Wiese. »Ja, leider. Zwischen mir und Caro ist es nicht immer so leicht.«

Florian wich einem Haufen Pferdeäpfel aus. »Tut mir leid.«

»Schon gut, ist ja meine eigene Schuld. Ich hab sie enttäuscht, weil ich in den letzten Jahren kaum da war. Weder für sie noch für meine Eltern. Keine Ahnung, ob wir das noch mal hinbekommen.«

Wir blickten beide über die endlosen Felder. Hier und da verrieten dicht stehende Baumgruppen, dass dazwischen weitere Höfe lagen. Weit hinten tauchte jetzt der Leuchtturm von Westerhever am Horizont auf. Er sah so nah aus, aber ich wusste von den Radtouren, die meine Eltern früher mit uns gemacht hatten, dass er noch einige Kilometer gegen den Wind entfernt war.

»Du bist doch Surferin, oder?«, unterbrach Florian meine Gedanken.

»Ja, wieso?«

»Na ja, ich hatte mal einen Kumpel, der surfte und der meinte, Surfer würden immer ins Wasser gehen, wenn sie Sorgen hätten. Und dass jedes noch so große Problem auf dem Surfbrett ein bisschen kleiner würde.«

Motte stürmte auf uns zu, um kurz vor uns einen Haken zu schlagen und sich erneut in die Wildblumen zu stürzen.

»Da ist was dran«, sagte ich.

Florian blieb stehen und sah mich herausfordernd an. »Gibt es auf dem Hof irgendwo zwei Boards?«

Ich setzte ein Pokerface auf. »Bist du zufällig Experte für Kalkbeseitigung?«

Florian stellte sich etwas breitbeiniger hin und grinste. »Das traue ich mir zu. Wieso?«

»Wenn du den Duschkopf in der blauen Wohnung mit dem Essigzeugs behandelst, suche ich nach den Brettern.«

Er hielt mir seine Hand zum Einschlagen hin. »Deal!«

Etwa zwei Stunden später lenkte ich Papas Opel auf den Teil des Strandes, auf dem man parken durfte. Ich konnte Florian auf dem Beifahrersitz nicht sehen, denn zwischen uns klemmten zwei Surfbretter, die ich in der Scheune hinter den Gartengeräten gefunden hatte. Wahrscheinlich hatte meine Mutter sie bei irgendeinem Hofverkauf günstig erstanden und für die Gäste dorthin gestellt, die sie bestimmt so gut wie nie benutzten. Als ich sie aus dem Auto zog, fiel mir auf, wie viele Dellen und Risse sie hatten, vermutlich weil sie häufig nicht allzu sanft von links nach rechts geräumt wurden. Aber um ein bisschen rauszupaddeln, eigneten sie sich allemal.

Ich hatte nur einen dünnen Neoprenanzug dabei,

weil ich so gut wie nie in kaltem Wasser surfte. Den einzig dicken, den ich je besessen hatte, hatte ich auf Norderney gelassen und einer von Marias Mitarbeiterinnen im Strandcafé vermacht. Ich hatte nicht damit gerechnet, so bald wieder in der Nordsee zu surfen.

Florian trug zu meiner Erheiterung nichts als Badeshorts mit knallgrünen Avocados drauf. Mal sehen, wie lange er das aushalten würde bei Wassertemperaturen deutlich unter zwanzig Grad. Schließlich war dies einer der ersten richtig warmen Tage. Die Sonne stand sattgelb am Himmel und blendete uns. Der Wind hatte sich fast ganz gelegt.

Wir klemmten uns jeder ein Brett unter den Arm und liefen aufs glitzernde Wasser zu. Unauffällig musterte ich Florian. Er hatte breite Schultern, trainierte Arme und einen kleinen Bauchansatz, was mich überraschte, weil er auf mich so eitel wirkte.

»Ich bin gerade euer Hausschwein.« Er rieb sich grinsend mit der freien Hand über den Bauch. »Ich sollte wohl besser nicht mehr alles essen, was die Gäste übrig lassen.«

Ich lachte verlegen, denn er hatte meinen Blick offenbar bemerkt. »Was machst du sonst für Sport?«

»Sonst?« Er schnaubte amüsiert. »Neben essen spiele ich gern Fußball, ich hab sogar mal eine Jugendmannschaft trainiert. Wie du sehen kannst, sollte ich außerdem dringend mal wieder joggen gehen.«

Gemeinsam trugen wir die Bretter an den Strandkörben vorbei bis ans Wasser. Es war Flut, und die

Pfahlbauten, in denen Restaurants untergebracht waren, standen schon so weit im Wasser, dass man sie nur noch über die langen Holzstege erreichen konnte.

Wir hatten Glück: Kleine Wellen rollten gemächlich in Richtung Strand. Vielleicht würden wir die ein oder andere erwischen. Ich stapfte ins Wasser. Als es tief genug war, legte ich das Brett hinein, schwang mich drauf und paddelte los. Irgendwann drehte ich mich um. Florian war weit hinter mir. Verdutzt hielt ich inne. Er paddelte etwas unbeholfen und fiel immer wieder seitlich vom Brett. Ich unterdrückte ein Lachen.

Als er japsend bei mir angelangt war, grinste er jedoch selbst breit. »Na, du bist mir ja eine tolle Lehrerin!«

»Lehrerin?« Ich paddelte ein Stück weiter.

Er hüpfte neben seinem Brett bei jeder heranrollenden Welle auf und ab. »Du bist doch Surflehrerin, oder?«

»Ja, schon, aber mir war nicht klar, dass du mein Schüler bist.«

»Doch, das bin ich. Hiermit angemeldet in der Stunde ›Anfänger ohne Vorkenntnisse‹.«

Ich rutschte grinsend vom Board. Das Wasser fiel hier so langsam ab, dass ich gut stehen konnte. »Eigentlich beginnt man mit Trockenübungen an Land«, erklärte ich. »Aber wenn wir schon dabei sind: Leg dich mal drauf.«

Und dann erklärte ich Florian ein paar Regeln und Techniken, bevor ich ihn im Liegen in die kleinen Wellen schob. Die meisten verpasste er, aber manche trugen ihn mit sich in Richtung Strand.

Zwischendurch paddelte ich selbst die ein oder andere Welle an und surfte sie entlang. Mit jeder davon fühlte ich mich ein kleines bisschen leichter. Florian hatte recht: Im Wasser wirkte jedes Problem etwas kleiner.

Und irgendwann, nach vielen Versuchen, stand er plötzlich auf seinem Board auf, wackelig, breitbeinig, den Po zu weit hinten, aber er stand. Kurz bevor er ins Wasser fiel, riss er wie beim Torjubel die Arme in die Höhe. Mein Herz hüpfte vor Stolz.

Strahlend kam er zu mir zurückgepaddelt. »Du bist doch eine gute Lehrerin.« Wasser tropfte von seinen Haaren in sein Gesicht.

Ich musste lachen, weil seine Unterlippe vor Kälte leicht zitterte.

»Du lachst mich wieder aus, oder?«

»Nein.« Ich hielt mir eine nasse Hand vor den Mund. »Es ist nur … Fürs nächste Mal brauchst du einen Neoprenanzug. Du bist nämlich offenbar genauso eine Frostbeule wie ich.«

Er glitt vom Brett, ließ es los und watete auf mich zu. Ich fragte mich gerade, was er vorhatte, als er mich packte und ins Wasser zog. Aber er hatte sich mit der Falschen angelegt, das hier war mein Element. Ich tauchte unter und schnappte nach seinen Beinen. Doch meine Versuche, ihn aus dem Gleichgewicht zu bringen, waren vergebens, er war deutlich größer und stärker als ich. Wir balgten, bis er mich im Arm hielt wie ein Kind. Mein nasses Gesicht war dicht vor seinem, und plötzlich fuhr mir etwas in den Magen, völlig unerwartet.

Da hörte ich das Rufen.

»Toni!«, schrie jemand.

Ich drehte mich von Florian weg in Richtung Ufer. Einige Schwimmer planschten im Flachen, Spaziergänger schlenderten mit ihren Hunden an der Brandung entlang, aber niemand sah in unsere Richtung.

»Toni!«, hörte ich erneut. »Hier!«

Ich blickte in Richtung des Pfahlbautenrestaurants neben uns. Dort auf der Terrasse stand eine kleine Person und winkte heftig. Meine Mutter. Ich winkte perplex zurück. Sie winkte noch einmal, dann ging sie zu einem der Tische. Dort saß bereits der Mann, der auf Giselas Anwesen den Rasen geharkt hatte. Seine grauen Haare hatte er heute im Nacken zusammengebunden.

Sie besucht Papa nicht im Krankenhaus, schoss es mir durch den Kopf, und geht stattdessen lieber mit einem anderen essen. Jetzt erst wurde mir bewusst, dass Florian mich noch immer wie ein Kind im Arm hielt. Abrupt löste ich mich von ihm.

»Oh Mann«, sagte er leise. »Das Ganze wird immer komplizierter.«

Ich setzte mich seitlich auf mein Surfbrett, den Blick auf die Terrasse gerichtet, auf der meine Mutter nun neben dem Mann mit Zopf Platz genommen hatte. Die beiden unterhielten sich angeregt.

»Wir können doch nicht einfach so aufgeben«, sagte ich irgendwann.

»Was meinst du?« Florian schwang sich ebenfalls auf sein Brett.

»Caro hat allen Gästen für diese Saison abgesagt.«

»Ich weiß.«

»Wenn Papa aus dem Krankenhaus kommt, ist nicht nur seine Frau weg, sondern auch noch sein Betrieb geschlossen, kurz vor der Hauptsaison.«

Wir schaukelten mit den Wellen auf und ab. Die Sonne stand jetzt so tief, dass ich im gleißenden Gegenlicht nur Florians Umrisse sehen konnte.

»Hast du eine Idee?«, fragte er.

Ich blickte über das Meer, das im Abendlicht so stark glitzerte, dass ich die Augen fest zusammenkneifen musste. Und plötzlich hatte ich tatsächlich eine Idee. »Du hast doch neulich gesagt, dass wir den Hof etwas erneuern müssten, renovieren, modernisieren?«

Florians schwarzer Umriss schaukelte neben mir. »Ja, stimmt.«

»Was hältst du davon, wenn wir die Zeit nutzen, um genau das zu tun? Und wenn Papa wieder gesund ist, gibt es eine große Neueröffnung, mit allem Tamtam.«

Florian drehte den Kopf in Richtung Horizont, sodass ich sein Profil sehen konnte. Seine langen Wimpern zeichneten sich scherenschnittartig vor dem Abendhimmel ab. »Du willst einen Saunawagen auf der Schafweide?«

»Nein.« Ich ließ etwas kühles Wasser durch meine Finger rinnen. »Ich finde das Konzept meiner Eltern grundsätzlich stimmig. Aber wir könnten streichen, die Böden abschleifen, ein paar Möbel austauschen. Ein bisschen modernisieren und die Ferienwohnungen aufwerten.«

Eine Zeit lang saßen wir noch im glitzernden Meer auf unseren Brettern und schaukelten vor uns hin. Irgendwann sagte Florian: »Du sagst immer wir. Wen meinst du eigentlich damit?«

Ich grinste ihn breit an, und obwohl ich es gegen die Sonne nicht sehen konnte, spürte ich, dass er zurückgrinste. Und ganz kurz war es wieder da, dieses Gefühl in meinem Magen.

Schnell sah ich wieder zur Restaurantterrasse über dem Wasser. Meine Mutter legte gerade die Hand auf den Unterarm des Mannes. »Wenn sie uns nicht helfen will, muss es eben ohne sie weitergehen. Das ist das Mindeste, was ich für Papa tun kann.«

»Es tut mir leid, Toni, aber dafür ist kein Geld da.« Christian lief in Hemd und Anzughose um die Kücheninsel herum und stellte die Milch und einen halb vollen Joghurtbecher vom Frühstückstisch zurück in den Kühlschrank.

Ich stützte mich auf der Arbeitsplatte ab und reichte ihm die Müslipackung. »Haben Mama und Papa denn nichts zurückgelegt für solche Instandsetzungen?«

Christian verstaute das Müsli in einem der oberen Schränke, leerte seinen Kaffeebecher und stellte ihn in die Spülmaschine. »Ein wenig, aber eher für ihre

Altersvorsorge. Du hast doch die Rechnungen neulich gesehen. Die laufenden Kosten für einen alten Hof wie diesen sind enorm.« Er fuhr sich durch die vom Duschen noch nassen Haare. »Und für Appartements wie unsere bekommt man leider nicht viel Geld.«

»Aber genau das ist ja das Problem. Wenn wir sie renovieren würden, könnten wir vielleicht mehr einnehmen.« Draußen hörte ich Mads und Caro am Auto.

Christian kam um die Kücheninsel herum, nahm sein Jackett von der Stuhllehne und zog es über. »Ja, aber dafür müssten wir erst investieren. Glaub mir, Toni, ich finde eure Ideen super, aber sie lassen sich gerade nicht umsetzen. Erst recht nicht, ohne vorher mit Wolfgang gesprochen zu haben.«

Weil sie heute so spät dran waren, nahm Christian Caro und Mads ausnahmsweise im Auto mit in Richtung Schule, und ich sah ihnen enttäuscht nach. Aber mir blieb keine Zeit zum Grübeln. Heute war ich allein für die Gäste zuständig, da Caro den ganzen Tag arbeitete und Florian die Schafe scheren wollte. Also lief ich ins Haus meiner Eltern, holte die Brötchen aus dem Ofen und servierte den Gästen ihr Frühstück.

Nachdem ich die Küche aufgeräumt, das benutzte Geschirr aus der Wohnung von Lovis' Familie geholt und die Hühner, Esel und Ziegen versorgt hatte, ging ich hinaus zu den Schafen. Ich fand Florian mit Alfie im Verschlag bei den Lämmchen, wo er frisches Heu auf dem Boden verteilte.

»Geht es allen gut?«

»Nur das schwarze könnte besser trinken.« Er strich dem kleinen Wollknäuel behutsam über den Rücken. Dann drehte er sich zu mir um. »Alles gut bei dir?«

Ich zögerte. »Geht so. Chris sagt, es ist kein Geld für die Renovierung da.«

»Tut mir leid.« Florian wirkte ehrlich zerknirscht.

Ich musste daran denken, dass er mich neulich eine Zweckpessimistin genannt hatte, und sagte: »Aber wart's ab, ich finde noch einen Weg.«

»Das wäre toll.«

Neben ihm im Verschlag entdeckte ich die Schermaschine. Florian hockte sich auf den Boden. »Gerd hat die ersten Tiere neulich mit mir zusammen geschoren. Er meinte, jetzt könnte ich es auch allein.« Er pustete die Backen auf. »Schauen wir mal, ob das stimmt.«

Ich kniete mich hin und lockte ein besonders wuscheliges Schaf zu mir heran. »Soll ich dir helfen?«

Einige Stunden später breitete ich mitten auf der Wiese eine Decke aus, die Mama aus alten Stoffresten genäht hatte, und wir setzten uns erschöpft darauf. Einträchtig aßen wir die vom Frühstück übrig gebliebenen Brötchen und blickten auf die Schafe, von denen die meisten nun aussahen wie Nacktschnecken auf Beinen. Zum Glück war es richtig warm mittlerweile, frieren würden sie nicht. Neben ihrem Verschlag lag Alfie – und ein riesiger Berg Wolle. Auch an meinen Shorts hingen überall kleine weiße Büschel. Die Tiere wirkten genauso erschöpft von der Prozedur wie wir.

Nach dem ersten, dick mit Deichkäse und sauren Gurken belegten Brötchen ging es mir etwas besser. Florian biss gerade in sein zweites und wirkte immer noch völlig ausgehungert. Es machte Spaß, ihm beim Essen zuzusehen, weil er es mit so viel Genuss tat.

Da fiel mir etwas ein. »Warum hast du neulich gesagt, dass es nur von außen so wirkt?«, fragte ich ihn.

Er sah mich ratlos an.

Ich nahm ein weiteres Brötchen, dick bestrichen mit Papas Rhabarbermarmelade. »Dass du der Vorzeigesohn bist. Du hast gesagt, das wirke nur so.«

»Ah, das meinst du.« Florian kaute zu Ende und wischte sich mit dem Handrücken etwas Mehl vom Kinn. »Ist nicht so leicht, neben einem Bruder wie Chris zu bestehen. Sagen wir mal, mein Vater war ziemlich verwöhnt von seinem Erstgeborenen. Er hatte schon in der Schule immer nur die besten Noten, im Studium natürlich auch, hat schnell seine Berufung als Steuerberater gefunden und mit Caro die perfekte Schwiegertochter plus Enkelkind nachgeliefert.«

Ich pflückte mit der freien Hand ein Gänseblümchen, das neben der Decke wuchs. »Aber du bist doch auch erfolgreich.«

Florian blickte nachdenklich zu den Schafen. Eins der Lämmer trank gerade hastig bei seiner Mutter, die noch ihren vollen Pelz trug. Die zwei sahen neben den geschorenen Tieren aus wie geplatzte Sofakissen. Das Schwänzchen des Lamms wackelte beim Saugen hin und her. »Nicht wirklich. Ich war ein mieser Schüler, bin mehrmals sitzen geblieben, das Abi hab ich am Ende auf einem Internat geschafft, mit Ach und Krach. Und danach wusste ich nicht, was ich machen sollte. Ehrlich gesagt hatte ich nicht das Gefühl, in irgendetwas richtig gut zu sein. Mein Vater hat mich schließlich überredet, es mit BWL zu versuchen. Das Studium war die Hölle, trotzdem hab ich es irgendwie geschafft. Aber die Jobs, die ich bisher hatte? Schlimm! Alles nur öde Zahlen, und es geht immer nur um Geld und noch mehr Profit. Aber weißt du, was das Schlimmste ist?«

Ich ließ die Blume sinken und sah ihn an. »Nein.«

»Dass ich immer noch versuche, es meinem Vater recht zu machen.« Er rupfte ein paar Grashalme aus.

»Verstehe.« Ich hatte das Marmeladenbrötchen auf meinem Knie abgelegt und musterte ihn. »Ich finde, dafür gibt es nur eine Lösung: endgültig zu akzeptieren, dass du das niemals schaffen wirst. Weil du nicht Christian bist.«

Er betrachtete neugierig mein Brötchen. »Kann ich das mal probieren?«

»Nur zu.« Ich reichte es ihm. »Für mich war klar: Ich werde niemals Caro sein, also habe ich irgendwann aufgehört, es zu versuchen. Sie war immer Klassenbeste – ich hab kurz vor dem Abi die Schule geschmissen.«

»Echt?« Florian biss genüsslich ins Brötchen und hielt es dann mir hin. Ich schüttelte den Kopf, und er schob sich den Rest der Hälfte in den Mund. Schon lustig, wie vertraut wir miteinander umgingen, obwohl wir uns noch nicht lange kannten. »Aber dein Sweatshirt …«, nuschelte er mit vollem Mund.

Ich seufzte. »Abi 2008, meinst du? Nun ja, alle anderen aus meiner Stufe haben 2007 ihren Abschluss gemacht. Und da ich irgendwann nicht mehr hingegangen bin, haben sie mir das Sweatshirt geschenkt, als Anreiz, es ein Jahr später nachzuholen.«

»Schöne Idee.« Florian wischte sich mit dem Handrücken über den Mund und peilte das nächste Brötchen an. »Warum hast du es nicht getan?«

Ehe ich antworten konnte, hörten wir hinter uns eilige Schritte. Mads, von der Schule zurück, rannte mit Lovis über die Weide auf uns zu.

»Geilomat!« Mads beugte sich über den Teller und schnappte sich etwas von unserem Picknick. Lovis stand etwas schüchtern ein paar Meter abseits.

»Hey, das gehört uns!«, protestierte ich gespielt empört. Dann reichte ich Lovis den Teller.

Er betrachtete die Brötchen kritisch und nahm dann das, das ihm offenbar am wenigsten verdächtig erschien. Misstrauisch knabberte er an der Wurstscheibe, die am Rand überstand.

Mads hatte sich sein Brötchen schon zur Hälfte in die Backen geschoben. »Spielsumitunsfuball?«, fragte er mit vollem Mund. Dabei sah er seinem Onkel so ähnlich, dass ich verblüfft lachen musste.

Ich hatte kein Wort verstanden, aber Florian sprang auf und klopfte die Krümel von seinen Shorts. »Darf ich?« Anscheinend sah man mir an, dass ich nicht wusste, was er meinte, denn er fügte hinzu: »Mit den Jungs Fußball spielen?«

Ich lachte. »Klar. Mir reicht es für heute auch mit Wollbergen.«

Die drei liefen zusammen über die Wiese in Richtung Fußballtor.

Ich schüttelte die Decke aus, faltete sie zusammen und brachte sie in den Schuppen. Den leeren Teller trug ich in die Küche. Dort holte ich die Wäsche aus der Maschine und hängte sie hinter dem Haus in der Sonne zum Trocknen auf.

Von hier aus konnte ich sehen, wie Florian mit den beiden Jungs Fußball spielte. Er ließ sie aufs Tor schießen und versuchte, ihre Schüsse zu halten. Lovis sah man an, dass er zu Hause in einem Verein spielte und regelmäßig mit seinem Papa die Sportschau guckte. Er hob beim Anlauf die Hand wie ein Profi und nahm den Ball vor dem Abschuss in Augenschein, als wäre er mitten in einem Bundesligaspiel. Mads hingegen rannte wild drauflos, voller ungehemmter Energie, und trat ohne große Technik gegen den Ball. Aber am meisten staunte ich über Florian. Er war so vertieft in dieses Spiel, als wäre auch er erst sechs. Er lachte ausgelassen, warf sich jedem Schuss in den Weg, raufte mit den Jungs um jeden Pass, als wären sie alle in der großen Pause auf dem Schulhof. Seine Shorts und sein T-Shirt waren voller Grasflecken, sein Gesicht rot und verschwitzt.

»Ach, Toni.« Ich hatte Caro nicht über die Terrasse kommen hören und zuckte zusammen.

»Hey, wie war dein Schultag?«

»Gut, danke.« Sie gab mir einen Kuss auf die Wange. Wir schauten beide in Richtung der Jungs. Mads johlte laut, weil er ein Tor geschossen hatte.

Ich kicherte in mich hinein. »Die haben ihren Spaß!«

»Ja, herrlich.« Caro nahm eine Tischdecke aus dem Wäschekorb und hängte sie auf die Leine. »Ich mache mir ehrlich gesagt etwas Sorgen.«

»Wegen Papa?« Ich griff nach einem Shirt, das sich bei genauerer Betrachtung als eins seiner Feinrippunterhemden entpuppte, was mich seltsam rührte.

»Natürlich, aber ich meine noch etwas anderes.« Caro sah das Unterhemd an, dann mich und sagte: »Bitte fang nichts mit Florian an, ja?«

Verwundert lachte ich auf. »Wie kommst du denn darauf?«

»Ach, Toni …« Seufzend nahm sie mir das Unterhemd ab, um es mit zwei Wäscheklammern an der Leine zu befestigen.

Ich hörte, wie Florian lauthals triumphierte, weil er einen Ball gehalten hatte, und sah zu ihm hinüber. Sein Shirt klebte verschwitzt an seinem definierten Oberkörper.

»Wie geht es Papa?«, versuchte ich das Thema zu wechseln. »Haben die Ärzte noch etwas gesagt?«

»Sie sind guter Dinge, dass sie in ein paar Tagen mit der Aufwachphase beginnen können.«

»Oh, wie schön.«

Florian schmiss sich mit einem Hechtsprung einem

gekonnten Schuss von Lovis hinterher und rollte mit dem Ball vor dem Bauch über den Boden. Mads stürmte ihm nach und warf sich auf Florian, woraufhin dieser laut loslachte. Selbst der beherrschte Lovis hatte jetzt rote Flecken im Gesicht und gesellte sich dazu, wenn auch deutlich zurückhaltender.

Mein Blick streifte die alte Badewanne, in der Mama Zucchini und Kürbisse zog. Daneben lehnte die Europalette, in der sie einen Kräutergarten angelegt hatte. Es sah so aus, als habe sich länger niemand mehr darum gekümmert – ein weiterer Punkt auf meiner To-do-Liste.

»Nicht dass ich es wollte«, sagte ich vorsichtig. »Aber warum soll ich nichts mit ihm anfangen? Also mit … Florian?«

Caro beugte sich stöhnend über den Wäschekorb. »Er ist Christians Bruder. Die beiden haben sich gerade erst wiedergefunden. Ich möchte hier keine komische Stimmung, nur weil ihr einen Ferienflirt miteinander habt.«

Die Art, wie sie das sagte, machte mich sauer. »Komm schon, Caro! Das wäre doch unsere Sache, oder? Wir sind beide erwachsen.«

Caro lachte auf. »Auf dem Papier, ja.«

Ich sah sie durch die aufgehängte Wäsche hindurch empört an, merkte jedoch, dass sie nur scherzte.

Gleich darauf wurde sie wieder ernst. »Ich weiß, dass er süß ist, aber lass mir zuliebe die Finger von ihm, ja?«

Ich sah noch einmal in Richtung der jubelnden

Jungs, die sich gerade entknoteten. »Nichts anderes hatte ich vor.«

Als ich an diesem Abend im Bett lag, dachte ich über Caros Worte nach. Große Schwestern waren ein Phänomen. Sie ahnten manchmal Dinge, die man sich selbst noch nicht mal richtig eingestanden hatte. Ich wusste ziemlich genau, warum mich das so sauer machte. Weil es mich an die Zeit erinnerte, die meine Schwester und mich auseinandergetrieben hatte. Die Zeit, in der ich mich in David verliebte.

Caro war ihm gegenüber von Anfang an misstrauisch gewesen. »Lass es langsam angehen«, sagte sie oft. »Steigere dich da nicht so rein.«

Mit meinen sechzehn Jahren mutmaßte ich, sie sei vielleicht eifersüchtig. Darauf, was für einen coolen Musiker ich mir da angelacht hatte. Den einzig lässigen Jungen im ganzen Landkreis. Außerdem teilte Caro mich bestimmt nicht gern. Wir waren immer schon eng gewesen, aber der Umzug hierher hatte uns noch mehr zusammengeschweißt. Wir hatten bislang keine anderen engen Freunde und machten alles gemeinsam. Und plötzlich war ich immer mit meiner Band zusammen oder bei David, im obersten Stock des schicken Hotels seiner Eltern. In seinem Zimmer mit der großen Sofalandschaft und Blick über den Strand.

Caro hatte sich damals der Situation angepasst, wie es ihre Art war. Innerhalb weniger Wochen hatte sie sich einen neuen Freundeskreis aufgebaut und war meistens ohne mich unterwegs. Trotzdem sagte sie mir immer wieder, dass ich nicht zu viel investieren solle. Dass es doch so viele andere nette Jungs gebe, die mich viel besser behandeln würden. Aus heutiger Sicht wusste ich: Es war keine Missgunst, sie machte sich einfach Sorgen um mich. Weil ich nichts anderes mehr im Kopf hatte als David. Und weil ich nach den ersten rauschhaften Wochen häufig weinte, wenn ich von ihm heimkehrte. Weil er mal wieder zu viel getrunken und gekifft hatte. Weil er dann gemein wurde.

Immer wieder sagte Caro: »Der ist nicht gut für dich, Toni. Das hast du nicht nötig.« Und ich stieß sie immer weiter von mir weg, weil ich es nicht hören wollte.

Ihre mütterliche Sorge vorhin im Garten hatte mich an das ungute Gefühl von damals erinnert. Das Gefühl, insgeheim zu wissen, dass sie recht hatte. Dass meine vermeintlich schönen Gefühle im Grunde schlecht für mich waren.

Aber vor Florian, dachte ich kurz vor dem Einschlafen, vor Florian muss doch niemand beschützt werden. Und dann kam mir ein ganz neuer Gedanke, der mir noch viel weniger gefiel: Oder wollte sie am Ende ihn vor mir beschützen?

13

»Okay, Papa, ich fang dann mal an.« Ich saß auf der Kante des Besucherstuhls vor dem Bett meines Vaters, auf dem Schoß meine Gitarre.

Papas Augen waren geschlossen, und obwohl er an mehrere Schläuche angeschlossen war, wirkte er so, als würde er friedlich schlafen. Wovon er wohl träumte?

Ich ließ meine Finger sanft über die Saiten gleiten. Hier in diesem Raum, in dem nur die Maschinen Geräusche von sich gaben, klangen die Töne lauter als gewohnt. Ich sah mich mehrmals um, schaute zur geöffneten Tür, in der jederzeit eine Schwester oder ein Arzt auftauchen könnte. Trotzdem, ich würde jetzt etwas spielen, auch wenn ich mir komisch vorkam. Hörte man nicht immer wieder, welch positiven Einfluss Musik auf Menschen im Koma hatte? Und hatte Florian nicht recht gehabt, als er behauptete, es sei schade, dass Papa noch nie einen meiner Songs gehört hatte? Keine Ahnung, ob ich sie ihm je im wachen Zustand vorspielen würde, aber hier und jetzt wollte ich es tun. Vielleicht würde etwas davon bei ihm ankommen. Ich hatte mich schließlich entschieden, positiv zu denken, also war es einen Versuch wert.

Ich warf einen letzten Blick hinter mich, um mich zu vergewissern, dass wir allein waren, Papa, ich und die Maschinen. Dann schloss ich die Augen und begann zu singen:

»Ich wink' zu dir rüber
Von hier am Boden
Sag, kratzt du genauso
Deine Scherben vom Parkett?
Es sind die Spinner wie wir
Die immer so viel geben
Und dann halt auch mal verlieren
Das gehört wohl dazu
Es gibt Menschen, die passen perfekt ins Herz
Du musst sie nur finden
Dann wird's besser, ich schwör's
Gib bloß jetzt nicht auf
Ich gebe nicht auf.«

Als ich fertig war, sah ich vorsichtig auf. Mein Vater lag da wie immer, reglos schlafend. Dafür hörte ich hinter mir ein Klatschen. In der Tür stand eine Frau im weißen Kittel. Als ich genauer hinsah, erkannte ich, dass es Ina war.

Sie kam mit einem vorsichtigen Lächeln näher. »Schöner Song.«

Ich stellte die Gitarre neben mich und stand auf. »Danke. Ich wusste gar nicht, dass du auf dieser Station arbeitest.«

Beiläufig strich sie sich den kupferfarbenen Zopf von der Schulter. »Doch, schon seit einem Jahr. Ich hatte eine Woche frei und hab erst heute mitbekommen, dass dein Vater bei uns liegt. Tut mir leid, das alles.«

Wir schauten beide eine Zeit lang auf meinen Vater. Wären da nicht die Schläuche und die Verbände, würde man nicht merken, dass ihm etwas fehlte.

Irgendwann sagte ich: »Glaubst du auch, dass Komapatienten etwas davon mitbekommen? Dass sie die Musik spüren?«

Ina blickte kurz auf den Pager an ihrem Handgelenk. »Absolut. Es gibt Studien zu dem Thema. Spiel ruhig regelmäßig für ihn. In ein paar Tagen kann er dir dann selbst applaudieren.«

Ich sah sie überrascht an. »Wirklich, geht es ihm schon gut genug?«

»Ja, die Kollegen denken, er ist so weit, dass wir mit der Aufwachphase beginnen können. Der Gehirndruck sinkt stetig, sein Herz-Kreislauf-System ist stabil.«

»Das klingt gut.«

»Ja, nicht wahr?«

Ich musterte sie von der Seite. In ihrem Arztkittel sah sie ungewohnt erwachsen aus, aber ihre Stupsnase ließ sie noch immer jünger wirken, als sie war. »Wie geht es dir sonst so?«

Sie ging ums Bett herum und drückte ein paar Knöpfe an einer der Maschinen. »Alles gut. Und bei dir?«

Ich zupfte an dem übergroßen T-Shirt, das ich zu meiner Leggings trug. Mit einem Mal kam ich mir in meinen Surferklamotten unpassend vor in dieser Umgebung. »Geht so. Du hast sicher gehört, dass meine Mutter ausgezogen ist.«

»Hm«, machte sie, ohne von den Geräten aufzusehen.

Ich setzte mich auf den Besucherstuhl. »Ich dachte, es wäre mal wieder an der Zeit, nach Hause zu kommen.«

»Klingt so.« Ina kontrollierte eine der Infusionsflaschen, die kopfüber an einem Metallständer hingen.

»Ich hab dich übrigens neulich singen hören, im *Herzanker*. Wirklich schön, aber da war zu viel Trubel, um zu dir rüberzukommen.«

Diesmal schenkte sie mir ein freundliches Lächeln. Im Gang waren Stimmen zu hören. Ina sah in Richtung Tür. »Wir haben gleich eine Fallbesprechung. Ich muss dann mal.«

»Alles klar.«

Mit den Händen in den Kitteltaschen schlenderte sie davon. Und plötzlich überkam mich ein merkwürdiges Gefühl. Es war Neid, dachte ich ein wenig erschrocken. Neid auf das, was Ina aus ihrem Leben gemacht hatte. Ich mochte ihr damals den Platz in der Band streitig gemacht haben, dafür war sie heute Ärztin und rettete Menschenleben. Und ich saß hier – ohne Plan, ohne Job, ohne Ausbildung. Mir war buchstäblich nichts als meine Gitarre geblieben.

Als ich vor dem Krankenhaus ins Auto stieg, kämpften in mir zwei weitere Gefühle: die Erleichterung darüber, dass Papa bald aufwachen und gesund werden würde, und die Enttäuschung darüber, dass Mama keinerlei Anteil daran nahm. Ich sollte doch noch einmal versuchen, mit ihr zu sprechen, beschloss ich. Kurzerhand wählte ich auf meinem Handy Giselas Festnetznummer.

»Ja, bitte?«, meldete sich Mamas Freundin mit angenehm tiefer Telefonstimme.

»Hallo, Gisela, hier ist Toni, Petras Tochter. Könnte ich bitte meine Mutter sprechen?«

»Toni, schön, dass du anrufst! Deine Mutter würde sicher gern mit dir sprechen, aber sie ist gerade aus dem Haus gegangen. Sie wollte schwimmen gehen in Tetenbüll.« Ich wollte mich schon wieder verabschieden, als sie hinzufügte: »Wo ich dich gerade dran habe: Ehrlich gesagt mache ich mir etwas Sorgen um Petra. Ich hab schon überlegt, ob ich ihr hinterherfahren soll.«

»Wieso das denn?«

In der Leitung entstand eine Pause. »Nun ja, Toni, deine Mutter … Sie ist mitunter etwas übermütig.«

»Wem sagen Sie das?« Ich schnaufte in mein Smartphone.

Wieder wartete Gisela einen Moment, als wisse sie nicht genau, wie sie ihr Anliegen formulieren sollte. »Ich weiß, es geht mich nichts an, aber … Ich denke, eure Mutter braucht gerade jemanden, der sich etwas intensiver um sie kümmert.«

»Ich würde gern mehr Zeit mit ihr verbringen, aber Sie wissen ja, dass mein Vater im Krankenhaus liegt und wir mit dem Hof alle Hände voll zu tun haben.«

»Ja, deswegen springe ich gern ein, ich meine nur … Ach, schon gut, ich bin ja meist an ihrer Seite. Nur als sie heute aufgebrochen ist, war ich gerade einkaufen, und jetzt …«

»Ich bin quasi schon unterwegs nach Tetenbüll«, sagte ich. »Ich muss ohnehin mit ihr sprechen.«

»Ach, das beruhigt mich. Danke, Toni.«

Wir legten auf, und ich startete den Motor und machte mich auf den Weg in Richtung nordwestliche Küste.

Etwa zwanzig Minuten später fuhr ich über den Deich auf den kleinen Hafen von Tetenbüll zu, der direkt am Wattenmeer lag. Schon von oben konnte ich sehen, dass die Flut im Hafenbecken stand. Trotzdem waren nicht viele Schwimmer dort, vermutlich weil das Wetter heute deutlich weniger freundlich war als an den vergangenen Tagen. Auf dem angrenzenden Schotterplatz parkten nur eine Handvoll Autos. Der rote Kleinwagen, den meine Mutter derzeit fuhr, war eines davon. Sie selbst sah ich zunächst nicht, sie war wohl bereits im Wasser.

Ich stellte Papas Auto neben Mamas ab, stieg aus und lief zum Hafenbecken. Dunkelblaue Wolkentürme waberten über mir. Hoch oben zogen Möwen ihre Kreise und zeichneten sich schneeweiß vor dem dunklen Himmel ab. Ein paar Holzkähne schwankten an der Kaimauer. Zwei Schwimmer stiegen gerade über die Metalltreppe aus dem Wasser, vermutlich wollten sie nach Hause, ehe der Regen kam. Ich ging noch ein Stück weiter, suchte mit den Augen das Meer ab, in dem nun niemand mehr schwamm.

Doch, weit draußen, jenseits des Hafenbeckens, ragte ein einzelner Kopf heraus. Die dunkelblau-weiß gestreifte Bademütze kannte ich. Die hatte meine Mutter schon getragen, als sie früher mit uns hierhergekommen war. Da man an den Stränden in dieser Region oft kilometerweit laufen musste, bis man ans eher flache Wasser gelangte, hatte meine Mutter uns bei Flut oft zum Schwimmen hierhergebracht. In diesem Hafenbecken im Nirgendwo hatte sie Caro und mir Delfin- und Rückenschwimmen beibringen wollen. Ich erinnerte mich daran, wie ich auf den Metallstufen gestanden und mit zusammengepressten Lippen eine Fußspitze ins eisige Wasser gehalten hatte, während Caro längst hineingesprungen war und mich dabei nassgespritzt hatte.

Wie alles, was man als junger Mensch zuletzt gesehen hat, kam mir auch das Hafenbecken kleiner vor als in meiner Erinnerung. Als Jugendliche war die andere Seite, an der mein Vater mit dem großen Handtuch gewartet hatte, endlos weit weg gewesen. Ich hatte gestrampelt und gestrampelt und Salzwasser geschluckt, den Kopf verkrampft in den Nacken gelegt, damit ich möglichst weit über der Oberfläche blieb. Wer hätte damals gedacht, dass aus mir mal eine Wassersportlerin werden würde, wenn auch »nur« eine Warmwasser-Surferin?

Ich lief weiter an der Kaimauer entlang und versuchte, meine Mutter durch Winken auf mich aufmerksam zu machen. »Mama!«, rief ich laut, aber der aufkommende Wind übertönte mich.

Der Himmel zog sich so schnell zu, dass es finster wurde. Der Parkplatz leerte sich. Nur meine Mutter schwamm da draußen immer noch ihre Bahnen. Übermütig. Wie Gisela gesagt hatte.

Also gut, dachte ich. Wenn sie nicht zu mir kommt, muss ich eben zu ihr. Ich schälte mich aus Leggings und Shirt und legte beides am Rand des Hafenbeckens ab. Darunter trug ich Baumwollunterwäsche, immerhin in Grau und nicht in Weiß. Aber was sollte es, es war sowieso keiner hier. Ich stieg die Metallstufen hinunter, hielt einen großen Zeh ins Wasser und musste lachen, weil mein Kopf sofort »zu kalt« rief und ich Gänsehaut bekam. Zögernd machte ich einen weiteren Schritt. Bis zu den Oberschenkeln war es leicht. Dann kam der schwierige Teil. Der Wind wehte mir erbarmungslos um den nackten Bauch. So werde ich da nie reinkommen, dachte ich und betrachtete das dunkle Salzwasser vor mir. Wie hatte Mads gesagt?

»Eins, zwei, drei« – und ich sprang kopfüber hinein.

Als ich wieder hochkam, war ich hellwach. Alles um mich herum hatte plötzlich schärfere Konturen, sogar die Wolkentürme, in denen ich so viele verschiedene

Blau- und Grautöne entdeckte, dass mir ganz schwindelig wurde. Ich schaute zum Horizont und sah die gestreifte Bademütze auf und ab wippen. Energisch schwamm ich darauf zu. Zunächst an den Holzkähnen vorbei, dann an einem kleinen Segelschiff, bis zu dem blauen Krabbenkutter, der hier früher schon gelegen hatte und eine unsichtbare Grenze markierte, denn dahinter öffnete sich das Hafenbecken zur offenen See. Alle Kinder kannten die Gruselgeschichten, wie man hinter dem Kutter hinaus aufs Meer gezogen werden konnte, wenn die Ebbe kam.

Ich streifte mit dem Fuß etwas, das sich wie eine Alge anfühlte, und zog ihn hastig zurück. »Mama!«, rief ich meiner weit hinter dem Krabbenkutter schwimmenden Mutter noch einmal zu.

Endlich wandte sie mir den Kopf zu. Ein Lächeln erschien auf ihrem Gesicht. Gemächlich schwamm sie auf mich zu. »Engelchen, was machst du denn hier bei diesem Wetter?«

Ich hielt mich mit gleichmäßigen Bewegungen über Wasser. »Das frage ich mich ehrlich gesagt auch.«

»Ach, es ist herrlich, oder?« Sie drehte sich auf den Rücken und paddelte von mir weg. »Komm, wir schwimmen noch ein Stück raus.«

»Aber es regnet gleich!«, rief ich. »Schau mal nach oben.«

Meine Mutter lachte schrill. »Darauf warte ich schon eine halbe Stunde.« Als sie meine besorgte Miene bemerkte, fügte sie hinzu: »Ich lebe lange genug an der

Küste, um einen gewöhnlichen Platzregen von einem Gewitter unterscheiden zu können, vertrau mir.«

Ich schwamm neben sie. Gemeinsam glitten wir über die nun spiegelglatte Oberfläche. Die Wolken hatten sich auf uns herabgesenkt und waberten als dunstiger Nebel über der Nordsee. Man konnte den Horizont nicht mehr sehen, genau wie am Tag meiner Ankunft. Diesmal hatten die tief hängenden Wolken uns jedoch etwas mitgebracht. Zuerst tröpfelte es nur leicht um uns herum, dann platschten dicke Tropfen aufs Wasser und zeichneten endlose Kreise. Und dann, mit einem Mal, schüttete es. Ich konnte meine Mutter durch die Sturzbäche kaum sehen. Um uns herum war nur noch Wasser, von allen Seiten. Ich sah keine Kaimauer mehr, keine Schiffe, keinen Parkplatz. Ich konnte gerade noch so die eigene Hand vor den Augen erkennen.

Und die strahlenden Augen meiner Mutter, die ganz dicht vor mir auftauchten. »Herrlich, oder?«

Ich musste lachen. Tatsächlich war es schön, gestand ich mir überrascht ein. Ich war noch nie bei Starkregen geschwommen. Ich drehte mich mit ruhigem Beinschlag um mich selbst. »Finden wir zurück zum Ufer?«

Meine Mutter reckte die Nase in den nassen Himmel. »Klar, ich spüre unter Wasser die Strömungen, die verraten mir den Weg.« Sie tauchte kurz unter. Als sie wieder hochkam, sagte sie: »Mein großer Zeh sagt hier entlang.«

Ich folgte ihr. Unter mir spürte ich eine kalte Strömung. Langsam wurde der Regen schwächer und wandelte sich zu einem feinen Wassernebel. Neben uns tauchte der blaue Krabbenkutter an der Kaimauer auf, dann konnte ich erste Konturen am Ufer erkennen. Ich blickte zu meiner selig lächelnden Mutter.

Wir schwammen an den Holzkähnen vorbei und sahen das Geländer der Treppe im Sprühregen auftauchen. Meine Mutter schwamm mit kraftvollen Zügen darauf zu und kam vor mir an. Elegant stieg sie in ihrem schwarzen Badeanzug die Stufen hinauf. Ich folgte ihr in meiner durchweichten Unterwäsche. Kaum traf mich der Wind, begann ich zu zittern.

Mama lief vor mir her zur Dusche, offenbar war es immer noch dieselbe wie früher. Rostig und mit hartem, eiskaltem Strahl, den sie nun anstellte, um sich darunter abzubrausen, als hätte sie im Gegensatz zu mir eine Schutzschicht auf der Haut. Als sie fertig war, sah sie mich auffordernd an. Widerwillig sprang ich, so schnell es ging, unter dem eisigen Wasser hindurch.

Meine Mutter beobachtete mich mit amüsiertem Gesichtsausdruck. »Interessanter Bikini.«

Schlotternd lief ich neben ihr her zum Parkplatz. »Ich bin eigentlich zum Reden und nicht zum Schwimmen hergekommen.« Die Schottersteinchen pikten in meine kalten Fußsohlen. Ich gab mir einen Ruck. »Mama, warum warst du noch nicht bei Papa im Krankenhaus?«

Abrupt blieb sie stehen. »Ach, Toni.« Augenblicklich wich die Entspannung aus ihren Zügen. »Du kannst dir vorstellen, wie ich mich um ihn sorge.«

»Ich hoffe es, Mama.«

Sie sah mich streng an. »Ach, komm schon, dafür kennst du mich zu gut. Aber wir sind getrennt, und ich sollte nicht an seinem Bett sitzen, als wäre zwischen uns alles wie immer.«

»Das ist doch Quatsch, Mama! Ihr habt fast vierzig Jahre lang alles gemeinsam gemacht. Selbst wenn du nicht mehr mit ihm zusammen sein willst, ist doch nicht alles, was euch verbindet, von einem Tag auf den anderen weg. Wie war das mit ›in guten wie in schlechten Zeiten‹?«

Meine Mutter blickte in den heller werdenden Himmel. Der Regen hatte aufgehört. »Natürlich verbindet uns eine Menge, aber … Ich will nicht, dass es Missverständnisse gibt. Und ich weiß, ich habe zwei tolle Töchter großgezogen, die sich gerade rührend um ihn kümmern.«

Neben uns hörte ich das Wasser sanft gegen die Kaimauer klatschen. »Warum hast du Papa wirklich verlassen, Mama?«

Meine Mutter blies die Backen auf. »Wenn man so lange mit jemandem Tag und Nacht zusammen ist … Es war am Ende viel Arbeit und wenig Vergnügen. So viele Pflichten, oft auch Konflikte.«

»Mit Papa?« Ich erinnerte mich nicht daran, dass mein Vater je mit jemandem gestritten hatte.

»Mehr mit deiner Schwester«, antwortete sie.

Verblüfft suchte ich ihren Blick.

»Ja, wenn man als Familie auf so engem Raum lebt,

kommt man da nicht drum herum. Ich hätte mir gewünscht, dass Wolfgang öfter auf meiner Seite steht und nicht immer auf der von Linchen.«

Mit diesen Worten setzte sie sich wieder in Bewegung. Schweigend gingen wir nebeneinander her. Wieder so eine Sache, die in der Ferne an mir vorübergegangen war. Auf mich hatte alles friedlich und idyllisch gewirkt. Dass es zwischen Mama und Caro nicht immer leicht gewesen war, wusste ich aus unserer Jugend. Aber ich hatte angenommen, dass sich ihr Verhältnis über die Jahre entspannt hatte.

»Mama, eure Konflikte«, setzte ich noch mal an, als wir bei ihrem Auto angelangt waren. »Sind die wirklich nicht lösbar? Oder hat am Ende der Mann auf Giselas Hof etwas damit zu tun?«

»Eugen?« Meine Mutter hielt sich lachend den Bauch. »Ach nein, mein Engelchen, der ist unser Hausmeister.«

»Aber ihr wart essen.«

»Stimmt, er ist für mich zu einem Freund geworden. Er kann gut zuhören. Solche Dinge zählen immer mehr, wenn man älter wird, weißt du.« Sie lachte noch immer über meinen Verdacht, als ich hinter ihr Andys Kastenwagen entdeckte. War der auch zum Schwimmen hergekommen und hatte den Wolkenbruch abgewartet?

Meine Mutter bückte sich und betastete den Vorderreifen.

»Was machst du da, Mama?«

Ohne zu antworten, lief sie leise fluchend ums Auto und beugte sich zu allen Reifen hinunter. Schließlich richtete sie sich mit dem Autoschlüssel in der Hand wieder auf. »Ich weiß jedenfalls, dass euer Vater bei euch in guten Händen ist. Und ich muss mich jetzt um mich selbst kümmern.«

»Kannst du nachvollziehen, dass mir das herzlos vorkommt?«, versuchte ich es ein letztes Mal.

»Schon.« Sie drückte auf den Schlüssel und öffnete die hintere Tür. »Aber glaub mir, ich denke viel an ihn. Ich wünsche ihm nur das Beste.« Innerhalb von Sekunden hatte sie den Badeanzug abgestreift und in den Fußraum geworfen.

»Und du willst uns nicht helfen, auf dem Hof? Du weißt, dass es ohne dich keinen Familienhof Ferienglück mehr geben wird.«

Sie holte ein großes Frotteetuch von der Rückbank und begann sich abzutrocknen. »Irgendwann musste der Tag kommen. Dein Vater und ich bekommen beide eine solide Rente, wir haben privat vorgesorgt. Keine Sorge, du musst uns finanziell nicht unterstützen.«

»Darum geht es doch gar nicht. Was ist mit eurem gemeinsamen Traum?«

Sie wickelte sich in das Handtuch. »Ihn zu verwirklichen war schön, viele Jahre lang. Aber alles endet irgendwann, und etwas Neues beginnt. Das ist nicht das Ende des Lebens, weißt du?«

»Und was wird aus Papa? Er lebt für dich und den Hof.«

»Und ich habe bisher für ihn gelebt. Jetzt muss er das ohne mich schaffen. Niemand sollte verantwortlich sein für das Glück eines anderen.« Sie warf das Handtuch zurück ins Auto, holte ein Strandkleid hervor und zog es über den Kopf. »Weißt du noch damals, als du deinen, deinen … ersten Freund kennengelernt hast?«

Ich klapperte mittlerweile mit den Zähnen. »David?«

Sie holte das Handtuch wieder hervor und reichte es mir. »Ja, daran musste ich gerade denken. Ich war natürlich nicht einverstanden. Ich habe gesehen, dass er dir nicht guttut. Aber ich habe dich deine eigenen Fehler machen lassen. Lass du mich meine machen, ja?«

Ich schlang das Handtuch um mich. »Vielleicht fällt es mir deswegen so schwer, Mama, weil …« Ich zögerte. »Weil ich mir gewünscht hätte, dass du etwas gesagt hättest.«

Meine Mutter schnappte nach Luft. »Einem bis über beide Ohren verknallten Teenager sagen, dass sein Freund nicht mehr alle Latten am Zaun hat? Du hättest mir einen Vogel gezeigt.«

»Aber du hast gesehen, wie ich unter dieser Beziehung leide, oder nicht?« Ich merkte, dass sogar meine Stimme zitterte. »Du hättest sagen können: ›Toni, da stimmt was nicht. Was können wir tun, damit das aufhört?‹«

Meine Mutter rubbelte sich heftig mit den Händen durch die nassen Haare. »Als ob du zugehört hättest! Du hättest mich damals gehasst.«

Ich sah nach oben. Aus Dunkelblau war helles Grau geworden. »Aber ist das nicht normal, dass man seine Eltern als Jugendliche für manches hasst und erst im Nachhinein merkt, dass sie einen nur beschützen wollten? Wahrscheinlich hätte ich nicht auf dich gehört. Aber du hättest es wenigstens versuchen können.«

Sie öffnete schwungvoll die Fahrertür. »Ach, dann würdest du mir heute vorwerfen, ich hätte mich zu viel eingemischt.« Ihr Gesicht war in ernste Falten gelegt. »Ich will mich von dir nicht belehren lassen. Ich wünsche mir deine stille Unterstützung, wie ich sie dir damals gegeben habe. Für mich bedeutet Familie: Du kannst jeden Mist machen, meine Tür steht dir trotzdem offen.« Sie stieg ins Auto und tastete das Armaturenbrett ab.

Ich lehnte mich zu ihr hinunter. »Das ist ein schönes Motto.« Ich verkniff mir die Frage, ob es auch für Papa galt.

Sie bückte sich und untersuchte gründlich den Fußraum. »Hast du meinen Schlüssel gesehen?«, fragte sie nach einer Weile.

Ich griff aufs Autodach, nahm den Schlüsselbund und klimperte damit.

Etwas versöhnlicher nahm sie ihn entgegen und steckte den Schlüssel ins Zündschloss. »Gib mir das Handtuch ein andermal zurück. Es war schön, mit dir zu schwimmen. Vielleicht wiederholen wir das bald?« Sie lehnte sich zu mir, und ich drückte sie.

Gerade wollte sie die Autotür schließen, da fiel mir

noch etwas ein. »Sag mal, warum macht Gisela sich eigentlich solche Sorgen um dich?«

Sie verdrehte lachend die Augen. »Ach, die verrückte Nudel! Ich hab sie echt gern, aber sie wird langsam etwas wunderlich.« Dann zog sie die Autotür zu und brauste winkend über den nassen Schotter davon.

Einen Moment sah ich ihr nach. Dann fiel mir wieder Andys Auto ein. Ich lief in meiner klitschnassen Unterwäsche, das Handtuch eng um mich geschlungen, darauf zu und sah, dass er auf dem Fahrersitz saß. Auf dem Beifahrersitz entdeckte ich eine weitere Person. Sie hatten die Gesichter einander zugewandt und redeten hitzig aufeinander ein. Vielleicht störe ich, schoss es mir durch den Kopf. Ich wollte schon kehrtmachen, als sich die zweite Person zu mir umdrehte.

»Caro!«, rief ich erstaunt.

Beide Autotüren öffneten sich, meine Schwester und Andy stiegen aus.

»Hey, Toni, warst du etwa bei diesem Schietwetter schwimmen?«, fragte Andy überrascht.

Beide kamen auf mich zu und umarmten mich, allerdings nur flüchtig, weil ich so nass war. »Ja, mit Mama, ich hab noch mal versucht, mit ihr zu reden. Aber du hattest recht, Caro, es ist zwecklos.«

Sie hob beide Hände. »Sag ich doch.«

Ich sah von ihr zu Andy, der seinen Maleranzug trug, was ihm ziemlich gut stand. »Und was macht ihr zwei hier?«

Caro öffnete den Mund, aber er kam ihr zuvor. »Ich

hab Caro auf dem Heimweg mit dem Rad getroffen und dachte, ich sammele sie bei dem Wetter lieber mal ein.«

Caro verschränkte die Arme vor der Brust. Wieder sah ich zwischen den beiden hin und her, denn das war beileibe keine Erklärung dafür, dass sie zwanzig Minuten von unserem Hof entfernt am Hafen parkten, der überhaupt nicht auf dem Heimweg lag.

»Und jetzt geht ihr schwimmen?«, fragte ich irritiert.

Caro winkte ab. »Heute mal nicht.« Als ich sie weiter fragend ansah, fügte sie hinzu: »Wir haben uns nur etwas unterhalten.«

Ich spürte, wie das feuchte Handtuch an meiner nassen Unterwäsche klebte. »Ah. Dann will ich euch nicht länger stören, mir ist ohnehin kalt.«

»Du störst gar nicht«, sagte Andy.

Caro blickte zum bedeckten, aber nun trockenen Himmel. »Ich sollte dann auch mal nach Hause.«

Er folgte ihrem Blick. »Alles klar.« Er sah wieder mich an. »Kann ich noch ganz kurz mit dir reden, Toni?«

»Klar.« Ich nickte schlotternd.

»Ich kann nicht glauben, dass du da freiwillig reingegangen bist«, sagte Caro grinsend. Jetzt erst fiel mir auf, dass sie heute eine hübsche Bluse zu ihrer Jeans trug und alles irgendwie erstaunlich gut zusammenpasste.

»Ich auch nicht«, sagte ich. »Sobald ich zu Hause bin, springe ich unter die heiße Dusche.«

Andy sah zu Caro, die sofort reagierte. »Ich warte

im Auto. Bis gleich.« Sie stieg wieder ein und schloss die Tür. Ich sah, wie sie ihr Handy aus der Tasche zog.

»Was gibt es denn?«, fragte ich mit klappernden Zähnen.

Andy drehte sich zu mir und fragte dann mit fester Stimme: »Hast du am fünfzehnten Juni schon was vor?«

Für einen Moment hörte ich auf zu zittern und wurde stocksteif.

Andy umfasste meine Oberarme und rieb über den Frotteestoff. »Du hast mich neulich auf die Idee gebracht, als wir darüber gesprochen haben, wie lange das alles her ist. Wir machen jedes Jahr eine kleine Feier, nur enge Freunde, die Familie.«

Ich zog die Schultern bis zu den Ohren. Inzwischen hatte ich am ganzen Körper Gänsehaut. »Ich denke nicht, dass das gut wäre.«

Andy blickte auf seine Füße, die in Arbeitsschuhen steckten, dann wieder hoch zu mir. »Warum nicht?«

»Ich gehöre nicht dazu.«

»Ich glaube, die anderen sehen das anders.«

»Trotzdem.«

»Du musst das endlich aus deinem Kopf kriegen. Du hast es selbst gesagt: Es ist bald fünfzehn Jahre her.«

Ich betrachtete meine verschrumpelten, eiskalten Hände, die das Handtuch umklammerten. »Ich muss jetzt los.«

Andy kam noch ein Stück näher. Er hat sich gemacht seit damals, schoss es mir durch den Kopf. »Komm mir zuliebe!« Er zog die dichten Augenbrauen zusammen. »Ich bitte dich darum.«

Ich schaute in Richtung Hafenbecken, wo das Wasser wieder glatt und ruhig war, dann zurück zu Andy, der mich noch immer mit seinem Dackelblick ansah. »Ich denke darüber nach, ja?«

»Das ist besser als nichts.« Sanft lächelnd küsste er mich auf die Wange, wobei mich sein Dreitagebart kitzelte.

Ich lief noch einmal zum Hafenbecken und sammelte meine klatschnassen Klamotten ein, während der Kastenwagen schon den Deich hinauffuhr. Auf dem Weg zu Papas Auto fragte ich mich, warum ich nicht vorgeschlagen hatte, Caro mitzunehmen, schließlich hatten wir dasselbe Ziel. Oder wollte sie am Ende lieber mit Andy allein sein? Ich musste an die Art und Weise denken, wie Andy Caro neulich im *Herzanker* angestrahlt hatte. Nein, ermahnte ich mich selbst, das ist nur Sympathie, so strahlt er mich auch an. Sie sind alte Freunde, wie Andy und ich. Und dass sie hier auf diesem einsamen Parkplatz allein in einem Auto saßen, dafür gab es bestimmt einen guten Grund.

14

Am nächsten Tag packte Lovis' Papa die Sandspielsachen und Bodyboards, das Kinderfahrrad und die Reisetaschen zurück in den SUV. Es war ein komisches Gefühl, dass damit auch die letzten Gäste für diesen Sommer abreisten. Die beiden Jungs waren noch bei den Tieren, von denen Lovis sich verabschieden wollte.

Florian und ich halfen beim Tragen, als Lovis' Mutter hinzukam. »So, ich denke, dann haben wir alles«, sagte sie und zog ihr Haargummi straffer. »Sagen Sie Ihrem Vater bitte noch mal vielen Dank von uns und gute Besserung.«

Ich nahm den Wohnungsschlüssel von ihr entgegen. »Das mache ich gern.«

»Mal sehen …« Sie ließ ihren glänzenden Zopf durch die Hand gleiten. »Vielleicht kommen wir im nächsten Jahr wieder. Obwohl mein Mann und ich uns in eins der neuen Hotels in Strandnähe verguckt haben, kennen Sie die Dünenlofts?«

Ich nickte. »Ja, die sehen hübsch aus.«

»Absolut, und das Restaurant ist sehr zu empfehlen.«

Lovis und Mads tauchten am Hühnerstall auf, Hand in Hand, beide mit langen Gesichtern.

»Na, komm schon, mein Schatz!« Lovis' Mutter winkte ihn zu sich. Er ließ Mads' Hand los und trottete missmutig auf sie zu. Sie streichelte ihm über den Kopf.

Mads blieb neben mir stehen und schielte Richtung Auto.

Ich küsste ihn auf die Haare, die schon wieder verschwitzt waren. »Bist du traurig?«, flüsterte ich ihm zu.

Gerade als sein neuer Freund einsteigen wollte, rannte Mads auf ihn zu und umarmte ihn so stürmisch, dass der schmächtige Lovis kurz taumelte. Einen Augenblick stand er da wie angewurzelt, unsicher, wie er auf diesen Gefühlsausbruch reagieren sollte. Dann erwiderte er Mads' Umarmung, zögerlich und mit unsicherem Blick auf seine Mutter. Mads flüsterte ihm noch etwas ins Ohr und rannte dann davon. Ich würde ihm gleich nachgehen und ihn trösten, beschloss ich. Lovis stieg ein und knallte die Autotür zu.

Florian kam mit Lovis' Vater aus der Wohnung, und wir schüttelten uns zum Abschied die Hände. Während der Vater bereits einstieg und sich anschnallte, schenkte seine Frau uns einen vielsagenden Blick.

»Lovis hatte Probleme in der Schule in diesem Jahr«, sagte sie so leise, dass ich sie gerade noch verstehen konnte. »Hat sich komplett verschlossen, auch gegenüber dem Sozialpädagogen in der Beratungsstelle, die wir aufgesucht haben. Aber hier …« Sie senkte den Blick, und ich bemerkte, dass sie mit den Tränen kämpfte. »Er war wieder wie früher.« Jetzt sah sie Florian an. »Ich danke vor allem Ihnen. Sie haben ihn wirklich aus seiner Höhle gelockt. Er ist Ihr größter Fan.« Verlegen wischte sie sich eine Träne aus den Wimpern und stieg ebenfalls ins Auto.

Ich sah zu Florian hinüber.

Er war rot geworden und grinste verschmitzt. »Für so etwas lohnt sich die ganze Mühe hier, oder?«, fragte er.

Der SUV rollte vom Hof. Lovis klebte mit der Nase an der Scheibe, blickte traurig Florian an und winkte.

Florian schenkte ihm ein breites Lächeln und winkte zurück. »Egal, was die Eltern sagen: Für Kinder ist es hier echt paradiesisch.«

Nachdem ich die letzte Wohnung für diese Saison geputzt hatte, stand ich zweifelnd in den leeren Räumen. Was würde nun kommen? Würden wir wieder eröffnen, wenn Papa zurück war? Oder war es endgültig vorbei mit unserem Ferienhof?

Ich würde mich jedenfalls nun, wo keine Gäste mehr da waren, anders nützlich machen. Ich hatte Caro angeboten, sie mit Mads zu unterstützen, wenn sie lange Schule hatte, damit er nicht in den Hort gehen musste, wo es ihm nicht gefiel. Außerdem könnte ich in den Ferienwohnungen zumindest etwas aufräumen und ausmisten, wenn es schon mit dem Renovieren nichts wurde.

Ich betrachtete die Wände, die hier und da graue Flecken oder Risse hatten. Die alten Flohmarktmöbel, die abgeschabten Böden und die Türen, von denen der Lack abblätterte. Ja, Florian hatte recht. Diese Appartements mochten gemütlich sein, aber sie waren auch ganz schön abgewohnt. Und natürlich hatte auch Christian recht, wenn er sagte, dass man dafür leider nicht viel Geld nehmen konnte.

Gerade als ich nach dem Putzeimer greifen und rausgehen wollte, klingelte das Handy. Es war meine Freundin Maria. Bei unserem letzten Telefonat hatte ich noch in Costa Rica am Pool gesessen. Danach hatte ich ihr nur eine kurze Nachricht geschickt und berichtet, dass ich nach Hause fliegen würde.

»Hey, schöne Frau, wie geht es dir in der Heimat?« Sie sprach wie immer etwas laut, weshalb ich das Telefon ein Stück vom Ohr weghielt.

»Hey, meine Liebe, wie geht es dir?« Ich setzte mich auf einen der Stühle am kleinen, runden Esstisch. Er knarzte.

»Ich muss dir unbedingt was erzählen, aber zuerst bist du dran. Wie läuft es bei dir? Ich hab mir Gedanken gemacht, wegen des Anrufs von deinem Vater und so. Alles gut zu Hause?«

Ich rieb mir mit der freien Hand über die Stirn. »Ach, Maria, das ist eine lange Geschichte.«

»Leg los, ich will alles wissen!«

Und dann erzählte ich. Vom Auszug meiner Mutter, der komischen Stimmung zwischen Caro und Chris und schließlich vom Sturz meines Vaters und seinen Verletzungen. »Jetzt weißt du Bescheid, hier ist gerade ganz schön was los«, schloss ich meinen Bericht.

»Oh, Toni, das tut mir so leid!«, erwiderte Maria betroffen. »Ich hatte ja keine Ahnung, sonst hätte ich mich viel eher mal gemeldet.«

»Ich hätte dich ja auch anrufen können, aber ich komme im Augenblick zu gar nichts.« Ich fuhr mit der Hand über das karierte Platzdeckchen in der Tischmitte, auf dem ein Kristallkerzenständer stand, den meine Mutter einst auf einem Flohmarkt in Berlin gekauft hatte. »Aber sag: Was wolltest du erzählen?«

»Ach.« Maria seufzte tief. »Das passt jetzt eigentlich gar nicht mehr.«

»Komm schon! Ich bin froh, wenn du mich auf andere Gedanken bringst. Ist was mit den Mädchen?«

Ich konnte förmlich sehen, wie sie auf ihrem Stuhl hin und her rutschte. »Den Mädchen geht es gut. Sehr gut sogar. Die beiden …« Sie holte tief Luft. »Die beiden freuen sich auf ihr Geschwisterchen.«

»Oh, Maria!« Tränen der Rührung schossen mir in die Augen. »Ich freue mich so für euch. Das sind ja wundervolle Nachrichten.«

»Danke, Toni. Wir freuen uns auch sehr.«

Sie erzählte noch ein bisschen von den Kindern und sich, von Simon, der bereits am neuen Babyzimmer werkelte. Von ihrer älteren Tochter Morlen, die den Großteil des Jahres bei ihrem Vater in Düsseldorf lebte und gerade mal wieder unglücklich verliebt war. Sie erwähnte sogar meinen Ex Lars, der offenbar eine neue Freundin hatte, was mich erschreckend kaltließ. Dann musste sie los in ihr Café.

Als wir uns verabschiedet hatten, saß ich noch eine Weile da und lächelte in mich hinein. Es hatte gut getan, mit Maria zu sprechen. Ihr Leben wirkte so unbeschwert und glücklich, aber ich kannte sie lange genug, um zu wissen, dass auch sie schon ganz andere Zeiten durchgemacht hatte.

Ich stand auf und blickte zur Küchenzeile, deren Fronten speckig glänzten. Und plötzlich dachte ich: Es ist noch viel zu früh, um aufzugeben. Es gibt immer irgendeine Lösung. Dann machte ich mich auf den Weg nach St. Peter-Ording.

Papas Opel war so vollgepackt mit Tapetenrollen, Farbeimern, Farbrollen und Pinseln, dass ich auf dem Rückweg kaum durch die Heckscheibe schauen konnte. Ich war wirklich froh, dass ich auf die Idee gekommen war, Andy nach aussortiertem Arbeitsmaterial zu fragen. Er hatte mir sofort bereitwillig Tapete, Farbreste und altes Werkzeug anvertraut. »Du ersparst mir eine Fahrt zur Mülldeponie«, hatte er gesagt.

Zurück auf dem Hof, begann ich, meine Beute auszuladen.

Florian, der gerade von der Weide kam, warf mir einen erstaunten Blick zu. Seine Hose war über und über voller Schafwolle, er hatte in meiner Abwesenheit wohl weitergeschoren. »Was ist das denn?«, fragte er.

Ich grinste. »Das, mein Lieber, ist unsere Aufgabe für die nächsten Tage.«

Er zog die Augenbrauen hoch. »Heißt das, wir renovieren doch?«

Ich nickte fröhlich. »Genau das heißt es.«

Florian rieb sich die Hände. »Womit fangen wir an?«

Zunächst schleppten wir alle Möbel aus den Wohnungen in die Scheune. Dann befeuchteten wir die alten Tapeten und rissen sie nach und nach herunter. Florian hatte früher während der Semesterferien ein paar Wochen auf einer Baustelle gearbeitet und erwies sich als sehr geschickt in diesen Dingen. Und ich hatte immer schon gut mit anpacken können. Trotzdem war die Arbeit schweißtreibender, als ich vermutet hatte.

Als wir nach Stunden zumindest ein Schlafzimmer und eine Küche von der alten Tapete befreit hatten, beschloss Florian: »Ich hole uns jetzt mal was zu trinken.«

Er kam nicht nur mit zwei gekühlten Flaschen Sprudel zurück, sondern hatte auch seine Handyboxen mitgebracht. Wir stopften die Tapetenreste in riesige Müllsäcke, hörten dabei Musik, und Florian sang lauthals mit. Ich musste lachen, weil er wirklich überhaupt nicht singen konnte und es trotzdem voller Inbrunst tat.

Ich war so versunken in die Musik und die Arbeit, dass ich Caro erst bemerkte, als sie bereits mitten im Raum stand und uns mit offenem Mund anstarrte. »Was macht ihr denn da?«

Ich hob die Handflächen. »Wir renovieren.« Als ich sah, wie sich ihr Blick verfinsterte, fügte ich rasch hinzu: »Keine Sorge, ist alles umsonst.«

Von diesem Tag an hatten wir einen festen Zeitplan. Florian kümmerte sich frühmorgens um die Schafe, ich um die Hühner, Ziegen und Esel. Danach spazierten wir gemeinsam mit Motte und Alfie über den Deich. Es war meist warm und sonnig, allerdings pfiff der Nordseewind so stark, dass das Getreide auf den Feldern sich bog und die Blüten der Wildblumen durch die Luft flogen wie kleine bunte Schneeflocken. Durchgepustet setzten wir uns anschließend mit einem Kaffee auf die Bank hinter dem Schuppen und blickten auf die kahl geschorenen Schafe und die Lämmer, die neugierig ihre Nasen in den Wind hielten.

Danach rissen wir weiter die alten Tapeten von den Wänden und hörten erst auf, wenn Mads von der Schule kam. Ich kochte ihm Mittagessen, spielte mit ihm, half ihm bei den Hausaufgaben, oder wir versorgten gemeinsam die Tiere, bis Caro heimkam und ich nach Husum zu Papa ins Krankenhaus fuhr.

Wenn er wüsste, dachte ich oft, während ich dasaß und ihm etwas auf der Gitarre vorspielte. Ich konnte es kaum erwarten, ihm zu erzählen, was gerade auf seinem Hof passierte.

Nach ein paar Tagen hatten Florian und ich alle drei Wohnungen von den alten Tapeten befreit. Als wir den ganzen Dreck entsorgt und alles gefegt hatten, standen wir erschöpft in einem der kahlen Zimmer.

»Und nun?«, fragte ich in den leeren Raum hinein.

»Erst mal die Böden und Türen abschleifen, das

macht noch mal richtig Dreck. Dann können wir neu tapezieren und streichen.« Florian wischte sich den Schweiß von der Oberlippe.

Ich rieb mir mit dem Ärmel über das staubige Gesicht. »Und dann die Möbel wieder rein und weiter?«

Florian kratzte sich am Kinn. »Wir könnten die Möbel etwas aufhübschen, weiß streichen oder so. Oder wir holen das ein oder andere Teil von Ikea, damit alles etwas moderner wirkt. Manches sollten wir echt aussortieren.«

Ich kniete mich hin und strich mit dem Daumen etwas Staub von einer Leiste. »Du hast doch Lovis' Eltern gehört. Auch wenn wir hier neue Lampen aufhängen oder ein paar neue Sachen reinstellen – mit den schicken Hotels in Strandnähe können wir im Leben nicht mithalten.«

Er sah mich ratlos an. »Warum bist du plötzlich wieder so negativ?«

Ich richtete mich auf. »Sorry, bin ich gar nicht. Ich bin nur erschöpft und sauer auf meine Mutter. Möbel restaurieren und so, das ist ihr Ding. Wieso müssen wir den ganzen Mist machen, nur weil sie plötzlich denkt, es gehe sie nichts mehr an?« Ich zerrieb den Staub zwischen meinen Fingerspitzen. »Und wird sich die Mühe überhaupt lohnen? Werden am Ende wieder Urlauber kommen? Wird Papa das je allein schaffen oder sich bezahlte Hilfe leisten können? Wer weiß das schon. Vielleicht hat Mama recht, vielleicht muss man akzeptieren, dass manche Dinge zu Ende gehen.«

Florian blieb eine ganze Weile still. Dann sagte er: »Ja, vielleicht. Aber ich finde, diese Entscheidung muss dein Vater treffen.«

Wir betrachteten beide noch eine Weile unser Werk, dann wandte Florian sich zur Tür. »Ich muss duschen. Ich weiß gar nicht, wie ich den ganzen Dreck abspülen soll, ohne die alten Rohre drüben zu verstopfen. Ich glaub, ich nehme erst mal den Gartenschlauch.«

In diesem Moment kam Christian herein. Er trug ein Baseballcap, eine kurze Hose und ein T-Shirt, worin er direkt fünf Jahre jünger wirkte als in den üblichen Anzügen. Er grinste seinen Bruder an. »So gern ich dich mit dem Gartenschlauch abbrausen würde: Ich weiß was Besseres.«

Verstaubt und verkrustet wie wir waren, fuhren wir mit Christian, Mads und Motte zum Strand. Alfie war heute zum Glück bei Gerd, sonst wäre es eng im Auto geworden. Caro musste etwas für die Schule vorbereiten und war froh, ihre Ruhe zu haben. Ich hatte schnell noch eine Decke, Handtücher und ein paar Reste aus dem Kühlschrank in den Kofferraum geworfen.

Christian und Mads liefen mit Motte voraus, die in riesigen Hechtsprüngen über den Sand tollte. Florian ging neben mir, Tapetenreste in den Haaren, Staub im Gesicht und Spachtelmasse überall an den Händen. Ich musste lachen.

»Hey, du lachst mich schon wieder aus.« Er grinste mich von der Seite an.

»Nein, ich freue mich nur, dass du mal nicht deinen

Fernsehmoderator-Look trägst.« Ich breitete die Decke aus und stellte den Picknickkorb darauf.

»Was ist denn bitte mein Fernsehmoderator-Look?« Florian kniete sich hin.

»Na, du bist immer so sauber, so ordentlich.«

Er machte ein ziemlich empörtes Gesicht. »Duschen die anderen Männer, die du kennst, nicht oder was?«

Ich setzte mich neben ihn auf die Decke. »Doch, schon, aber … Was schmierst du in deine Haare, damit sie so wuschelig sind?«

Er runzelte die Stirn. »Ist das jetzt ein Gespräch unter Freundinnen, so nach dem Motto: Welches Salzwasser-Spray benutzt du?«

Ich lachte laut auf und wuschelte ihm durch die Haare, die sich anfühlten wie flaumiges Kinderhaar. Mit etwas Tapete darin.

Er hielt meine Hand fest, und kurz fuhr mir wieder dieses Gefühl in den Magen. Er grinste. »Wenn du Styling-Tipps brauchst, muss ich dich leider enttäuschen. Meine Haare sind so. Ich habe als Kind alle möglichen Schnitte ausprobiert, sahen alle scheiße aus, und irgendwann hab ich die Haare aus Trotz ein Stück länger wachsen lassen, und irgendwann blieb es dann so.«

Ich sah von seinen zerzausten Haaren in seine Augen. »Ich mag deine Frisur.«

Er wurde ein bisschen rot und zwirbelte an meiner blonden Zopfpalme. »Ich finde deine auch süß.« Er lachte sein ansteckendes Lachen. »Und wenn irgendjemand immer aussieht wie ein frisch geschlüpftes Küken, dann bist das ja wohl du.«

Ich prustete los. »Frisch geschlüpftes Küken?«

Er wurde wieder rot, diesmal vor Lachen. »Ja, du bist doch immer total sauber und ordentlich und rotwangig wie ein kleines Mädchen, das Mama gerade gebadet hat.«

Ich warf ihm einen zugleich amüsierten und empörten Blick zu.

Er legte frech den Kopf schief. »Wir haben eben doch mehr gemeinsam, als dir lieb ist.«

Einen Moment zu lang sahen wir uns in die Augen, dann sagte ich schnell: »Komm, wir kümmern uns um die Tapete in deiner schönen Frisur.«

Ich zog mir das Baumwollkleid über den Kopf. Darunter trug ich einen Bikini, den ich mir in Costa Rica gekauft hatte. Ziemlich bunt und eher sparsam in der Stoffverwertung. Als ich Florians Blick bemerkte, fragte ich mich kurz, ob das Teil die richtige Wahl für diesen Anlass gewesen war.

Auch Florian hatte bereits seine Badeshorts an, und wir liefen zu den Strandduschen, wo wir zunächst den gröbsten Dreck abbrausten. Dann rannten wir vor zum Wasser zu den anderen. Zum Glück hatte der Wind sich gelegt, und die Sonne strahlte vom Himmel. Mads planschte bereits ausgelassen mit seinem Vater in den Wellen. Immer wieder warf Christian ihn hoch in die Luft, und er fiel vor Vergnügen kreischend zurück ins Wasser. Motte lief derweil an der Brandung hin und her und bellte. Offenbar traute sie sich nicht zu den anderen, fand es aber auch nicht fair, dass sie ohne sie tobten. Mads versuchte sie hineinzulocken, während Florian und ich in die Fluten hechteten.

Erstaunlich, wie oft ich in letzter Zeit freiwillig in der Nordsee bade, dachte ich, während ich mich kopfüber hineinstürzte. Sie war deutlich wärmer geworden in den vergangenen Tagen, aber immer noch frisch, was ich als angenehme Abkühlung empfand.

Florian und ich schwammen zusammen ein Stück hinaus. Die Sonne stand schon tief und ließ seine hellen Haare leuchten. Er planschte neben mir herum, als wäre er kaum älter als Mads. Von wegen Schreibtischtäter, dachte ich. Dass jemand wie er mit einem normalen Bürojob kaum glücklich werden konnte, war für mich offensichtlich.

»Woran denkst du?«, fragte er. Offenbar hatte er meinen Blick bemerkt.

»Daran, dass du eigentlich gar kein Schreibtischtäter bist«, antwortete ich.

»Was bin ich denn?«

»Ein ziemlich bewegungsfreudiger, verspielter Typ. Du hättest Sportlehrer werden sollen oder so.«

Er sah mich verdutzt an. »Das hab ich ohne Mist in letzter Zeit häufiger gedacht.«

»Du bist toll mit Kindern.«

Er lächelte geschmeichelt. »Danke. Hab ich dir erzählt, dass ich früher meine eigene F-Jugend trainiert habe?«

»Sag ich doch.«

Eine Zeit lang ließen wir uns von den Wellen treiben. Eine Möwe flog so knapp über uns, dass ich glaubte, ich könnte sie anfassen, wenn ich die Hand ausstreckte.

Florian duckte sich weg und sagte: »Du bist gut mit Menschen.«

Ich warf lachend den nassen Kopf in den Nacken. »Das sagt man immer, wenn es nichts anderes gibt, was man gut kann.«

Florian verzog empört das Gesicht. »Nee. Du bist besser als andere mit Menschen. Jeder redet gern mit dir. Man hat direkt das Gefühl, dir vertrauen zu können. Und das nicht nur, weil du so niedlich aussiehst. Man merkt gleich, dass du ein gutes Herz hast.«

Ich schluckte. »Ich weiß gar nicht, was ich sagen soll.«

»Warum?« Er schwamm ein bisschen näher an mich heran.

»Das, was du gerade gesagt hast, hätte ich über meine Schwester gesagt.«

Kurz verschwand er unter Wasser und machte einen Handstand. Als er wieder hochkam, blickte er rüber zu Mads und Christian, die im Flachen hockten und Motte überschwänglich dafür lobten, dass sie sich bis zum Bauch hineingetraut hatte. »Ja, Caro ist auch gut mit Menschen. Aber auf eine andere, etwas dominantere Art. Man merkt sofort, dass man lieber keinen Streit mit ihr anfangen sollte. Du machst es allen so wunderbar leicht.«

Ich verzog lachend das Gesicht. »Das ist schmeichelhaft, entspricht aber leider nicht den Tatsachen.«

Er rieb sich das Salzwasser aus den Augen. »Doch.«

»Nein, frag mal meine Familie. Der habe ich es bisher alles andere als leicht gemacht.«

Florian machte noch einen Handstand und tauchte mit geschlossenen Augen wieder auf. »Ich finde schon. Du hast dich um dich selbst gekümmert. Hättest ja auch hierbleiben können und sagen: ›So, alles scheiße bei mir, guckt mal, was ihr mit mir anfangt und wie ihr das löst.‹«

»So hab ich das noch nie gesehen.« Ich zupfte an meinem Bikinioberteil. »Und trotzdem, jetzt haben sie mich an der Backe. Ich hab keinen Job und keine Perspektive und kein Geld. Ist nicht gerade so, als würde ich ihnen wenig Sorgen bereiten.«

Florian schwamm noch näher zu mir. »Sie wissen genauso gut wie du, dass dir früher oder später wieder etwas einfällt.« Die Sonne ließ alles an ihm glitzern – seine nasse Haut, seine Augen, die Tropfen in seinen Haaren. »Es gibt so vieles, was du kannst, und es ist dir nicht mal bewusst, weil du es ja nicht anders kennst. Lieder schreiben, Gitarre spielen, surfen, Menschen mit einem Lächeln gute Laune schenken. So jemanden wie dich hab ich noch nie getroffen.« Er strich mir einen Wassertropfen von der Wange, und für Sekunden war alles warm, sogar die Nordsee, die meinen Bauch umspülte.

Ich zupfte etwas Tapete aus seinen Haaren. »Du bist fast wieder sauber.«

Dann hielt ich die Spannung zwischen uns nicht mehr aus und tauchte unter. Schwamm mehrere Meter von ihm weg in Richtung Ufer, wobei ich mir dachte: Woher wusste Caro das alles? Und warum ist sie so dagegen?

Florian schwamm hinter mir her, und ich spürte, dass er dabei zu mir herübersah.

»Hab ich was Falsches gesagt?«, fragte er, als wir auf die anderen zuwateten.

»Quatsch.« Ich wrang meinen Zopf aus. »Aber kennst du das, dass man manchmal etwas kaum ertragen kann, weil es so schön ist?«

Er zog nachdenklich die Stirn kraus.

Wir sammelten unterwegs Mads und Christian ein und Motte, die wie von Sinnen Kreise durch den Sand zog. An unserer Decke angekommen kippte sie erschöpft zur Seite.

Wir trockneten uns ab, zogen uns an und setzten uns mit Blick auf die Wellen auf unser Lager. Ich reichte die Kirschen aus dem Garten herum, die ich in ein Küchenhandtuch gewickelt hatte. Wir spuckten die Kerne weit vor uns in den Sand. Ich musste daran denken, wie Caro und ich das immer gemacht hatten und dass diejenige, die das Wettspucken verlor, der anderen ein Softeis am Kiosk ausgeben musste.

»Was glaubt ihr, was aus dem Hof wird?«, fragte Florian irgendwann, als Mads gerade damit beschäftigt war, mit Motte ein Loch zu buddeln.

Ich spuckte meinen letzten Kirschkern. Nicht besonders weit von mir rollte er neben ein paar Muscheln. »Ehrlich gesagt ich weiß es nicht.«

Christian malte mit dem Stängel einer Doppelkirsche etwas vor sich in den Sand. »Egal, was wird, ich glaube, Wolfgang wird sich über die Renovierung freuen.«

Mein Handy klingelte in meinem Rucksack. Eine Husumer Nummer. Schnell ging ich dran. »Hallo?«

»Hallo, Toni«, sagte eine Frauenstimme am anderen Ende der Leitung. »Hier ist Ina.«

»Ina, hallo, alles okay?« Wie immer, wenn jemand aus dem Krankenhaus anrief, schlug mein Herz ein bisschen schneller.

»Alles okay, ich hab dich nur heute in der Klinik nicht erwischt und wollte dir sagen, dass dein Vater mehrere kurze Wachphasen hatte. Er war noch nicht wirklich ansprechbar, aber wir rechnen damit, dass er morgen so weit ist. Es wäre gut, wenn ihr so gegen Mittag da seid, damit dein Vater nicht allein ist, wenn er zu Bewusstsein kommt.«

Ich entspannte mich wieder. »Oh toll, danke, dass du Bescheid sagst!«

Wir wünschten uns einen schönen Abend und legten auf.

Florian sah mich erwartungsvoll an, und Christian fragte: »Und?«

»Sie sagen, dass Papa morgen aufwachen könnte.«

Christian klatschte in die Hände. »Großartig. Hast du was zum Anstoßen?«

Ich hielt entschuldigend eine Flasche hoch. »Nur Sprudel.«

Schnell rief ich Caro an und informierte sie über die guten Neuigkeiten. Florian zog in der Zwischenzeit die Handyboxen, die er spontan eingepackt hatte, aus der Innentasche seiner Jacke und stellte sie zwischen uns auf die Decke. Dann wählte er auf seinem Smartphone einen Song von den Beach Boys aus, was mich rührte, weil er offenbar mitbekommen hatte, dass Papa sie liebte. Er stand auf, klopfte sich den Sand von den Shorts und reichte uns die Hände. Wir ließen uns von ihm hochziehen, und Christian sah sich etwas unsicher um. Der Strand war bereits fast leer. Nur auf dem Parkplatz hatten ein paar Leute ihre VW-Busse im Kreis aufgestellt und in der Mitte einen Grill angezündet, dessen Kohlegeruch zu uns herüberwehte.

Florian grinste uns aufmunternd an und wackelte mit den Hüften, wie neulich auf der Bühne im *Herzanker*. Chris warf mir einen amüsierten Blick zu. Und dann machten wir mit.

Ich hatte hier viel zu lange nicht mehr barfuß am Strand getanzt. Früher hatten wir manchmal Partys gefeiert, Lagerfeuer gemacht, waren so lange geblieben, bis die Sonne aufging. Ich wusste augenblicklich wieder, warum ich das auch auf meinen Reisen immer so genossen hatte. Alles an mir fühlte sich mit einem Mal leicht an. Ich legte den Kopf in den Nacken und sah in den pastellfarbenen Abendhimmel. Und plötzlich musste ich juchzen, einfach so.

Ich sah zu Mads rüber. Er tanzte ausgelassen neben mir, warf sich mit einigen versuchten Breakdance-Moves in den Sand, probierte einen Kopfstand, bei dem er seitlich wegkippte, und stand lachend wieder auf. Dann tanzte er singend auf mich zu, fasste mich an den Händen und drehte mich im Kreis. Als der Song vorüber war, standen wir alle keuchend da.

Der nächste Song war *Surfer Girl*, ein langsames Lied, das ich gut kannte, weil mein Vater und meine Mutter dazu immer gern getanzt hatten. Christian nahm Mads auf den Arm und schaukelte ihn hin und her. Mads legte seinen Kopf auf die Schulter seines Vaters und sah mit einem Mal ganz schön müde aus.

Florian kam auf mich zu, schlang völlig unvermittelt seine Arme um mich und schunkelte mit mir hin und her. Er hat wirklich überhaupt kein Taktgefühl, dachte ich und verkniff mir ein Kichern. Aber seine Augen funkelten so vergnügt im Licht der untergehenden Sonne, dass mir das überhaupt nichts ausmachte. Er zog mich ein Stück näher an sich heran, und ich legte vorsichtig meinen Kopf an seine Brust, genau an die Stelle, die ich neulich nass geweint hatte. Ich spürte seinen schnellen Herzschlag. Der Wind strich sachte durch meine Haare, die Sonne zerschmolz vor uns am Horizont, und für einen Moment fühlte ich mich wieder wie fünfzehn, als alles noch vor mir lag – der Umzug, David, alles, was danach kam – und ich noch dachte, alles, wirklich alles, wäre möglich.

Mein Blick wanderte zu Christian. Er blickte mich ernst an, und mit einem Mal fühlte ich mich ertappt. Ich nahm den Kopf von Florians Brust, schnappte mir Mads und tanzte den Song mit ihm auf dem Arm zu Ende. Bleischwer hing er an meinem Hals.

Danach packten wir die Sachen zusammen. Florian gelang es, den müden Jungen zum Laufen zu motivieren, indem er auf dem Weg zum Auto mit ihm Treibholz sammelte. Daraus wollten sie irgendetwas basteln. Mit seligem Lächeln fuhren wir durch die sanft wiegenden Felder zurück.

Als ich etwas später frisch geduscht im Schlafanzug zu meinem Schuppen kam, stand Caro davor. Auf dem Arm hielt sie die hechelnde Motte.

»Hey.«

Ich lächelte sie überrascht an. »Hey, was macht ihr denn hier?«

Sie küsste mich auf die eingecremte Wange. »Chris bringt Mads ins Bett. Der Hund ist noch völlig überdreht von eurem Strandbesuch. Und ich wollte mal hören, wie dein Tag war.«

Ich drückte die Tür mit der Schulter auf und bat sie mit einer Handbewegung einzutreten. »Kommt doch noch rein.«

Caro setzte den Hund auf den Teppich, wo er anfing wild herumzuschnüffeln. Sie selbst stand etwas verloren in meinem Zimmer und sah sich um. Dann streifte sie ihre Hausschuhe ab und ließ sich aufs Bett plumpsen. Beruhigt stellte ich fest, dass sie zu ihrem Wickelrock weiße Tennissocken, vermutlich Christians, hoch über die Waden gezogen hatte. Aus meiner Schwester war doch keine Fashionista geworden. Motte spielte mit einer Fluse und rollte sich dann seufzend unter meinem Schreibtisch zusammen.

»Ich bin echt aufgeregt wegen Papa«, sagte ich, stellte mich auf die Zehenspitzen und legte meine Kulturtasche auf den Schrank.

Caro lehnte sich an die Wand und kreuzte die Beine. »Ich auch.«

Mein Blick fiel auf die Plattenkiste, die auf dem Schrank stand. »Oh, weißt du was? Ich mach uns Oasis an, ja?«

Sie reckte lächelnd den Daumen nach oben. Ich nahm die Kiste runter, fand das Album, das wir früher so oft gehört hatten, und legte die Scheibe behutsam auf den Plattenspieler. Es knisterte etwas, dann erklangen die ersten Töne. Wir mussten beide grinsen.

Eine Zeit lang hörten wir der Musik zu, und Caro erzählte von ihrer Schulwoche und von Mads, der in der Schule den Unterricht gestört und Ärger bekommen hatte. Dann begann *Wonderwall.*

Ich stand auf und hielt ihr auffordernd die Handflächen entgegen. Sie verschränkte ihre Finger mit meinen. Vorsichtig zog ich sie vom Bett. Sie sträubte sich etwas, tanzte dann aber doch mit mir singend durch den Raum. Wir mussten beide lachen, weil es albern war, aber wir konnten nicht *nicht* tanzen – das hatten wir uns mal geschworen. Zu diesem Song konnten wir nicht nicht tanzen.

Als *Wonderwall* vorüber war, ließen wir uns grinsend wieder aufs Bett fallen. Sie baumelte mit ihren Tennissockenfüßen und betrachtete die Poster an meinen Wänden. »Wie läuft die Renovierung?«

Ich strich mit der flachen Hand über die Biber-Bettwäsche, die ich schon als Kind besessen hatte. »Es ist viel Arbeit. Wir haben jetzt überall die Tapeten runtergerissen. Als Nächstes müssen wir die Böden abschleifen, dann neu tapezieren und streichen.«

Caro pfiff anerkennend. »Toll, dass ihr das alles selbst machen wollt.«

Ich knibbelte an einem Rest Spachtelmasse an meinem Zeigefinger, mit dem ich ein paar Bohrlöcher verschlossen hatte. »Na ja, es macht sogar ein bisschen Spaß.«

Caro knetete ihre Hände. »Da fällt mir ein: Andy hat angeboten zu helfen. Er sagt, er macht das im Austausch gegen ein paar Kisten Obst und Marmelade.«

Bei diesem Namen wurde ich hellhörig. »Oh, wie nett! Ihr seid gerade ganz dicke miteinander, oder?«

Etwas flackerte in Caros Blick auf. »Ach, geht, wir quatschen halt gern.«

Don't Look Back in Anger erklang aus dem Lautsprecher, und ich fragte so beiläufig wie möglich: »Ist alles gut zwischen Christian und dir?«

Sie blickte auf ihre Hände. »Alles wie immer.«

Ich wollte gern nachhaken, aber gleichzeitig war ich

froh, dass Caro gerade so entspannt auf meinem Bett saß. Um die Harmonie nicht zu gefährden, beließ ich es dabei und sang lieber den Refrain mit. Das lockte Motte an, die sich fiepend vors Bett setzte. Caro hob sie hoch auf ihren Schoß, wo sie sich sofort einrollte und weiterschlief.

Versonnen sah ich die beiden an. »Jetzt ist sie doch ganz schnell ein Teil der Familie geworden, oder?«

Caro zog eine Augenbraue hoch, was ich als Kind ewig geübt und nie hinbekommen hatte. »Na ja, Mads ist ausgeglichener, seit sie bei uns ist. Er hat zum ersten Mal durchgeschlafen, ohne nachts irgendwann zu uns zu wandern.«

»Oh, wie toll.«

Sie streichelte dem im Schlaf schmatzenden Welpen mit zärtlichem Blick über den Kopf. »Hab ich dir je erzählt, dass Mads gefühlsstark sein soll?«

»Er soll *was* sein?«

»Ach, das ist die neuste Modediagnose. In der Schule kann er nicht stillsitzen, sich schlecht konzentrieren, und jetzt müssen wir zweimal die Woche zur Ergotheraphie nach Tönning. Als ob wir nicht schon genug um die Ohren hätten.«

Ich stemmte empört die Hände in die Hüften. »Aber Mads ist der tollste Junge der Welt.«

»Tja, das sehen seine Lehrer anders.« Caro zupfte ein Blättchen aus Mottes Fell, die daraufhin aufstand und sich ans Fußende legte.

Ich drehte die Platte um. Als Oasis *Some might say*

sangen, tanzte ich ein bisschen im Sitzen mit. Caro schaute sich in meinem Zimmer um, als suche sie nach etwas Bestimmtem.

»Was ist eigentlich zwischen Mama und dir vorgefallen?«, fragte ich.

Sie stand auf und lief zu meiner Pinnwand. »Was meinst du?«

»Ach, ich spüre da so eine Spannung.«

Caro betrachtete die Bilder an der Pinnwand. Ein paar Familienfotos, ich als Jugendliche auf der Bühne und immer wieder: sie und ich. Beim Eisessen, beim Baden, beim Reiten, im Hühnerstall, tobend im Heu, auf dem Traktor eines Nachbarn, schmusend mit Hummel, immer und immer wieder: Caro und ich.

Sie drehte sich zu mir um. »Hat Mama etwas gesagt?«

Ich zögerte eine Sekunde zu lang. »Nein, ich dachte nur …«

»Bitte lüg mich nicht an!« Ihr stechender Blick versetzte mich um Jahre zurück. Ich musste daran denken, wie wir beide vor langer Zeit schon einmal voreinander in diesem Zimmer gestanden hatten. Damals hatte Caro gefragt: »Willst du zu ihm?«

Und ich hatte geantwortet: »Nein, nur ein bisschen frische Luft schnappen.«

Und dann hatte sie genau diese Worte benutzt: »Bitte lüg mich nicht an!« Und mir den Weg nach draußen verstellt.

»Jetzt sag schon, was hat Mama gesagt?«, riss Caro mich aus meiner Erinnerung.

»Sie meinte, es hätte Konflikte gegeben und Papa wäre immer auf deiner Seite gewesen.«

Caro lachte schrill auf. »Natürlich sagt sie das.«

Ich presste die Lippen zusammen. »Ist es denn nicht wahr?«

Sie betrachtete jetzt wieder die Fotos, und wenn mich nicht alles täuschte, blieb ihr Blick an dem hängen, das ich umgedreht hatte. »Sie hat sich überall eingemischt. Es ist echt nicht leicht, Privatsphäre zu haben, mit den eigenen Eltern auf dem Grundstück. Und Mama weiß immer alles besser und kennt für alles die Lösung.«

»Wie du«, rutschte es mir heraus.

Sie drehte sich wieder zu mir um. »Findest du wirklich, dass ich wie sie bin?«

Ich hob beschwichtigend die Hände. »Wäre das denn so schlimm?«

Caro wandte sich nun endgültig von den Fotos ab. »Das wäre in der Tat schlimm. Sie ist dominant und herrisch und egoistisch.«

»Nur im Moment, oder? Früher war sie ziemlich lustig und locker, hat jeden Mist mitgemacht und konnte nie lange böse sein. Sie war cooler als die allermeisten Mütter. Wie du.«

Die letzten Töne von *Champagne Supernova* verklangen, und Caro rieb sich übers Gesicht. »Ich muss ins Bett.«

Ich stand auf. »Ich wollte dich nicht verärgern.«

Sie reckte sich. »Das hast du nicht. Es ist nur …

Irgendwie ist gerade der Wurm drin, und ich wünschte, es wäre anders.«

Ich ging zu ihr und strich ihr über den Arm. »Morgen wacht Papa auf, dann geht es bergauf.«

»Ja, hoffentlich.«

»Schlaf bei mir«, schlug ich aus einer Laune heraus vor. »Wie früher. Kuschele dich an mich, komm schon, das wäre so schön.«

Sie lächelte jetzt, winkte aber ab. »Nein, ich hab drüben zwei zum Kuscheln. Aber süß, dass du das vorschlägst. Gute Nacht!«

Sie nahm Motte auf den Arm und trug sie fort wie ein schlafendes Baby.

Es war merkwürdig mit Caro und mir. Wir redeten miteinander, aber es fühlte sich an, als wäre eine Plexiglasscheibe zwischen uns. So richtig nah konnte ich ihr einfach nicht mehr kommen.

Ich blätterte noch etwas in meiner Plattenkiste. So viele tolle alte Sachen, die mich an Abende erinnerten, an denen das noch anders gewesen war. An denen Caro und ich zuerst wild im Nachthemd getanzt und dann stundenlang geredet hatten. So richtig, über alles, was uns bewegte. Bis mein Vater irgendwann klopfte und sagte: »Jetzt macht ihr bitte mal die Augen zu, morgen ist Schule.«

David war nur selten bei mir gewesen, weil er spürte, dass meine Familie nicht besonders gut auf ihn zu sprechen war. Außerdem war in seinem Dachgeschosszimmer mit Blick über den Strand deutlich mehr Platz.

Meistens waren wir also bei ihm gewesen, bis er mich deutlich nach der verabredeten Uhrzeit mit seinem eigenen Auto, das er damals schon besaß, nach Hause brachte. Er hatte die Reifen auf dem Schotter vor dem Haus stets leicht rutschen lassen, obwohl ich ihn jedes Mal bat, das nicht zu tun. Irgendwann nahm ich es hin. Es war seine Art, meinen Eltern den Mittelfinger zu zeigen.

Mir fiel wieder das umgedrehte Bandfoto an der Pinnwand ein. Ich stand auf und hängte es richtig herum auf. Wir vier damals, alle fast noch Kinder. Es sollte mich wirklich nicht mehr aus der Fassung bringen. Schließlich hatte ich auch jede Menge schöne Erinnerungen an diese Zeit. Wir hatten uns wahnsinnig wichtig gefühlt bei dem, was wir taten. Wie richtige Künstler. Und manches, was bei unseren Proben in der Kneipe von Andys Eltern entstanden war, war wirklich nicht schlecht gewesen. Trotzdem amüsierte es mich im Nachhinein, wie wir stundenlang über eine Textzeile diskutiert hatten, inklusive Rausstürmen und Türenknallen, als wären wir Oasis und nicht irgendeine Schülerband.

Plötzlich hatte ich Lust, Musik zu machen. Ich holte meine alte Gitarre aus dem Schrank und packte sie aus. Auf ihr hatte ich damals spielen gelernt und sie aus nostalgischen Gründen behalten. Ich setzte mich im Schneidersitz aufs Bett und stimmte sie. Zunächst war es ungewohnt, weil sie deutlich kleiner war als meine aktuelle Gitarre. Aber je mehr ich darauf spielte, desto besser ging es wieder. Ich spürte, wie ich lächeln musste, weil ich mich so darüber freute. Mit dieser Gitarre hatte ich damals meine ersten eigenen Songs geschrieben, bevor ich zum siebzehnten Geburtstag eine größere bekommen hatte.

Meine eigenen Lieder waren schon damals ganz anders gewesen als die englischen Rocksongs meiner Band. Ich schrieb deutsche Texte, weil es so leichter war, meine Gefühle auszudrücken. Immer mal wieder hatte jemand zu mir gesagt, dass ich damit auch eine Musikkarriere starten könnte. Als junges Mädchen hatte ich tatsächlich mal davon geträumt. Aber je älter ich wurde, desto sicherer war ich: Die Musik war mein Ventil, etwas, das ich ab und an gern mit anderen teilte, nicht mehr und nicht weniger. Mit geschlossenen Augen begann ich zu spielen.

»Schon komisch
Dass du mal mein engster Vertrauter warst
Und wenn wir
Uns jetzt sehen, wir nicht mal Hallo sagen
Dein Anruf
Wird ignoriert, Nummer blockiert
Ich hab doch
Auch mal ohne dich gut funktioniert
Ey, ich wusst' von Anfang an
Dass man am Feuer sich verbrennt
Und trotzdem war'n wir wie ein Funkenflug
Ey, ich hab es halt riskiert

Weil man verliert, wenn man's zerdenkt
Und jetzt bist du nur noch 'n Fremder
Der meine Geheimnisse kennt.«

Zuerst dachte ich, ich hätte mich verhört. Aber dann hielt ich doch inne. Es klopfte an meiner Tür. Ich musste augenblicklich lächeln, weil meine große Schwester es sich offenbar anders überlegt hatte.

»Komm rein!«, rief ich. Während die Tür quietschend aufsprang, fügte ich lachend hinzu: »Willst du doch in mein Bett, Schatz?«

Vor der Tür stand Florian. »Also, mit der Begrüßung hab ich jetzt nicht gerechnet.«

Ich schlug die Hand vor den Mund. »Oh, entschuldige, ich dachte, du wärst Caro.«

Er zog die Stirn in Dackelfalten. »Klar, das erklärt alles.«

Etwas linkisch stand er im Türrahmen und nestelte an seinem weißen T-Shirt herum. »Kann ich …?«

»Klar, komm rein.« Ich klopfte neben mich aufs Bett.

Er schloss die Tür hinter sich. Ich legte die Gitarre beiseite, und er setzte sich mit etwas Abstand zu mir auf die Matratze. Jetzt sah ich, dass auch er schon im Schlafanzug war, zu dem Boxershorts mit kleinen Wolken drauf gehörten. »Hier wohnst du also.«

Ich lächelte. »Im Moment ja.«

»Klang schön, was du gerade gespielt hast.« Er wies auf meine Gitarre. »Ich wollte dich nicht stören.«

»Hast du nicht.«

Er sah sich im Raum um. »Mein Zimmer sah so ähnlich aus.« Sein frisch geduschter Kokosduft wehte zu mir herüber.

»Wirklich?« Ich zog meine Füße im Schneidersitz etwas näher an mich ran.

Er wuschelte sich durch die feuchten Haare, die von der Sonne noch ein bisschen heller geworden waren. »Witzig, das Poster da hatte ich auch. Aber bei mir zu Hause hängt nichts mehr davon. Meine Mutter hat aus meinem alten Zimmer direkt nach meinem Auszug einen Fitness-Yoga-Raum für sich und Papa gemacht.«

»Bist du noch oft da?«

»Nicht, wenn ich es vermeiden kann.« Er entdeckte meine Plattenkiste am Boden und wies mit dem Kopf darauf. »Darf ich mir die mal angucken?«

»Klar.«

Er hob die Kiste aufs Bett und blätterte durch die Cover. Manchmal hielt er inne und nickte anerkennend. Ich musterte ihn unauffällig: die feinen blonden Babyhaare an seiner Stirn und im Nacken, die von unserem Strandausflug leicht gerötete Haut auf Nase und Wangen, die feingliederigen Hände, mit denen er jetzt eine Platte herausnahm.

»Darf ich die auflegen?«

»Klar.« Ich hörte selbst, dass meine Stimme piepsig klang. Mist, dachte ich mit flauem Gefühl im Magen. Mist, Caro hatte recht. Ich finde ihn gut.

Nach einem Knacken begann *Mr. Brightside* von The Killers, einer meiner absoluten Lieblingssongs.

»Einer meiner absoluten Lieblingssongs«, sagte Florian.

Ich kicherte etwas albern.

»Was?« Er blickte vom Plattenspieler auf.

»Ach nichts.«

Er setzte sich wieder neben mich und lächelte wissend. »Sag ich doch die ganze Zeit. Wir zwei sind wie füreinander geschaffen. Als Freunde«, fügte er schnell hinzu.

Ich konnte nicht anders, als im Sitzen ein wenig zu tanzen. Florian machte begeistert mit und grinste mich an. Wir grölten den Refrain so laut mit, dass ich kurz fürchtete, Caro und Chris könnten uns drüben in ihrem Haus hören.

Als der Song vorüber war, lehnte Florian sich mit dem Rücken an die Wand und sah mich an. »Mit dir ist es immer lustig.«

Ich knetete verlegen meine Füße, die langsam kalt wurden. »Alles nur eine Frage der richtigen Musik.«

»Hey«, Florian griff vorsichtig nach meinem Fuß und betrachtete mein Tattoo. »Was haben wir denn hier für eine Jugendsünde?« Ich öffnete empört den Mund, als er hinzufügte: »Glaub mir, ich weiß, wovon ich spreche.«

»Echt, wo?«

»Auf keinen Fall! Wie hast du neulich gesagt? Dafür kennen wir uns noch nicht gut genug.« Er ließ meinen Fuß los, wobei er ihn so sanft mit den Fingern streifte, dass ich eine Gänsehaut bekam.

Dann beugte er sich wieder über die Plattenkiste. »Sag mal«, begann er, ohne aufzusehen. »Gilt das Angebot an Caro auch für mich?«

»Was meinst du?«

»Na, darf ich hier übernachten? Ich leg mich auch auf den Boden, wenn es dir lieber ist. Es ist nur…« Er ließ von meinen Platten ab und sah mich etwas verlegen an. »Es ist so komisch, allein drüben im Haus zu sein ohne deinen Vater. Ich hätte nie gedacht, dass ich das einmal sagen würde, aber mir fehlt sein Schnarchen.«

Ich weiß nicht, ob es die gute Stimmung war, in die die Killers mich versetzt hatten, oder die Tatsache, dass Papa morgen zu Bewusstsein kommen könnte. Oder tatsächlich das Glücksgefühl von vorhin, als wir zusammen am Strand getanzt hatten und mein Kopf an seiner Brust lag. Jedenfalls sagte ich: »Warum nicht?«

Ich krabbelte unter meine Biber-Bettwäsche und hielt sie an der Seite für ihn hoch. »Hier ist genug Platz für uns beide.«

Florian legte sich vorsichtig neben mich, mit ein paar Handbreit Abstand. Wir blickten beide zur Zimmerdecke, die mit Holz ausgekleidet war. Ich zählte die Baumlöcher, während die Killers noch ein paar Songs spielten.

Als die Platte vorbei war, knipste ich das Licht aus. »Schlaf gut!«

»Schlaf gut!«, flüsterte Florian.

Dann war alles still. Nur mein Herz klopfte so heftig,

dass ich fürchtete, er könnte es hören. Mondlicht fiel durch die Lamellen am Fenster. Die Grillen zirpten in den Büschen davor. Ich versuchte, die Augen zu schließen. Florian lag ganz ruhig neben mir. Und gerade, als ich dachte, er wäre vielleicht schon eingeschlafen, spürte ich seine Hand unter der Bettdecke. Sie tastete nach meiner. Ich hielt kurz die Luft an. Und als wäre es ganz natürlich, als hätten wir das immer schon so gemacht, schlossen sich seine Finger um meine. Ich lag ganz still da und spürte das warme Kribbeln, das von den Fingerspitzen aus meinen Arm hinaufwanderte. Ich hörte ihn atmen, immer gleichmäßiger. Bis ich sicher war, dass er eingeschlafen war.

Ich lag noch stundenlang wach, hielt Florians Hand und sah auf den Mond, der matt durch die Jalousien auf uns beide schien und sich ganz bestimmt seinen Teil dabei dachte.

15

Ich fuhr aus dem Tiefschlaf hoch, als der Wecker klingelte. Erst nach einigen Sekunden schlug mein Herz wieder normal, und ich sah mich verschlafen um. Florian lag nicht mehr neben mir. Aber sein Geruch hing noch in der Luft, und beim Gedanken an seine Hand in meiner wurde mir direkt wieder warm. Ich reckte mich und stand auf.

Am Außenwaschbecken wusch ich mein Gesicht mit eiskaltem Wasser. Ich blickte auf die Weide, wo bereits die Schafe grasten. Offenbar hatte Florian sie schon rausgelassen. Alfie, der mittlerweile in seine neue Aufgabe reingewachsen war, saß oben auf dem Deich und beobachtete seine Herde. Ich erkannte das kleine schwarze Lämmchen, das neben seiner Mutter stand und zu mir herüberblinzelte. Dann sah ich Florian. Er lief trotz der milden Temperaturen mit seiner Wollmütze auf dem Kopf über die Wiese. Mein Herz machte einen kleinen Hüpfer.

Ich trug immer noch den Schlafanzug, in dem ich gestern Abend neben ihm eingeschlafen war. Barfuß lief ich durch das feuchte Gras auf ihn zu, etwas ängstlich, wie das jetzt zwischen uns sein würde.

Als er mich sah, strahlte er mich an, als wäre alles wie immer. »Hey, du hättest ruhig noch etwas schlafen können. Ich hab schon alle Tiere versorgt.«

»Mist, das hättest du mal meinem Wecker sagen sollen.« Ich rieb mir verlegen über die Arme. »Nein, im Ernst, danke dir! Warum bist du denn so früh auf den Beinen?«

Er zog die Mütze ein Stück nach hinten. »Ach, ich hab mir irgendwie Sorgen um das schwarze Lamm gemacht. Es entwickelt sich nicht so gut wie die anderen. Gerd meinte, ich soll lieber mal zufüttern.«

Er wedelte mit einer Milchflasche, ging damit auf das Muttertier zu und lockte das Lamm vorsichtig zu sich. Erst leckte es nur misstrauisch am Saugaufsatz, dann ließ es sich tatsächlich auf den Schoß nehmen und trank mit lautem Schmatzen die Milch. Florian hockte da und fütterte es mit seligem Gesichtsausdruck. In meinem Bauch breitete sich ein Gefühl aus, das ich lange nicht mehr gespürt hatte. Das Gefühl, genau zur richtigen Zeit am richtigen Ort zu sein.

Neben dem Wellblechverschlag sah ich Mads und meine Schwester, die über die Weide näher kamen. Ich bedeutete ihnen, leise zu sein.

Mads schlich von hinten an mich heran und schlang die Arme um mich.

»Guten Morgen, Madsi!« Ich knuddelte ihn.

Er betrachtete mich aufmerksam. »Tante Toni, du siehst müde aus.«

»Ich hab unruhig geschlafen«, sagte ich schnell und

spürte, wie ich rot wurde. Zum Glück war Caro gerade damit beschäftigt, Florian und das Lamm zu beobachten.

»Darf ich auch mal?«, fragte Mads an Florian gewandt. Zu meiner Erleichterung fiel ihm nicht auf, dass Florian ebenso müde aussah wie ich.

Florian lächelte ihm liebevoll zu. »Wenn du morgen früh mit mir aufstehst, machen wir die Milch gemeinsam warm. Und dann darfst du die Flasche halten.«

Mads strahlte vor Begeisterung.

Caro wandte sich mir zu. »Kannst du mich um halb zwölf vor der Schule einsammeln? Ich hab für die letzte Stunde eine Vertretung organisiert.«

Ich trat von einem kalten Fuß auf den anderen. »Klar.«

»Flo, nimmst du Mads in Empfang? Er kommt gegen eins aus der Schule. Du kannst euch die Reste von gestern aufwärmen«, fuhr sie fort. »Stehen im Topf im Kühlschrank. Daneben ist eine angebrochene Dose Futter, gibst du das Motte?«

»Wird gemacht«, versicherte Florian, den Blick noch immer auf das trinkende Lamm auf seinem Schoß gerichtet.

»Motte chillt«, sagte Mads.

Meine Schwester lachte. »Keine Ahnung, wo er diese Ausdrücke her hat. Aber es stimmt, Motte schläft noch tief und fest.«

Mads und Caro verabschiedeten sich und gingen zum Auto. Ich schaute ihnen nach. Dann fing ich Florians Blick auf.

Er sah mich unsicher an. »Hör mal …«

»Schon klar, ich verrate niemandem, dass du Angst hast, alleine zu schlafen«, unterbrach ich ihn.

Er grinste, aber irgendwie wirkte es halbherzig.

Ich hörte Christians Wagen starten, dann fuhren die drei über den Schotterweg davon. Als nur noch ein kleiner Punkt auf der Straße zu sehen war, bewegte ich mich vorsichtig ein bisschen näher an Florian und das Lamm heran. Sein vertrauter Geruch wehte zu mir herüber, und ich kämpfte gegen den Impuls an, an seinen Haaren zu schnuppern.

Das kleine Schaf hatte die Milchflasche ausgetrunken und ließ den Nuckel mit einem lauten Schmatzen los. Aus seinem Lockenbart tropfte Milch. Florian wischte sie behutsam mit einem Tuch ab und trug das Lamm wieder zu seiner Mutter, die es mit einem Stupser begrüßte.

Als er zu mir zurückkam, fragte er vorsichtig: *»Same procedure as every day?«*

Ich unterdrückte ein Gähnen. »Lass uns heute ausnahmsweise mit dem Kaffee starten. Ich zieh mich nur kurz an. In zehn Minuten auf unserer Bank?«

Um kurz vor halb zwölf parkte ich Papas Opel am Straßenrand vor der Grundschule in Garding.

Einige Minuten später eilte Caro aus dem Gebäude, sah sich um, entdeckte mich und lief auf den Wagen zu. Sie riss die Tür auf, setzte sich und klemmte ihre große Lehrerinnentasche zwischen die Füße. »Sorry, musste noch eben eine Übergabe machen. Jetzt kann's losgehen.«

Auf dem Weg nach Husum sprachen wir kaum miteinander. Ich fragte mich, was uns wohl erwarten würde, wenn Papa die Augen öffnete. Schweigend fuhren wir auf den Parkplatz und eilten durch die farblosen Klinikgänge zu Papas Zimmer. Vor der Tür trafen wir einen Arzt, der sich als Anästhesist vorstellte.

»Es ist alles nach Plan verlaufen«, informierte er uns. »Ihr Vater ist planmäßig aufgewacht, bei Bewusstsein und ansprechbar.«

Caro fluchte leise, weil wir zu spät kamen, aber der Arzt sprach bereits weiter. »Er ist noch sehr geschwächt und steht unter Einfluss der Sedativa, erwarten Sie also nicht zu viel. Er wird bald wieder schlafen, aber ich denke, Sie können jetzt kurz mit ihm sprechen. Bitte erwähnen Sie nicht, was genau passiert ist, das wäre für heute zu viel Aufregung.«

Er öffnete die Tür. Dahinter lag mein Vater in seinem Krankenbett. Er hatte die Augen geschlossen, doch als wir uns näherten und uns jede auf eine der Bettkanten setzten, öffnete er sie.

»Papa!« Caro griff nach seiner Hand.

Ich nahm vorsichtig die andere, die schwer und schlapp wirkte. »Wie geht es dir, Papa?«, fragte ich.

Sein Blick wanderte langsam zwischen uns hin und her. Der Hauch eines Lächelns erschien auf seinem Gesicht. »Müde«, sagte er leise mit heiserer Stimme. Man konnte spüren, wie viel Kraft ihn das Sprechen kostete.

Caro redete ruhig auf ihn ein. Wie schön es sei, dass er wach wäre, dass sie ihn vermisst habe, dass Mads ganz liebe Grüße sende.

Irgendwann fasste ich sanft über das Bett hinweg nach ihrem Unterarm. Sie verstand sofort und verstummte. Wir streichelten beide noch ein wenig Papas Hände, jeder von uns eine.

Schließlich streckte eine Krankenschwester den Kopf zur Tür hinein. »Ihr Vater braucht jetzt Ruhe. Am besten kommen Sie morgen wieder. Dann hat sein Körper schon mehr von den Medikamenten abgebaut, und er wird länger wach sein.«

Caro beugte sich vor und küsste ihn vorsichtig auf die Stirn. »Erhol dich gut, Papa! Wir kommen morgen wieder.«

Ich küsste ihn ebenfalls auf die Stirn.

Er sah mich an, und etwas in seinem Blick veränderte sich. »Wo ist mein Sternchen?«, fragte er kaum hörbar.

Mein Herz rutschte eine Etage tiefer. Ich streichelte seinen Arm. »Sie kommt bald«, sagte ich leise.

Sein Gesicht entspannte sich. Dann fielen ihm die Augen zu.

Auf dem Weg nach draußen kämpfte ich gegen die Tränen an. Als wir auf dem Parkplatz im hellen Tageslicht standen, konnte ich sie nicht mehr zurückhalten. »Was machen wir nur?«

Caro schlang ihre Arme um mich und hielt mich einen Moment ganz fest.

»Ich hab Papa gerade angelogen. Aber was hätte ich sonst tun sollen?«, fragte ich mit zitternder Stimme.

Caro streichelte über meinen Rücken. »Du hattest keine Wahl, die Wahrheit hätte ihm zu sehr wehgetan.«

»Weißt du was?«, sagte ich in ihre festen weichen Haare hinein. »Lass uns nicht direkt nach Hause fahren. Ich weiß, es ist viel zu tun, aber Flo und Mads haben es bestimmt schön miteinander. Und wir beide sollten uns jetzt irgendwie auf andere Gedanken bringen und zumindest ein bisschen feiern, dass Papa wieder bei Bewusstsein ist.«

Sie löste sich von mir und sah mich skeptisch an. »Was schlägst du vor?«

Ich parkte zwischen dichten Bäumen, in deren Schatten ein hübscher alter Fachwerkhof lag. Unter dem größten aller Bäume standen mitten auf einer Wiese massive Holztische im Kreis. Es war noch früh am Nachmittag, und nur einer der Tische war von zwei älteren Damen besetzt, die sich angeregt unterhielten.

Wir wählten zwei freie Plätze und studierten die handgeschriebene Karte. Die geschwungene Schrift sah noch genauso aus wie vor über fünfzehn Jahren, als Caro und ich zum ersten Mal hier gewesen waren.

Damals hatten wir für Mama Milch, Käse und Butter von einem Hof in der Nähe besorgen sollen. Sie hatte uns dreißig Euro mitgegeben und gesagt: »Falls es was Leckeres gibt, kauft euch gern noch etwas für euch.«

Auf dem Rückweg waren wir mit den Rädern an diesem Hofcafé vorbeigekommen, wo es schon von Weitem so nach Butterstreuseln duftete, dass uns das Wasser im Mund zusammenlief. Spontan kehrten wir ein. Wir setzten uns, studierten wie heute die Karte, konnten uns aber nicht entscheiden, weil alles so köstlich klang. Also rechneten wir aus, wie viele Stücke Kuchen wir für das Geld bekommen würden, das noch übrig war. Am Ende bestellten wir fünf Stück: Apfelstreusel, Stachelbeerbaisertorte, Schokoladenkuchen, Heidelbeerquarktorte und eine extragroße Nussecke, das wussten wir bis heute.

Die Cafébesitzerin hatte bei unserer Bestellung gegrinst und versprochen, uns den Rest einzupacken. Aber tatsächlich hatten wir alles bis auf den letzten Krümel aufgegessen, auch wenn uns beiden auf dem Heimweg etwas übel war. Als wir Mama die wenigen übrigen Cents zurückgaben und ihr berichteten, was wir mit dem Geld angestellt hatten, lachte sie Tränen.

Von da an waren wir regelmäßig hergekommen und hatten uns durch die Kuchen gegessen. Eigentlich immer, wenn es etwas zu feiern gab. Als Caro ihre Führerscheinprüfung bestand. Als sie ihr Abitur mit Einserdurchschnitt absolvierte. Als sie den Studienplatz in Kiel bekam. Als sie ihre Sachen in Kartons packte und dorthin zog. Und dann manchmal, wenn sie an den Wochenenden nach Hause kam. Aber das war bereits die Zeit gewesen, in der meine Verliebtheit zu David ins Unglück gekippt war. In der ich immer seltener zur Schule ging, ausgerechnet in meinem letzten Jahr, während Caro immer verzweifelter versuchte, mich da rauszuholen. Irgendwann war uns nicht mehr nach gemeinsamem Torteessen gewesen.

Und jetzt saßen wir wieder hier. Dieses Café sah aus wie früher, und die meisten Kuchensorten standen immer noch auf der Karte. Ich musste an die beiden Steine auf dem Weg vor unserem Haus denken und an das Gefühl, als ich sie bei meiner Heimkehr entdeckt hatte. Manchmal hatte Stillstand etwas Tröstliches.

»Wie immer?«, fragte Caro. Erstmals seit wir das Krankenhaus verlassen hatten, lächelte sie leicht.

Ich schob die Unterlippe vor. »Sie haben kein Stachelbeerbaiser.«

»Das war immer dein Favorit.« Caro schmollte mit mir. »Dann eben Rhabarberbaiser, ja?«

Als die Cafébesitzerin mit ihrem Block kam, musste ich schmunzeln, weil sie sich genauso wenig verändert hatte wie alles andere hier. Sie war immer noch stattlich, trug eine bunt gemusterte Brille und eine kinnlange Naturkrause, in die sich allerdings ein paar graue Strähnen gemischt hatten.

Caro begann, unsere Bestellung herunterzurattern, und die Dame schrieb fleißig mit. Beim vierten Stück Kuchen hob sie irritiert den Blick. Sie sah Caro an, dann mich, und plötzlich weiteten sich ihre Augen hinter den Brillengläsern.

»Ihr seid das!« Jetzt strahlte sie. »Ich glaub's ja nicht!«

Ich legte die Speisekarte vor mich auf den Tisch. »Sie erinnern sich an uns?«

Sie ließ ihren Block sinken. »Aber ja doch. Ihr wart meine begeistertsten Kundinnen. Als ihr nicht mehr gekommen seid, habe ich mir Sorgen gemacht.« Sie wirkte völlig aus dem Häuschen, was geradezu ansteckend war. »Ihr seht beide immer noch genauso hübsch aus wie damals! Dieses Lächeln«, sie wandte sich an Caro. »Wie könnte man das vergessen? Und du …« Sie drehte sich zu mir um. »Immer noch so zart wie eine Elfe. Um dich habe ich mir ehrlich gesagt mehr Sorgen gemacht.«

Ich schob meine Hände unter die Oberschenkel. »Wieso?«

Sie machte eine ausladende Geste. »Keine Ahnung, Lebenserfahrung, du hattest so etwas Flatterhaftes. Du hingegen«, sie sah wieder Caro an, »du hast immer schon mit beiden Beinen fest auf dem Boden gestanden. Hast du etwas gemacht aus der inneren Ruhe, die du ausstrahlst?«

Caro zog eine Augenbraue hoch. »Ich bin Lehrerin geworden.«

Die Cafébesitzerin schnalzte mit der Zunge. »Das passt wunderbar.« Dann sah sie mich an. »Und du, hast du deine Gabe, andere mit deinem sonnigen Wesen mitzureißen, sinnvoll genutzt?«

Ich öffnete den Mund und schloss ihn sofort wieder. Hatte ich das?

Noch ehe mir eine Antwort einfiel, rief jemand vom

Haus her: »Ute, kommst du mal bitte? Es ist jemand am Telefon wegen der Taufgesellschaft am Sonntag.«

Sie rückte ihre Brille zurecht. »Immer wenn man sich gerade so schön unterhält… Wir setzen das ein anderes Mal fort, ja? Ich freue mich jedenfalls zu sehen, dass ihr euch noch immer so nahesteht. Das ist nicht selbstverständlich. Manche Familien treibt das Leben auseinander.«

Sie winkte uns herzlich zu, dann ging sie in Richtung Haus, mit dem gemächlichen Gang, den sie immer schon gehabt hatte.

Ich bemerkte, dass Caro mich musterte. »Du hast es sinnvoll genutzt, Toni.«

Ich seufzte. »Habe ich das?«

Caro fasste über den Tisch hinweg nach meiner Hand. »Hast du. Viele Menschen können deinetwegen surfen, hatten wundervolle Urlaubserlebnisse. Du hast sie mit deiner Musik begeistert. Dein Weg ist genauso in Ordnung wie meiner.«

»Sagst du das nur so? Ich hatte immer das Gefühl, dich zu enttäuschen mit dem, was ich tue.«

Eine Kellnerin mit raspelkurzen Haaren balancierte gekonnt die fünf Kuchenstücke zu uns, die etwas kleiner waren als in meiner Erinnerung, aber genauso köstlich aussahen und dufteten.

Caro ließ meine Hand los und zog den Teller mit dem Apfelstreusel zu sich heran. »Natürlich hab ich anfangs gehofft, du würdest mehr aus deinen Talenten machen. Aber irgendwann habe ich eingesehen, dass es das ist, was dich glücklich macht. Und dass das reicht.«

Ich pikste meine Kuchengabel in die Baisertorte und schob mir ein Stück davon in den Mund. Es zerschmolz auf meiner Zunge. »Ich weiß nicht mehr, ob das stimmt.«

»Was?«

»Ob es mich noch glücklich macht. Ob es nicht immer noch eine Rebellion ist, eine Trotzreaktion. Ob ich nicht irgendwann falsch abgebogen bin und einsehen muss, dass auch ich endlich erwachsen werden sollte. Es ist, als hättest du dafür eine Gebrauchsanweisung gehabt und ich nicht.«

»Ach, Toni.« Caro nahm mit ihrer Gabel etwas von der Torte auf meinem Teller. »Was heißt schon erwachsen werden? Du bist Anfang dreißig, da stellen sich alle diese Fragen. Und ist es nicht so, dass man seinen Weg jederzeit ändern kann? Du hast mir im vergangenen Sommer diese Karte von Norderney geschickt. Sie hängt bis heute in meinem Lehrerspind. Darauf steht es doch: *Es gibt nicht den einen richtigen Weg. Du musst nur den finden, der sich richtig anfühlt.*«

»Ich hoffe, das tue ich irgendwann.« Ich stocherte mit meiner Gabel in der Nussecke. »Früher dachte ich immer, das, was du hast, muss langweilig sein. Familie, ein Haus, Ehealltag. Aber mit jedem Jahr, das ich älter werde, denke ich: Es muss schön sein, das hätte ich auch gern.«

»Ach, es ist nicht immer nur schön.« Meine Schwester

probierte ein Stück Heidelbeerquarktorte und schloss genüsslich die Augen. »Ich beneide dich oft genug um deine Freiheit. Von mir will immer irgendwer was, den ganzen Tag – Papa, die Schüler, Christian, Mads, die Gäste.«

»Es kann dich aber auch einsam machen, wenn niemand was von dir will. Weißt du, was ich meine?«

Sie brach sich nachdenklich ein Stück Nussecke ab. Eine Zeit lang aßen wir uns schweigend durch die Kuchen. Und mit dem steigenden Zuckerpegel im meinem Blut verschwand ein wenig von meiner Anspannung. Wir lachten sogar über Dinge, an die wir uns von früher erinnerten. Caro fütterte mich mit ihrem heutigen Favoriten – Heidelbeerquark – und ich sie mit meinem – Schokokuchen.

Irgendwann wischte sie mir mit dem Zeigefinger etwas Puderzucker von der Nase.

»Du weißt gar nicht, wie ich das vermisst habe«, sagte ich.

Sie senkte verlegen den Blick. »Das geht mir auch so.«

»Ich bin froh, wieder mehr Zeit mit dir zu verbringen«, fügte ich hinzu.

In diesem Moment spürte ich es. Dass ich Caro gern von Florian erzählen würde. Von dem Gefühl in meinem Magen, wenn er mich ansah. Von seiner Hand in meiner, gestern Nacht unter der Bettdecke, und was das mit mir gemacht hatte. Wenn man so etwas empfindet, dann möchte man es teilen. Und ich spürte, dass ich es gerade mit niemandem lieber geteilt hätte als mit meiner großen Schwester. Doch ich erinnerte mich an ihre eindringlichen Worte: *Bitte fang nichts mit Florian an!*

Caro spürte offenbar, dass ich mit etwas kämpfte. »Alles in Ordnung?«

Ich schluckte meine Gefühle und Gedanken hinunter und sagte stattdessen: »Das, was die Dame gerade gesagt hat. Dass ich ein mitreißendes, sonniges Wesen hätte …«

»Das hast du noch immer.« Caro lächelte. »Du vergisst es nur manchmal.«

Bei unserer Rückkehr parkte Andys Kastenwagen neben dem Hühnerstall. Ich stieg aus dem Opel und sah Caro erstaunt an.

Sie klatschte in die Hände. »Kleine Überraschung.«

Wir liefen hinüber zum ehemaligen Schweinestall, aus dessen geöffneten Fenstern Musik schallte. In der mintfarbenen Wohnung fanden wir Florian, der gerade die Malerrolle in einen großen Eimer tunkte. Daneben standen Mads und Andy, ebenfalls mit Malerrollen in der Hand. Andy trug seinen Arbeitsoverall, die Ärmel weit hochgekrempelt. Mir entging nicht, dass er meiner Schwester erneut einen vielsagenden Blick zuwarf. Mads legte die Malerrolle ab, rannte auf seine Mutter zu und schlang die Arme um sie.

Ich sah mich um. »Hey, ihr seid ja schon beim Streichen!«

Florian tunkte erneut die Rolle in den Eimer. »Ja, irre, wie schnell das geht, wenn ein Profi dabei ist.« Ich wusste genau, dass sein freches Grinsen mir galt, was ich lässig ignorierte.

Andy zeigte stolz um sich. »Wir haben sämtliche Böden fertig abgeschliffen und die Wände tapeziert. Und die erste Wohnung ist auch bald gestrichen.«

»Super!«, sagte ich und dachte insgeheim: Schade, dieses gemeinsame Projekt mit Florian hat gerade so viel Spaß gemacht.

»Was meint ihr, Jungs?«, fragte Caro in die Runde. »Wollen wir heute Abend gemeinsam grillen? Als kleines Dankeschön für eure Mühe?«

»Au ja!« Mads sprang vor Freude in die Höhe.

Andy strahlte. »Klingt gut. Ich hab zufällig eine Kiste Bier hinten im Wagen. Wollen wir die schon mal für später kalt stellen?«

Caro nickte freudig. »Mads würde sagen: beste Idee *ever*.«

Mads folgte ihr und Andy hüpfend nach draußen, wo ich die Türen des Kastenwagens knallen hörte.

Ich blieb im Raum stehen, meiner Aufgabe beraubt. Aus den Boxen trällerte eine von Florians Gute-Laune-Playlists. Er ließ summend die Farbrolle über die Wand gleiten.

Ich betrachtete ihn nachdenklich. »Sag mal, spricht Christian je über sich und Caro? Ihre Beziehung?«

Abrupt ließ Florian die Malerrolle sinken. »Wieso?«

Von draußen drang Caros Lachen zu uns herein.

»Nur so, ich hab mich gefragt, ob zwischen den beiden alles gut ist.«

Er sah mich mit einem merkwürdigen Gesichtsausdruck an. »Ich dachte, du weißt davon?«

»Wovon?«

Mit einem Mal wurde er blass. »Oh Mann, ich will da nicht zwischen die Fronten geraten. Sprich mit deiner Schwester, ja?«

»Jetzt machst du mir Angst.«

Draußen hörte ich Andy und Caro näher kommen. Florian warf mir einen beschwörenden Blick zu. »Ich hab nichts gesagt!«

Gut gelaunt betrat Caro den Raum. »Also, wir haben gerade beschlossen, dass wir alle mit anpacken, hier noch etwas aufräumen und es uns dann bei uns auf der Terrasse gemütlich machen. Einverstanden?«

Florian und ich wechselten einen Blick. Dann sah er Caro an und lächelte bemüht. »Klar, gern.«

Während Caro ein paar Meter von uns entfernt am Grill stand und in den Kohlen stocherte, deckten Andy und ich den großen Tisch auf der Terrasse. Florian spielte derweil mit Mads Fußball.

Ich verteilte Stoffservietten, und Andy legte sorgsam Besteck darauf. Ohne mich anzusehen, sagte er: »Ich freue mich, dass du diesmal länger bleibst.«

»Mhm.« Ich sah auf seine tätowierten Arme. Mein Blick blieb an einer großen Welle hängen, die sich zu einer Spirale formte.

Er kam etwas näher und stupste mich mit der Hüfte an. »Alles okay bei dir?«

»Ja, alles okay, und bei dir?« Ich sah ihn herausfordernd an.

Er zog ratlos die dichten Augenbrauen zusammen. »Geht es um die Feier am fünfzehnten Juni? Das ist …«

»… übermorgen, ich weiß.«

»Kommst du mit?« Er konnte wirklich lieb gucken.

»Nein.« Ich legte die letzte Serviette ab.

»Komm schon, Toni. David hätte sich gefreut.«

Bei diesen Worten versteinerte ich. Am Fußballtor hörte ich Florian und Mads aufkreischen, wahrscheinlich ein besonders guter Treffer. Caro rief etwas vom Grill herüber, aber keiner von uns reagierte.

Beim zweiten Mal verstand ich sie. »Wer holt das Fleisch?«

Andy sah mich noch einmal ernst an und lief dann in die Küche, um gleich darauf mit einem Tablett voller Steaks, Würstchen und Gemüsestreifen zurückzukommen.

Etwa zwanzig Minuten später stellte Caro alles goldbraun gegrillt in die Mitte des Tisches. Sie trommelte alle zusammen, und wir setzten uns.

»Wo ist eigentlich Chris?«, fragte ich und nahm mir ein Stück Brot. Nicht dass ich nach unserem Kuchengelage schon wieder Hunger gehabt hätte, aber es sah so knusprig aus.

Andy verteilte die eiskalten Bierflaschen.

Florian winkte ab. »Danke, ich probiere Mads' Limo. Darf ich, Kumpel?«

»Sicher, Diggah.« Mads schenkte ihm großzügig

etwas aus seiner Flasche ein, wobei ein Schwung auf Florians Hose landete. Er ignorierte es und prostete Mads zu.

Caro beobachtete die Szene grinsend und beantwortete dann meine Frage: »Chris hat noch einen Termin, er kommt etwas später.«

Ich sah von Andy zu Caro. Irgendetwas stimmte hier nicht. Florian stieß mich unter dem Tisch mit dem Fuß an. Ich war mir nicht sicher, ob es ein Versehen war oder ob er mir damit irgendetwas sagen wollte. Er stach mit seiner Gabel in eines der Würstchen und begann, es auf Mads Teller in kleine Stücke zu schneiden.

»Guten Appetit«, sagte Caro in die Runde.

Und dann griffen wir zu. Wir aßen, tranken Bier und Limo, spielten sieben Runden UNO mit Mads und genossen den lauen Sommerabend. Die Grillen zirpten in den schulterhohen Brennnesseln hinter dem Haus, Motte und Alfie schliefen eingerollt zu unseren Füßen, nachdem sie alle Reste unter Mads' Stuhl aufgegessen hatten, und ich strich mir über den vollen Bauch. Das würde Papa gefallen, dachte ich mit Blick auf die Lichterkette über mir. Bald würde er hoffentlich wieder bei uns sitzen.

Es war schon fast dunkel, als sich über den unbefestigten Weg ein Auto näherte. Das musste Christian sein. Scheinwerfer fielen auf den Hof, eine Autotür knallte. Caro stand nicht auf, um ihm entgegenzulaufen, wie ich es früher oft beobachtet hatte. Mads lag längst in seinem Bett, mit Motte im Arm, die wir noch hatten baden müssen, weil sie sich in Hühnerkacke gewälzt hatte.

Christian kam auf die Terrasse. Er trug sein Büro-Outfit und öffnete im Gehen den obersten Hemdsknopf. »Hey, ihr, das sieht ja gemütlich aus!«

Er lief um den Tisch herum und küsste Caro, erwischte jedoch nur ihre Wange. Dann ließ er sich neben ihr auf den Stuhl fallen, auf dem bis eben Andy gesessen hatte, der kurz auf die Toilette verschwunden war. Christian lehnte sich vor und griff nach einem einsamen und längst kalten Grillwürstchen.

Ich stand auf. »Ich hol dir ein Bier.«

Drinnen roch es nach Caros Parfüm und nassem Hund. Im dunklen Flur kam mir Andy entgegen. Ich konnte nur seine Silhouette erkennen. Direkt vor mir blieb er stehen.

»Toni, ist wirklich alles okay?«

Ich zögerte. »Sag du es mir!«

Er kam näher und strich mir mit beiden Händen über die Oberarme. »Ich weiß echt nicht, was ich falsch gemacht hab. Aber ich wollte dir sagen, dass ich froh bin, wieder Zeit mir dir zu verbringen. Ich hab dich vermisst.«

Etwas Licht von draußen fiel auf sein Gesicht. Er hatte diesen glasig-sentimentalen Blick von Männern, die genau ein halbes Bier zu viel getrunken hatten. Zugegebenermaßen war er niedlich dabei.

»Ja, ich bin auch froh, Andy, aber …« Ich trat einen

halben Schritt zurück. »Was läuft da zwischen dir und Caro?«

Es war zu dunkel, um wirklich etwas in seinem Gesicht zu lesen, aber zu der sentimentalen Glasigkeit war noch etwas in seine Augen getreten. Ohne meine Arme loszulassen, fragte er: »Was meinst du?«

»Du weißt, was ich meine. Und du weißt, dass sie verheiratet ist.« Ich löste mich von ihm und ging in die Küche.

Als ich vom Kühlschrank zurückkam, stand Andy nicht mehr im Flur. Draußen saß Christian auf seinem Platz, und ich konnte deutlich spüren, dass die Stimmung eine andere war als noch vor wenigen Minuten.

Ich reichte meinem Schwager sein Bier. »Wo ist Andy hin?«

Christian öffnete seine Flasche an der Tischkante. »War müde.«

Ich spürte Caros Blick auf mir, erwiderte ihn jedoch nicht. Mit einem Mal fühlte ich mich schuldig. Die Spannung, die in der Luft lag, war kaum auszuhalten.

»So, Leute, dann bringen wir Chris mal auf den neusten Stand«, sagte Florian. Und dann erzählte er, wie es meinem Vater ging, von den Unmengen Kuchen, die Caro und ich gegessen hatten, vom Stand der Renovierung, dass Mads unglaubliche fünf von sieben Mal beim UNO gewonnen und Motte das ganze Bad unter Wasser gesetzt hatte.

Die ganze Zeit über ruhte der Blick meiner Schwester auf mir.

16

Auf dem Weg in meinen Schuppen sah ich hinauf zum Sternenhimmel. Das hatte ich früher schon getan, jeden Abend, wenn ich in der Dunkelheit hinüberging. Auch diesmal blieb ich staunend stehen. Dort oben leuchteten so viele Sterne, und je länger ich hinsah, umso mehr wurden es vor meinen Augen. Ich stand ganz still da und spürte die milde Luft um meine nackten Beine wehen. Sommerabende wie dieser waren selten an der Nordseeküste.

Als ich den Blick wieder senkte, bemerkte ich eine Katze, die im hohen Gras saß und mich beobachtete.

Ich kniete mich neben sie. »Suki, da bist du ja!« Erleichterung durchströmte mich, als sie näher kam und sich von mir streicheln ließ. »Papa wird froh sein zu hören, dass es dir gut geht.«

Sie schmiegte sich an meine Beine. Und dann sah ich sie, hinter ihr im Gras: eine weitere Katze, winzig klein, genauso getigert wie Suki.

»Ist das dein Baby?«, rief ich überrascht.

Noch ein Kätzchen erschien. Dieses war schwarz mit weißer Brust. Und noch eins, braun-schwarz gefleckt.

Ich schlug mir die Hand vor den Mund. »Wir hatten ja keine Ahnung!«

Suki lief auf ihre Kätzchen zu und leckte ihnen das Fell. Und schon verschwanden die vier gemeinsam in Richtung Scheune, Suki vorweg, ihre Kleinen tapsig hinterher.

»Da schlaft ihr also«, sagte ich zu mir selbst.

Eilig lief ich zurück zu Caro, um ihr von meiner Entdeckung zu berichten. Doch in ihrem Haus war bereits alles dunkel. Nur ein paar leere Flaschen auf dem Terrassentisch erinnerten noch an den schönen Abend, den wir gehabt hatten. Etwas enttäuscht machte ich kehrt.

Als ich am Haus meiner Eltern vorbeikam, bemerkte ich, dass in der Küche noch Licht brannte. Ich blickte durch eine Lücke zwischen den Vorhängen und sah Florian auf der Küchenbank sitzen und stricken. Auf seinem Schoß lag Alfies Kopf. Ein wohliges Gefühl machte sich in mir breit. Das war einfach unglaublich süß.

Dann entdeckte ich Christian. Er saß Florian gegenüber und hielt eine Bierflasche in der Hand. Ich sah, dass er mit ernstem Gesicht auf ihn einredete, verstand aber nicht, was er sagte. Florian hob ab und zu den Blick von seinen Stricknadeln und erwiderte etwas. Wie schön, dass die beiden miteinander sprechen, dachte ich, als ich zu meinem Schuppen zurückkehrte. Vermutlich vertraute Christian seinem Bruder seine Sorgen an. So wie Caro es früher bei mir getan hatte. Der Gedanke, dass ich ihr Vertrauen offenbar verspielt hatte, machte mich traurig.

In meinem Zimmer angekommen legte ich mich aufs Bett, konnte aber nicht einschlafen. Hatte ich vorhin beim Grillen einen Fehler gemacht? Hätte ich erst mit Caro sprechen sollen, bevor ich Andy auf sie ansprach? Ich hatte nicht groß nachgedacht, es war mir so rausgerutscht. Ich machte mir Sorgen um Caros Beziehung zu Christian, vor allem wegen Mads. Sie und Andy hatten doch nicht etwa eine Affäre, oder? Bestimmt sah ich Gespenster. Aber worüber hatten Caro und Chris neulich gestritten? Und warum wirkte sie ihm gegenüber so distanziert?

Noch etwas schoss mir durch den Kopf, als ich so dalag und das Mondlicht durchs Fenster scheinen sah. Würde Florian gleich wieder vor meiner Tür stehen und zu mir unter die Bettdecke krabbeln? Oder was war das gestern gewesen zwischen uns? Ein bisschen kam es mir vor, als hätte ich nur geträumt. Keiner von uns hatte etwas erwähnt, als wäre es das Normalste der Welt, die ganze Nacht über Händchen zu halten. Ich lauschte angestrengt in die Dunkelheit, aber alles blieb ruhig.

Die Bilder dieses Tages wanderten durch meinen Kopf: Papas müdes Gesicht, unser Kuchenessen, Andys glasige Augen im dunklen Flur, Caros vorwurfsvoller Blick. Ich musste wieder an die Cafébesitzerin denken und an das, was sie über mein sonniges Wesen gesagt hatte. Florian dagegen hatte neulich behauptet, ich sei eine Zweckpessimistin. Wer von beiden hatte recht?

Gerade als mir die Antwort einfiel, hörte ich ein Klopfen an meiner Tür. Ich sprang auf, öffnete sie und sagte: »Ich habe etwas herausgefunden.«

Florian stand in seinen Wolkenboxershorts und T-Shirt im Mondlicht und riss erstaunt die Augen auf. »Jetzt machst du mir Angst.«

Ich zog ihn zu mir aufs Bett, knipste die Lampe daneben an und setzte mich ihm gegenüber. Dann holte ich tief Luft. »Du hast neulich gesagt, ich wäre bestimmt immer schon eine Zweckpessimistin gewesen. Eine, die vom Schlimmsten ausgeht, um nicht enttäuscht zu werden.«

Er nickte, aber in seinen Augen standen Fragezeichen.

»Ich weiß jetzt, dass das nicht stimmt.«

»Nein?«

»Nein. Ich habe als Kind und Jugendliche so sehr auf mein Schicksal vertraut, dass meine Eltern fürchteten, ich würde irgendwann vom Regenbogen runterfallen, nur weil ich überzeugt war, darauf laufen zu können.«

Er sah mich aufmerksam an. »Und was ist dann passiert?«

Ich blickte auf meine Fingernägel, an denen Farbreste klebten. »Mein Herz wurde gebrochen. Auf eine Art und Weise, nach der man nie mehr ganz die Alte wird.«

Florians Blick war undurchdringlich. »Oh.«

»Ja. Aber ich möchte festhalten: Eigentlich bin ich eine geborene Optimistin.«

»Es war auch eher so ein Spruch von mir.«

»Aber mich hat es beschäftigt.«

Er machte ein zerknirschtes Gesicht. »Tut mir leid. Ich rede manchmal zu viel.«

»Muss dir nicht leidtun, im Gegenteil, ich bin froh, dass mir das bewusst geworden ist.«

»Dann bin ich froh, dass ich helfen konnte.«

Jetzt erst fiel mein Blick auf seine Hände, in denen er etwas hielt. Etwas aus Wolle. Er drehte es hin und her und sagte verlegen: »Ich hab dir was gestrickt.«

Ich sah ihn fasziniert an. »Wirklich? Für mich?«

»Du mochtest doch meine Mütze, und da dachte ich, ich mach dir auch eine.« Er reichte sie mir. »Ist aus echter Schafwolle.«

Ich betrachtete die Mütze von allen Seiten. Sie sah aus wie seine, nur in Zartrosa. »Vielen Dank«, sagte ich mit belegter Stimme. »Sie ist wunderschön.«

Er knetete verlegen seine Finger. »Echt?«

Ich strich behutsam über das grobe Strickmuster. Die Wolle war tatsächlich genauso weich wie das Fell der Schafe. »Ich bin so gerührt, mir fällt nicht mal ein dummer Spruch ein.«

Florian nahm mir die Mütze wieder aus den Händen und setzte sie mir behutsam auf. »Es ist so, Toni …« Er wuschelte sich durch die Haare. »Es ist alles ein bisschen kompliziert gerade.«

»Wem sagst du das?« Verschämt tastete ich die Mütze auf meinem Kopf ab.

»Weißt du, als ich ein kleiner Junge war, da hab

ich immer den Wochenendbesuchen von Chris entgegengefiebert. Ich hab ständig irgendeine Legokiste angeschleppt, einen Fußball, ein Star-Wars-Puzzle, hab verzweifelt nach etwas gesucht, was wir gemeinsam machen konnten. Aber er hat mich jedes Mal weggeschickt. Es hat etwas gedauert, bis ich kapiert habe, dass er einfach keinen Bock auf mich hatte.« Er lächelte traurig. »Und das nicht nur, weil er ein Teenager war und ich ein kleiner Junge. Heute weiß ich, dass er eifersüchtig auf mich war, weil unser Vater bei mir wohnte und er ihn nur am Wochenende hatte. Und dann musste er ihn auch noch mit mir teilen. Er hatte das Gefühl, ich hätte ihm den Vater weggenommen.« Florian schlug sich mit der Hand vor die Stirn. »Stell dir das vor, und das, wo Papa ständig von Chris gesprochen hat und ich mir mein Leben lang gewünscht habe, er würde mich genauso lieben wie ihn.«

Florian sah mich mit glänzenden Augen an, und mir wurde bewusst, dass es noch etwas gab, was ich an ihm mochte: Seine Gefühle standen ihm immer ins Gesicht geschrieben.

»Wie gut, dass ihr jetzt darüber sprechen könnt«, sagte ich.

Er nickte heftig. »Ich bin so froh, dass ich hergekommen bin. Dass Chris und ich endlich doch noch zueinanderfinden. Und …« Er seufzte tief. »Ich will da wirklich nicht zwischen die Fronten geraten.«

»Wir müssen nicht über Caro und Chris reden«, sagte ich schnell.

Er senkte den Blick. »Es ist nicht nur das.«

»Oh nein, was noch?«

»Chris hat gesagt, ich soll das nicht …« Er schaute sich hilfesuchend um.

»Was hat Chris gesagt?«

»Dass wir nur Freunde sein können. Also du und ich …« Er sah mich so verlegen an, dass mein Herz einen Hüpfer machte. »Das Problem ist nur, dass ich dich mag. Ich meine mehr als …«

Aber da hatte ich mich schon vorgebeugt. Hatte in seine weichen Haare gefasst. Seinen Kopf sanft zu mir herangezogen, sodass sein Gesicht direkt vor meinem war und ich seinen warmen Atem spüren konnte. Erstaunt sah er mich an. Sein Gesicht war jetzt so dicht an meinem, dass ich den feinen grauen Ring sah, der sich um das tiefe Blau seiner Augen zog. Und gerade als er weitersprechen wollte, beugte ich mich noch ein kleines Stückchen weiter vor und küsste ihn. Zunächst hielt er ganz still, dann küsste er mich vorsichtig zurück, als wäre er sich nicht ganz sicher, ob ich nur einen Scherz machte. In meinem Bauch schlugen die Gefühle Purzelbäume.

Nach einer Weile lehnte ich mich wieder zurück, und er sah mich fragend an. Ich zog ihn sanft zu mir aufs Bett, bis wir dicht voreinander lagen und uns direkt ins Gesicht schauten. Ich strich mit dem Zeigefinger über seine unverkennbare Nase, die zarte Haut unter seinen schönen Augen. Er blickte mich noch immer staunend an.

»Was hat Christian gesagt?«, fragte ich irgendwann.

Florian hob die Hand und strich mir behutsam die Mütze vom Kopf. Er berührte meine Haare, als würden sie zerbrechen, wenn er sie zu fest anfasste. »Dass ich die Finger von dir lassen soll.«

»Das hat Caro auch zu mir gesagt.« Ich schluckte. »Sie meint, ich soll mir einen anderen Sommerflirt suchen. Bloß nicht dich.«

»Und was machen wir kleinen Geschwister?« Er stupste zärtlich mit der Nase gegen meine.

Langsam schob ich die Hände unter sein T-Shirt. Seine Haut fühlte sich genauso weich an, wie ich vermutet hatte.

»Wir erfüllen ihre Erwartungen«, flüsterte ich. »Wir machen genau das, was wir nicht tun sollten.«

Und dann knutschten wir, als wären wir tatsächlich erst fünfzehn und nicht Anfang dreißig. Und irgendwann, als die Sonne bereits erste Strahlen durch die verstaubten Jalousien sandte, schliefen wir eng aneinandergekuschelt ein.

Papa lag mit einem Kissen im Rücken im Krankenbett, als ich ihn am nächsten Tag besuchte. Neben ihm stand ein Becher mit Wasser, aus dem er gerade mit einem Strohhalm trank.

»Tönchen.« Er lächelte mich an und sah tatsächlich schon etwas frischer und wacher aus als gestern.

»Papa, wie geht es dir?«

Mit seiner unverletzten Hand stellte er den Becher

beiseite. »Ich bin noch etwas schwach, aber es geht schon wieder.« Seine Stimme klang heiser.

Ich setzte mich auf den Stuhl neben seinem Bett. Ich hatte im Kiosk lange nach etwas zu lesen gesucht, was ich ihm mitbringen konnte, und mich schließlich für einen Krimi entschieden, den ich nun auf die weiße Bettdecke legte. »Ich weiß nicht, ob du schon wieder lesen kannst.«

Mein Vater spähte auf das Buch hinunter. »Ich probiere es nachher mal. Fernsehen ist mir noch zu anstrengend. Aber die Ärzte sagen, dass ich mich gut mache und bald wieder nach Hause kann.«

Ich betrachtete skeptisch sein eingegipstes Bein. »Nach Hause? Du musst bestimmt erst in die Reha, Papa.«

»Ach, papperlapapp, ich bin bald wieder der Alte.« Er lächelte, aber ich konnte seine Traurigkeit darunter sehen.

»Suki ist wieder da«, versuchte ich, ihn etwas aufzumuntern. »Und stell dir vor …« Ich zückte mein Handy und öffnete das Foto, das ich heute Morgen vor der Scheune gemacht hatte. Etwas unscharf sah man darauf die kleinen Kätzchen. Alle drei auf ein Bild zu bekommen war fast unmöglich gewesen.

Mein Vater machte große Augen. »So etwas habe ich mir schon fast gedacht. Na, wenn das kein schöner Grund für ihr Verschwinden ist.«

Über seinem Kopf bemerkte ich etwas Buntes. Am Infusionsständer, neben einer Flasche mit Flüssigkeit, hing ein selbst gebasteltes Gebilde aus Holz, Federn und Wolle.

»Was ist das?«, fragte ich.

Papa lachte rau. »Ein Traumfänger. Den haben Mads und Florian mir gestern mitgebracht. Haben sie aus Treibholz und Hühnerfedern gebastelt. Mads meinte, falls ich Albträume habe von meinem Sturz.«

Eine Weile schwiegen wir, dann sagte er: »Caro hat mir heute früh alles erzählt. Ich weiß auch, dass ihr den Gästen abgesagt habt. Das war richtig.«

»Findest du wirklich?«

Er nickte tapfer. »Ja. Ich denke, ich sollte vernünftig sein und mich zur Ruhe setzen. Vielleicht war das hier nur der letzte Wink mit dem Zaunpfahl.« Er wies auf seinen verbundenen Arm.

»Aber …« Ich stutzte. »Du lebst doch für den Hof.«

»Ich habe immer für meine Familie gelebt … vor allem für mein Sternchen. Ohne sie macht das alles keinen Sinn mehr.«

Ich spürte, wie sich ein Kloß in meinem Hals bildete. »Du wirst einen neuen Sinn finden.«

»Ja, das muss ich wohl. Aber den Hof alleine weiter betreiben? Das kann ich mir nicht vorstellen.«

Er wollte nach seinem Wasserbecher greifen, doch ich kam ihm zuvor und half ihm dabei. Je mehr er sprach, desto dünner wirkte seine angeschlagene Stimme auf mich.

»Sobald du wieder richtig essen kannst, bringe ich dir Schmalzbrote mit, ja?«, versprach ich.

Ich erzählte ihm noch, dass Suki die Babys offenbar in der Scheune zur Welt gebracht hatte. Die Renovierung sollte eine Überraschung werden, und ich musste mich mehrmals bremsen, um ihm nicht auch davon zu berichten. Nach einer Weile merkte ich, dass er müde wurde, und beschloss aufzubrechen.

Ich war bereits aufgestanden, als mein Vater sagte: »Tönchen, ich will, dass du etwas weißt.«

Ich setzte mich wieder auf die Stuhlkante. »Was denn, Papa?«

Er hob den Blick zum Traumfänger über seinem Bett. »Ich erinnere mich nicht mehr an meinen nächtlichen Abstecher zum Baumhaus. Meine Erinnerung endet im *Herzanker*.«

Ich versuchte, den Kloß in meinem Hals herunterzuschlucken. »Oh.«

Er sah noch immer nach oben. »Die Ärzte sagen, vielleicht kommt die Erinnerung zurück, vielleicht auch nicht.«

Ich griff nach seiner Hand, und seine Finger schlossen sich fest um meine.

Dann drehte er den Kopf zu mir, in seinen Augen standen Tränen. »Aber ich weiß, dass ich euch niemals freiwillig im Stich lassen würde.«

Ich lehnte mich zu ihm übers Bett und legte meinen Kopf behutsam an seine Brust. Alles hier drinnen roch nach Krankenhaus, aber ganz entfernt konnte ich seinen vertrauten Papa-Geruch erahnen. »Das weiß ich doch, Papa«, sagte ich leise.

Draußen sog ich tief die frische Luft ein, als könnte ich erst hier wieder richtig atmen. Als ich über den Parkplatz ging, sah ich meine Schwester, die mit ihrem üblichen energischen Schritt auf die Klinik zueilte. Offenbar hatte sie Schulschluss und wollte noch einmal nach Papa schauen. Ich rief nach ihr, aber sie war bereits am Hauptportal und stieg zügig die Treppen hinauf. Kurz wollte ich hinter ihr herlaufen, dann schob sich etwas anderes in mein Blickfeld, das mich innehalten ließ: Andys Kastenwagen. Er rollte gerade vom Parkplatz des Krankenhauses. Ich sah ihm besorgt hinterher.

So kann es nicht weitergehen, dachte ich. Diese Geheimniskrämerei halte ich nicht länger aus. Ich muss mit Caro sprechen.

Zu Hause waren alle ausgeflogen. Kein Florian weit und breit, Caro war noch im Krankenhaus, Mads in der Schule und Christian im Büro. Nur Motte begrüßte mich mit einem verschlafenen Wedeln, als ich die Haustür meiner Schwester aufschloss. Ich suchte an der Garderobe nach der Hundeleine, da fiel mein Blick auf die kleine Anrichte neben dem Spiegel. Darauf lagen Bilder, die Mads gemalt hatte, und ein paar Fotos.

Neugierig griff ich nach den Fotos. Sie waren etwas ausgeblichen und eindeutig schon einige Jahre alt. Sie zeigten einen jungen Mann mit langen Haaren, dunklen Klamotten und noch dunkleren Augenringen. Erst auf den zweiten Blick erkannte ich, dass es Florian war. Sofort kroch ein wohliges Gefühl in meinen Magen. Wie schön das gestern mit uns gewesen war! Wie unverhofft und schön. Dass der Typ, den ich anfangs für einen ziemlichen Schaumschläger gehalten hatte, einmal so etwas in mir auslösen würde, hätte ich nicht für möglich gehalten. Wie lustig – diese Bilder bewiesen, dass er zumindest früher auch auf den ersten Blick mein Typ gewesen wäre. Bestimmt hatte Christian die alten Fotos gefunden und sie hatten gemeinsame Erinnerungen geteilt, wo sie sich doch gerade annäherten.

Sorgsam legte ich die Fotos zurück. Dann sah ich mir Mads' Zeichnungen an. Auf fast allen war ein etwas unförmiger Hund mit bunten Flecken zu sehen. *MOTE* stand etwas krakelig daneben. Auf einem der Bilder entdeckte ich einen zweiten Hund, der dem anderen ähnelte, nur dass er etwa doppelt so groß war. *HUMEL* hatte Mads daneben geschrieben.

Gerührt betrachtete ich das Bild. Mein Neffe kannte Hummel nur von Fotos und aus unseren Erzählungen – oder zumindest erinnerte er sich nicht mehr an sie. Ich sah unsere alte Hündin wieder vor mir, wie sie an Mads' erstem Weihnachten zu ihm hinaufgesehen hatte, als ich ihn im Arm hielt. Voller Zärtlichkeit. Als er schließlich in seinem Babybettchen schlief, hatte sie sich mit offenen Augen davor eingerollt, und meine Schwester hatte gesagt: »Sie bewacht ihn, ist das nicht süß?«

Das war meine letzte Erinnerung an Hummel. Wenige Monate später hatte meine Mutter mich auf dem Handy angerufen und mir mitgeteilt, dass der Tierarzt sie wegen eines Hüftleidens eingeschläfert hatte. Ich werde nie vergessen, wie ich auf Bali auf der Terrasse unseres Mitarbeiter-Holzhauses stand, um mich herum der knallbunte Dschungel, dessen Farben mit einem Mal grau wurden. Ich hätte für Hummel da sein sollen, hatte ich gedacht. Wenn sie mir früher Bescheid gegeben hätten, wäre ich nach Hause geflogen und hätte ihre Pfote gehalten. Sie war doch auch meine Hündin gewesen.

Hummel jetzt auf Mads' kindlicher Zeichnung zu sehen machte mich glücklich und traurig zugleich. Sie würde mir für immer fehlen.

Motte stupste mich mit ihrer feuchten Nase an und holte mich zurück in die Gegenwart. Ich beugte mich zu ihr hinunter, woraufhin sie den Kopf an meine Hand schmiegte.

»Jetzt passt du auf Mads auf«, sagte ich leise. »Versprichst du mir, dass du immer gut auf ihn achtgibst?«

Motte schleckte mir über den Unterarm.

Schließlich zog ich ihr das Halsband über und ließ sie nach draußen. Sie rannte durch das offen stehende Tor auf den unbefestigten Weg, und ich folgte ihr. Wie ruhig und friedlich es hier war. Nur eine Biene summte dicht neben Mottes Gesicht. Schwanzwedelnd lief die Hündin ihr hinterher.

Dann sah ich Mads. Er schlenderte aus Richtung der Bushaltestelle über den Feldweg heran, mit seinem

Schulrucksack auf dem Rücken. Immer wieder hockte er sich hin, pflückte Blumen, sang ein Liedchen und blickte in die Luft.

Gefühlsstark, dachte ich. Ja, wahrscheinlich war Mads das. Er fühlte alles ziemlich stark. Er war neben dem Hier und Jetzt immer in einer Art Paralleluniversum, in dem Pusteblumen Wünsche erfüllten und Spinnennetze geheime Labyrinthe waren und Käfer in allen Farben des Regenbogens schimmerten. Für mich war das keine Diagnose, auch wenn mir klar war, dass meine Sicht gefärbt war. Für mich war das ein Geschenk.

Motte setzte sich hin und stellte die Ohren auf. Als sie erkannte, dass es wirklich Mads war, der sich da auf sie zubewegte, stürmte sie los. Jetzt hob auch Mads den Kopf, und obwohl er noch ziemlich weit weg war, sah ich das Strahlen, das sich auf seinem Gesicht ausbreitete. Er lief ebenfalls los, so schnell, dass ein Träger seines Schulranzens von seiner Schulter rutschte.

Motte machte Hechtsprünge, und als sie bei ihm angekommen war, sprang sie Mads so heftig an, dass er in den Wildblumen am Wegesrand landete. Erst jetzt fiel mir auf, dass der Welpe seit seiner Ankunft schon ein ganzes Stück gewachsen war. Die großen Pfoten hatten es von Anfang an verraten: Motte würde riesig werden.

Ich sah nichts mehr von Mads und der Hündin außer einem wild wedelnden Schwanz im Gestrüpp. Und ich hörte Mads' lautes Lachen. Schließlich tauchte sein Kopf wieder auf. Motte leckte ihm noch einmal quer übers Gesicht, dann trotteten sie nebeneinanderher auf mich zu. Es sah aus, als würden beide grinsen.

Dieses Bild behalte ich im Kopf, nahm ich mir vor. Wann immer ich einmal nicht in ihrer Nähe sein kann, stelle ich mir Mads und Motte auf dem Feldweg vor, die Sonne im Rücken, Blüten in Haar und Fell, glücklich vereint.

Als Mads bei mir ankam, fiel er mir um den Hals. Er roch nach Heu und Sommer, nach Motte und einfach nach Mads, und mein Herz quoll beinahe über. Er nahm meine Hand. Zusammen kehrten wir zum Hof zurück.

»Bist du hungrig?«, fragte ich. »Was hältst du von Pfannkuchen?«

Er antwortete nicht. Vermutlich war er mit seinen Gedanken irgendwo bei dem Lamm, das gerade leise blökte, oder bei Motte, die einen riesigen Stock aus dem Gebüsch zerrte, oder bei den Brennnesseln, die ihn beim Laufen in die Waden stachen.

Irgendwann fragte er unvermittelt: »Warum ist Mama so oft traurig?«

Ich drückte seine warme, kleine Hand etwas fester. »Wegen Oma und Opa. Weil Opa sich den Arm und das Bein gebrochen und am Kopf verletzt hat. Und weil Oma bei Gisela wohnt.«

Er blieb stehen, ließ meine Hand los, hockte sich hin und suchte nach etwas am Wegesrand. »Sie kommt nicht wieder, oder?«

Jetzt sah ich, wonach er Ausschau gehalten hatte:

nach den beiden Steinen, die aussahen wie ineinander verschränkte Herzen.

»Ich weiß es nicht, Madsi. Ich finde, wir sollten die Hoffnung nicht aufgeben.«

»Das hat Papa zu Mama auch gesagt.« Mads polierte mit seinem Ärmel die Steine. »Sie dachten, ich schlafe, aber ich höre sie ganz oft.«

Ich kniete mich neben ihn. »Dann sieht Papa das wie ich.«

Er rubbelte fester über die Steine, wobei seine Zungenspitze zum Vorschein kam. »Ja, aber Mama nicht. Sie hat gesagt, man muss die Hoffnung manchmal aufgeben, um weitermachen zu können. Oder so ähnlich.«

Ich streichelte ihm über den Rücken. »Wenn Opa aus dem Krankenhaus kommt, wird hoffentlich alles wieder etwas entspannter.« Ich blickte noch einmal auf die Steine, die Mads noch immer bearbeitete, und entdeckte, dass er etwas mit Kreide darauf gemalt hatte. Auf einem stand nun ein krakeliges M, auf dem anderen ein T.

»Das ist ja toll«, sagte ich gerührt und gab ihm einen Kuss auf die Stirn. »Steht das für uns beide?«

Er nickte verlegen und sah mich mit kreisrunden Augen an. »Bleibst du hier, Tante Toni?«

Ich lächelte. »Ich weiß es nicht, Madsi. Aber ich komme immer wieder, versprochen.«

Der Zweifel auf seinem Gesicht tat mir körperlich weh. Ich griff nach seiner Hand und strich mit dem

Daumen über seinen kleinen, warmen, schmutzigen Mads-Daumen.

»Komm, wir kochen jetzt etwas, einverstanden?«

Und dann gingen wir unser Mittagessen pflücken.

Als ich das Fahrrad meiner Schwester auf dem Schotterweg hörte, hatten Mads und ich bereits jeweils zwei große Pfannkuchen mit frisch gepflückten Jostabeeren verdrückt. Ich hatte sie so gemacht, wie Papa es mir beigebracht hatte – leicht karamellisiert und mit extra dickem Teig. Ich wendete gerade einen weiteren in der Pfanne. Mads saß am Küchentisch und malte, Motte bearbeitete zu seinen Füßen einen Kauknochen. Ich hörte Caro draußen »Mads!« rufen und öffnete das Küchenfenster.

»Wir sind hier.«

Einen Moment später stand sie in der Küche. Der Blick, den sie mir zuwarf, war ohne jede Freundlichkeit.

»Hey, Süße, ich hab dir auch einen Pfannkuchen gemacht«, begrüßte ich sie dennoch lächelnd.

»Danke, ich hab keinen Hunger.« Sie drückte Mads einen Kuss auf die Stirn. »Frag doch Flo oder Chris später, die freuen sich bestimmt. Ich muss kurz in die Scheune – die Eltern von Lovis haben angerufen und gefragt, ob wir sein Kindersurfbrett gefunden hätten, das haben sie wohl vergessen. Madsi, gehst du schon mal rüber? Wir machen gleich Hausaufgaben.« Und schon war sie wieder verschwunden.

Mads schaute nicht von seinen Stiften auf. Ratlos betrachtete ich den frischen Pfannkuchen, der buttrig glänzte. Ich stellte den Herd ab und die Pfanne beiseite. Vermutlich würde Florian sich wirklich freuen. Ich dachte daran, wie er sich neulich als unser Hausschwein bezeichnet hatte, und musste lachen.

»Toni!«, hörte ich von draußen meine Schwester rufen.

»Bin gleich wieder da«, sagte ich zu Mads und lief rüber zur Scheune.

Caro stand in der Tür, die Hände in die Hüften gestemmt. »Wie soll man in dem Chaos etwas finden?«

Ich folgte ihr hinein. Dicht nebeneinander und teils übereinander standen die Möbel aus den Ferienwohnungen. In einer Ecke hatten Florian und ich Teile für den Sperrmüll gesammelt, die kaputt oder morsch waren. Auf der anderen Seite standen die Sachen, von denen wir glaubten, sie noch für die Appartements gebrauchen zu können. Ich schlängelte mich an einem Samtsofa, zwei Bauernschränken und einem Stapel Schulstühle vorbei, von denen keiner dem anderen glich. Von der anderen Seite der Scheune hörte ich Caro fluchen.

Ich bückte mich unter ein Doppelbett, weil ich mich erinnerte, dort beim Umräumen die Surfbretter verstaut zu haben. Zwischen den großen Boards entdeckte ich tatsächlich ein Kindersurfbrett mit Disney-Motiv und zog daran.

»Ich hab es!«, rief ich.

»Ah, gut«, antwortete Caro von irgendwo.

Gerade als ich mich wieder aufrichten wollte, sah ich noch etwas unter dem Bett. Fell. Kleine Tatzen. Ein zuckender Schwanz.

»Hier habt ihr euch also versteckt«, sagte ich und streckte meine Hand aus. »Caro«, rief ich halblaut, um die Kätzchen nicht zu erschrecken. »Komm mal hierher, ich muss dir was zeigen.«

Dann knallte es, und ich zuckte zusammen. Zunächst dachte ich, ein Möbelstück wäre umgefallen.

»Caro, bist du okay?«

Einen Moment war alles still.

»Caro?«, rief ich etwas lauter.

»Ja«, antwortete sie schließlich. »Das war die Tür. Ist zugefallen.«

Ich bahnte mir mit dem Brett unter dem Arm einen Weg durch die Möbel. Caro stand bereits am Eingang. Sie rüttelte am Türgriff.

»Ich glaube, jemand hat von außen den Riegel davorgeschoben.« Sie sah mich ratlos an. »Wenn das mal nicht einer von Mads' Streichen ist.« Sie rüttelte heftiger und schimpfte: »Na warte, der kriegt was zu hören!«

»Komm, sei nicht so hart zu ihm!«

Caro drehte sich mit wütendem Blick zu mir um. »Das geht dich nichts an!«

Etwas erschrocken erwiderte ich: »Doch, Mads ist mein Neffe. Ich finde schon, dass ich ihn verteidigen darf.«

Caro rüttelte noch immer an der Tür, ihr Gesicht

war inzwischen tiefrot. »Ach ja, plötzlich geht es dich was an? Du lässt dich jahrelang nicht blicken, interessierst dich kaum für uns und Mads. Und jetzt denkst du, ausgerechnet du müsstest ihn verteidigen?«

Entsetzt starrte ich sie an. »Entschuldige mal, ich hab mich immer für euch interessiert! Wie kannst du so etwas behaupten? Ich hab mich regelmäßig gemeldet, und du weißt, dass ich Mads liebe.«

Caro drehte sich erneut zu mir. Und dann sah ich es. Der Schreck fuhr mir in die Glieder. In den Augen meiner sonst so beherrschten Schwester standen Tränen. »Du hast ihn so enttäuscht«, stieß sie hervor. »Weißt du, wie oft er mich gefragt hat, wann du wiederkommst? Warum du an Weihnachten nicht da bist? Er wollte sogar wissen, ob er etwas falsch gemacht hätte, ob du deswegen nicht mehr kommen willst.«

Jedes ihrer Worte fühlte sich an wie ein Fausthieb. Ich spürte den Puls an meinem Hals hämmern. »Warum hast du mir das nie gesagt?«, fragte ich benommen. »Ich hätte mit ihm darüber sprechen können.«

Caro nahm mir etwas grob das Surfbrett ab. »Damit du dich in Dinge einmischst, die dich nichts angehen, und alles noch schlimmer machst?«

Einen Moment lang hing der Satz in der Luft. Caro sah mich an, als warte sie auf meinen Gegenangriff. Die Tränen rannen nun ungehemmt über ihre Wangen. Als hätten sie seit Jahren auf diesen Moment gewartet. Und mit ihnen wurden all der Frust und die Wut und die Trauer hinausgespült.

Ich wollte Caro umarmen, aber ich spürte instinktiv, dass sie mich nicht lassen würde. Vorsichtig sagte ich: »Jetzt sprichst du von Andy.«

»Ja, jetzt spreche ich von Andy. Was fällt dir ein?« Sie spuckte die Worte geradezu aus.

Ganz ruhig antwortete ich: »Ich mache mir Sorgen. Ich frage mich eben, was zwischen euch läuft.«

Sie schnappte schluchzend nach Luft. »Auch das geht dich nichts an!«

Mein Hals fühlte sich so trocken an, dass mir das Sprechen schwerfiel. »Seit wann geht es mich nichts mehr an, Caro? Ich bin deine Schwester. Du hast dich bei mir und David damals auch eingemischt, und ich bin dir heute dankbar dafür.« Ich streckte die Hand nach ihr aus, aber sie trat einen Schritt zurück.

Ihr ganzes Gesicht war mittlerweile tränennass. »Bist du das? Ich habe eher das Gefühl, du hast es mir nie verziehen. Als wolltest du es mir immer noch heimzahlen. Warum sonst fängst du ausgerechnet mit dem einen Mann etwas an, von dem ich dich gebeten habe, die Finger zu lassen?«

Auch dieser Treffer verfehlte sein Ziel nicht. Wie gelähmt stand ich da, unfähig zu reagieren.

Caro wischte sich die Tränen von den Wangen, aber es kamen immer neue nach. »Ja, Toni, ich weiß von dir und Flo. Denkst du echt, das wäre mir entgangen? Und denkst du echt, ich hätte keine guten Gründe gehabt, dich davor zu warnen?«

»Dann nenn sie mir doch!« Jetzt wurde auch meine

Stimme schrill. »Du redest ja nie wirklich mit mir. So viele Worte, und trotzdem sagst du mir nie, was Sache ist.«

Caro machte einen weiteren Schritt nach hinten. »Meine Worte haben doch sowieso keine Bedeutung für dich.«

Haltsuchend lehnte ich mich an den alten Küchenschrank, der neben der Tür stand. »Das stimmt nicht! Ich mag ihn einfach, Caro. Florian ist nicht, wie du glaubst.«

Sie schlug mit der flachen Hand gegen die Scheunenwand. »Du weißt immer alles besser! Christian kennt ihn schon sein halbes Leben.«

»Die beiden sind doch gar nicht zusammen aufgewachsen. Christian hat ihm bisher nie eine Chance gegeben.«

Caro schrie auf, was mich erschrocken zusammenfahren ließ. »Du machst mich fertig! Hau doch wieder ab, geh feiern und surfen oder was auch immer du normalerweise so treibst!«

Ich wollte mich irgendwie verteidigen. Ihr sagen, dass sie mir wehtat. Sie fragen, warum. Vor allem aber wollte ich sie in den Arm nehmen. Wollte unbedingt, dass sie aufhörte zu weinen und wieder meine durch nichts zu erschütternde große Schwester wurde.

Caro hämmerte erneut gegen die Scheunentür. »Aufmachen, Mads! Ich sage das jetzt zum letzten Mal. Maaaaads!« Sie schrie so laut, dass ich mir am liebsten die Ohren zugehalten hätte.

Einen Augenblick war Ruhe. Dann hörten wir von draußen tapsende Schritte, ein Knarren. Jemand rannte weg.

Caro atmete tief aus und warf sich mit der ganzen Wucht ihrer Wut gegen die Tür. Mit einem lauten Quietschen sprang sie auf, Tageslicht fiel in die Scheune.

Caro stürmte davon, während ich ratlos zurückblieb. Was war nur in sie gefahren? Wie lange hatte sie schon diese Gefühle in sich angestaut, dass sie derart explodierte?

Dann fiel mir Mads ein. Wie würde er reagieren, wenn er seine Mutter in diesem Zustand sah? Ich musste ihm beistehen. Vielleicht versteckte er sich wieder in meinem Schuppen.

Und tatsächlich, er hockte im Schrank, wie am Tag meiner Ankunft. Aber diesmal erwartete mich kein zahnlückiges Grinsen, als ich die Schranktüren öffnete. Er hatte den Kopf zwischen die Knie gesteckt und hob ihn nur zögerlich.

»Ich wollte bloß helfen.« Seine Stimme klang tränenerstickt.

Ich setzte mich vor den Schrank auf den Teppich und zog Mads auf meinen Schoß. Er schluchzte so laut, dass ich genau hinhören musste, um seine Worte zu verstehen.

»Ich dachte, wenn ich euch einsperre, redet ihr. Oma hat gesagt, ihr müsstet nur miteinander reden, dann würde alles gut.«

Ich drückte ihn fest an mich und wiegte ihn hin und

her. »Da hatte sie sicher recht. Aber manchmal versteht man sich nicht richtig, egal, wie viel man redet. Als ob man unterschiedliche Sprachen sprechen würde.«

Eine Weile saßen wir einfach so da, er in meinen Armen, fest an mich gekuschelt.

Irgendwann sagte ich: »Komm, ich bring dich jetzt zu Mama, sie sucht dich bestimmt. Wir erklären ihr, dass du uns nur helfen wolltest.«

Mit gesenktem Kopf schlurfte Mads an meiner Hand über den Hof. Nicht mal die Küken, die neben dem Stall piepsend hinter ihrer Mutter hereilten, beachtete er.

Schon von Weitem sahen wir Caro in der Haustür lehnen. Ihr Gesicht war fleckig, die Augen rot und verquollen. Aber sie hatte sich offenbar einigermaßen gefangen.

Als wir direkt vor ihr standen, stellte ich mich schützend vor meinen Neffen. »Er wollte nur helfen.«

Sie schob mich wortlos zur Seite, kniete sich hin und nahm Mads in den Arm, der sofort wieder anfing zu weinen. Als sie ihn hochhob, schlang er beide Beine um sie wie ein Äffchen. Gemeinsam gingen sie ins Haus, ohne mich zu beachten.

Ich war noch immer völlig durcheinander, als ich rüber zum Schweinestall lief. Aus der mintfarbenen Wohnung drang Musik. Ich ging hinein und fand Florian. Er strich wieder, diesmal aber allein. Warum Andy heute nicht zum Helfen gekommen war, konnte ich mir ausmalen.

»Hey«, sagte ich in den Raum hinein. Es hallte leicht.

»Hey, da bist du ja.« Florian drehte sich um. In seinen Haaren klebte weiße Farbe. Er lächelte nicht, und ich wusste sofort, dass etwas nicht stimmte.

Er legte die Malerrolle zur Seite. »Ich hab euch schreien hören. Oder sagen wir: Caro schreien hören.«

Ich ging auf ihn zu und streckte die Hand nach der Farbe in seinem Haar aus. Ihm so nah zu kommen ließ mein Herz schneller schlagen. Sollte, durfte ich ihn küssen? Was und wie war das zwischen uns?

Sein Blick war zärtlich und traurig zugleich. »Ging es um mich?«

Ich sah ihm fest in die Augen. »Auch. Caro hat gesagt …«

»Dass sie von uns weiß?«

Ich spürte, dass ich rot wurde. »Ja.«

Ich wollte ihm eine Strähne aus dem Gesicht streichen, um irgendetwas zu tun, was die Distanz zwischen uns durchbrach, aber er wandte den Kopf ab.

Und dann plötzlich ahnte ich es. Ehe er etwas sagte, war mir klar, was das hier werden würde. Ich kannte diese Gespräche nur zu gut.

Er sah mich wieder an, und diesmal lag nur noch Traurigkeit in seinem Blick. »Toni, ich glaube, ich kann das nicht.«

Alles in mir wurde kalt.

»Ich bin so froh, dass Chris und ich endlich wie richtige Brüder sind. Er braucht mich jetzt. Und deine Schwester braucht dich. Es ist einfach der falsche Zeitpunkt…« Er sah mich immer noch an, als suchte er in meinen Augen nach der Bestätigung, dass er das Richtige tat.

Auf meiner Zunge lagen so viele Sätze:

Ich habe dich gerade noch verteidigt.

Lass uns einfach schauen, wie es sich entwickelt.

Wir können uns doch nicht von Caro und Chris vorschreiben lassen, was wir fühlen.

Lass uns mal gemeinsam mit den beiden sprechen.

Aber heraus kam nur ein knappes: »Alles klar.«

Während ich mich bückte und nach der zweiten Malerrolle griff, merkte ich, wie Florians Blick weiterhin auf mir ruhte.

Eine Zeit lang stand er noch da und betrachtete mich. Schließlich strich auch er weiter, und wir brachten gemeinsam zu Ende, was wir gemeinsam begonnen hatten. Immer wieder sah er mich an, als ob er noch etwas hinzufügen wollte, aber er sagte nichts mehr, und für mich gab es auch nichts mehr zu sagen.

17

Als ich schließlich allein in meinem Schuppen auf dem Bett saß, versuchte ich, die Tränen rauszulassen, die sich den ganzen Tag über angestaut hatten. Aber jetzt wollten sie nicht mehr. Sie hatten nur einen dumpfen Schmerz in meinem Kopf hinterlassen. In mir stieg Wut auf Florian auf. Wieso ließ er sich derart von seinem Bruder dirigieren? Wir waren doch erwachsen, wir konnten selbst entscheiden, was sich für uns gut anfühlte. Und das hatte es doch – oder etwa nur für mich? Warum hatte es bei mir seit David nie mehr so richtig gepasst?

Ich hatte einige Männer kennengelernt über die Jahre, war mit einigen von ihnen zusammen gewesen, manche hatte ich sehr gemocht. Aber nie wieder waren es richtig große Gefühle gewesen. Lange hatte ich mich gefragt, ob David etwas in mir kaputtgemacht hatte, was nicht mehr zu reparieren war. Oder ob ich es nur nicht mehr zuließ, weil ich zu viel Angst hatte, noch einmal einen solchen Schmerz zu spüren. Oder war man mit zunehmendem Alter schlicht nicht mehr dazu in der Lage, so intensiv zu fühlen? Jetzt wusste ich es: Nichts davon war wahr. Ich hatte einfach nur niemanden gefunden, der mich richtig begeisterte. Bis jetzt. Bis ausgerechnet hier und jetzt.

Ich musste an Caro denken. An ihre bitteren Tränen und an ihre verletzenden Worte. Ich lag auf dem Bett und wartete. Darauf, dass auch bei mir die Tränen kamen. Dass irgendjemand an die Tür klopfte und mich tröstete. Mads vielleicht, doch der schlief längst. Florian, der noch einmal über alles reden, sich erklären wollte. Aber vor allem hoffte ich auf Caro. Wollte sie mir nicht sagen, dass sie das alles nicht so gemeint hatte? Dass sie doch eigentlich froh darüber war, dass ich hier war? Dass wir alles irgendwie hinbekommen würden? Dass sie mich lieb hatte?

Morgen ist der fünfzehnte Juni, schoss es mir plötzlich durch den Kopf. Wie traurig und wie passend das war. Morgen würde sie mich wieder in den Arm nehmen. Aber ich brauchte es jetzt.

Ich stand auf und kniete mich vor mein Bett. Schob ein paar Kartons mit alten Kleidern und Handtüchern beiseite, bis ich ganz hinten an der Wand fand, was ich suchte. Die Kiste. Ich zog sie hervor und klopfte mir den Staub von den Klamotten. Dann setzte ich mich mit der Kiste aufs Bett. Ein alter Schuhkarton. So herrlich banal und doch mit so explosivem Inhalt.

Minutenlang starrte ich den verblichenen Markenschriftzug an, die leicht vergilbten Kanten, die Staubfäden, die sich darübergelegt hatten wie Requisiten für einen Gruselfilm. Dann gab ich mir einen Ruck und öffnete den Deckel. Zettel quollen hervor, als hätten sie lange auf diesen Moment gewartet. Einige waren nur grob geknickt, andere ganz klein zusammengefaltet. Ich nahm einen davon in die Hand, entfaltete ihn, las den Songtext, der darauf stand.

Nach und nach griff ich nach weiteren Zetteln. Kleine Liebesbriefe. Gedichte. Weitere Songtexte auf Deutsch und Englisch. Die meisten in meiner Schrift. Dann welche in seiner.

Ich liebe dich so sehr.
Ich vermisse dich, verzeih mir.
Tut mir leid wegen gestern.
Ich mache das nie wieder.
Ich will dich nicht verlieren.

Unter den Zetteln lagen ein paar Kassetten, die David mir damals aufgenommen hatte. Zwar hörten wir alle längst CDs oder aus nostalgischen Gründen Schallplatten, aber ich hatte noch meinen alten Walkman, und David schenkte mir regelmäßig Mixtapes mit unseren Liedern. Es war seine Art, Gefühle zu zeigen. Und nicht selten lag ich dann hier auf dem Bett, hörte die Lieder über Sehnsucht und Liebe und ließ mir von ihnen sagen, wozu er nicht imstande war.

Unter den Kassetten stieß ich auf alte Fotos. Das Herz schlug mir bis zum Hals, als ich sie hervorzog. Da war er. Mein David, so jung, so lässig, so problembeladen. Jetzt sah ich es deutlich – die Sorgen, den Kummer, den Schmerz in seinen Augen. Damals hatte ich all das nicht wahrhaben wollen. Es gab Knutschbilder von uns, ein paar Bandfotos, aber vor allem immer wieder ihn, weil ich ihn ständig fotografiert hatte, weil ich ihn festhalten wollte – festhalten, was wir hatten, weil ich schon spürte, dass es mir wie Wasser durch die Hände rann.

Ich fühlte tiefe Traurigkeit in mir aufsteigen. Was hätte aus uns werden können, wenn David nicht so viel getrunken und weniger gekifft hätte? Wie wäre er gewesen, clean und nüchtern? Vermutlich hätten wir uns trotzdem irgendwann getrennt wie die meisten Paare, die sich so früh kennenlernen. Aber wir könnten heute noch miteinander sprechen. Wir würden an Andys Bar lehnen und in gemeinsamen Erinnerungen schwelgen. Ich würde ein paar der Fotos einpacken und sie ihm beim nächsten Karaoke-Abend zeigen, und er würde einen Arm um mich legen und sagen: »Ach, ich war so verknallt in dich.« Seine Frau würde dazukommen und sich über seine Frisur auf den Bildern und die komisch sitzenden Jeans lustig machen, und wir würden uns alle gemeinsam kaputtlachen.

Aber es war anders gekommen. Ich warf einen letzten Blick auf eines der Fotos, auf denen Davids Pupillen zu groß waren, dann räumte ich sie nach und nach wieder ein. Packte die Kassetten und die Zettel obendrauf. Schloss die Kiste. Schob sie unters Bett. Ließ mich auf die Matratze fallen und starrte an die Decke.

Nach einer gefühlten Ewigkeit setzte ich mich auf. Draußen war es bereits dunkel. Ich sah mich im Zimmer um. Und mit einem Mal war die alte Frage wieder da: Was mache ich hier eigentlich?

Ich war gekommen, um meinem Vater zu helfen. Aber Papa wollte keine Hilfe, er wollte sich zur Ruhe setzen. Ich hatte meiner Mutter beistehen wollen, doch die war ganz weit weg, in jeder Hinsicht. Ich hatte für meine Schwester da sein wollen, mich mit ihr aussprechen, endlich, so richtig. Und was war passiert? Sie hatte mich im Grunde gebeten, wieder zu gehen.

Und ich fragte mich noch etwas: Ob alle anderen vergessen hatten, was für ein Tag morgen war. Wir hatten überhaupt nicht darüber gesprochen. Ich hatte geplant, vormittags einen Kuchen aus den restlichen Jostabeeren zu backen. Und dann? Sollte ich mit den anderen Kaffee trinken und so tun, als wäre nichts gewesen? Nein, beschloss ich. Vielleicht konnten sie das. Ich konnte es nicht.

Also fasste ich einen Entschluss. Stück für Stück holte ich meine Sachen aus dem Schrank und verstaute sie wieder im Rucksack. Dann zog ich das Bett ab und faltete den Bezug ordentlich zusammen. Die alte Gitarre und die Plattenkiste wanderten zurück auf den Schrank. Schließlich suchte ich nach einem Stück Papier und fand im Papierkorb unter dem Schreibtisch einen alten Briefumschlag. Darauf schrieb ich:

Mein liebster Madsi,

es tut mir leid, aber ich muss wieder los. Dich trifft keine Schuld, und ich wünschte, ich könnte dich mit-

nehmen. Ich weiß nicht, ob es dir klar ist, aber du bist einer der wichtigsten Menschen auf der Welt für mich. Und ich halte mein Versprechen – verlass dich drauf – ich komme immer wieder. Motte hat mir versprochen, solange gut auf dich aufzupassen.

Ich hab dich sehr lieb!

Deine Tante Toni

Ich klebte den Zettel mit etwas altem Tesafilm von einem der Poster von außen an die Schuppentür. Dann fiel mir noch etwas ein. Ich lief über die Wiese zum Schweinestall. Die Türen standen offen, damit die Farbe trocknen konnte. Es war ziemlich dunkel, aber die Außenlampen an den Wohnungen sprangen an, als ich näher kam. Das Efeu warf zarte Schatten an die Wände. Ich ging durch die Räume, die wunderschön aussahen. Mit matt geschliffenen Holzböden und frischer Tapete. Man könnte so viel daraus machen.

Ich suchte zwischen den Farbeimern nach den drei Lacken, die Andy uns geschenkt hatte. Die Türen waren bereits abgeschliffen, aber noch nicht gestrichen. Ich wollte mir nie wieder sagen lassen, ich würde die Dinge nicht zu Ende bringen. Die Möbel in der Scheune würden Chris und Florian auch ohne mich in die Wohnungen tragen können, wenn entschieden war, wie Papa sie in Zukunft nutzen wollte. Aber diese Türen, die würde ich heute Nacht ganz alleine lackieren.

Ich begann mit der linken, der roséfarbenen. Es dauerte viel länger und war kniffliger, als ich vermutet hatte. Dennoch nahm ich mir danach auch die mintfarbene Tür in der Mitte und schließlich die babyblaue ganz rechts vor. Die Farben wirkten gräulich bei diesen Lichtverhältnissen, und ich bezweifelte, dass ich wirklich alle Ecken erwischt hatte, aber ich war sicher, dass sie bei Tageslicht strahlen würden.

Zurück in meinem Schuppen leuchtete ich noch einmal mit dem Handy in jede Ecke. Ich hatte alles eingepackt. Den Rucksack zog ich auf den Rücken, den Gitarrenkoffer hängte ich mir über die Schulter. Mein letzter Blick galt den Fotos an der Pinnwand. Eins davon zeigte Caro und mich. Ich war noch klein, vielleicht zwei, drei Jahre alt. Sie küsste mich stürmisch auf die Pausbacke, und ich lachte ausgelassen. Kurzerhand nahm ich es ab und schob es in meine Jackentasche. Auch das Bandfoto steckte ich ein.

Dann verließ ich den Schuppen und schloss die Tür hinter mir ab. Mit schweren Schritten ging ich über die Wiese und den Hof, bis zum Märchenhaus meiner Eltern, und warf den Schlüssel in den Briefkasten an der Wand zwischen den dichten Rosenhecken. Es brannte nirgends mehr Licht. Ein letztes Mal sah ich zu Caros Haus hinüber. Auch dort schliefen offenbar alle. So geräuschlos ich konnte, kletterte ich mit dem Gepäck über das Tor. Dann stand ich wieder auf dem Schotterweg, über den ich vor wenigen Wochen gekommen war. Schon an jenem nebligen Morgen hatte ich geahnt, dass es keine gute Idee war hierherzukommen.

Doch diesmal führte mein Weg mich nicht zurück in Richtung Bushaltestelle. Stattdessen lief ich in die Dunkelheit hinein, bis der Schotterweg auf den Deich traf. Ich lief und lief und lief, bis meine Stoffturnschuhe von der feuchten Wiese nass waren und die Rucksackriemen sich tief in meine Schultern gegraben hatten. Vorbei an den Nachbarhöfen, dem der Brodersens, dem von Inas Eltern und den anderen. Über Felder und ein paar Weiden, über Wassergräben, durch pikende Brombeerbüsche und mannshohes Reet. Manchmal glaubte ich, ich hätte mich in der Dunkelheit verlaufen, doch dann passierte ich den Hochsitz und den alten, verlassenen Hof, vor dem wir uns früher gegruselt hatten und der mir jetzt wie ein niedliches Hexenhäuschen vorkam. Ich überquerte eine Straße und ging durch eine kleine Wohnsiedlung mit reetgedeckten Neubauten. Damals, als wir diesen Weg regelmäßig nahmen – unseren Geheimweg –, war hier eine Wiese voller Schafe und Lämmer gewesen.

Als ich endlich die Dünen erreichte, fühlte sich mein Rucksack an, als wären Steine darin. Ich streifte die Stoffturnschuhe ab und knotete sie an die Riemen. Der Sand unter meinen Füßen war weich und kühl. Durch die Dünen, die Wind und Wetter zu perfekt geschwungenen Hügeln geformt hatten, lief ich auf das Rauschen der Wellen zu.

Hinter der letzten Kuppe sah ich das Meer, schimmernd im Licht von Mond und Sternen. Kurz bevor der Sand feucht wurde, legte ich meinen Gitarrenkoffer und meinen Rucksack ab. Außer dem Rauschen des Meeres waren nur gedämpfte Stimmen vom weit entfernten Parkplatz zu hören. Dort übernachteten häufig Urlauber in ihren Bussen und Wohnmobilen. Die Polizei klopfte dann nachts an ihre Scheiben, nahm ihnen ein Bußgeld ab und verscheuchte sie.

Als Caro und ich meinem Vater vor vielen Jahren gesagt hatten, dass wir auch einmal am Strand schlafen wollten, war er mit uns hierhergekommen. Wir breiteten Isomatten aus, legten Schlafsäcke darauf und blickten hinauf in den Sternenhimmel. An manche Sternbilder, die Papa uns damals gezeigt hatte, erinnerte ich mich bis heute.

Ich wickelte mich in Mamas selbst genähte Decke, die mich auf all meinen Reisen begleitete, bettete meinen Kopf auf den Rucksack und blickte hinauf. Es könnte schlimmer sein, dachte ich. Diese eine Nacht wollte ich meiner alten Heimat und mir noch schenken, dann würde ich weitersehen. Vermutlich würde ich erst mal zu Maria nach Norderney fahren. Sie hatte das alte Haus ihrer Mutter ausgebaut und genug Platz, um mich für eine Weile aufzunehmen. Hilfe in ihrem Café konnte sie eigentlich auch immer gebrauchen.

Es war zum Glück fast windstill und angenehm mild – so mild wie in jener Nacht vor fünfzehn Jahren. Unweigerlich wanderten meine Gedanken zurück zu den Ereignissen, die alles verändert hatten.

Spät am Abend hatte ich damals das Hotel von Davids Eltern verlassen. Er war betrunken und bekifft gewesen, als ich ging. Er wurde gemein, sagte, er hätte keine Lust mehr auf meine Vorwürfe, keine Lust mehr auf mich. Wortlos ließ ich ihn stehen und nahm den Aufzug nach unten. Er kam mir nicht hinterher. Draußen vor dem Hotel bemerkte ich, wie lau die Luft noch war. Eigentlich sollten wir an so einem Sommerabend gemeinsam am Strand sitzen, hatte ich gedacht. Stattdessen lief ich allein durch die Dunkelheit, den ganzen Geheimweg entlang. Als ich nach Hause kam – viel später als vereinbart –, wartete Caro im Schuppen auf mich, weil sie sich Sorgen gemacht hatte. Sie war übers Wochenende zu Besuch, und ich hatte bisher kaum Zeit mit ihr verbracht. In meiner Verzweiflung erzählte ich ihr alles. Sie hörte mir zu, diesmal ohne zu urteilen, und hielt mich im Arm.

Irgendwann, weit nach Mitternacht, klingelte mein Handy. Es war David.

»Es tut mir so leid«, sagte er weinend. »Bitte lass uns noch einmal sprechen, Toni! Kannst du vielleicht mit dem Rad herkommen? Jetzt sofort? Bitte!«

»Ich weiß nicht«, sagte ich. »Ich melde mich gleich noch mal.«

Als ich auflegte, sah Caro mich mit wissendem Blick an.

»Ich muss kurz raus«, sagte ich.

»Wohin?«, fragte sie.

»Nur kurz an die frische Luft.«

»Bitte lüg mich nicht an!«, sagte sie und verstellte mir den Weg. Wir rangelten miteinander.

Dann schloss sie von innen die Tür ab. Ich versuchte, ihr den Schlüssel wegzunehmen, aber Caro war größer und stärker als ich. Sie warf ihn durch mein einziges Fenster nach draußen. Das kaputte Fenster, das sich nur kippen, aber nicht ganz öffnen ließ. Panisch versuchte ich, David anzurufen, aber Caro entriss mir auch das Telefon und warf es ebenfalls aus dem gekippten Fenster. Ich starrte sie entgeistert an. Von draußen hörte ich es klingeln. Neun oder zehn Mal. Dann war alles still.

»Das halten wir jetzt zusammen aus.« Caro nahm meine Hände in ihre. »Du schaffst es, Toni, diesmal schaffst du es. Glaub mir, morgen früh sieht die Welt anders aus.«

Es wurde die längste Nacht meines Lebens. Caro behielt recht, wenn auch nicht so, wie sie es gemeint hatte.

Auch die heutige Nacht würde lang werden. Je später es wurde, desto kühler wurde die Luft. Ich holte Florians Mütze aus der Seitentasche des Rucksacks und blickte sie wütend an, als könnte sie etwas dafür, dass er mich derart verletzt hatte. Ich hatte es trotzdem nicht übers Herz gebracht, sie zurückzulassen. Und jetzt war mir so kalt, dass ich sie etwas widerwillig aufsetzte. Mein Handy hatte ich ausgeschaltet, weil ich mit niemandem sprechen wollte. Ich würde wiederkommen, das schon. Aber nicht heute, nicht nach diesem Streit, nicht ausgerechnet in dieser Nacht.

Am Himmel war keine Wolke mehr, und ich sah so viele Sterne, dass mir fast schwindelig wurde. Sie verschwammen vor meinen Augen, doch obwohl ich hundemüde war, würde ich hier vermutlich keine Minute schlafen. Vom Parkplatz drang nur noch vereinzeltes Gelächter herüber, das irgendwann verstummte. Nur ich lag wach auf dem Rücken, blickte in den Sternenhimmel und lauschte dem Rauschen der Wellen.

Ich kannte diesen Zustand von Langstreckenflügen. Wenn ich eingepfercht zwischen anderen Reisenden saß, todmüde, aber ohne eine Chance auf Schlaf, kletterten Gedanken und Gefühle von ganz tief unten an die Oberfläche und schrien: »Hier, hier, an mich hast du lange nicht gedacht!« Ich hatte in diesen durchwachten Nächten schon seitenlange Briefe im Kopf formuliert. An verflossene Liebschaften, bei denen ich mich plötzlich fragte, ob es meine Schuld gewesen war. An alte Freundinnen, bei denen ich das Gefühl hatte, ich müsste mich für etwas entschuldigen, das Jahre zurücklag. Auch Ina war mehrfach Gegenstand meiner Nachtfluggrübeleien gewesen. In meinen Briefen an sie hatte ich ihr geschrieben, dass ich gern ihre Freundin gewesen wäre. Und dass ich damals nicht gewusst hatte, dass sie auch in der Band singen wollte.

Jetzt, wo der Wind zugiger wurde und unter meine Klamotten und die Decke kroch, dachte ich an Florian. Seine Küsse, seinen warmen Atem, seine weiche Haut, die Zärtlichkeit, mit der er mich angesehen hatte. Wie hatte ich mich nur so in ihm täuschen können? Ich hätte mich für ihn gegen Caro gestellt. Er hatte sich für seinen Bruder entschieden. Damit war alles gesagt.

18

Mit jeder Stunde, die verstrich, wurde mir kälter, bis ich irgendwann das Gefühl hatte, dass die Kälte sogar meinen Gedankenfluss zum Versiegen brachte. Und dann endlich schimmerte etwas Licht hinter den Dünen. Die Sonne ging auf. Ich setzte mich und schüttelte meine leicht tauben Arme und Beine aus. Ganz langsam schob sich die Sonne über die Sandhügel. Malte den Strand wieder weiß, den Himmel rosa, das Meer blau. Wie schön es hier ist, dachte ich. So ein besonderes Fleckchen Erde.

Die Farben wurden satter und meine Hände wärmer. Schließlich stand ich auf, streckte mich und sah mich um. In weiter Ferne entdeckte ich winzig klein einen Spaziergänger mit Hund. Ansonsten lag der Strand menschenleer vor mir.

Ich schulterte mein Gepäck. Über den Strand und durch die Dünen lief ich bis nach St. Peter-Ording hinein. Auch hier schliefen die meisten noch. Nur ein paar Kehrmaschinen waren unterwegs und putzten die Straßen für den Tag heraus. An der Bushaltestelle standen ein paar Frühaufsteher. Ich schaute auf dem Fahrplan nach, wann der erste Bus nach Husum fuhr.

Ich hatte Glück. Nur zwanzig Minuten später war ich unterwegs. Ich musste noch etwas erledigen, dann würde ich den nächsten Zug nach Hamburg nehmen und von dort aus weiter nach Norderney reisen. Ich sollte Maria Bescheid geben, dachte ich. Aber ich traute mich nicht, mein Handy einzuschalten.

Am Krankenhaus in Husum stieg ich aus. Obwohl Sonntag war, war auf dem Parkplatz schon einiges los. Mitarbeiter eilten zur Arbeit, Besucher brachten Pralinenschachteln und Blumensträuße. Mit müden Beinen ging ich aufs Hautportal zu. Ich war so viel gelaufen seit gestern Abend und hatte mit einem Mal das Gefühl, dass meine Kraft mich verließ.

Einige Meter vor der Treppe entdeckte ich sie. Sie saß auf der obersten Stufe, ganz am Rand, und blickte mir entgegen.

Meine Mutter.

Ich blieb stehen und sah zu ihr hinauf. Wie ein Kind, das bei etwas Verbotenem erwischt wird, überlegte ich, was die cleverste Reaktion wäre. Umzudrehen und abzuhauen oder so zu tun, als wäre nichts gewesen. Ich entschied mich für Letzteres.

Mit schweren Schritten stieg ich die Treppe hinauf und stellte den Rucksack und die Gitarre neben ihr ab. »Guten Morgen, Mama!«

Sie hob den Kopf und blinzelte in die Sonne. »Guten Morgen, Engelchen!«

Ich setzte mich neben sie und rieb mir über die schweren Augenlider. »Was machst du hier?«

»Ich war gerade da und dachte, vielleicht habe ich Glück und treffe dich.« Sie hatte einen Thermobecher in der Hand und wärmte sich die Finger daran.

Ich unterdrückte ein Gähnen. »Hast du dich doch entschieden, Papa zu besuchen?«

Sie zupfte an meinem mittlerweile ziemlich zerzausten Zopf. Das erinnerte mich daran, wie sie früher versucht hatte, mir Flechtfrisuren zu machen, und an meinen feinen Haaren gescheitert war.

Sie lächelte mich sanft an. »Ach, Engelchen, ich hab ihn die ganze Zeit besucht. Morgens früh oder spät am Abend. Frag die Nachtschwestern. Ich wollte nur nicht, dass sich jemand von euch falsche Hoffnungen macht.« Sie blickte auf ihren Kaffeebecher. »Caro hat mir erzählt, dass du deine Sachen gepackt hast. Aber ich war sicher, dass du nicht gehst, ohne dich von Papa zu verabschieden.«

Ich blickte über den Parkplatz, auf den immer mehr Krankenhausmitarbeiter und Besucher fuhren. Sie stiegen an uns vorbei die breiten Stufen hinauf, ohne uns zu beachten. »Was sagt Papa zu deinen Besuchen?«

Meine Mutter reichte mir den Thermobecher. Kaffeeduft strömte mir entgegen. »Er freut sich. Er weiß es einzuschätzen. Uns verbindet eben immer noch viel. Vorhin haben wir lange über den heutigen Tag vor, vor … vielen Jahren gesprochen.«

Ich ließ den Becher sinken. »Dreiunddreißig.«

»Ja, vor dreiunddreißig Jahren.« Meine Mutter blickte mich mit verklärtem Blick an. »Darüber, was für ein großes Glück wir an diesem Tag hatten. Die Hebamme hat dich untersucht, und ich habe Papa gefragt: ›Wie sieht sie aus, wie sieht sie aus?‹ Da hat er dich angeschaut und angefangen zu weinen. Ich habe gefragt: ›Was ist los, warum weinst du?‹ Es hat sich für mich angefühlt wie Stunden, bis er seine Stimme wiederfand und sagte: ›Sie sieht aus wie du, Sternchen. Sie ist du als Baby.‹« Sie wischte sich eine Träne von der Wange und fuhr mit belegter Stimme fort: »Aber das warst du nicht, du warst ganz anders als ich, und das bist du bis heute. Du magst meine Fusselhaare geerbt haben und meinen kleinen Po und meine freche Klappe. Aber du bist viel mutiger als ich, freier, großherziger. Ich predige immer vom Leben und Lebenlassen, aber du, du lebst das. Wir lieben dich sehr, Engelchen, ich hoffe, das weißt du.«

Sie kramte in ihrer Tasche und drehte sich von mir weg, während meine Augen sich mit Tränen füllten. Als sie sich wieder umwandte, hielt sie einen kleinen Kuchen in der Hand, auf dem eine Kerze brannte.

Sie sah mich liebevoll an. »Alles Gute zum Geburtstag, mein Engelchen!«

Jetzt flossen die Tränen ungehemmt über mein Gesicht. Auf der Treppe zum Krankenhaus, zwischen lauter Fremden. Meine Mutter nahm mich in den Arm und wiegte mich hin und her. Sie hatte mich seit fünfzehn Jahren nicht mehr an meinem Geburtstag gesehen und mir nicht persönlich gratulieren können. Per Videocall hatten sie anfangs Luftschlangen in die Luft geworfen und Kuchen voller Kerzen präsentiert, die sie alle gemeinsam stellvertretend für mich auspusteten. In den letzten Jahren hatten sie nur noch kurze Videos geschickt, in denen sie sangen oder Glückwünsche aufsagten. Ich hatte sie mir angesehen, irgendwo in der Ferne, heimlich in meinem Zimmer, denn es sollte auf keinen Fall jemand mitbekommen, dass ich Geburtstag hatte. Weil ich an diesem Datum auf keinen Fall feiern wollte.

»Ich dachte schon, ihr hättet es vergessen«, sagte ich in Mamas Haar hinein.

Jemand hupte auf dem Parkplatz, eine Frau schimpfte lautstark. Meine Mutter klopfte mir sanft auf den Rücken. »Ach, Engelchen, das würden wir doch nie. Du musst noch die Kerze ausblasen.«

Ich löste mich von ihr und sah auf das fast heruntergebrannte Wachs. Dann wischte ich mir übers nasse Gesicht und pustete. Über meinen Wunsch musste ich nicht lange nachdenken. In diesem Moment wünschte ich mir nichts sehnlicher, als meine Mutter und meinen Vater wieder eng umschlungen tanzen zu sehen, während alle anderen Geburtstagskuchen aßen und halb gerührt, halb belustigt zusahen.

»Danke«, sagte ich schließlich.

»Möchtest du jetzt ein Stück essen?«

Ich wischte mir erneut übers Gesicht. »Nein danke, erst will ich zu Papa.«

Mama wickelte den Kuchen in eine bunte Papierserviette und ließ ihn wieder in ihrer Tasche verschwinden. »Er ist vorhin eingeschlafen. Wir beide haben jetzt sowieso erst etwas anderes vor und kommen nachher wieder.«

Ich sah sie ratlos an.

»Komm!« Sie stand auf, nickte mir aufmunternd zu und griff nach meiner Gitarre.

Also gut, dachte ich, nahm den Rucksack und folgte ihr.

Sie lief zu dem roten Kleinwagen, der zwischen anderen Autos parkte, öffnete den Kofferraum, legte meine Gitarre hinein und dann auch den Rucksack, den ich ihr reichte. Wohin wir fuhren, konnte ich mir denken. Und auch das ließ ich geschehen.

Ich saß still neben meiner Mutter, die nicht einmal das Radio aufgedreht hatte. Ich sah hinaus auf die Straßen von Husum, die Wiesen dahinter, die kleinen Dörfer, die Höfe am Straßenrand, den strahlend blauen Himmel, an dem die Sonne höher und höher kletterte. Ein paarmal war ich sicher, dass wir im Kreis fuhren, aber sie blieb ganz ruhig, bis sie den Feldweg fand, den sie offenbar gesucht hatte. Erst als ich sah, dass er in einen Wald führte, wurde mir mulmig. Der Wald wurde dichter, bis wir zu einem Parkplatz gelangten. Dort stand schon Andys Kastenwagen neben einigen anderen Autos. Als meine Mutter den Motor abstellte, blieben wir noch einen Moment sitzen und schwiegen.

Irgendwann sagte sie, ohne mich anzusehen: »Es tut mir leid, dass ich dich nicht besser beschützt habe. Glaub mir, ich habe mir viele Vorwürfe gemacht deswegen.«

Ich sah hinaus auf die Bäume. »Ach, Mama. Du hast ja recht, ich hätte eh nicht auf dich gehört.«

»Hast du uns deswegen verlassen? Weil wir dich nicht genug beschützt haben?«

Erstaunt drehte ich mich zu ihr. »Ich habe euch nicht verlassen.«

Jetzt sah auch sie mich an. »Für uns hat es sich so angefühlt.«

»Ich kam einfach nicht klar mit dem, was passiert war. Und je näher ich an zu Hause war, desto schlimmer wurde es.«

»Du warst traumatisiert. Das habe ich im Internet recherchiert. Und ich habe auch gelesen, dass ich dir direkt hätte nachreisen müssen. Ich hätte dich nach Hause holen und dafür sorgen müssen, dass du Hilfe bekommst. Es tut mir leid, Toni.«

Ich spielte mit dem Reißverschluss meiner Jacke. »Ich denke, wir waren alle überfordert.«

Sie umklammerte das Lenkrad so fest, dass ihre Knöchel weiß hervortraten. »Stimmt. Aber als Caro letztes Jahr zu uns kam mit diesem Brief, in dem stand, dass du erst mal nicht mehr kommen willst … Spätestens da hätte ich mich in einen Flieger setzen müssen.«

Caro hat ihnen den Brief also gezeigt, dachte ich. Deswegen lag er in ihrem Schlafzimmer. Sie hatten alle zusammen überlegt, was sie tun konnten. Der Gedanke rührte und beschämte mich zugleich.

Ich musste schlucken. »Ach, Mami, ich hab es euch auch nicht leicht gemacht.«

»Weißt du, was mein größter Kummer ist seitdem?« In ihren Augen standen wieder Tränen. »Dass du offenbar nicht dachtest, dass zu Hause der Ort ist, an den du in der Not zurückkehren kannst.«

Eine Zeit lang dachte ich über ihre Worte nach. Als ich wieder zu ihr sah, wischte sie sich übers Gesicht. Ich griff nach ihrer Hand, die sich kalt anfühlte.

Sie lächelte mich tapfer an. »Komm«, sagte sie mit fester Stimme. »Das stehen wir jetzt gemeinsam durch.«

Wir stiegen aus und folgten den Schildern in den Wald hinein, der sich bald zu einer Lichtung öffnete. Dort standen ein paar Leute und unterhielten sich. Kurz fürchtete ich, vor Erschöpfung und Überwältigung ohnmächtig zu werden. Ich blieb stehen und überlegte umzudrehen, da spürte ich die Hand meiner Mutter, die meine fest umschloss.

Wie ein kleines Mädchen am ersten Schultag ging ich an ihrer Hand auf die anderen zu. Zu meiner Erleichterung drehte sich in diesem Moment ein vertrautes Gesicht zu uns um: Andy löste sich aus der Menschentraube und kam uns mit unsicherem Lächeln entgegen.

»Du bist gekommen.«

Ich zuckte mit den Schultern. »Nicht ganz freiwillig.«

»Hauptsache, du bist hier.«

Er begrüßte auch meine Mutter und wies dann hinter sich. »Ihr seid früh dran, die meisten kommen noch. Es gibt Brötchen, Kuchen, Saft und Kaffee, bedient euch.« Er zeigte hinter sich auf einen Tapeziertisch, auf dem gerade ein kleines Büfett aufgebaut wurde. »Später wollen wir noch etwas Musik machen.«

Ich sah mich nervös um, während meine Mutter uns Kaffee und je ein halbes belegtes Brötchen holte. Ich bekam kaum einen Bissen hinunter, aß aber dennoch, weil ich wusste, dass ich eine Stärkung brauchte, um das hier durchzustehen. Entgegen meiner Erwartung starrte mich niemand an. Einige der Anwesenden kannte ich noch von früher. Unser alter Schlagzeuger Basti, der mittlerweile in Hamburg wohnte, war extra angereist. Er arbeitete heute in einem Software-Unternehmen und sah so erwachsen und aufgeräumt aus, dass ich ihn fast nicht wiedererkannt hätte. Andys Exfreundin Jessica war mit Kalle Brodersen gekommen, der tatsächlich ein wahrer Muskelprotz geworden war. Ich hielt kurz Small Talk mit den beiden. Andy hatte recht gehabt: Es war alles ganz ungezwungen, fast wie eine Party.

Als ich mir gerade noch mal Kaffee einschenken wollte, kam Andy zu mir. »Bist du okay?«

Ich drückte auf den Spender der großen Kanne. »Ja, danke, und du?«

»Auch.«

Wir sahen beide zu, wie der dampfende Kaffee in meinen Becher lief. Dann fragte Andy: »Willst du den Baum sehen?«

Ich hielt in der Bewegung inne. »Ja, gern.«

Ich reichte den Kaffeebecher meiner Mutter, die mir

aufmunternd zunickte. »Soll ich mitkommen, Engelchen?«

Ich lächelte sie dankbar an. »Nein, ich schaff das schon.«

Dann folgte ich Andy durch den Wald. Äste knackten unter unseren Füßen.

»Kommt Caro auch noch?«, traute ich mich zu fragen.

»Sie war heute früh als Allererste hier. Wollte danach zu deinem Vater ins Krankenhaus. Ihr müsst euch knapp verpasst haben.« Mir fiel auf, dass Andy heute zu seiner engen Jeans nicht wie sonst ein dunkles T-Shirt, sondern ein weißes Hemd trug.

»Und Davids Eltern?«

Behutsam schob er einen Ast beiseite, der in den Pfad hineinragte. »Kommen später noch, denke ich.«

Licht fiel durch die hohen Baumwipfel auf uns herunter. Der Pfad wurde schmaler. Um die Bäume am Wegesrand waren bunte Bänder gewickelt. Außerdem waren kleine Namenstafeln am Holz befestigt.

Vor einem besonders großen, stolzen Baum blieb Andy stehen. »Hier«, sagte er nur.

Wie oft hatte ich mir diesen Moment ausgemalt. In meiner Vorstellung war er immer dramatisch gewesen und voller Tränen. Jetzt, wo er wirklich gekommen war, geschah etwas Merkwürdiges. Ich fühlte mich plötzlich leicht. Fast körperlos. Arme und Beine gehörten nicht mehr zu mir, ich stand nur da, das Licht der Sonne im Nacken, das Singen der Vögel hoch über mir. Minuten vergingen, bis ich die Tafel vor meinen Augen nicht nur ansah, sondern wirklich las. In schlichter, zarter Schrift stand dort:

David Wegener
Du bleibst für immer in unseren Herzen.

Ich las es wieder und wieder. Als könnte ich noch immer nicht begreifen, dass es wirklich stimmte. Dass hier in diesem Friedwald, unter dieser massiven Eiche, wirklich die Asche meiner großen Liebe in einer Urne unter der Erde lag.

Als Andy irgendwann seine Hand auf meine Schulter legte, hatte ich das Gefühl, ich hätte vergessen zu atmen.

Es dauerte ein paar weitere Minuten, bis ich meine Stimme wiederfand. »Es wirkt alles so freundlich hier«, sagte ich schließlich. »So ganz anders als in meiner Vorstellung.«

Andy drückte leicht meine Schulter. »Das war auch mein erster Gedanke, als ich hierherkam.«

Ich blickte am Baumstamm hinauf. Er hatte prachtvolle Äste, die hoch in den Himmel wuchsen. Sonnenstrahlen fielen durch die Zweige auf mein Gesicht. Ich hatte das Bedürfnis, etwas zu sagen, David eine Botschaft zu senden. Aber jeder Gedanke blieb hängen wie in einem unsichtbaren Sieb.

Mein Blick wanderte den Stamm wieder herunter, bis auf den Boden vor unseren Füßen, auf dem Laub zwischen den Wurzeln lag.

»Ich glaube, ich schaffe es nicht, seinen Eltern zu begegnen«, sagte ich betreten.

»Das verstehe ich.« Andys Hand lag noch immer auf meiner Schulter. »Dass du hier bist, ist ein erster Schritt.«

Noch einmal blickte ich auf die kleine Tafel, noch einmal versuchte ich, einen klaren Gedanken zu fassen, David irgendeine Nachricht zu schicken, wie ich es mir einst für diesen Moment vorgenommen hatte, doch es gelang mir nicht.

Schließlich nahm Andy seine Hand von meiner Schulter, und wir gingen hintereinander über den Waldweg zurück.

»Glaub mir, eines Tages sitzt du mit deiner Gitarre hier und spielst ihm ein Lied vor, als wäre es das Normalste der Welt«, sagte er, als er sich zu mir umdrehte.

Ich musste tatsächlich schmunzeln, so absurd erschien mir dieser Gedanke.

Kurz vor der Lichtung fragte Andy: »Bleibst du noch ein bisschen?«

Ich schüttelte den Kopf. »Ich will zu Papa ins Krankenhaus.«

»Alles klar.« Er zögerte. »Darf ich dich hinbringen? Ich würde dir gern etwas geben.«

Am Parkplatz verabschiedete ich mich von meiner Mutter. »Danke, dass du mich hergebracht hast«, sagte ich, als ich sie umarmte.

Ich hörte, wie sie schluckte. »Wann sehen wir uns wieder?«

Ich drückte sie noch ein bisschen fester. »Bald.«

Gemeinsam packten wir meine Gitarre und meinen Rucksack in Andys Lieferwagen. Als Mama ausparkte und davonfuhr, winkte ich ihr nach, bis das kleine rote Auto zwischen den Bäumen verschwunden war.

Andy wartete bereits im Wagen auf mich. Ich stieg ein und schnallte mich an.

Dann erst bemerkte ich das kleine Päckchen, das er mir hinhielt. »Alles Liebe!«

Überrascht sah ich ihn an.

Er strahlte. »Denkst du, ich vergesse deinen Geburtstag?«

Ich wickelte das Paket aus dem blauen Seidenpapier. Eine Kassettenhülle kam zum Vorschein. Darauf stand in Davids kunstvoll geneigter Schrift: *Happy Birthday, Toni.*

»Woher hast du das?«, fragte ich mit heiserer Stimme.

»Davids Mutter hat neulich noch mal ausgemistet und mir eine Kiste mit Kassetten gegeben. Und da war diese dabei.«

Ich wendete die fein säuberlich beschriftete Kassette in den Händen. Ein Mixtape wie die anderen, die in der Kiste unter meinem Bett lagen. Doch dieses eine hatte mich offenbar nicht mehr erreicht.

Ich spürte Andys Blick auf mir. »Die hat fünfzehn Jahre darauf gewartet, dir überreicht zu werden.«

Ich blickte zu Andy hoch, der traurig lächelte. »Er wollte sie dir offensichtlich zum Geburtstag schenken.«

Ungläubig starrte ich auf die Kassette. »Dabei hatte er sich am Abend zuvor mal wieder von mir getrennt.«

Andy wischte sich beiläufig eine Träne aus dem Augenwinkel. »Wollen wir sie hören? Mein alter Kasten hat noch ein Kassettendeck.«

Ich nickte und schob die Kassette in den Spalt neben dem Radio, bis sie einrastete. Andy startete den Motor, und die ersten Töne erklangen. Der Soundtrack meiner Jugend, dachte ich. Jeder Ton traf mich direkt ins Herz.

Und dann, mit einem Mal, purzelten die Erinnerungen in meinem Kopf durcheinander. David und ich auf der Decke am Strand, wie wir gemeinsam sangen. Unser erster Kuss einige Wochen später am selben Ort bei Sonnenuntergang. Wir beide auf seinem Sofa mit Blick über den Strand, unser erster Streit und die erste Versöhnung. Das alles lief im Zeitraffer vor meinem inneren Auge ab, bis hin zu jener Nacht, in der Caro sich mit mir im Schuppen einsperrte und sagte: »Das halten wir jetzt zusammen aus.«

Zuerst brüllte ich sie an, was ihr einfiele, ich müsse zu David. Dann schrie ich nach meinen Eltern, aber niemand kam, um uns zu befreien. Schließlich legte ich mich neben Caro aufs Bett, so dicht an die Wand wie möglich, und wartete darauf, dass die Sonne aufging.

Ich erwachte vom Klopfen meines Vaters und dirigierte ihn zum Schlüssel im Gebüsch vor dem Fenster. Niemals würde ich den Ausdruck auf seinem Gesicht vergessen, als er die Tür öffnete.

»Was ist passiert, Papa?«, fragte ich.

Er setzte an, etwas zu sagen, und begann dann zu schluchzen.

»Was ist passiert?«, fragte ich lauter.

Schließlich brachte er es über die Lippen: »David hatte einen Unfall.«

»Wo ist er?«

»Er ist gegen einen Baum gefahren.« Mein Vater versuchte, mich zu umarmen, aber ich war stocksteif. »Er hatte getrunken, niemand weiß, wieso er überhaupt ins Auto gestiegen ist.«

»Er wollte zu mir«, sagte ich völlig ausdruckslos. Caro stand neben mir, genauso stocksteif wie ich. »Er hat mich angerufen und gebeten, mit dem Rad zu ihm zu kommen. Und als er mich nicht mehr erreichen konnte, hat er sich wohl selbst auf den Weg gemacht. Er wollte zu mir.«

Ich weiß noch, dass Caro nicht weinte. In ihrem Gesicht stand der blanke Horror.

Und dann sagte mein Vater das, was ich längst wusste. Was auch Caro längst wusste. »Er ist tot.«

Andys Wagen rumpelte durch ein Schlagloch und riss mich aus meinem inneren Film. Wir fuhren aus dem Wald hinaus auf die Landstraße. Erst jetzt bemerkte ich, dass mein Gesicht tränennass war.

»Er wollte zu mir«, sagte ich.

Andy sah auf die Straße. »Du hast ihn nicht gebeten, in diesem Zustand Auto zu fahren, Toni.«

»Wir hatten zuvor einen furchtbaren Streit, er hat mich gebeten, noch mal zu ihm kommen und mit ihm zu reden. Er hat mich angefleht. Aber Caro hat mich nicht gelassen.«

»Ich weiß.«

»Woher?«

»Caro hat es mir erzählt.«

Wir waren bereits kurz vor Husum, aber Andy fuhr nicht in die Stadt, sondern bog vor dem Ortsschild in einen Feldweg ein. Nach ein paar Hundert Metern stellte er den Wagen ab. Mir war klar, warum er das tat. Wir würden diese Kassette jetzt gemeinsam zu Ende hören. Mit jedem Song von Davids Mixtape verband ich eine Erinnerung. Eine besondere Bandprobe, einen seltenen friedlichen Abend, eine hitzköpfige Diskussion, die leidenschaftliche Liebeserklärung danach. Doch der letzte Song brachte mich völlig aus der Fassung. *Somewhere Only We Know* von Keane. Das war unser gemeinsamer Lieblingssong gewesen.

Durch einen Tränenschleier sah ich hinaus auf die Landschaft, die mal meine Heimat gewesen war. Auf das Getreide auf den Feldern, das sanft im Wind schaukelte. Auf die Kühe und Schafe und Pferde auf den Weiden. Und plötzlich wurde mir klar, dass meine Mutter unrecht hatte. Das hier war mein Hafen. Ich wusste sehr wohl, dass ich hier sicher war. Es hatte nur ein bisschen gedauert, bis ich es annehmen konnte.

Als der letzte Song vorüber war, sprang die Kassette mit einem Klicken heraus.

Andy drehte sich zu mir. »War es okay für dich heute?«

Ich sah auf die Weide vor uns. »Kann es je okay sein?«

Er krempelte die Ärmel seines Hemdes hoch. »Ich denke, das kann es. Wir machen das jedes Jahr. Treffen uns im Wald, erinnern uns an David. Die ersten Jahre standen wir alle noch unter Schock. Aber genau das passiert, wenn man sich den Dingen stellt, wenn man gemeinsam darüber redet: Man verarbeitet sie, man lernt, damit zu leben, erreicht eine neue Art der Normalität.«

Ich wischte die Tränen weg. »Das macht Sinn. Aber will man, dass es normal wird?«

»Es bleibt tragisch, keine Frage. Aber es verliert den Horror, verstehst du?«

»Ich denke schon.«

Andy nahm das Mixtape, steckte es zurück in die Hülle und reichte es mir.

Ich ließ es in meiner Jackentasche verschwinden und sah ihn an. »Hab ich dich gekränkt, neulich beim Grillen? Caro war ganz schön sauer auf mich, weil ich dich angesprochen habe.«

Er wich meinem Blick aus. »Gekränkt ist nicht der richtige Ausdruck. Eher überrumpelt. Ich hab erst gar nicht kapiert, was du mir vorwirfst.«

»Ich weiß, dass es mich nichts angeht, aber …«

»Du hast dich gefragt, warum Caro und ich so viel Zeit miteinander verbringen.«

»Ja.«

»Nun.« Andy zog eine Packung Zigaretten aus seiner Brusttasche und spielte damit. Er lachte bitter. »Tja. Wir haben über dich geredet.«

»Über mich?«

»Ja. Wir haben uns gefragt, wie wir dir helfen können, Davids Tod endlich anzunehmen und dir nicht mehr die Schuld dafür zu geben. Dir nicht und Caro nicht. Wir haben in den letzten Jahren immer mal wieder darüber gesprochen. Caro hat es irgendwie geholfen, sich mit mir, seinem besten Freund, auszutauschen. Als ob sie wenigstens meine Vergebung gebraucht hätte. Und seit du wieder da bist, haben wir überlegt, wie wir es schaffen könnten, dass du heute mit in den Friedwald kommst.«

»Oh Mann.« Ich knibbelte an meinen Fingern. »Und ich dachte, ihr hättet eine Affäre.«

Andy lachte auf. »Deine große Schwester ist ein heißer Feger. Aber nein, so einer bin ich nicht, sie hat Familie, und …« Er sah aus dem Seitenfenster, sodass ich sein Gesicht nicht mehr sehen konnte.

»Was und?«

»Ach, lass gut sein.«

»Was und, Andy?«

Er drehte sich zu mir um und hatte wieder diesen glasigen Ausdruck von neulich in den Augen. »Ich hab mich immer nur für ihre kleine Schwester interessiert.«

Ich sah ihn ungläubig an, als müsste ich erst einen Moment überlegen, wen er damit meinte.

Er spielte wieder mit der Zigarettenschachtel. »Tja, ich fand dich schon damals süß, als du mit David zusammen warst. Als er starb, war das natürlich erst einmal kein Thema. Irgendwann dachte ich, die Sache wäre lange genug her, dass ich mich trauen könnte. Aber das habe ich nie.«

»Andy…« Überrascht hielt ich inne.

»Sag nichts!« Er lächelte mich traurig an. »Ich hab dir das nicht gestanden, um mir eine Abfuhr abzuholen. Ich hab nur gedacht, ich sag es jetzt. Heute oder nie. Mach dir keine Gedanken, wir bleiben trotzdem Freunde.«

Ich senkte den Blick. »Ich hab dich nie so gesehen…«

»Weiß ich doch.« Er nahm eine Zigarette aus der Schachtel und hielt sie mir fragend hin. »Was meinst du, rauchst du meine letzte Zigarette mit mir? Das ist mein Ritual: Jedes Jahr an diesem Tag habe ich einen guten Vorsatz.«

Zigaretten hatten mir noch nie geschmeckt, aber ich stimmte trotzdem zu. Er steckte eine an und reichte sie mir. Ich musste sofort husten. Aber das machte nichts. Dies war ein Moment, in dem man als gute Freundin solidarisch sein musste. Nach jedem Zug reichten wir die Zigarette hin und her.

Schließlich drückte Andy die Kippe im Aschenbecher aus und stopfte sie hinein. Er wäre die bessere Wahl gewesen, schoss es mir durch den Kopf. Er war loyal und herzlich und zuverlässig. Er wäre die bessere Wahl gewesen, aber verliebt hatte ich mich nun mal in David. Vermutlich, dachte ich, während ich Andy unauffällig musterte, wäre er unter anderen Umständen genau mein Typ gewesen. Wäre mir David nicht zuerst begegnet, hätte durchaus etwas aus uns werden können. Aber das Schicksal hatte andere Pläne mit mir gehabt.

19

In Husum setzte Andy mich am Krankenhaus ab. Gerade als ich aus dem Wagen stieg, kam uns Ina entgegen, offensichtlich auf dem Weg zu ihrem Auto. Andy öffnete das Fenster und winkte ihr.

Als sie ihn sah, rief sie: »Bin ich zu spät? Ich wollte gerade los.«

»Nein, nein«, antwortete Andy. »Ich hab nur kurz Toni hergebracht. Die anderen sind noch da.«

Bei meinem Anblick veränderte sich Inas Gesichtsausdruck. Ich fragte mich, was sie bei der Feier wollte, denn sie hatte nie viel mit David zu tun gehabt, aber da sprach sie mich bereits an: »Deine Schwester ist gerade drinnen, und wir haben dich nicht erreicht«, sagte sie ernst. »Dein Handy war aus.«

»Ist was mit Papa?«

Andy kam dazu und reichte mir meinen Rucksack und die Gitarre.

»Ich habe leider keine guten Nachrichten.« Ich konnte sehen, dass es ihr nicht leichtfiel, die richtigen Worte zu finden. »Offenbar war die Gehirnverletzung massiver als angenommen. Er hatte plötzlich sprachliche Aussetzer und Krämpfe, der Hirndruck ist wieder gestiegen. Wir mussten ihn ins künstliche Koma zurückversetzen, um sein Gehirn so ruhig wie möglich zu stellen. Es tut mir leid!«

Ich setzte meinen Rucksack auf. »Wie ernst ist die Lage?«

Ina zögerte. »Schwer zu sagen. In den nächsten Tagen wissen wir mehr.«

Ich fand Caro an Papas Bett. Sie sah unglaublich müde aus. Ich ließ mich auf den freien Stuhl neben sie fallen, unfähig, etwas zu sagen. Wir saßen beide nur da, eine gute Stunde, und starrten auf Papa, der wieder an Schläuchen hing und aussah, als ob er schliefe. Das gleichmäßige Fiepen der Maschinen hatte etwas Meditatives, und ich fürchtete, ich würde einnicken, nach einer Nacht ohne Schlaf, mitten im Krankenzimmer.

Irgendwann stand Caro wortlos auf und weckte mich damit aus meiner Trance. Sie blickte auf meinen Rucksack, der neben der Gitarre an der Wand lehnte. Kurz blieb sie stehen, ohne sich umzudrehen, dann wollte sie das Zimmer verlassen. Doch ich hielt sie am Handgelenk fest.

»Nimmst du mich mit nach Hause?«, fragte ich.

Sekundenlang ließ sie mich auf die Antwort warten, dann nickte sie. Und ich folgte ihr mit meinem Gepäck nach draußen.

Caro sprach auch auf der Heimfahrt nicht mit mir. Sie starrte nur stumm aus dem Fenster. Mein Blick wanderte über das Armaturenbrett von Papas Opel, mit dem sie gekommen war. Auch er hatte noch ein altes Kassettendeck. Ich wühlte in meiner Jackentasche, zog das Mixtape heraus und legte es ein. Als die ersten Töne eines Songs von The Smiths ertönten, sah Caro kurz zu mir herüber. Dann begann sie zu weinen. Lautlos liefen die Tränen über ihr Gesicht. Offenbar hatten sich gestern bei unserem Streit Schleusen geöffnet, die sie nicht mehr schließen konnte. Diesmal machte es mir keine Angst mehr. Diesmal dachte ich, dass es gut so war.

»Ich weiß, wie das für dich aussehen muss«, begann ich mit brechender Stimme. »Wieder nimmt sie ihre Sachen und haut ab. Aber …« Ich kämpfte gegen meine eigenen Tränen an, weil ich fürchtete, sonst nicht mehr sagen zu können, was ich ihr unbedingt mitteilen wollte. »Ich hatte das Gefühl, dass du mich nicht hier haben willst. Du hast mich die ganze Zeit eine Armlänge auf Abstand gehalten. Und dann die Vorwürfe, die du mir gemacht hast … Ich dachte, du freust dich, wenn ich wieder verschwinde. Ich dachte, ich tue dir einen Gefallen.«

Caro antwortete nicht. Sie weinte nur stumm, und irgendwann stimmte ich doch mit ein. Da saßen wir beide, in dem Auto, in dem wir einst Hand in Hand hergekommen waren, und weinten gemeinsam, während andere Autos uns mit Lichthupe überholten, weil Caro so langsam fuhr.

Auch als wir unseren Hof erreichten und Caro den Motor abstellte, blieben wir beide sitzen und weinten weiter. Irgendwann sagte sie mit tränenerstickter Stimme: »Ich werde mir nie verzeihen, dass ich uns damals eingesperrt habe. Wer weiß, vielleicht würde er heute noch leben.«

Ich drehte Ugly Kid Joe etwas leiser. »Dich trifft keine Schuld, Caro. Ich habe mich auch jahrelang schuldig gefühlt, aber niemand von uns hat David gezwungen, bis zur Bewusstlosigkeit zu trinken. Niemand hat ihn gezwungen, in diesem Zustand ins Auto zu steigen und loszufahren. Du nicht und ich nicht. Und wer weiß, vielleicht hätte er es trotzdem getan, auch wenn ich an jenem Abend noch zu ihm gekommen wäre.«

Caro schluchzte auf. »Aber warum hast du mich dann all die Jahre gemieden? Du warst es doch, die diesen Abstand hergestellt hat. Ich war so verunsichert, dass ich gar nicht mehr wusste, wie ich dir eigentlich begegnen soll. Ob du mir überhaupt noch nah sein willst.«

»Natürlich will ich das! Anfangs war ich wirklich wütend. Es war irgendwie leichter, dir die Schuld zu geben, jemanden zu haben, gegen den ich meine Wut richten konnte. Aber ich habe dir längst verziehen. Weil ich begriffen habe, dass es nichts zu verzeihen gibt. Im Gegenteil. Du wolltest mich beschützen, und dafür werde ich dir immer dankbar sein. Ich hätte auch mit ihm zusammen in diesem Auto sitzen können.«

Caro schluchzte so laut los, dass ich mich über den Sitz beugte und sie umarmte, so fest ich konnte. Und diesmal, endlich, ließ sie es zu. Eine Zeit lang saßen wir so da, ich leise schluchzend, sie laut.

Erst als die Kassette aus dem Deck sprang, löste sie sich aus meiner Umarmung. »Es tut mir leid, was ich gesagt habe.«

»Heißt das, du willst gar nicht, dass ich gehe?«

Sie sah mich völlig verheult und zugleich fassungslos an. »Du bist meine kleine Schwester.« Als wäre das die Antwort auf alles.

Wir stiegen aus und standen etwas unsicher voreinander. In der Ferne entdeckte ich Gerd und Alfie bei den Schafen. Wo ist Florian, fragte ich mich, aber ich traute mich nicht, die Frage laut auszusprechen.

Caro folgte meinem Blick, drückte mich noch einmal kurz an sich und sagte: »Herzlichen Glückwunsch zum Geburtstag, Schwesterchen!« Dann eilte sie schnellen Schrittes davon.

Christian kam ihr auf halber Strecke zu ihrem Haus entgegen, doch sie würdigte ihn keines Blickes. Mit tiefen Falten auf der Stirn kam er auf mich zu. »Was ist passiert?«

Ich rieb mir erschöpft übers Gesicht. »Komm, wir trinken einen Kaffee, und ich erzähle dir alles.«

Ich backte also doch noch Jostabeerenkuchen an diesem Tag, und sogar Mama kam vorbei. Unsere Stimmung war getrübt, weil wir uns Sorgen um Papa machten, aber die anderen bestanden darauf, für mich zu singen. Mads schenkte mir einen der Treibholz-Traumfänger, die er mit Florian gebastelt hatte, was mir einen Stich versetzte. Florian selbst ließ sich nicht blicken, und ich wagte es noch immer nicht, nach ihm zu fragen. Enttäuscht war ich trotzdem. Von Caro und Christian bekam ich eine Handyhülle mit Surfern drauf und von Mama einen selbst genähten Frotteeponcho, unter dem man sich bei kalten Temperaturen am Strand umziehen konnte. Mads probierte ihn sofort an, wobei nichts mehr von ihm zu sehen war als seine Nasenspitze.

Zum Glück verhielt sich mein kleiner Neffe mir gegenüber so, als wäre ich nur kurz einkaufen gewesen. Christian hatte mir bei unserem Kaffee erzählt, dass er meinen Brief an ihn im Morgengrauen von der Schuppentür genommen hatte, weil er hoffte, dass man mich finden und zur Rückkehr überreden würde.

Nach dem Geburtstagskaffee fuhr Mama zurück zu Gisela. Mads und ich fütterten und striegelten die Esel, gingen mit Motte spazieren und kauften Käse und Honig auf einem der Nachbarhöfe.

Auf dem Rückweg fiel mir etwas ein. Sobald wir unseren Hof betraten, sagte ich: »Madsi, komm mal mit, ich muss dir was zeigen.«

Ich schob ihn vor mir her zur Scheune. Motte ließen wir draußen, wo sie winselnd sitzen blieb, aber sicher war sicher. Ich nahm Mads bei der Hand und führte ihn durch die Möbel bis zum alten Doppelbett. Dort kniete ich mich hin und machte Lockgeräusche.

Mads' Kopf erschien neben meinem. »Ich sehe nur Surfbretter.«

Ich legte einen Finger an meine Lippen. »Psst, warte.«

Ich machte ein paar weitere Lockgeräusche. Und dann kam Suki hervor. Mads riss die Augen auf. Er versuchte, seine Arme um die Katze zu legen, die das etwas widerwillig geschehen ließ.

»Du bist wieder da!«, sagte er staunend.

Dann weiteten sich seine Augen noch mehr, denn drei Katzenbabys kamen nach und nach hervorgekrabbelt und betrachteten uns neugierig. Mads schlug beide Hände vor den Mund, als befürchte er, laut schreien zu müssen.

Ich beobachtete schmunzelnd, wie er versuchte, die Kätzchen auf seinen Schoß zu heben, die tapsig auf ihm herumkrabbelten.

»Sag mal, Madsi?«, traute ich mich irgendwann zu fragen. »Wo ist eigentlich Florian?«

Mads sah mich verschwörerisch an. »Es ist wie mit Oma. Er war plötzlich weg, und keiner sagt mir, warum.«

Abends stand ich wieder in meinem Schuppen. Ich machte kein Licht an. Schemenhaft sah ich meinen Rucksack am Schreibtisch lehnen, den Gitarrenkoffer daneben. Da bin ich also wieder, dachte ich. Zurück auf Los. Vor vierundzwanzig Stunden hätte ich nicht für möglich gehalten, dass ich so schnell noch mal hier sein würde.

Ich war so erschöpft, dass ich es nicht schaffte, meinen Schlafanzug auszupacken. Angezogen legte ich mich aufs Bett. Etwas Sand von gestern Nacht rieselte aus meiner Hosentasche aufs Laken. Ich warf einen Blick auf mein Handy, auf dem einige Gratulationen eingetroffen waren. Maria hatte mehrmals versucht, mich zu erreichen, und schließlich ein lustiges Video von der ganzen Familie geschickt. Unter den Anrufen in Abwesenheit sah ich auch Florians Nummer. Auch er hatte einen Glückwunsch geschickt.

Liebe Toni, alles Gute zum Geburtstag! Du fehlst mir jetzt schon. Wenn du reden willst, melde dich bitte!

Schnell wischte ich seine Nachricht weg und las die älteren von heute früh. Caro und Chris hatten mir beide geschrieben und gefragt, wo ich sei. Caro hatte auch mehrfach versucht, mich anzurufen, genau wie Mama. Es tat mir leid, dass sie sich wieder einmal Sorgen um mich gemacht hatten.

Ich legte das Handy weg und drehte mich zur Wand. Und gerade als mich ein erschöpfter Schlaf überkommen wollte, hörte ich das Klopfen. Zaghaft, aber es klopfte.

Ich wollte mich aufsetzen, doch mein müder Körper wehrte sich. Und ehe ich ihn überreden konnte, sprang die Tür auch schon mit einem Ruck auf. Davor stand meine Schwester. Sie kam herein und schloss die Tür hinter sich. Krabbelte zu mir aufs Bett. Unter meine Decke. Ich drehte mich zur Wand, und sie rollte sich hinter meinem Rücken zusammen. Wie früher.

»Caro?«, fragte ich mit schwerer Zunge in die Dunkelheit hinein.

»Ja?«

Ich zog die Decke bis unters Kinn. »Als ich den Unfall hatte, in Costa Rica, da ist mir etwas klar geworden. Auch deswegen bin ich nach Hause gekommen.«

»Ja?«

»Ich dachte: Das hätte es sein können. Mein Leben hätte vorbei sein können, von einer Sekunde auf die andere.«

Ich hörte Caro in meinem Rücken gleichmäßig atmen.

»Ich lag da im Gebüsch neben der Schotterstraße und hab in den Himmel geguckt. Und plötzlich dachte ich: Wen würde ich unbedingt noch einmal sehen wollen, wenn ich gehen müsste?«

Sie streichelte mir von hinten über den Arm. »Ich weiß, Tönchen, ich weiß.«

Ich schüttelte den Kopf. »Nein, nicht David.«

Ich konnte regelrecht hören, wie sie nachdachte. »Wen dann?«

Ich musste lächeln, weil mir die Antwort so offensichtlich vorkam. »Na, dich! Ich dachte: Ich muss sofort zu meiner großen Schwester.«

Ein paar Sekunden war alles still. Dann schmiegte sie ihr Gesicht an meinen Rücken und kuschelte sich an mich. Und ich spürte, wie ich losließ.

Innerhalb von Sekunden war ich tief und fest eingeschlafen.

20

Ich erwachte vom Duft frisch gebackener Brötchen. Caro saß vor mir auf dem Bett, zwischen uns ein Tablett, auf dem ein Brotkorb, Marmelade, eine Kaffeekanne und Geschirr standen.

Ich setzte mich auf. Mein Kopf schmerzte vom vielen Heulen gestern. Ich musterte Caro, die nach Zahnpasta duftete und wieder rosige Wangen hatte. »Musst du heute nicht zur Schule?«

Sie goss Kaffee aus der Kanne in die Tassen. »Ich hab mich für heute krankschreiben lassen.« Sie schnitt ein Brötchen auf und legte es auf einen Teller, den sie mir reichte. »Wegen Papa und … Chris.«

Ich richtete mich kerzengerade auf. »Was ist mit Chris?«

Caro zögerte einen Moment. Dann sagte sie: »Du hast ja mitbekommen, dass es zwischen uns gerade nicht ganz unkompliziert ist. Er hat vorhin seine Sachen gepackt und schläft ab heute bei einem Kollegen in Garding, bis wir beide klarer sehen.«

Ich blickte auf meinen Teller. »Mir war nicht bewusst, dass es so ernst ist.«

Sie begann, ihr Brötchen mit Marmelade zu bestreichen. »Mir leider schon. Das läuft schon so lange so, wir brauchen jetzt beide etwas Abstand.« Sie lächelte mich traurig an. »Madsi war schon in der Schule, als Chris gefahren ist. Wir sagen ihm, Papa ist ein paar Tage auf Geschäftsreise. Er soll das nicht mitbekommen. Ehe wir nicht genau wissen, wie es weitergeht.«

Ich riss lustlos ein Stück Brötchen ab. »Oh Mann, das tut mir alles so leid! Ich wünschte, du hättest früher mit mir darüber gesprochen.«

Sie reichte mir die Marmelade, und ich bestrich eine Hälfte damit, obwohl mir gerade der Appetit vergangen war. »Chris und ich kennen uns eben schon lange. Und dann der Alltag, die Familie, die viele Arbeit. Und plötzlich wachst du morgens auf und merkst, dass du dein Leben nicht mehr magst.«

»Magst du es wirklich nicht mehr?«

»Doch, ich mag vieles daran. Aber …« Sie blickte in ihre Kaffeetasse und überlegte einen Moment. »Aber ich würde auch gern etwas von der Welt sehen. Mal nicht arbeiten, mal rauskommen, mal verrückt sein, Abenteuer erleben.« Sie musste lachen. »Wie du.«

Beinahe hätte ich mich verschluckt. Als ich mich wieder gefangen hatte, sagte ich: »Ist schon lustig. Du willst weg, und ich will endlich irgendwo ankommen.«

Sie trank einen Schluck Kaffee. »Als ich Chris kennengelernt habe, hat er mir von seinem größten Traum erzählt. Er hat gesagt: Wenn wir beide mit dem Studium fertig sind, segeln wir ein Jahr um die Welt. Jahrelang haben wir darüber gesprochen und zusammen fantasiert.« Sie lachte in sich hinein. »Und dann bekam er noch während des Examens den Job in der Kanzlei angeboten. Und dann haben wir erst mal angefangen zu arbeiten. Und dann wurde ich schwanger. Und dann sind die Träume versandet.«

»Ihr könnt das doch immer noch machen.«

Sie lächelte mich traurig an. »Gerade hätte ich Angst, dass wir uns gegenseitig über Bord werfen würden. Außerdem ist das alles nicht so einfach. Mads geht zur Schule, Mama und Papa, der Hof …«

»Es gibt immer tausend Gründe, die dagegen sprechen. Hauptsache, es gibt einen triftigen, es trotzdem zu machen.«

Caro tippte augenzwinkernd mit ihrem Finger auf meine Nasenspitze. »Du solltest Songtexte schreiben.«

Nach dem Frühstück traten wir nach draußen in die Morgensonne. In den Büschen neben dem Schuppen summten die Bienen. Die Schafe grasten auf dem Deich.

»Gerd geht es besser, er kümmert sich wieder selbst um seine Herde«, sagte Caro, während sie im Verschlag für die Esel und Ziegen Wasser in den Trog füllte.

Noch bevor ich nach Florian fragen konnte, kam sie mir zuvor: »Flo ist zu seinen Eltern gefahren, bis er den neuen Job in Hamburg anfängt. In irgendeiner Beratungsfirma.« Sie lächelte traurig. »Jetzt sind nur noch wir zwei hier – und Madsi.«

Wir fütterten die Ziegen, die Esel, die Hühner. Sammelten die Eier aus dem Hühnerstall, gingen eine Runde mit Motte und fuhren dann ins Krankenhaus. Dort hörten wir uns an, was die Ärzte zu sagen hatten: dass Papa Ruhe bräuchte. Dass die nächsten Tage zeigen würden, wie schlimm die Verletzungen am Gehirn wirklich waren. Dass wir gerade nichts für ihn tun könnten. Nicht mal Gitarre spielen durfte ich für ihn, weil jeder Reiz zu anstrengend wäre.

Und so fuhren wir wieder heim, nahmen Mads in Empfang, machten Hausaufgaben, legten neues Stroh in die Ställe, und irgendwann war Abend, und ich stand auf dem Deich und half Gerd, die Schafe zusammenzutreiben. Er hatte keinen Gehstock mehr, humpelte aber noch leicht. Zum Glück erledigte Alfie auf sein Kommando hin einen Großteil der Arbeit.

Während der Schäferhund bereits einen Teil der Herde in den Verschlag trieb, standen noch ein paar Schafe neben mir und grasten. Darunter war auch das Muttertier mit dem schwarzen Lamm. Ich näherte mich den beiden vorsichtig. Das Lamm wirkte auf mich kräftiger als noch vor ein paar Tagen.

»Das braucht keine zusätzliche Milch mehr«, sagte Gerd. »Habt ihr gut gemacht.«

Ich betrachtete das kleine schwarze Schaf, das wieder einen Milchbart hatte, weil es offenbar bei seiner Mutter getrunken hatte. Bei seinem Anblick musste ich an Florian denken, wie er es im Arm gehalten und ihm die Flasche gegeben hatte. Wie er ihm die Milchtropfen vom Maul gewischt hatte. Die Erinnerung versetzte mir einen Stich. Ich gab es nicht gern zu, aber ich vermisste ihn. Wie schade, dass das zwischen uns vorbei war, bevor es richtig angefangen hatte. Er hatte sich nicht mal von mir verabschiedet.

Das Lämmchen hob den Kopf und mähte. Und dann kam Alfie und trieb auch diesen Teil der Herde den Deich hinunter. Das Muttertier trottete vorweg, das Kleine folgte mit wackelndem Köpfchen. Mit etwas Abstand lief ich hinter den beiden her.

Gerd pfiff Alfie zu sich und lobte ihn überschwänglich. Der Schäferhund sah stolz zu seinem Besitzer auf, der sich nun an mich wandte: »So, dann gute Nacht, meine Liebe! Danke für deine Hilfe. Und alles Gute für deinen Vater, halt mich auf dem Laufenden, ja?«

Ich streichelte Alfie, der meine Hand leckte. »Klar, mache ich. Danke, Gerd.«

Er schloss das Tor hinter den letzten Tieren. »Ach, und Toni?«

»Ja?«

»Wenn du deinen Freund sprichst, sag ihm, er hat das toll gemacht mit meiner Herde. Ich hatte gar keine Gelegenheit mehr, ihm zu danken.« Er nahm seinen Hut ab und kratzte sich am Kopf. »Wie man sich in Menschen täuschen kann. Ich hätte ihm das anfangs ehrlich gesagt gar nicht zugetraut.«

Er setzte den Hut wieder auf und humpelte zu seinem Mofa, wo er Alfie in den Anhänger springen ließ und gemeinsam mit ihm zu seinem alten Häuschen am Dorfrand von Tating davonfuhr.

»Ich ihm auch nicht«, sagte ich zu mir selbst und wandte mich um in Richtung Hof.

Da sah ich den Rauch hinter der Scheune. Ich stockte, weil ich nicht sicher war, ob ich mich getäuscht hatte. Aber nein, es stiegen eindeutig dunkle Schwaden hinauf in den Abendhimmel. Ich rannte über die Wiese darauf zu.

Hinter der Scheune sah ich zunächst nur das Feuer. Es war nicht besonders groß, brannte aber lichterloh. Zu meiner Erleichterung war es weit genug vom Haus und den nächsten Bäumen entfernt. Dann entdeckte ich meine Schwester. Sie warf etwas in die Flammen. Papiere. Zerknüllte sie und pfefferte sie hinein.

Ich trat näher. Als Caro mich bemerkte, drehte sie mir im Schein des Feuers das Gesicht zu.

»Was machst du da?«, fragte ich, außer Atem von meinem Sprint.

»Ich verbrenne das alte Holz aus der Scheune, damit wir uns darin wieder bewegen können«, entgegnete sie seelenruhig.

In der Glut erkannte ich tatsächlich einige aussortierte Regalplanken. Caro griff wieder in ihre Lehrerinnentasche, die sie um die Schulter trug, nahm Papiere heraus, zerknüllte sie, warf sie ins Feuer. Irritiert sah ich ihr zu.

Nach einer Weile war die Tasche leer. Caro trat einen Schritt zurück und ließ sich auf einen Baumstamm in einiger Entfernung zum Feuer sinken. Ich setzte mich neben sie. Wir starrten beide in die Flammen, die die letzten Papierknäuel innerhalb von wenigen Sekunden auffraßen. Die Regalbretter würden noch etwas länger brennen.

»Das war symbolisch«, sagte meine Schwester. »Ich habe einen Plan verbrannt.«

Ich sah sie an, ihr ruhiges Gesicht, das im Schein der Flammen orange schimmerte. »Welchen Plan?«

Sie blickte ins Feuer, noch immer ganz ruhig und gefasst. »Den vom zweiten Kind. Wir wollten Mads so gern ein Geschwisterchen schenken. Jahrelang haben wir es probiert, am Ende waren wir zur Behandlung in einer Kinderwunschpraxis.«

»Davon wusste ich ja gar nichts.« Das Feuer knackte, ein paar Zweige fielen in sich zusammen.

»Ich hab die Hormone nicht gut vertragen. Chris den Druck nicht. Jeder gescheiterte Versuch hat uns etwas weiter auseinandergetrieben. Als gäbe es nur noch dieses eine Thema. Als wäre das Leben vorbei, wenn wir daran scheitern.« Sie wies auf das Feuer. »Das waren alle Untersuchungsergebnisse, alle Rechnungen, alle Temperaturkurven, was auch immer. Ich kann nicht mehr. Chris hat gesagt, ich darf die Hoffnung nicht aufgeben, aber ich finde: Manchmal muss man die Hoffnung aufgeben, um weitermachen zu können.«

Ich sah sie verdattert an. »Darum ging es also.«

Jetzt löste sie ihren Blick vom Feuer und schaute zu mir. »Was meinst du?«

»Mads hat es mir erzählt. Er hat euch das sagen hören. Dass man die Hoffnung manchmal aufgeben muss, um weitermachen zu können. Ich dachte, es ginge um Mama und Papa.«

Caros Mundwinkel rutschten tiefer. »Er hat uns gehört?«

»Ja, offenbar. Ihr dachtet wohl, dass er schläft.«

Sie sackte in sich zusammen. »Wir haben wirklich viel gestritten.«

»Ist Chris deshalb weg?«

»Er sagt, er braucht mal eine Atempause. Er kann irgendwie nicht loslassen. Ich glaube, er wünscht sich für Mads etwas, das er nicht hatte, weil er nicht mit Flo zusammen aufgewachsen ist.« Sie lächelte traurig. »Er wünscht sich das, was ich mit dir hatte.«

Vorsichtig legte ich einen Arm um sie. »Es tut mir so leid.«

Caro lehnte ihren Kopf an meine Schulter, und wir schauten ins Feuer, das langsam kleiner wurde.

Mein Gesicht glühte vor Hitze. »Ich wusste nicht mal, dass ihr euch ein zweites Kind wünscht. Ich hab mich manchmal gefragt, warum Mads kein Geschwisterchen bekommt, aber dann dachte ich, dass euer Leben wahrscheinlich so schon voll genug ist.«

»Das ist es auch«, sagte Caro. »Aber manchmal ist es schwierig, sich von einer Idealvorstellung zu lösen, die man sich irgendwann in den Kopf gesetzt hat.«

Der Wind trug ein paar Funken davon. Die Glut roch so scharf, dass ich kurz husten musste.

»Gibt es etwas, was du gern verbrennen würdest?«, fragte Caro irgendwann.

Da fiel mir etwas ein. Ich griff in die Innentasche meiner Windjacke und zog die Fotos hervor, die ich gestern Nacht eingesteckt hatte, bevor ich abgehauen war. Caro nahm das Foto, auf dem wir beide als kleine Kinder zu sehen waren.

»Das meinte ich nicht«, sagte ich schnell.

»Wie süß!« Sie strich mit dem Zeigefinger über meine Pausbacken. »Ich hab dich immer schon sehr lieb gehabt.«

»Ja, das hast du«, sagte jemand.

Caro und ich hoben gleichzeitig die Köpfe. Vor dem Feuer zeichneten sich die Umrisse einer schmalen Person ab. Es war meine Mutter.

»Als Toni geboren wurde, warst du die stolzeste große Schwester der Welt«, erzählte sie mit einem Lächeln im Gesicht. »Du hast sie den ganzen Tag geküsst. Manchmal hab ich mich gefragt, ob ich sie vor dir beschützen muss, aber sie hat es geliebt.«

Mama schlenderte auf uns zu und setzte sich neben Caro, die sie noch immer völlig perplex ansah. Heute trug sie keine Wellen im Haar. Überhaupt erinnerte sie mich wieder mehr an die Frau, die ich zuletzt an Weihnachten vor anderthalb Jahren gesehen hatte.

Sie beugte sich über Caro und blickte auf das andere Foto in meiner Hand, auf dem meine Band zu sehen war. »Das wolltest du verbrennen, richtig?«

»Soll ich?«

»Man sagt, dass alles, was wirklich wichtig ist, ohnehin im Herzen bleibt. In meinem Alter ist das eine tröstliche Vorstellung. Allerdings bin ich mir nicht mehr sicher, ob es stimmt.«

Ich blickte auf das Foto. »Ach, irgendwie wäre es doch zu schade, es zu verbrennen.« Behutsam schob ich es zurück in meine Jackentasche. »Ich glaube, ich gebe es lieber Andy, vielleicht will er es an seine Pinnwand im *Herzanker* hängen.«

Mama rieb ihre furchigen Hände aneinander. »Ich weiß, dass ihr gerade nicht gut auf mich zu sprechen seid und dass ich euch ziemlich enttäuscht habe. Vielleicht werdet ihr mich eines Tages verstehen, vielleicht nicht, damit muss ich leben.« Das Feuer knisterte. Sie hob beide Hände »Aber jetzt bin ich hier.«

»Was meinst du damit?«, fragte ich.

Sie lächelte zaghaft. »Ich ziehe wieder ein. Dachtet ihr, ich lass euch das alles hier alleine ausbaden?«

Zu meiner Überraschung erwiderte Caro nichts. Sie zog ein Knie an, legte das Kinn darauf und sah still ins kleiner werdende Feuer.

Und dann redeten wir noch ein bisschen. Über dies und das. Und irgendwann, als das Feuer nur noch winzige Flammen warf, holte ich Davids und meine Liebesbriefe aus dem Schuppen und warf sie hinein, bis nichts als glimmende Asche übrig blieb. Ja, es hatte etwas Befreiendes. Nur die Mixtapes schob ich zusammen mit den Fotos wieder unters Bett. Die Musik konnte ja nichts dafür, dass sie der Soundtrack zu unserem Drama gewesen war.

Ich stand bereits im Schlafanzug am Außenwaschbecken und putzte mir die Zähne, als ich meine Schwester rufen hörte: »Ist Mads bei dir?«

Sie kam über den Hof, ebenfalls im Schlafanzug, mit sorgenvoller Miene.

Ich spülte schnell meinen Mund aus und sah drinnen im Schrank nach, dann unter dem Bett und hinter dem Schreibtisch, aber bei mir war er diesmal nicht.

Caro stand mit steiler Stirnfalte im Raum und fuhr sich durch die wirren Haare. »Als ich das Feuer gemacht habe, dachte ich, er schläft tief und fest.«

Ich zog sie mit mir nach draußen in Richtung Scheune, wo es noch immer nach Rauch roch. »Wo ist Motte?«, fragte ich im Gehen.

Meine Schwester eilte neben mir her. »Das ist es ja, die ist auch weg.«

Wir irrten noch zwischen Scheune, Spielplatz und Ferienwohnungen umher, als wir unsere Mutter rufen hörten: »Sie sind hier!«

Wir fanden Mama in einem langen Spitzennachthemd in der Tür zu ihrem Märchenhaus, umrankt von Rosen. »Kommt mal gucken!«

Wir rannten zu ihr, stiegen die Treppen hinauf, eilten ins Schlafzimmer. Und da, am Fußende des Ehebettes, lagen Mads und Motte, eingerollt und tief und fest schlafend.

Meine Mutter legte sich schmunzelnd zu den beiden und winkte uns heran. »Kommt. Heute soll niemand allein schlafen. Kuscheln wir uns dazu.«

Meine Schwester wiegte belustigt den Kopf. Mama klopfte neben sich aufs Laken, und ich sah Caros Widerstand schmelzen. Grinsend krabbelte ich zu den anderen, und schließlich legte sich auch Caro mit einem Grummeln zu uns. Eng aneinandergepresst lauschten wir den gleichmäßigen Atemzügen von Mads und Motte. Fünf Lebewesen in einem Bett, das schon für zwei ziemlich knapp gewesen war.

»Ich muss euch noch was sagen«, flüsterte ich in die Dunkelheit hinein.

»Hm?« Caro klang müde.

»Ich hatte eine Idee. Als ich am Strand übernachtet habe. Wollt ihr sie hören?«

»Klar«, sagte meine Mutter etwas zu laut, woraufhin Caro sie mit dem Ellenbogen in die Seite stieß. Deutlich leiser fügte sie hinzu: »Schieß los.«

Motte sprang vom Bett und ließ sich geräuschvoll auf die Holzdielen plumpsen, vermutlich war es ihr zu warm. Wir kicherten. Mads seufzte im Schlaf.

»Jetzt sag schon!«, drängte Caro.

Ich drehte mich auf den Rücken und blickte zur Decke, während ich erklärte: »Wie wäre es, wenn wir aus dem Ferienhof einen reinen Kinderhof machen? Einen Ort, an dem Kinder unter sich Urlaub machen können? Es waren immer die Kleinen, die sich hier am wohlsten gefühlt haben. Sollen ihre Eltern doch im Strandhotel in den Wellnessbereich gehen. Die Kinder brauchen keine Sauna und keine Designerlampen und keine Sterneküche.«

Ich war mir nicht sicher, ob die anderen schon eingeschlafen waren, denn es war still im Raum. Nur Mads und Motte atmeten laut.

Dann endlich sagte meine Mutter: »Das ist eine schöne Idee.«

Und gerade als ich ganz sicher war, dass Caro bereits schlief, flüsterte sie: »Finde ich auch.«

21

Am nächsten Tag ging Caro wieder in die Schule. Meine Mutter reparierte die Spülmaschine, woraufhin sie bei jedem Spülgang die ersten fünf Minuten lang ohrenbetäubend pfiff. Wir ignorierten es gütig. Hauptsache, sie lief wieder. Gemeinsam ernteten wir den Kirschbaum ab, der sich unter seiner Last bereits bog. Eine Hälfte der Kirschen froren wir ein, die andere verarbeiteten wir zu Marmelade.

Mittags trafen wir uns mit Caro bei Papa im Krankenhaus. Als Mama nach seiner Hand griff, warfen Caro und ich uns über das Bett hinweg bedeutungsschwere Blicke zu.

Abends, als Mads und Motte schliefen, heute wieder in »ihrem« Bett, setzten wir uns zusammen an Caros Esstisch und schmiedeten Pläne.

»Leg los«, sagte meine Mutter und nippte an dem Rotwein, den Caro soeben ausgeschenkt hatte. »Wie hast du dir das mit dem Kinderhotel vorgestellt, Engelchen?«

Ich schnupperte an meinem Glas und stellte es wieder hin. »Also: Wir gestalten die Räume kindgerecht. Schlicht, robust, gemütlich. Mit Stockbetten, Kuschelecken, Kletterwänden und Maltischen.«

Caro, die sich Notizen machte, sah von ihrem Block hoch. »Behalten wir die drei Wohnungen bei?«

Meine Mutter strich sich die leicht zerzausten Haare hinter die Ohren. »Das fände ich gut, dann sind sie wie Wohngruppen. Je nach Alter kann man auch Jungs und Mädchen trennen.«

Caro schrieb wieder etwas auf. »Und in jeder Wohngruppe gibt es einen Esstisch und eine Küche?«

Ich trank von dem Wein. »Genau. Ich dachte, die Kinder packen mit an. Helfen abends, den Teig vorzubereiten, schieben morgens die Brötchen in den Ofen und kochen auch bei den anderen Mahlzeiten mit. Außerdem könnten sie auf dem Hof helfen, beim Füttern, beim Obsternten, beim Marmeladeeinkochen.«

Meine Schwester schwenkte den Rotwein in ihrem Glas hin und her. »Du hast recht, Kinder lieben so etwas. Ich frage mich nur, wie viel Personal wir brauchen würden. So viele fremde Kinder, auf die muss doch jemand aufpassen …«

»Das hängt stark davon ab, in welcher Besetzung wir in Zukunft auf diesem Hof leben«, sagte ich.

Meine Mutter räusperte sich.

»Und wie fit Papa wieder wird«, fügte Caro hinzu.

Wir blickten alle drei in unsere Gläser, bis meine Mutter ihres vehement beiseiteschob. »Nun kommt schon! Lasst uns vom Besten ausgehen.« Sie drückte unsere Hände, dann griff sie nach ihrem Glas und erhob es. »Auf Wolfgang, dass er schnell wieder fit wird!«

Wir stießen auf Papa an, und sie fügte hinzu: »Mein

Vorschlag wäre: Toni macht genaue Zeichnungen, wie die Wohnungen aussehen könnten. Dann sprechen wir mal mit Andy, was das kosten würde. Er macht doch auch andere Renovierungsarbeiten und kennt gute Leute dafür, oder?«

Caro hob eine Augenbraue. »Du willst es nicht selbst machen?«

Meine Mutter zögerte. »Doch, einiges schon, aber ich denke, es wäre gut, wenn ich hier und da Hilfe hätte. Wenn der Plan steht, sehen wir, wie viele Kinder wir unterbringen können. Und wie viele … Aufpasser wir dann brauchen.«

»Wir könnten in den Ferien Jugendliche als Gruppenleiter einstellen«, schlug ich vor. »Jeweils ein Jugendlicher pro Wohngruppe, der mit den Kindern dort schläft. Wie in einem Ferienlager. Die werden natürlich bezahlt.«

»Und außerhalb der Ferien?« Meine Schwester stand auf und kam mit einer Schale Nüsse zurück, die sie zwischen uns stellte.

Meine Mutter griff zu und kaute, tief in Gedanken versunken.

Ich nahm mir ebenfalls eine Handvoll Nüsse. »Außerhalb der Ferien könnten Schulklassen kommen. Die haben ohnehin ihre Lehrer dabei.«

Caro fuhr sich übers Gesicht. »Oh Mann, das klingt lustig, aber auch nach echt viel Arbeit.«

Meine Mutter steckte sich eine weitere Nuss in den Mund und sah uns fragend an. »Aber das mit den Kindern, das ginge ja nur in den Schulferien. Was ist mit der restlichen Zeit?«

Caro seufzte. »Wo warst du in den letzten Minuten, Mama?«

Das Lachen meiner Mutter wirkte halbherzig. »Ich hab gerade an Wolfgang gedacht.«

Caro sah von ihr zu mir. »Glaubt ihr, er wird je wieder der Alte sein?«

Meine Mutter hob erneut ihr Glas. »Auf Wolfgang! Wir müssen daran glauben.«

Gleich am nächsten Tag fuhr ich auf dem Rückweg vom Einkaufen zu Andy. Auf dem Hinterhof, wo abends oft Leute standen und rauchten, warteten ein paar leere Bierkisten und Müllsäcke auf ihre Entsorgung. Ich lief an der Eingangstür vorbei zum Werkstatttor, das offen stand. Vielleicht hatte ich Glück, und Andy war gerade hier.

»Hallo!«, rief ich in den hohen Raum hinein, doch niemand reagierte.

Zögerlich trat ich ein. Überall standen Farbeimer, fein säuberlich in deckenhohe Regale sortiert, neben riesigen Tapetenrollen, Unmengen an Pinseln und Leitern in verschiedenen Höhen. Es roch nach Kleister und Farbe.

Ich hörte Geräusche aus einem Hinterraum und ging weiter. »Hallo?«

»Hier«, kam schließlich die Antwort vom anderen Ende des Raumes, wo eine Tür abging.

Dahinter saß Andy an einem Schreibtisch. Ich trat ein.

Als er mich sah, hellte sich sein Gesicht auf. »Toni, wie schön!«

Er kam in seinem Maleranzug um den Schreibtisch herum und umarmte mich. Auch er roch ein bisschen nach Farbe, gemischt mit einem dezenten Männerparfüm. Tatsächlich nicht mehr nach Zigarettenrauch, stellte ich fest. Unwillkürlich wanderte mein Blick zur kleinen Brusttasche seines Anzugs.

Andy lachte. »Überprüfst du, ob ich mich an meinen Vorsatz halte?«

Ertappt lachte ich auf.

Er ballte die Hand zur Siegerfaust. »Du kannst stolz auf mich sein, ich bin eisern. Und wenn ich sage, das mit dir war meine letzte Zigarette, dann war sie das auch.«

Tatsächlich sah er ein bisschen rosiger aus als sonst, aber vielleicht lag das auch nur am warmen Licht in diesem Raum.

Er musterte mich. »Wie geht es dir?«

Mein Blick wanderte über die Regale voller Aktenordner hinter ihm. »Besser. Ich mache mir natürlich Sorgen um Papa, aber ich hab mich mit Caro ausgesprochen.«

»Oh, gut.« Er setzte sich halb auf seinen Schreibtisch und verschränkte die Arme.

Ich griff in die Leinentasche, die an meiner Schulter baumelte. »Ja, und ich hatte eine Idee. Für den Ferienhof. Ich wollte dir mal ein paar Pläne dalassen und dich fragen, was du meinst. Ob sie umsetzbar sind.« Ich holte einige eng beschriebene Seiten aus der Tasche. »Ich hab dazugeschrieben, was Mama selbst machen würde und wo sie Hilfe bräuchte.«

»Petra?« Andy zog die Augenbrauen hoch.

Ich reichte ihm die Papiere. »Ja, sie ist wieder auf dem Hof. Zumindest vorerst.«

Er blätterte die Seiten durch, bis zur letzten mit den Zeichnungen, für die ich die Räume ausgemessen hatte, um maßstabsgetreu Betten, Tische und Regale einzuplanen.

Lächelnd hob er den Blick. »Das sieht toll aus.« Dann sah er auf die Uhr. »Ich schau mir das nachher noch mal in Ruhe an, ja? Ich hab gleich einen Termin bei einem Kunden, aber morgen gebe ich dir Bescheid.«

Ich lächelte zufrieden. »Super!«

Er drückte mir einen leicht kratzigen Kuss auf die Wange. Als ich schon in der Tür stand, rief er: »Ach, ich wollte dir noch sagen, dass Davids Mutter nach dir gefragt hat, neulich auf der Feier.«

Ich blieb stehen und drehte mich wieder um. »Wirklich?«

»Ja, sie hat von den anderen gehört, dass du da warst, und fand es sehr schade, dich verpasst zu haben.«

»Oh.«

Er stemmte die Hände in die Hüften. »Ich dachte, das solltest du wissen.«

Keine zehn Minuten später stand ich vor dem imposanten Portal des Hotels, das noch immer der Familie Wegener gehörte. Als ich David zum ersten Mal hier besucht hatte, hatte ich gedacht, er mache Scherze. Wenn ich mir jetzt die weißen Säulen, goldenen Türgriffe und Mitarbeiter in dunkelgrauen Anzügen ansah, fragte ich mich, ob meine Wahl für David auch eine Rebellion gewesen war. Gegen meine Weltverbesserer-Eltern, die Kleidung nur secondhand kauften und mit Verfallsdaten umgingen nach dem Motto: »Es heißt ›mindestens haltbar bis‹, nicht ›giftig ab‹.«

Meine Turnschuhe quietschten auf den glänzenden Fliesen, als ich auf die Rezeption zuging. In einer Kupferschale auf der polierten Marmorplatte waren symmetrisch knallgrüne Äpfel drapiert. Wir hatten mehrere Apfelbäume auf unserem Grundstück, aber dieses Obst hatte nichts mit unserem gemein. David und mich hatte die Musik verbunden. Ansonsten waren wir so unterschiedlich gewesen wie unsere Äpfel und diese hier. Was wohl seine Eltern über mich gedacht hatten, in meiner Jeans, auf die Mama AC/DC-Flicken genäht hatte? Ich konnte es nur erahnen.

»Ich würde gerne zu Frau Wegener«, sagte ich zu dem jungen Mann hinter der Rezeption. Er trug den Arbeitsanzug eng anliegend und das Haar akkurat ausrasiert.

»Haben Sie einen Termin?«, fragte er mit einer Stimme, die verriet, dass er erst um die zwanzig war.

»Leider nicht. Sagen Sie bitte, Antonia, eine Freundin ihres Sohnes, wolle sie sehen.«

Etwas flackerte im Blick des jungen Mannes auf, dann tippte er an sein Headset. »Ich frage mal nach.«

Gleich darauf führte er mich in den verspiegelten Aufzug. Er drückte auf den Knopf für die zwölfte Etage und huschte dann freundlich blinzelnd wieder hinaus. Den Weg nach oben musste ich allein schaffen. Ich betrachtete mein Spiegelbild und versuchte mich daran zu erinnern, wie ich ausgesehen hatte, als ich das letzte Mal hier hochgefahren war. Das war am Abend vor meinem achtzehnten Geburtstag gewesen. Vermutlich hatte ich das obligatorische Bandshirt getragen und ausgetretene Chucks. Und ich hatte dieses kindliche Gesicht gehabt, das dafür sorgte, dass man mich noch lange an der Supermarktkasse fragen würde, ob ich schon Wein kaufen dürfe.

Heute trug ich ein lose sitzendes Ringelkleid, meine Stoffturnschuhe und einen hohen Dutt. Ich hätte mich für diesen Besuch ordentlicher anziehen sollen, dachte ich. Aber ich hatte nicht geplant hierherzukommen, und ich musste es jetzt hinter mich bringen. Und während ich ausstieg und durch den Flur mit dem hochflorigen roten Teppich lief, entschied ich: Nein, ich brauchte mich nicht für Davids Mutter zu verkleiden. Das hatte ich damals nicht getan, und ich würde es heute erst recht nicht tun. Ich war, wie ich war, und das musste reichen.

Ich blieb vor der Tür am Ende des Ganges stehen. Der Tür ohne Klingel. Ohne Namensschild. Von außen sah sie aus wie jede andere Tür in diesem Hotel, und nur Eingeweihte wussten, dass hier die Hoteliers wohnten. Wenn ich früher hierherkam, hatte David mir aufgetragen, im Aufzug eine Nachricht zu schicken. *Bin da*. Trotzdem hatte er nie an der Tür gestanden und mich empfangen. Ich hatte jedes einzelne Mal davor gewartet, manchmal mehrere Minuten, bis er sie einen Spaltbreit aufmachte und ich hineinschlüpfen konnte.

Als sich die Tür jetzt weit öffnete und helles Licht in den Flur fiel, zuckte ich kurz zusammen. Dahinter stand Davids Mutter.

»Guten Tag, Antonia.« Sie lächelte mich freundlich an. »Was für eine schöne Überraschung! Komm herein!«

Mit leicht zittrigen Knien folgte ich ihr in den großen Raum, der sich direkt hinter der geheimnisvollen Tür befand. Früher waren wir immer nur kurz hindurchgehuscht. Manchmal hatte ich die Silhouetten von Davids Eltern auf dem Sofa oder in der offenen Küche gesehen. Dann hatte ich kurz »Guten Abend« gerufen, bevor wir im hintersten Raum, Davids Zimmer, verschwunden waren. Manchmal war er später noch einmal rausgegangen, um etwas zu knabbern oder zu trinken zu holen. Ich hingegen hatte mich kaum getraut, zur Toilette zu gehen.

»Bitte schön!« Frau Wegener wies auf das tiefe Sofa, das aus mehreren Modulen bestand und an das ich mich nicht erinnern konnte. Vermutlich war es irgendwann in den vergangenen fünfzehn Jahren neu angeschafft worden.

Ich setzte mich und knetete nervös die Hände.

Frau Wegener nahm mir gegenüber auf einem anderen Sofamodul Platz und schlug ihre schlanken Beine übereinander. »Ich bin froh, dich endlich einmal wiederzusehen.«

Sie trug noch immer die gleiche Fönfrisur. Die gleiche Art von Feinstrickpulli, dazu einen engen Rock und Lack-Loafers. »Sie repräsentieren immer, Tag und Nacht«, hatte David einmal über seine Eltern gesagt.

Ich blickte mich in dem Raum um, in dem alles hell und groß und aufgeräumt war. Selbst die Gemälde an den Wänden wirkten wie mit dem Lineal gezogen, klare hellgraue Linien in klaren hellgrauen Rahmen. Ich sah zurück zu Frau Wegener, die mich noch immer wohlwollend ansah, und sagte mit fester Stimme: »Ich wollte mich bei Ihnen entschuldigen.«

Ihre in einem dezenten Perlmuttton geschminkten Lippen verzogen sich zu einem Lächeln. »Wofür?«

Ich verschränkte meine Finger enger ineinander. »Ich habe Ihnen damals nie kondoliert. Das war nicht die feine Art, und es tut mir heute sehr leid.«

Sie nickte wissend. »Jeder hat seine eigene Art zu trauern. Du warst jung.«

Ja, dachte ich. Das war ich. Aber wenige Tage nach seinem Tod panisch meinen Rucksack zu packen, zu recherchieren, welcher Flug mich am billigsten möglichst weit wegbrachte, und in einer Nacht- und Nebelaktion abzuhauen, mitten in den Abiturprüfungen, noch bevor David beigesetzt war? Das war eine heftige Reaktion.

»In meinen Augen zählt meine Jugend nicht als Entschuldigung«, sagte ich. »Ich hätte zur Beerdigung kommen müssen, er war mein Freund.« Ich spürte, dass meine Stimme nun doch leicht zitterte. »Ich möchte, dass Sie wissen, dass meine Abwesenheit nicht respektlos gemeint war. Und dass sie nicht bedeutet, dass er mir nicht wichtig gewesen wäre. Im Gegenteil. Ich habe ihn geliebt.«

Frau Wegener drehte an ihrem Ehering, den winzige funkelnde Diamanten schmückten. »Das weiß ich.« Ich konnte sehen, wie ihre Kiefermuskulatur arbeitete. »Glaub mir, das weiß ich. Ich hoffe, du verzeihst mir, aber … Ich habe nach Davids Tod Tagebucheinträge von ihm gelesen. Ich habe auch Briefe von dir in seinem Zimmer gefunden und Songtexte, die er über dich geschrieben hat.«

Ich sah sie verblüfft an.

Sie machte ein schuldbewusstes Gesicht. »Es war nicht richtig, ich weiß. Aber wenn man sein Kind verliert, greift man nach jedem Strohhalm, um ihm noch nah zu sein.«

Ich löste meine Hände voneinander und schob sie unter meine Oberschenkel. »Was haben Sie mit den Sachen gemacht?«

»Ich habe sein Zimmer lange so gelassen, wie es war, aus der Weigerung heraus, seinen Tod anzuerkennen. Aber dann, nach ein paar Jahren, haben wir das meiste entsorgt. Man hat uns in der Selbsthilfegruppe für verwaiste Eltern dazu geraten, nur ein paar wenige Erinnerungen zu behalten. Wenn man krampfhaft versucht, die Vergangenheit festzuhalten, lässt der Schmerz niemals nach.«

Ich rutschte auf meinen Händen herum. »Das klingt logisch.«

Eine Tür schlug zu, und plötzlich stand ein junges Mädchen im Raum. Sie trug Manga-Zöpfe, war ein bisschen pausbäckig und zupfte an ihrem bauchfreien Top.

»Ich geh zum Strand, Mama!«, rief sie.

Frau Wegeners Gesicht wurde weich, genau wie ihre Stimme. »Maja, schau mal: Das ist Antonia, sie war die Freundin deines Bruders.«

Aber David hatte keine Schwester, dachte ich.

Das Mädchen sah mich beiläufig an und kaute auf ihrem Kaugummi. »Hi, Antonia. Ich bin dann weg, ja, Mama?«

Frau Wegener lächelte. »Alles klar, mein Schatz. Bist du zum Abendbrot zurück?«

Die Kleine reckte den Daumen nach oben, nahm eine Tasche von der Garderobe und steckte sich im Gehen Kopfhörer in die Ohren.

»Tschüss, mein Schatz!«

»Ciao!« Die Tür fiel ins Schloss.

Frau Wegener wandte sich wieder mir zu. »Nach Davids Tod bin ich spät und unverhofft noch einmal schwanger geworden. Kein anderes Kind kann je das ersetzen, was man verloren hat. Und trotzdem ist Maja ein großes Geschenk für uns.« Sie blickte auf ihre Hände und drehte erneut an ihrem Ring. »Man versucht, es besser zu machen als beim ersten Mal. Niemand kann wissen, ob es gelingt. Man hat ja schon beim ersten Mal gedacht, man hätte sein Bestes gegeben.«

Ich sah auf die Steine in ihrem Ring, die im Sonnenlicht funkelten.

Sie setzte sich etwas aufrechter hin. »Wie geht es dir heute mit allem?«

Ich drehte mich zu der Tür um, hinter der früher Davids Zimmer gewesen war. Eine weiße Tür, nichts weiter. Doch dahinter hatten sich einige der schönsten und traurigsten Momente meines Lebens abgespielt. »Ich denke, ich habe vieles davon verarbeitet. Bis auf…« Ich musste mich räuspern, so trocken war mein Hals.

Frau Wegener sah mich noch immer lächelnd an, aber ich konnte mittlerweile sehen, dass es sie anstrengte.

Ich rieb mir über den Kehlkopf. »Ich werde wohl nie damit fertigwerden, dass ich nicht erfahren habe, was er mir sagen wollte. Warum er unbedingt mit mir reden wollte. Und dass er … dass er gestorben ist, weil er zu mir wollte.«

Davids Mutter fuhr sich mit der Zunge über die Zähne, als befürchte sie, dass daran Lippenstift klebte. Dann stand sie auf und strich sich den Rock glatt. »Komm, ich möchte dir etwas zeigen.«

Wir stiegen in der Tiefgarage in ihr geschlossenes Cabriolet, dessen Lack so glänzte, dass ich mich nicht traute, etwas anzufassen. Es roch nach neuem Auto und Hustenbonbons.

Frau Wegener setzte eine große dunkle Sonnenbrille auf, als sie das Auto ins Tageslicht lenkte. Sie fuhr ziemlich rasant, und ich fühlte mich an David erinnert, den ich fast bei jeder gemeinsamen Tour gebeten hatte, vom Gas zu gehen. Nun brauste seine Mutter mit mir in Richtung Tating, und kurz dachte ich, sie wolle mich zurück nach Hause bringen. Doch wenige Kilometer vor dem Ortseingang bog sie in einen kleinen Pfad ab, der von Bäumen gesäumt war. Es war einer dieser Schleichwege, von denen es hier einige gab. Eigentlich waren sie für landwirtschaftliche Fahrzeuge gedacht, wurden von den Einheimischen aber gern als Abkürzung benutzt.

Nach einigen Hundert Metern hielt Frau Wegener am Straßenrand. Wir stiegen aus. Und dann sah ich es, neben dem Schotterweg, im hohen Gras, direkt unter einem Baum. Das Kreuz. Mit seinem Namen darauf. Ich war nie zuvor hier gewesen. Ich hatte nie wissen wollen, wo genau er gestorben war.

Frau Wegener ging darauf zu und blieb davor stehen. Mehrere Minuten verharrten wir schweigend. Dann nahm sie ihre Sonnenbrille ab.

»Hier hat er die Kurve zu eng genommen, war viel zu schnell und ist gegen diesen Baum gefahren.« Sie berührte die Rinde des Baumstamms. »Sie haben über zwei Promille Alkohol in seinem Blut gefunden, dazu noch andere Substanzen. Allein an dieser Mischung hätte er sterben können, hat man uns gesagt. Dafür hätte er nicht mal in ein Auto steigen müssen.«

Aus der Baumkrone über uns waren die Rufe von Vögeln zu hören. Auf der Weide darunter standen ein paar Ponys in einer Gruppe beisammen und wandten uns die Köpfe zu.

Frau Wegener trat einen Schritt zurück. »Deswegen habe ich dich hierhergebracht. Um dir zu zeigen, dass dich ganz bestimmt keine Schuld trifft. Mein Mann und ich machen uns bis heute Vorwürfe, dass wir sein Problem nicht ernst genug genommen haben. Dass wir ihn nicht längst in eine Entzugsklinik geschickt hatten. Vielleicht würde er dann noch leben. Wir sagen uns immer: Er ist wegen seines Suchtproblems gestorben, nicht wegen des Unfalls.«

»Ich wünschte, ich hätte ihm irgendwie helfen können.«

Frau Wegener nickte traurig. »Du warst doch selbst noch ein halbes Kind. Die Einzigen, die ihm hätten helfen müssen, waren wir.«

Und dann, ganz plötzlich, schoss mir eine Frage durch den Kopf: »Warum ist er hier entlanggefahren? Hier geht es doch gar nicht zu unserem Hof.«

»Entweder er hat sich in seinem Zustand verfahren …« Sie zögerte einen Moment. »Oder er wollte gar nicht zu dir.«

Ich sah sie fragend an. Und plötzlich machte sich wieder dieses Gefühl von Leichtigkeit in mir breit, das ich schon gespürt hatte, als ich vor Davids Baum im

Friedwald gestanden hatte. Als würde mein Körper nicht mehr zu mir gehören. Als könnte ich ihn verlassen und uns hier stehen sehen – die stolze Frau Wegener mit ihrer unerschütterlichen Frisur und daneben ich, klein, schmal, den Mund vor Erstaunen geöffnet.

Sie blickte den Feldweg entlang. »Vermutlich wollte er ursprünglich zu dir. Aber dann muss er in seinem benebelten Zustand seine Pläne geändert haben, warum auch immer. Er hat kurz vor seinem Unfall noch einen Anruf getätigt, offenbar beim Fahren.«

»Ich weiß. Er hat versucht, mich anzurufen«, hörte ich mich selbst sagen.

Sie nickte. »Ja, das haben wir auf seinem Handy gesehen, aber das war nicht der letzte Anruf.«

»Mit wem hat er denn gesprochen?« Meine Stimme klang seltsam hohl.

Frau Wegener sah auf das Kreuz, dann hoch in den Baumwipfel. »Mit einer jungen Frau von einem anderen Hof.«

Ich folgte ihrem Blick nach oben und sah einen kleinen Vogel von einem Ast zum anderen hüpfen. »Kennen Sie ihren Namen?«, fragte ich.

Jetzt senkte sie den Kopf und sah mich direkt an. »Ina Petersen.«

22

»Wow!«, sagte meine Mutter beim Anblick der von mir lackierten Wohnungstüren. Tatsächlich strahlten die frischen Farben bei Tageslicht, auch wenn ich bei meiner nächtlichen Streichaktion offenbar hier und da ein Fleckchen vergessen hatte.

Als wir das erste Appartement betraten, sah Mama sich beeindruckt um. »Das sieht ja richtig ordentlich aus.« Sie fuhr sanft über eine frisch gestrichene Wand.

Ich lächelte geschmeichelt. »Danke, das finde ich auch. Wollen wir mal schauen, welche Möbel wir noch gebrauchen können?«

Auf dem Weg zur Scheune entdeckte Mama die Regenrinne und stöhnte auf. »Die nehme ich mir als Nächstes vor.« Sie schob ihre Ärmel nach oben. »Bob der Baumeister ist zurück.«

Wir trugen ein paar Schränke und Regale unters Vordach, wo Mama sie abschleifen und streichen wollte. Einige davon waren eigentlich zu schwer für uns, und ich ermahnte meine Mutter mehrmals, doch lieber auf Andy zu warten. Aber sie war nicht zu bremsen.

Irgendwann hörten wir Caro, die von der Arbeit zurückkam, und beschlossen, eine Pause einzulegen.

Ziemlich außer Atmen traten wir ins Freie. Meine Mutter reckte sich und schaute erneut zum Scheunendach. »Ist dir das herabhängende Rohr schon aufgefallen?«

Noch ehe ich mich fragen konnte, ob sie einen Scherz machte oder langsam vergesslich wurde, sah ich Caro mit Andy am Hühnerstall. Sie winkten uns zu. Meine Mutter lief ihnen entgegen, und ich eilte hinter ihr her.

»Hey, Toni!« Andy strahlte mich an.

»Hey.«

Er hielt mir einen Stapel Papiere hin. »Das sind meine Berechnungen für Material und Arbeitsaufwand. Die Tischlerarbeiten könnte ein Kumpel von mir übernehmen. Schaut es euch in Ruhe an und meldet euch dann. Ich finde eure Ideen super.«

Andy kam noch mit auf Caros Terrasse, und wir tranken eine kalte Schorle zusammen. Meine Mutter war von der Möbelschlepperei so erschöpft, dass sie sich etwas hinlegte.

Als Mads von der Schule kam, überredete er Andy, mit ihm Fußball zu spielen. Die beiden zogen mit dem Ball davon und ließen Caro und mich allein auf der Terrasse zurück.

Caro sah mich über den Tisch hinweg an. »Er ist süß, findest du nicht?«

»Schon.« Ich zwinkerte ihr zu.

Sie lachte empört. »Für dich. Er würde mir für dich gefallen.«

Ich stöhnte. »Ja, aber …«

Sie zog eine Augenbraue hoch. »Aber was?«

Ich sah hinüber zu Mads und Andy, der etwas schwerfällig einen Ball annahm. »Na ja, mit manchen Menschen hast du Chemie. Du willst in ihrer Nähe sein, egal, ob es vernünftig ist oder nicht, du vermisst sie, wenn sie nicht da sind, du magst alles an ihnen. Und bei manchen ist es nicht so.«

Sie ließ einen Marienkäfer von der Tischdecke auf ihre Hand krabbeln. »Das kenne ich.«

»Mit Chris?«

Sie hielt den Zeigefinger nach oben, und der Käfer kletterte daran hoch. »Früher schon. Aber dir geht es mit Andy nicht so?«

Der Marienkäfer entfaltete seine Flügel und hob ab. Wir schauten ihm beide nach. »Mir ging es mit Florian so.«

Meine Schwester sah mich erstaunt an. »Wie, so richtig?«

Ich wich ihrem Blick aus. »Ja, ich weiß, dass es dir nicht recht war, aber … Ich mochte ihn wirklich.«

Sie stand auf, verschwand im Haus und kam einige Sekunden später wieder. In der Hand hielt sie die Fotos, die ich neulich schon an der Garderobe bemerkt hatte. Sie reichte sie mir.

Ich sah sie mir erneut an. Auch wenn der Florian auf den Bildern wenig mit dem gemein hatte, der noch vor ein paar Tagen in meinem Bett gelegen hatte, spürte ich sofort ein Ziehen im Bauch. Ich legte sie vor mir auf die Wachstischdecke. »Warum zeigst du mir die?«

Caro spielte mit einem der Tischdeckenbeschwerer, die die Form von Doppelkirschen hatten. »Chris und Flo haben sie neulich zusammen angeschaut und sich über die Zeit ausgesprochen, in der sie entstanden sind. Damals war Flo einige Monate in einer Psychosomatischen Klinik, kurz nach dem Abi.« Die Doppelkirsche klackte gegen ein Tischbein. »Wegen seines Alkoholkonsums. Deshalb war ich so dagegen, dass du etwas mit ihm anfängst. Ich hatte Angst, du verfällst wieder in alte Muster.«

Ich nahm eines der Fotos in die Hand, auf dem Florian in Badehose mit einem Glas Bier Richtung Kamera prostete. Er war deutlich schmächtiger als heute. »Aber ihm wurde geholfen.«

Caros Stirnfalte vertiefte sich. »Was meinst du?«

»Na ja, er hatte Eltern, die gemerkt haben, dass er Hilfe braucht. Er ist nicht David, Caro.«

Sie senkte den Blick. »Ja. Aber meine Sorge um dich war sofort wieder da.«

»Das verstehe ich.« Erst jetzt fiel mir auf, dass Florian immer abgewinkt hatte, wenn wir uns ein Feierabendbierchen gönnten. »Heute trinkt er keinen Tropfen Alkohol mehr.«

Caro lehnte sich in ihrem Stuhl zurück. »Trotzdem, als große Schwester will man immer nur das Beste. Flo ist kein solider Typ. Er hat sich bis heute nicht für einen festen Job entscheiden können, geschweige denn für einen Wohnort. Er hat ständig neue Freundinnen, nie ist es die Richtige, er ist irgendwie immer auf der Suche.«

Ich musste lachen.

Meine Schwester sah mich fragend an.

»Ich weiß.« Ich zuckte mit den Schultern. »Er ist genau wie ich.«

Ich blickte noch einmal auf das Foto, und plötzlich fiel mir etwas auf. Die Badeshorts, die Florian trug, waren an einer Stelle ziemlich tief gerutscht und offenbarten den Blick auf seine Leiste – und auf das Tattoo, das er neulich als Jugendsünde bezeichnet hatte. Ich musste erneut lachen.

»Was ist?« Caro beugte sich zu mir herüber.

Ich hielt ihr das Foto hin. »Siehst du das hier, unter dem Bund der Badehose?«

»Sein Herzchen-Tattoo? Das hat er mir mal gezeigt. Er hat es sich mit achtzehn bei einem Wochenende in Amsterdam mit Freunden stechen lassen, natürlich nicht nüchtern. War angeblich irgendeine Mutprobe.«

Ich schüttelte ungläubig den Kopf.

Caro sah mich misstrauisch an. »Was ist?«

Ich winkte ab. »Ach, nichts.«

Sie verschränkte die Arme vor der Brust. »Jetzt sag schon!«

»Ach, es klingt so albern, aber …« Ich zwirbelte an meinem Zopf herum. »In Costa Rica hatte ich eine Freundin, die allen die Zukunft vorausgesagt hat.«

Caro grinste. »Und die hat gesagt, du triffst einen geheimnisvollen Mann mit einem schlecht gemachten Tattoo an der Leiste?«

Ich schüttelte den Kopf. »Nein, sie hat gesagt, ich

würde die große Liebe finden, weit, weit weg, mit einem Mann mit dunklem Herzen, dessen Schönheit ich nicht sofort erkennen würde.«

Ich legte das Foto vor mir auf den Tisch. Caro sah mich kritisch an, und ich rechnete fest damit, dass sie gleich laut loslachen würde.

In diesem Moment kam meine Mutter zurück auf die Terrasse. Sie beugte sich über den Tisch und warf einen Blick auf die Fotos. »Wo ist eigentlich die Sahneschnitte hier geblieben?«, fragte sie gähnend.

Ich sah sie ratlos an. »Sahneschnitte?«

Sie rieb sich über das Gesicht, auf dem noch ein paar Falten vom Mittagsschlaf zu sehen waren. »Na, dieser Fabian. Süßes Kerlchen, aber ich wusste sofort, dass der Ärger bringt. In meinem Alter spürt man so was.«

»Florian. Hast du ihn deswegen immer ignoriert?«, fragte ich überrascht.

»Hab ich das?« Mama machte ein unschuldiges Gesicht.

Caro und ich prusteten synchron los.

Auch wenn Mads schmollte, weil er gerne weiter Fußball gespielt hätte, verabschiedete Andy sich bald darauf. Ich begleitete ihn zu seinem Kastenwagen.

Als er bereits die Fahrertür geöffnet hatte, sagte ich: »Darf ich dich noch was fragen?«

Er lächelte. »Klar.«

»Es ist wegen David… War er eigentlich mit Ina befreundet?«

Andys Lächeln gefror. »Das musst du Ina selbst fragen, ich bin mir nicht sicher.«

Ich sah ihn eindringlich an. »Komm schon, Andy, sag mir die Wahrheit. Lief da was?«

Ich sah aus den Augenwinkeln, dass Suki mit ihren Jungen über den Platz auf uns zuschlich. Mama hatte die Kätzchen, die sich alle drei als Kater entpuppt hatten, nach den Mitgliedern ihrer Lieblingsband getauft: Barry, Maurice und Robin.

Andy fuhr sich grob über seinen ausrasierten Hinterkopf. »Es gab doch kaum ein Mädchen hier, mit dem David nichts hatte, bevor er dich traf. Aber Ina war lange vor dir.«

Suki strich um meine Beine. Ihre Kätzchen blieben mit etwas Abstand sitzen und sahen neugierig zu uns herüber. »Aber er wollte an dem Abend zu ihr, wusstest du das?«

Andy senkte den Blick auf die Katze zu unseren Füßen. »Ist das denn wirklich noch so wichtig?«

Ich sah ihn nachdenklich an. »Es ändert nichts, da hast du recht. Aber es hilft mir ein bisschen, unsere Beziehung im Rückblick nicht mehr so ›zu verklären‹, wie du immer sagst.«

Er beugte sich zu Suki hinunter und streichelte sie. »Er hat dich wirklich geliebt, das hab ich gespürt. Aber ja, wenn du so fragst.« Er verzog zerknirscht das Gesicht. »Ein Heiliger war er sicher nicht.«

Nachdem Andy gefahren war, verkündete meine Mutter, sich um ihren Kräutergarten und das Gemüsebeet kümmern zu wollen. Mads und ich halfen ihr, während meine Schwester etwas für den Unterricht morgen vorbereitete. Motte kaute zu unseren Füßen genüsslich am untersten Zweig eines Holunderbusches. Eine der Dolden fiel auf ihren Kopf, sodass es kurz so aussah, als trüge sie ein Krönchen. Wir mussten alle lachen. Dann schüttelte sie sich, und die Dolde flog in hohem Bogen davon.

»Hast du dir den Kostenvoranschlag schon angesehen?«, fragte meine Mutter und zog ein großes Büschel Gras aus dem Beet, das sie in einer alten Badewanne angelegt hatte.

»Andy würde uns einen Freundschaftspreis machen, wenn ich das richtig überblicke«, sagte ich. »Ich müsste noch mal mit Chris sprechen, was ihr so auf der hohen Kante habt. Er sagt, da ist leider nicht viel zu holen.«

Mads' Kopf erschien neben uns zwischen zwei Zweigen. »Wo ist eigentlich Papa?«, fragte er. »Wann kommt er zurück?«

Meine Mutter warf mir über die Kürbisblätter hinweg einen Blick zu.

»Der ist doch auf Dienstreise«, sagte ich und fühlte mich direkt schlecht. Wir mussten endlich damit aufhören, Mads anzulügen. Auch wenn er für manche Wahrheiten vielleicht noch nicht alt genug war – er bekam trotzdem mit, was los war, ob wir es wollten oder nicht.

Mads rannte hinter Motte her, die in den Brennnesseln verschwunden war, und ich spürte, dass meine Antwort ihn nicht überzeugt hatte. Und plötzlich dachte ich: Ich muss etwas tun. Ich muss es wenigstens versuchen.

»Kann ich euch mal kurz allein lassen?«, fragte ich und zupfte an etwas Strandhafer, der sich zwischen dem Schnittlauch breitgemacht hatte.

Meine Mutter rieb sich mit der Hand über die Stirn und hinterließ dabei einen Streifen dunkelbrauner Erde. »Tu, was du tun musst, Engelchen.«

Ich war lange nicht dort gewesen und fand Christians Kanzlei in Garding nicht auf Anhieb. Mehrmals fuhr ich im Kreis durch die verwinkelten Straßen und bog falsch ab, bis ich endlich den Parkplatz mit dem Schild *Nur für Kunden von Meyer & Kramers* fand. Die offiziellen Geschäftszeiten waren längst vorbei, aber ich hoffte, dass Christian unter den momentanen Umständen noch im Büro war, und klingelte.

Alles war dunkel. Ich klopfte an die Scheibe. Keine Reaktion. Mist, dachte ich. Ich hätte ihn vorher anrufen sollen. Ich nahm mein Handy aus der Tasche und wählte seine Nummer, doch er ging nicht dran.

Fieberhaft überlegte ich. Caro hatte gesagt, dass er momentan bei einem Kollegen schlafe. Aber ich wusste nicht, bei wem. Dann fiel mir etwas ein. Chris hatte einmal erwähnt, dass er sich an langen Tagen gerne etwas zu essen von einem Italiener hole. Ich kannte den Laden, er war gleich hier um die Ecke. Ich lief an eng stehenden Rotklinkerhäusern vorbei bis zum hübschen Dorfplatz mit seiner Backsteinkirche.

Die Terrasse des Italieners war nur noch halb voll, und ich entdeckte Christian schon von Weitem. Er saß mit dem Rücken zu mir allein an einem Tisch. Ich ging auf ihn zu und setzte mich ihm ungefragt gegenüber.

Erstaunt sah er mich an. »Hey, Toni, was machst du denn hier?« Vor ihm stand eine halb volle Auflaufschale mit Lasagne.

Ich lächelte ihn an. »Ich wollte mal nach dir sehen.«

Er stocherte etwas lustlos mit der Gabel im Essen. »Das ist lieb von dir.«

»Wie geht es dir?«

»Ach. Wie geht es einem schon, wenn man in seinem Büro auf einer Luftmatratze schläft?« Tatsächlich sah er blass und unausgeschlafen aus.

»Caro sagte, du wohnst bei einem Kollegen?«

Er rieb sich über die Augen. »Da war ich die erste Nacht, aber die haben noch ein ganz kleines Baby. Ich war da echt im Weg und hab kein Auge zugemacht. Dann lieber die Luftmatratze.«

»Ach, Chris.« Ich griff über den Tisch hinweg nach seiner Hand.

Gähnend verzog er das Gesicht.

»Findet ihr echt keine andere Lösung? Ich meine, Caro hat mir verboten, mich einzumischen, aber …«

Er sah mich seufzend an. »Was machst du dann hier, Toni?«

Ich rieb mit den Handflächen über die karierte Papiertischdecke. »Ich will mit dir über Geld sprechen.«

Christian legte die Stirn in Falten. »Über Geld?«

»Ja, ich wüsste gern, ob Mama und Papa sich nicht doch eine kleine Investition leisten können.« Ich zog die Pläne für das Kinderhotel und Andys Kostenvoranschlag aus der Tasche und reichte sie ihm.

Er blätterte durch die Seiten und legte sie dann auf den Tisch. »Du weißt, was ich dir wegen der Ersparnisse deiner Eltern gesagt habe.«

»Ja, aber könntest du nicht noch mal schauen, ob sich doch was machen lässt?«

Er trommelte mit den Fingern auf dem Tisch. »Ich müsste mir das in Ruhe ansehen.«

»Du bist der Beste!«

»Ich kann dir nichts versprechen.« Chris winkte die Kellnerin heran und bestellte eine zweite Gabel.

Gemeinsam stocherten wir im Rest der mittlerweile lauwarmen Lasagne.

Irgendwann aß nur noch ich, und Chris sah mir dabei zu. Völlig unvermittelt sagte er: »Hör mal, Toni, ich wollte dir noch sagen, dass ich Flo nicht rausgeschmissen habe.«

Ich hörte kurz auf zu kauen. »Ist der nicht freiwillig gegangen?«

Chris schüttelte zerknirscht den Kopf. »Als du verschwunden bist, ist Caro komplett ausgerastet vor Sorge. Und sie hat Flo die Schuld gegeben. Wir haben alle gerätselt, warum du so plötzlich abgehauen bist, und da meinte er, er hätte dir kurz zuvor gesagt, dass das mit euch nichts werden kann. Deshalb hat Caro ihn aufgefordert, sofort seine Sachen zu packen. Männer, die nicht gut zu dir sind… das triggert etwas in ihr.«

Ich sah zu ein paar Kindern hinüber, die auf dem Dorfplatz spielten. »Dabei bin ich doch gegangen, weil Caro und ich uns gestritten hatten.«

Chris zerknüllte seine Serviette. »Das war mir klar und ihr im Grunde auch. Flo war in dem Moment nur ihr Blitzableiter.«

»Verstehe.« Aus der Kirche schallte Gesang zu uns herüber. Vermutlich eine Abendmesse.

Chris lauschte der Musik, dann sagte er: »Ich hatte nichts dagegen, dass du und Flo…« Er grinste breit. »Ich fand euch ganz süß zusammen. Nur… ich musste Caro versprechen, ihm das auszureden. Sie macht sich immer solche Sorgen um dich. Wie große Schwestern das eben machen.«

Ich stöhnte. »Ja, und es hat gewirkt. Flo hat auf dich gehört.«

Chris legte die zerknüllte Serviette beiseite und lehnte sich ein Stück über den Tisch. »Weißt du, ich bin nicht der Richtige, um dir Ratschläge in Liebesdingen zu geben, wahrlich nicht.« Er lachte bitter. »Aber eins kann ich dir über Männer sagen: Wenn jemand dich wirklich mag, dann hört er nicht auf seinen großen Bruder.«

Ich betrachtete die angebackenen Reste in der Auflaufform zwischen uns. »Schon klar.«

Er seufzte laut. »Liebe tut leider weh.«

»Nicht unbedingt.« Jetzt lehnte auch ich mich über den Tisch und sah ihn ernst an. »Du und Caro, ihr wart für mich immer das ultimative Traumpaar, der Maßstab für alles, was auch ich mir gewünscht habe.«

Er ließ sich nach hinten in seinen Stuhl sinken.

Ich lehnte mich noch etwas weiter vor. »Chris?«

Er wich meinem Blick aus. »Ja.«

»Ich finde, Caro hat recht. Du solltest akzeptieren, dass sich die Sache mit dem Kinderwunsch für sie erledigt hat. Damit ihr als Familie wieder glücklich sein könnt. Ihr habt doch schon das tollste Kind der Welt. Und ihr habt euch.«

Erneut legte Christian die Stirn in Falten. »Das hat sie dir gesagt?«

»Was?«

Er lachte auf. »Sie hat dir gesagt, dass wir uns *darüber* streiten?«

Ich legte den Kopf schief. »Stimmt es denn nicht?«

Er stützte den Kopf auf die Unterarme. »Die ganze Kinderwunschbehandlung hat uns sicher in eine Krise gestürzt, aber wir waren uns längst einig, damit aufzuhören. Ausgezogen bin ich wegen einer anderen Sache.«

Ich legte meine Gabel beiseite. »Weswegen?«

Christian sah hinüber zur Kirche. »Du wolltest dich doch nicht einmischen, Toni. Wenn ich dich da mit reinziehe, lässt Caro sich vermutlich von mir scheiden.«

Ich sah ihn lange und eindringlich an. Dann sagte ich: »Ich kenne mich auch nicht gut aus in Liebesdingen, aber eine Sache kann ich dir über Frauen sagen: Sie lassen sich nicht von dir scheiden, weil du ihre Schwester um Hilfe bittest.«

Er musste lachen. Minutenlang sah er über den Dorfplatz, auf die spielenden Kinder, die Schwalben, die über uns ihre Kreise zogen. Dann sagte er: »Es geht um deine Mutter.«

23

Am nächsten Tag saß ich allein bei Papa am Bett. Caro war in der Schule, Mama wollte Gisela besuchen. Ich hatte vorhin mit einem der Ärzte gesprochen, aber er war sehr vage in seinen Aussagen gewesen. So langsam wurde ich nervös. Was, wenn Papa sich doch nicht erholte? Ich hielt seine Hand und betrachtete ihn. Jedes Mal, wenn ich hier war, wirkte er auf mich ein wenig schmaler unter den steifen weißen Laken.

»Hey«, sagte plötzlich jemand hinter mir.

Ich drehte mich um, denn ich hatte niemanden kommen hören. Da stand Ina, die Hände in den Taschen ihres Arztkittels, einen ernsten Ausdruck auf dem Gesicht.

»Hey.«

Sie kam ein bisschen näher. »Tut mir leid, dass wir euch noch nicht mehr sagen können. Glaub mir, wir tun alles dafür, dass es ihm bald wieder besser geht.«

Ich streichelte mit dem Daumen über Papas Hand. »Glaubst du, er wird sich wieder ganz erholen?«

Ina trat ans Bettende. »Ich darf dir als Ärztin leider nicht sagen, was ich glaube, sondern nur das, was ich weiß.«

Ich drehte mich zu ihr um. »Und als alte Freundin? Was glaubst du als alte Freundin?«

Sie lief um das Bett herum, sodass sie mir gegenüberstand. »Als alte Freundin hoffe ich mit dir.« Sie kontrollierte etwas an einem der Monitore.

Übers Bett hinweg betrachtete ich sie. Ihre kupferfarbenen Haare, die sie zu einem losen Knoten im Nacken gebunden hatte. Die Stupsnase, die Sommersprossen auf den hohen Wangenknochen, die stets ironisch-amüsierte Mimik, die natürliche Lässigkeit. Hatte David damals auch für Ina etwas empfunden? Der Gedanke tat mir merkwürdigerweise nicht weh, er kam mir geradezu logisch vor. Auch ich hatte schließlich für Ina geschwärmt.

Sie merkte offenbar, dass ich sie musterte, und hielt mitten in der Bewegung inne. Ohne mich anzusehen, sagte sie: »Es stimmt.«

»Was meinst du?«, fragte ich überrascht.

Sie rieb sich über die Schläfe und sah mich kurz an. »Andy hat mich vorgewarnt nach eurem Gespräch.« Sie wandte sich wieder einem der Monitore zu.

Als sie aufhörte zu tippen, fragte ich: »Was genau stimmt?«

Sie kam ums Bett herum und setzte sich auf den Stuhl neben mir. »Als David den Unfall hatte, da war er wirklich auf dem Weg zu mir.« Wieder sah sie mich nur kurz an.

Ich lehnte mich in meinem Stuhl etwas weiter vor. »Hattet ihr etwas miteinander?«

Sie spielte mit dem Pager an ihrem Handgelenk. »Hatten wir mal, lange vor dir. Und vor dem Unfall... Sagen wir, es bahnte sich wieder was an. Er hat mich an dem Abend spät angerufen und gesagt...« Ihre Stimme war rau, und plötzlich entfuhr ihr ein heiseres Lachen. »Mann, der Arsch! Warum muss ich seine schmutzige Wäsche waschen?«

Aus einem Impuls heraus lachte ich mit. »Weil er es nicht mehr kann. Also, was hat er gesagt?«

Sie wurde wieder ernst. »Dass ihr nur streitet, dass du ihm ständig Vorwürfe machst.« Sie kaute auf ihrer Unterlippe. »Und dass er mich vermisst.«

Eine Zeit lang saßen wir beide am Bett meines Vaters und betrachteten sein schlafendes Gesicht. Irgendwann sagte ich: »Danke.«

»Danke?«, wiederholte Ina ungläubig.

»Ja, danke, dass du ehrlich zu mir bist. Das alles ist so lange her, aber ich neige immer noch dazu, ihn zu verklären. Was du erzählst, hilft mir, David so zu sehen, wie er war. Er war kein Heiliger, keine unerreichbare romantische Liebe für die Ewigkeit, sondern ein ganz normaler junger Mann mit einem Alkoholproblem.«

»Er war trotzdem toll«, sagte Ina leise.

Ich atmete tief aus. »Ja, er konnte toll sein.«

Sie sah mich verstohlen an und zog ihre Stupsnase kraus. »Hasst du mich jetzt?«

Ich musste grinsen. »Im Gegenteil. Ich finde dich noch cooler als vorher.«

Sie zögerte einen Moment, dann grinste sie zurück.

Abends wollte Caro meine Lieblingskartoffelsuppe kochen, weil sie es vor lauter Stress an meinem Geburtstag nicht hinbekommen hatte. Sie rührte gerade in einem großen Topf, in dem Zwiebeln brutzelten, als Mads von draußen meinen Namen rief.

»Bin gleich zurück«, sagte ich zu Caro und lief aus dem Haus.

Ich fand meinen Neffen unter den Bäumen hinter den Spielgeräten. Motte buddelte neben dem Sandkasten ein Loch.

»Tante Toni«, rief Mads erneut. »Schau doch mal!«

Ich kam näher und erkannte, worauf er zeigte: Die Strickleiter hing wieder am Baumhaus.

Mads strahlte. »Oma hat sie repariert, wir waren vorhin zusammen oben.« Schon war er auf der ersten Sprosse. »Oma kann alles.«

Ja, dachte ich ein wenig traurig. Noch kann sie fast alles.

Mads die Leiter hinaufklettern zu sehen ließ mein Herz schneller schlagen. Ich wusste zwar, dass Papa nicht wegen der kaputten Leiter gestürzt war, aber dieser Ort stand für mich seitdem für Unglück. Ob Caro erlauben würde, dass Mads wieder dort herumturnte? Doch ehe ich einschreiten konnte, war Mads oben. Wie an meinem ersten Tag hier erschien sein blonder Kopf neben der Plattform.

»Tante Toni, kommst du hoch?«

Motte hörte auf zu buddeln und sah fiepend die Leiter hinauf. Ich atmete tief durch, blickte noch einmal zum Haus und kletterte schließlich hinter Mads her. Meine Beine waren leicht zittrig, als ich oben ankam.

Mads hatte sein Messer wiedergefunden und schnitzte an einem Stock herum. Von hier oben ist Papa abgestürzt, dachte ich mit einem Kloß im Hals. Oder war er nie ganz oben angekommen?

»Ich will niemals ein Tattoo haben«, unterbrach Mads mit Blick auf meinen nackten Fuß meine dunklen Gedanken. Unter uns auf der Weide hörte ich die Schafe blöken. Wahrscheinlich waren Gerd und Alfie gerade gekommen.

Mads hob den Kopf. »Höchstens einen Pfotenabdruck von Motte. Oder ein Schaf, das vielleicht schon.« Seine kleine Stirn legte sich in Falten. »Mama sagt, Leute mit Tattoo finden schwerer Arbeit. Und neulich hat sie zu Papa gesagt, dass ich es sowieso später schwer haben werde. Wegen der Schule und so.«

Ich schluckte. »Mamas machen sich immer Sorgen, weil sie einen so lieb haben. Frag mal Oma, die hat sich auch schreckliche Sorgen um mich gemacht. Und schau, ich bin doch ganz okay geworden.«

Mads sah mich mit großen Augen an. »Ich will später genauso sein wie du.«

»Wirklich?«

»Auf jeden Fall!«, versicherte Mads. »Du bist von allen Erwachsenen die coolste.«

Gerührt lächelte ich ihn an. »Danke, Madsi! Es freut mich sehr, dass du das so siehst.«

Er schnitzte konzentriert weiter, wobei seine Zungenspitze aus dem Mund schaute. Ein großer Holzsplitter flog in meine Richtung.

»Weißt du, Madsi«, sagte ich leise. »Ich wünsche mir für dich, dass du nicht so wirst wie ich. Sondern dass du du sein kannst. Denn du bist wundervoll.« Ich legte meine Hand auf seinen Unterarm, und er hörte kurz auf zu schnitzen und hob den Blick. Ich lächelte ihn voller Liebe an. »Du musst nur Menschen finden, die genauso ein großes Herz haben wie du. Dann wird alles im Leben ein bisschen leichter.«

Jetzt strahlte er mich mit seiner großen Zahnlücke an. Dann schnitzte er zufrieden weiter.

Ich blickte hinunter auf unseren Hof. Von hier oben sah er so friedlich aus, alle Probleme schienen weit weg. Es konnte immer noch alles gut werden, genau wie Florian gesagt hatte. Ich spürte, wie diese Erkenntnis mich entspannte. Am liebsten hätte ich mich in die Kissen gekuschelt, die im überdachten Teil der Plattform lagen, und für einen Moment die Augen geschlossen.

Da fiel es mir auf: Kissen? Wo kamen die denn auf einmal her? Auch eine Decke lag daneben, fein säuberlich gefaltet.

»Was ist das denn, Madsi?«, fragte ich und zeigte darauf.

»Meine Kuschelecke«, sagte er nach kurzem Zögern.

»Hat Oma dir die eingerichtet?«

Ohne aufzusehen, antwortete er: »Nee, das war Opa.«

Ich stutzte, er musste sich irren. »Das kann nicht sein, Madsi. Opa ist doch im Krankenhaus.«

Mads sah mich ernst an. »Oma sagt, sie war das nicht. Opa hatte mir eine Kuschelecke versprochen.«

Ich wollte ihm widersprechen, als mir etwas klar wurde. Meine Finger fühlten sich mit einem Mal taub an. Ich lehnte mich ein Stück über die Plattform. »Caro!«, rief ich hinunter und dann noch mal lauter: »Caro!«

Wenig später erschien sie auf der Terrasse. Ich konnte schon auf die Entfernung sehen, was sie von unserem kleinen Ausflug hielt. »Was macht ihr denn da?«

Ich hob beschwichtigend die Hände. »Mama hat die Leiter repariert. Mads sagt, er war schon mit ihr gemeinsam oben.«

Die steile Zornesfalte auf Caros Stirn war bis hier oben zu sehen. »Schön, dass ich gefragt wurde!«

»Caro, du musst hochkommen!«, rief ich.

Sie zeigte mir einen Vogel.

»Doch«, insistierte ich. »Das musst du dir angucken!«

Jetzt hatte ich ihre Aufmerksamkeit geweckt. Mit offensichtlichem Unwohlsein kletterte sie die Leiter hinauf und zog sich zu uns ins Baumhaus. Dann kniete sie nach Luft ringend vor uns und sah mich fragend an.

Ich zeigte auf die Kuschelecke. »Das ist der Grund, warum Papa in jener Nacht hier oben war.«

Sie machte ein verständnisloses Gesicht.

»Er ist offenbar nachts aufgewacht«, erklärte ich. »Vielleicht konnte er nicht mehr schlafen und dachte:

Mensch, da kann ich genauso gut Madsis Kuschelecke einrichten, das hab ich ihm doch versprochen.«

Caro zog eine Augenbraue nach oben. »Das kann er auch vorher schon gemacht haben, das wissen wir nicht.«

»Doch«, sagte ich und zog triumphierend die Decke zu uns heran. »Kommt dir die bekannt vor?« Ich griff nach einem der Kissen und hielt es ihr hin. »Und das hier?«

Caro starrte mich immer noch ratlos an.

»Mensch, Caro! Das sind die Sofakissen, auf die wir ihn an dem Abend gelegt haben. Und mit der Decke haben wir ihn zugedeckt.«

Jetzt machte es auch bei Caro klick. Sie starrte die Sachen an, dann mich. »Du könntest recht haben.«

»Ich bin mir sicher. Und mit Restalkohol im Blut kann man beim wackligen Abstieg auch leicht mal von der obersten Sprosse fallen.«

Eine Zeit lang saßen wir da und starrten auf die Indizien. Mads kniete zwischen uns und schnitzte versunken. Als er Alfie bellen hörte, legte er das Messer beiseite und kletterte hinunter, um Gerd und seinen Hund begrüßen zu gehen.

Kurz darauf hörte ich ein Auto, das über den Feldweg näher kam. Caro hörte es offenbar auch, denn ihr Gesicht versteinerte.

»Was macht er hier?«, fragte sie. »Er hat gar nicht vorher angerufen.« Sie wollte die Leiter hinunterklettern, zögerte jedoch. »Scheiße, ist das hoch!«

»Ich weiß.«

»Geh du zuerst«, bat sie mich.

Ich kletterte hinunter und sah Christian ums Haus herumkommen. Er rang die Hände, als wisse er nicht, wohin mit ihnen. Als Motte ihn bemerkte, flippte sie aus. Der ganze kleine Hundekörper wackelte. Wie Hummel früher, wenn ich aus der Schule gekommen war.

Auch Caro kletterte nun mit vorgetäuschter Coolness die Leiter hinunter.

»Hey«, begrüßte sie ihren Mann kühl, während dieser versuchte, den Hund freundlich daran zu hindern, an ihm hochzuspringen und ihn abzuschlecken.

Caro sah den beiden stumm zu, und weil auch kleine Schwestern ihre großen Schwestern sehr gut kennen, wusste ich, dass Mottes unbändige Freude sie nicht kaltließ.

Unruhig trat sie von einem Fuß auf den anderen. »Willst du Mads sehen? Er ist gerade bei den Schafen.«

Christian streichelte über Mottes Rücken, die vor lauter Aufregung Schluckauf bekommen hatte. Er blickte Caro liebevoll an. »Ich bin deinetwegen hier.«

Sie wich seinem Blick aus. »Können wir in der Küche reden? Ich hab was auf dem Herd.« Sie sah zwischen uns hin und her. »Allein vielleicht?«

Ich legte eine Hand auf Christians Rücken. »Wir wollen gemeinsam mit dir über etwas reden.«

Caros Gesicht verhärtete sich noch mehr. Dann lief sie kommentarlos an uns vorbei in die Küche. Wir folgten ihr.

Am Herd angekommen fluchte sie, weil die Suppe angebrannt war, drehte die Temperatur runter und rührte im Topf. »Also gut, legt los! Ihr seid euch ja offenbar einig.«

Christian ging auf seine Frau zu. »Wir sind eine Familie, und wir müssen miteinander sprechen.«

»Er hat recht«, pflichtete ich ihm bei. »Ich muss mich da einmischen, wie du es nennst. Ich gehöre auch zu dieser Familie. Ich bin jetzt da, und ich will dir helfen. Aber dafür musst du mit uns reden.«

Caro rührte wild in der Suppe. »Dass ihr euch gegen mich verbündet!«

»Wir verbünden uns, weil wir dich lieben.« Christian ging noch einen Schritt auf sie zu. »Wir lieben dich so sehr, dass wir um diese Familie kämpfen.«

Obwohl sie sich tief über den Topf beugte, konnte ich sehen, dass Caro schon wieder mit den Tränen kämpfte.

Christian stand jetzt direkt neben ihr. »Du willst nicht wahrhaben, dass mit Petra etwas nicht stimmt, und ich verstehe das. Aber wenn wir ihr Problem unter den Teppich kehren, können wir ihr auch nicht helfen.«

Auf der Kücheninsel neben mir stand ein Schneidebrettchen mit fein gehacktem Thymian, dessen Duft mir in die Nase stieg. Ich sah wieder zu Caro, die noch immer wild rührte, und sagte: »Chris meint, das geht seit Monaten so. Ihr habt seit Monaten gemerkt, dass Mama schusselig wird? Und du hast deswegen mehrfach mit ihr gestritten?«

»Petra wiederholt alles«, bestätigte mein Schwager. Er wandte sich Caro zu. »Schatz, du hast doch gemerkt, dass sie alles dreimal erzählt, gib's zu! Wie oft hast du sie deswegen angeblafft? Wie oft habt ihr euch darüber beschwert, Wolfgang und du? Aber wenn ich dich offen darauf anspreche, rastest du aus. Dabei geht es mich auch etwas an. Es bringt doch nichts, wenn wir uns darüber zerstreiten. Wir müssen jetzt zusammenhalten und dafür sorgen, dass sie Hilfe bekommt.«

Caros Unterlippe begann zu zittern. »Sie ist nicht mehr die Jüngste. Das sind normale Alterserscheinungen. Reicht es euch nicht, dass Papa im Krankenhaus liegt? Und ja, es gab ab und zu Streit, so ist das halt, wenn man mit seinen Eltern auf so engem Raum zusammenlebt. Wenn du mich nicht immer wieder mit diesem Thema genervt hättest, wäre es zwischen uns beiden nicht so weit gekommen.«

Chris hob eine Hand, die jetzt dicht über Caros Schulter schwebte. »Schatz, du bist total gereizt, und das liegt auch am Zustand deiner Mutter, egal, wie du es drehst und wendest. Da kann ich doch nicht einfach zusehen. Wenn Petra Hilfe bekommt, hilft das auch dir. Warum willst du das nicht einsehen?«

»Weil ihr es so verdammt überdramatisiert!« Caro schob Christians Hand weg.

»Das finde ich nicht«, hörte ich eine Stimme aus dem Flur.

Erst in diesem Moment sah ich den Schatten meiner Mutter. Langsam trat sie ins Licht, mit einem sanften, traurigen Lächeln im Gesicht. Sie blickte von einem zum anderen. Dann ging sie auf ihre ältere Tochter zu und umarmte sie. Caro war fast einen ganzen Kopf größer als Mama, sackte in ihren Armen aber förmlich in sich zusammen.

»Mein Linchen.« Meine Mutter streichelte ihr über den Rücken. »Mein liebes, liebes Linchen. Es tut mir leid, dass ich es dir in den letzten Monaten so schwer gemacht habe.«

»Alles gut, Mama«, schniefte meine Schwester. »So schlimm war es ja nicht.«

»Für mich schon«, entgegnete Mama.

Christian und ich standen regungslos da und betrachteten die beiden.

Irgendwann löste meine Mutter sich von meiner Schwester und blickte in die Runde. »Leider haben Toni und Christian recht.« Sie lächelte wieder traurig. »Mit mir stimmt etwas nicht. Ich wollte es lange selbst nicht wahrhaben.«

Caro starrte sie ungläubig an, ihre Wangen waren tränennass.

»Seit wann geht das so, Mama?«, fragte ich.

Meine Mutter strich sich das Haar zurück. »Seit einigen Jahren kommt und geht dieser komische Nebel in meinem Kopf. Und vor ein paar Monaten wurde es so schlimm, dass ich beschlossen habe, zum Arzt zu gehen. Als der sagte, es sei beginnender Alzheimer, hab ich meine Sachen gepackt. Ich wollte lieber weglaufen, als mich der Sache zu stellen.«

»Kommt mir bekannt vor«, murmelte ich.

Caro trocknete sich mit dem Ärmel ihres Shirts das Gesicht. »Deswegen bist du ausgezogen?«

»Denkt ihr ernsthaft, ich verlasse meinen Wolfgang einfach so? Er ist die Liebe meines Lebens, ich werde ihn immer lieben. Aber ich will ihm nicht zur Last fallen. Will euch nicht zur Last fallen. Ich dachte, es ist für alle besser, wenn ich gehe.«

Meine Schwester und ich traten auf unsere Mutter zu und schlangen die Arme um sie.

»Blödsinn! Wir brauchen dich doch«, sagte ich.

In unseren Armen fing auch sie an zu weinen.

»Ach, Mami!« Ich streichelte ihr über den Rücken. »Weiß Papa davon?«

»Jetzt ja«, sagte sie schluchzend. »Ich hab ihm vor ein paar Tagen bei einem Besuch im Krankenhaus erklärt, warum ich gegangen bin. Er hat gesagt, wenn er das gewusst hätte, hätte er es niemals zugelassen. So aber war er wie in Schockstarre und hat es mir damit leicht gemacht.« Sie hielt kurz inne. »Er hat mich ja einfach gehen lassen, er hat nicht mal versucht, mich aufzuhalten. Nur das eine Mal, als er für mich gesungen hat, da dachte ich: Jetzt beginnt er, um mich zu kämpfen, hoffentlich halte ich dem stand. Und dann ist er vom Baumhaus gefallen.«

Mehrere Minuten standen wir so da, eng umschlungen. Dann vibrierte Caros Handy in ihrer Hosentasche. Einen Arm noch immer um Mamas Schultern gelegt, zog sie es heraus und ging dran.

»Hallo.« Regungslos hörte sie zu. »Ja. Verstehe.«

Sie verabschiedete sich knapp und legte auf. »Das war das Krankenhaus.« Sämtliche Farbe war aus ihrem Gesicht gewichen. »Es geht um Papa. Wir sollen kommen.«

24

Drei Monate später

Der Spätsommerwind trieb die ersten Blätter vor sich her, als ich mit meiner Freundin Maria und ihrer Tochter Morlen über die Schafweide schlenderte. Die Tiere standen in Gruppen beieinander und sahen zu uns herüber. Ihre Wolle war buschig nachgewachsen und schützte sie vor den ersten kalten Nächten.

Marias Haar flatterte im Wind. »Du hast mir verschwiegen, wie schön es hier ist«, sagte sie. »Ich bin froh, dass wir es geschafft haben zu kommen.«

»Das bin ich auch. Und ja, es ist schön hier.« Ich reckte die Nase in die Luft. Sie roch nach Salz, nach Laub und Erde, wie immer um diese Jahreszeit. »Ich schätze, ich war nur immer zu weit weg, um das zu erkennen.«

Morlen kniete sich neben das schwarze Lamm, das mittlerweile fast genauso groß war wie seine Mutter. »Vielleicht kann ich in den Ferien als Gruppenleiterin hier arbeiten.« Sie war ebenfalls ordentlich gewachsen, seit ich sie zuletzt auf Norderney gesehen hatte. Alles an ihr wirkte schlaksig.

Maria sah ihre dreizehnjährige Tochter überrascht an. »In ein paar Jahren vielleicht, ja.«

Ich betrachtete Maria, deren Körper aktuell noch kurviger war als sonst, und zwinkerte Morlen zu. »Vielleicht braucht Mama dich demnächst erst einmal öfter auf Norderney.«

Morlen grinste mich an. Ich verstand, warum Mads von ihr hingerissen war. So cool sie sich auch gab: Wenn sie lächelte, sah man deutlich den Charme, dem sich niemand entziehen konnte, genau wie bei ihrer Mutter.

»Kommst du bald mal wieder auf die Insel?«, fragte Morlen und erhob sich geschmeidig.

»Auf jeden Fall«, antwortete ich. »Wenn hier alles richtig angelaufen ist, komme ich euch besuchen, und wir gehen zusammen surfen.«

Wir liefen auf die Esel zu, neben denen Marias Freund Simon mit der kleineren Tochter Hannah auf dem Arm stand. Beide hatten die gleichen dunklen Locken. Hannah fasste mit fasziniertem Gesichtsausdruck nach Dumbos Ohren. Ich musste lachen.

Maria strich sich im Gehen über den runden Babybauch unter ihrem Blümchenkleid. »Bleibst du diesmal wirklich hier?«

Ich sammelte ein Büschel Wolle auf und zupfte daran. Die Sonne kitzelte mich im Gesicht. Sie war immer noch gleißend hell, hatte aber nicht mehr so viel Kraft wie vor ein paar Wochen. »Vorerst ja, das habe ich versprochen.«

Auf dem Weg zu den Ferienwohnungen kamen uns Robin, Maurice und Barry entgegen. Morlen kniete sich hin und streichelte die jungen Kater, die mittlerweile ganz schön aufmüpfig geworden waren. Ich sah sie jedenfalls immer häufiger ohne ihre Mutter Suki, die zunehmend genervt von den drei Rabauken wirkte.

Während Morlen mit den Kätzchen spielte, führte ich Maria durch die neu eingerichteten Räume.

»Das ist so schön geworden!«, rief sie begeistert.

Ich lächelte stolz. Tatsächlich sahen die Appartements so aus, wie ich sie als Kind selbst geliebt hätte. Sonnenlicht fiel auf die neuen Küchenzeilen, die ein Kumpel von Andy eingebaut hatte, die alten Möbel, die Mama so bunt gestrichen hatte, dass man sie nicht wiedererkannte. Jedes Stuhlbein, jede Schublade hatte eine andere Farbe bekommen. Auch die Kletterwand daneben hatte Mama entworfen und mit Andys Hilfe angebracht, genau wie das Bällebad. In den Schlafzimmern standen gemütliche Stockbetten mit Feuerwehrrutschen, in den Badezimmern gab es jetzt mehrere niedrige Waschbecken und kleinere Kloschüsseln.

Maria pfiff durch die Zähne. »Hier schicke ich in ein paar Jahren Hannah und ihr Brüderchen hin, wenn wir mal eine Pause brauchen.«

Morlen hatte sich von den Kätzchen losgerissen und zu uns gesellt. Als sie das Betreuerzimmer entdeckte, das mit einem einzelnen Bett, einem Schrank und einem eigenem Waschbecken ausgestattet war, leuchteten ihre Augen auf. Eine der Wände schmückte eine besondere Waldtapete, von der Andy noch ein passendes Stück übrig gehabt hatte.

»Hier will ich einziehen«, beschloss Morlen und drehte sich im Kreis.

Von den löchrigen Leggings bis zum Haargummi, das sie nachlässig um ihren Haarknoten gepfriemelt hatte, war alles an ihr schwarz. So sah man wohl gerade aus als Stadtkind in Düsseldorf, dachte ich. Wie ein Fremdkörper wirkte sie auf unserem Hof, wie das eine schwarze Schaf unter all den weißen. Wie ich damals.

Als sie meine Blicke bemerkte, lächelte ich sie an. »Du bist hier jederzeit willkommen, Süße!«

Wir gingen zurück nach draußen, wo bereits die ersten Gäste ankamen. Es war Caros Idee gewesen, den Abschluss der Renovierung zu feiern. Da Maria sich als Besitzerin eines Strandcafés mit größeren Festen auskannte, hatte sie uns bei der Planung unterstützt.

Nach und nach trudelten unsere Nachbarn ein, alte Schulfreunde, Kollegen, Kumpels von Mads mit ihren Familien. Sie hatten Kuchen, Salate, belegte Brötchen oder Saft von den eigenen Äpfeln dabei. Auf Andys Tapeziertischen, die wir neben dem Haus meiner Eltern aufgestellt hatten, entstand Stück für Stück ein prall gefülltes Büfett. Die meisten Kinder rannten direkt zu Mads auf den Spielplatz und probierten das neue Trampolin aus.

Ich hielt nach meiner Schwester Ausschau. Sie nahm gerade ein riesiges Glasgefäß mit Bowle von unserer Nachbarin Imke Brodersen entgegen und reichte es Christian, der es zu den anderen Getränken stellte, vorsichtig, damit nichts überschwappte. Wenn ich die beiden so sah, wusste ich, was Caro meinte, wenn sie sagte, sie würden ganz gut »im Team« arbeiten, seit er wieder eingezogen war.

»Wann legen wir los?«, fragte jemand hinter mir.

Ich drehte mich um und sah Andy. Er trug ein gebügeltes Hemd und sah frisch und gesund aus. Vielleicht lag es an den paar Kilos, die er zugenommen hatte, seit er nicht mehr rauchte. Vielleicht auch an seiner neuen Freundin Steffi, die strahlend neben ihm stand. Er hatte die Tätowiererin mit dem losen Mundwerk und dem Julia-Roberts-Lächeln in ihrem Studio in Husum kennengelernt, wo er sich den Schriftzug *Herzanker* auf das einzig verbliebene freie Fleckchen am Oberarm hatte stechen lassen.

»Hey, ihr zwei.« Ich umarmte die beiden. Dann sah ich mich um. »Von mir aus können wir gleich anfangen, ich hab nur unsere Leadsängerin noch nicht gesehen.«

»Längst da und bereit.« Neben Steffi tauchte Ina auf. Auf ihren Wangen waren über den Sommer noch ein paar Sommersprossen hinzugekommen. Sie trug ein übergroßes Batikkleid, das selbst gemacht und unfassbar lässig aussah.

Andy küsste Steffi auf das Anker-Tattoo in ihrem Nacken, woraufhin Ina mit den Augen rollte. Dann machten wir uns zu dritt auf den Weg.

Vor der Scheune hatte Andy bereits die Instrumente und drei Mikros aufgebaut. Ina und ich setzten uns auf die beiden Heuballen hinter den Mikros, Andy an sein Keyboard. Ina klemmte sich eine Standtrommel zwischen die Knie, ich nahm meine Gitarre aus ihrem Ständer.

Andy räusperte sich, und wir drehten uns beide gleichzeitig zu ihm um. »Sind wir jetzt eigentlich eine Band?«, wollte er wissen und lachte rau.

Ina und ich sahen uns fragend an, und sie zog die Stupsnase kraus.

Ich lachte. »Von mir aus.«

Ina machte schmale Augen, musste aber grinsen. »Kommt ganz drauf an, wie ihr euch heute anstellt.«

Und dann begannen wir zusammen zu spielen, wie wir es in den vergangenen Wochen geprobt hatten. Wir spielten vor allem alte Coversongs, von denen ich wusste, dass sie meinen Eltern gefielen.

Gisela und Eugen, die sich bisher angeregt unterhalten hatten, begannen direkt in flottem Discofox über unseren Hof zu schieben. Immer mehr Gäste gesellten sich zu ihnen und tanzten.

Gerade als wir *Secret Love* von den Bee Gees anstimmten, ein Lieblingslied meiner Mutter, bei dem Ina hinreißend die erste und ich die zweite Stimme sang, sah ich, wie Mama Papa aus dem Haus half. Ich hatte mich schon gefragt, wann die beiden endlich auftauchten, denn mein Vater brauchte noch immer viel Ruhe und hatte zu Beginn des Festes noch geschlafen. Er war etwas wackelig auf den Beinen, seit er aus der Reha zurück war. An einer Seite stützte meine Mutter ihn, an der anderen ein Mann mit Wollmütze.

Ich musste zweimal hinsehen, um zu begreifen, dass

es wirklich Florian war. Als unsere Blicke sich trafen, vergaß ich kurz zu singen. Ich hatte gehofft, dass es mich kaltlassen würde, ihn wiederzusehen, denn was war schon groß gewesen zwischen uns? Eine Nacht Händchenhalten, ein paar atemlose Küsse. Eine Handvoll tiefgründige Gespräche. Aber ich spürte sofort, dass meine Hoffnung sich nicht erfüllt hatte. Es tat leider immer noch weh.

Nach dem Song ließ ich Andy und Ina wissen, dass ich gern *Surfer Girl* spielen würde, für Papa. Als die ersten Töne erklangen, strahlte er mich über die Menge hinweg an. Er sagte etwas zu meiner Mutter, die daraufhin kicherte wie ein junges Mädchen. Dann drehte sie sich zu ihm, und sie tanzten. Mit vorsichtigen, unsicheren Schritten, ganz langsam. Alles an mir wurde warm, als ich die beiden so sah, Arm in Arm.

Nachdem man uns vor drei Monaten aus dem Krankenhaus angerufen und gesagt hatte, dass es nicht gut um ihn stand, war es vor allem meine Mutter gewesen, die tagein, tagaus an seinem Bett saß und uns allen Mut zusprach, bis es ihm plötzlich tatsächlich besser ging. Einige auf der Station sprachen von einem medizinischen Wunder. Ina dagegen hatte zu mir gesagt, mein Vater sei zäh und ihr sei immer klar gewesen, dass er sich wieder erholen würde. Trotzdem konnte ich noch immer nicht ganz glauben, dass er jetzt auf seinen eigenen Beinen stand und tanzte. Meine Mutter stützte ihn. Aber hatte sie das nicht immer schon getan? Die Frage war nur, ob sie das auch in Zukunft noch könnte. Oder würde er bald sie stützen müssen, wenn er wieder ganz hergestellt war, wie die Ärzte es ihm prognostizierten? Was meine Mutter anging, hatten sie uns Hoffnung gemacht. Ihr Alzheimer schreite nur langsam voran. Irgendwann würde sie jedoch Hilfe brauchen. Gisela kam jetzt schon regelmäßig vorbei und hatte versprochen, häufiger mit anzupacken, wenn es nötig wäre. Aber noch hielt Mama Papa beim Tanzen.

Er formte mit den Lippen den Text mit: *»Do you love me, do you, Surfer Girl?«*

Und sie rief *»Yessss!«* und küsste ihn so stürmisch, dass er beinahe das Gleichgewicht verlor.

Neben den beiden entdeckte ich Morlen und Mads. Morlen hielt den Kleinen an den Händen und drehte ihn von links nach rechts. Und Mads himmelte sie mit kugelrunden Augen an. Dann zeigte er auf seine Großeltern und tippte sich mit dem Zeigefinger an die Stirn. Morlen lachte ihr entfesseltes Lachen.

Florian stand etwas abseits und sah mich an. So staunend, wie er mich schon damals angesehen hatte, als ich ihm auf der Bank am Schuppen zum allerersten Mal etwas vorgesungen hatte. Ein heißer Schmerz fuhr mir in den Magen, und ich musste den Blick abwenden. Neben ihm lehnte meine Schwester an einem der Stehbiertische, dahinter stand Christian. Vermutlich wünschte sich Caro, dass er sie schnappte und mit ihr tanzte. Und vermutlich wagte er es nicht, weil er Angst hatte, schon wieder das Falsche zu tun.

Als der Song vorüber war, grinsten Andy, Ina und ich uns an und verbeugten uns unter großem Applaus.

Ina knuffte mich in die Seite. »Jetzt dein Song?«

»Jup.« Ich schloss kurz die Augen, justierte mein Mikrofon nach und verkündete dann: »Bevor wir eine kleine Pause machen, gibt es jetzt noch einen Song von mir. Ich habe ihn für jemanden geschrieben, der mir unglaublich wichtig ist. Jemanden, auf den ich niemals in meinem Leben verzichten würde, für den ich alles geben würde, was ich habe.« Ich suchte in der Menge nach meiner Schwester. Sie lehnte noch immer am Biertisch, in einer unförmigen Bluse, die nicht zur Hose passte, die Haare aus praktischen Gründen mit einem Tuch zurückgebunden. Und trotzdem oder vielleicht gerade deswegen war sie der schönste Mensch, den ich kannte. »Dieser Song ist für dich, Caro.«

Ina gab Andy ein Zeichen, er begann zu spielen, und ich sang:

»Oh Mann, du lächelst so schön
Hast immer alles im Griff
Jeder beneidet dich
Und keiner merkt, wie du grad zerbrichst
Immer ein offenes Ohr
Für alle anderen, du bist
Immer da, wenn es brennt
Doch wer fängt dich auf
Wenn du dich selbst nicht verstehst
Im Monolog mit dir selbst

Wenn du versuchst, aufzustehen
Und nicht mal das geht
Komm, nimm meine Hand
Lass dich nach oben ziehen!
Du bist so stark
Könntest du nur durch meine Augen sehen
So vielen Menschen geht's genauso
Sie können dich verstehen
Hey, hey, hey,
Du gehst nicht allein.«

Caros Blick über die Menge hinweg werde ich nie vergessen. Die Tränen in ihren Augen. Christian, der hinter ihr stand und so aussah, als hätte er sie gern in den Arm genommen.

Und dann stand plötzlich mein Vater neben mir. Ich fragte mich, wie er es hierher geschafft hatte, bis ich Florian an seiner Seite entdeckte, bei dem er sich untergehakt hatte. Mein Vater schob mich sanft vom Mikro weg.

»Keine Sorge, diesmal singe ich nicht«, sagte er, und die Lautsprecher fiepten.

Alle lachten, mein Vater auch. Aus der Nähe betrachtet fiel mir jedes Mal wieder auf, wie schmal er geworden war. Mama hatte ihm eine neue Skinny Jeans besorgt, in der seine Beine aussahen wie Stelzen.

»Ich freue mich, dass ihr alle da seid«, fuhr er fort. »Wie ihr wisst, war ich einige Monate außer Gefecht gesetzt, aber jetzt bin ich wieder da. Und ich möchte mich bei meiner Familie bedanken, die mir in dieser

Zeit beigestanden hat. Danke an meine wundervollen Töchter Carolin und Antonia, ihr seid die Allerbesten!« Er drehte sich zu uns Musikern um. »Und danke an die Band! Ihr Lieben, das ist ganz wundervoll, und ich hoffe, ihr spielt nachher noch etwas. Wenn es Elvis Presley ist, unterstütze ich euch gern.« Wieder lachte das Publikum. Sein legendärer Auftritt im *Herzanker* hatte sich herumgesprochen.

Mein Vater hob den Zeigefinger. »Unsere Toni hat auch eine Seite bei Instagram, heißt das so? Ihr findet sie unter *SurfergirlToni*, da gibt es noch mehr von ihren Songs, falls euch das interessiert.« Er hob das Bierglas in seiner Hand. »Und bevor wir jetzt auf unser neues Kinderhotel anstoßen, möchte ich mich bei der Person bedanken, die meinem Leben einen Sinn gibt. Meinem Sternchen …« Kurz versagte ihm die Stimme. Meine Mutter warf Kusshände, einige der Nachbarinnen jubelten.

Mein Vater räusperte sich. »Liebe Petra, du bist die Liebe meines Lebens.« Er blickte über die Gäste hinweg zu meiner Mutter, auf diese Art und Weise, wie er nur sie ansah. »Ich habe dir vor meinem Unfall nicht genug gezeigt, dass ich ohne dich nicht leben kann. Deshalb sage ich es jetzt und hier vor Zeugen, auch wenn es den Kindern wieder peinlich ist: Ich lasse dich nie wieder los. Den Rest des Weges gehen wir gemeinsam, egal, in welchem Zustand. Hauptsache, wir gehen ihn zusammen.«

Die Menge grölte. Gerührt beobachtete ich die

Szene. Als der Applaus verebbt war und Andy Musik vom Band angestellt hatte, sagte ich: »Das hast du schön gesagt, Papa.«

Er lächelte verlegen. »Und du hast schön gesungen.«

Ich zögerte. »Woher weißt du, wo man im Internet meine Songs hören kann?«

Er lächelte liebevoll. »Mama und ich haben gegoogelt. Wir haben dich vermisst. Und manchmal haben wir abends deine Lieder angehört. Dann war es fast, als ob du bei uns bist.«

Ich spürte einen Kloß im Hals. »Ach, Papa!« Ich nahm ihn in den Arm. Er mochte schlanker und zerbrechlicher als früher sein, aber zum Glück roch er noch genauso wie immer: nach Tierfutter und Arbeit und Schmalz und einfach nach Papa. »Ich bin so froh, dass du mich dazu gebracht hast, nach Hause zu kommen.«

Andy drehte die Musik etwas lauter. *Always on My Mind* in der Version der Pet Shop Boys erklang. Sofort rauschte Gisela mit wehendem Bubikopf heran und führte meinen Vater vorsichtig, aber bestimmt auf die Tanzfläche. Meine Mutter erwartete ihn bereits mit offenen Armen.

Ich trat ein paar Schritte zurück und wäre beinahe gegen Florian geprallt.

»Hey«, sagte er unsicher.

»Hey.«

Ich hatte mir fest vorgenommen, lässig zu sein, wenn er mir gegenüberstand, aber das Herz schlug mir bis zum Hals.

»Sie kennen deine Lieder also doch.« Ein sanftes Lächeln erschien auf seinen schönen Lippen.

»Ja, unglaublich.«

Seine Augen glänzten. »Nein, alles andere wäre unglaublich gewesen.«

Wir blickten beide auf die tanzende Gästeschar vor uns. Simon streichelte Maria zärtlich über den Babybauch und küsste sie, noch immer so verknallt wie am ersten Tag. Ich entdeckte Davids Eltern neben dem Büfett. Sie hatten Maja mitgebracht, die gerade hinter vorgehaltener Hand mit Morlen tuschelte. Mittendrin saß Mads auf dem brüchigen Asphalt und kuschelte mit Motte, die mittlerweile fast so groß war wie er.

»Gehst du ein Stück mit mir?«, fragte Florian vorsichtig.

»Okay.«

Wir schlenderten in Richtung Deich. Ein Schmetterling landete auf meinem nackten Arm, und ich bekam Gänsehaut, obwohl der Wind noch mild war.

»Ich muss mich bei dir bedanken«, begann Florian. »Ich glaube, ohne dich säße ich immer noch in irgendeinem Büro und würde es hassen.« Er zog sich die Wollmütze vom Kopf und ließ sie in seinem Leinenbeutel verschwinden.

Der Schmetterling flog weiter und verschwand zwischen den mittlerweile strohigen Wildblumen. Ich sah ihm nach. »Chris hat mir erzählt, dass du jetzt eine Quereinsteiger-Schulung für Lehrer machst.«

»Ja, du hast mich auf die Idee gebracht.« Er wuschelte

sich durch die Haare, die mir noch ein Stückchen länger vorkamen. »Überhaupt, ich bin dir so dankbar. Du glaubst es vielleicht nicht, aber die Gespräche mit dir, die Zeit hier …« Er rieb seine Handflächen aneinander. »Du hast mir gezeigt, dass ich meinen eigenen Weg gehen muss. Egal, ob damit alle einverstanden sind.«

Ich blickte hoch in den von Schleierwolken überzogenen tiefblauen Himmel. »Und zum Dank hast du dich nicht mal verabschiedet.«

Wir waren oben auf dem Deich angekommen. Florian sah mich unsicher an. »Aber du bist doch mitten in der Nacht ohne ein Wort abgehauen. Ich hab nachts noch an deine Tür geklopft, aber da warst du schon weg. Ich hab mir echt Sorgen gemacht. Im Morgengrauen hab ich es nicht mehr ausgehalten und Caro und Chris geweckt. Da hat deine Schwester mich vor die Tür gesetzt.«

Ich schnaubte. »Weil sie dachte, dass du mich vertrieben hast.«

Er schob seine Hände in die Hosentaschen. »Hab ich das?«

»Nein, das hat Caro schon selbst erledigt.«

»Puh, das erleichtert mich! Hör mal …« Florian sah mich mit leuchtenden Augen an. »Ich habe noch nie jemanden wie dich getroffen. Und … ich bin lieber ein Freund als gar nichts für dich.«

Ich senkte den Blick. Die Wiese unter meinen Füßen war voller dottergelber Butterblumen. »Okay«, antwortete ich halbherzig.

»Ich hab da noch was für dich.« Er zog ein Paket aus dem Leinenbeutel und reichte es mir.

Mit leicht zittrigen Fingern riss ich das Papier auf. Ein Sweatshirt kam zum Vorschein. Ungläubig starrte ich auf den darauf gedruckten Schriftzug.

Florian lächelte verlegen. »Chris hat mir erzählt, dass du jetzt aufs Abendgymnasium gehst.«

Ich spürte, wie Tränen in meine Augen stiegen.

Er sah mich unsicher an. »Hab ich was Falsches gesagt?«

Ich strich über den weichen Sweatshirt-Stoff. »Nein, nein, das ist nur ziemlich süß von dir.«

Er pustete sich die Haare aus dem Gesicht. »Ist es? Heißt das, wir können Freunde sein?«

Ich sah erneut auf das Geschenk in meiner Hand, schluckte die Tränen hinunter und reichte ihm dann die Papierreste, die er in seiner Tasche verschwinden ließ.

Vom Hof schallten Jubelrufe herüber. Wir wandten uns um und entdeckten Caro und Chris, die ein Segeltuch zwischen sich hielten, mit dem neuen Schriftzug *Kinderhof Ferienglück*.

Ich drehte mich wieder zu Florian um. »Was wolltest du mir eigentlich sagen, als du nachts an meine Tür geklopft hast?«

Unsicher erwiderte er meinen Blick. »Ich wollte dich etwas fragen.«

»Was denn?«

»Ach, komm, lass gut sein!«

»Los, sag schon!«

Er schob erneut die Hände in die Hosentaschen und trat unruhig von einem Bein aufs andere. »Chris hat mir gesagt, für dich wäre das mit mir nur ein Spiel, ich solle mir die Finger nicht verbrennen, ich hätte keine Chance. Ich wäre kein Surfer, wie du sie sonst datest, ich hätte eine unrühmliche Vergangenheit, deine Schwester sei gegen mich, ich solle mir nichts einbilden und es beenden, ehe ich an Weihnachten nicht mehr mit dir an einem Tisch sitzen könne. Deshalb hab ich an dem Tag zu dir gesagt, ich kann das nicht mit dir. Ja, ich wollte es Chris recht machen. Aber ich hab auch Schiss bekommen, dass ich mich verliebe. Und als ich dann nachts allein im Bett lag, dachte ich: Scheiße, es ist schon zu spät! Und dann …« Er räusperte sich. »Dann wollte ich dich todesmutig fragen, ob Chris vielleicht doch falschliegt.«

Ich spürte, wie mir die Hitze ins Gesicht stieg, und schaute erneut auf die Blüten zu meinen Füßen.

Florian trat mit seinen Boots etwas Schafmist platt. »Ich akzeptiere, wenn es das für dich war, schweren Herzens. Aber dass du nicht drangehst, wenn ich anrufe, dass du meine Nachrichten ignorierst … Verdammt, Toni, du fehlst mir! Was muss ich noch machen, damit du wieder mit mir sprichst?« Er grinste vorsichtig. »Singen?«

Ich kicherte unvermittelt. »Entschuldige, ich muss gerade an unseren Abend im *Herzanker* denken.«

Er machte ein beleidigtes Gesicht, aber ich konnte

sehen, dass er sich das Lachen verkniff. »Was tut man nicht alles, wenn man eine Frau beeindrucken will?«

»Du hast ziemlich viel für mich getan, das gebe ich zu.«

Er zählte es an den Fingern ab. »Ich hab für dich gesungen, ich hab für dich Tapeten von den Wänden gerissen, ich hab für dich jede Menge Salzwasser geschluckt. Hey, ich habe dir sogar eine Mütze gestrickt. Ich würde so ziemlich alles für dich tun.«

Ich versuchte, seinem Blick standzuhalten. »Wirklich?«

Er zog die Stirn in Dackelfalten. »Weißt du, was ich gesagt habe, dass nicht der richtige Zeitpunkt ist … Ich glaube, das war Quatsch. Ich war einfach so froh, endlich meinen großen Bruder wiederzuhaben, und wollte das durch nichts gefährden. Aber vor allem hatte ich Schiss vor meinen Gefühlen. Ich habe noch nicht oft so viel für eine Frau empfunden. Und wenn, ist es nie gut ausgegangen.«

Ich nickte. »Wenn das jemand versteht, dann ich.« Ich blickte auf das Sweatshirt in meinen Händen und streifte es über. Mit elektrisierten Haaren streckte ich den Kopf aus dem Halsausschnitt. »Und?«

Verlegen sah er auf seine Schuhe. »Du siehst genauso wunderschön aus wie bei unserer ersten Begegnung.«

Ich musste daran denken, wie er mir an meinem ersten Abend hier auf dem Deich entgegengekommen war. Ich mit dem alten Sweatshirt, ungekämmt, ungeduscht, er mit breiter Brust und blitzendem Lächeln.

»Ich hatte nicht mal geduscht«, sagte ich.

Sein Blick wurde sanft. Er fasste nach meiner Hand und verschränkte seine Finger mit meinen. »Die Wahrheit ist: Du hast mich umgehauen, vom ersten Moment an.«

Ich entzog ihm vorsichtig meine Hand und drehte mich weg, weil ich die Spannung zwischen uns nicht mehr aushalten konnte. Ein Strahlen zog sich über mein Gesicht, einfach so, und ich ließ es zu. Ich ging einige Schritte den Deich entlang, sah auf das Fest hinunter, den Märchenhof meiner Eltern, auf die Wiesen und Felder drum herum, auf dieses Stückchen Erde, das immer mein Zuhause gewesen war und das ich doch erst jetzt so richtig gefunden hatte. Ich spürte den Wind auf meiner Haut und roch das Salz des Meeres in der Luft. Dann drehte ich mich um und nahm Anlauf.

Florian war nicht vorbereitet, als ich ihm in die Arme rannte. Er strauchelte, versuchte sich abzufangen und fiel rücklings ins Gras. Ich landete weich auf ihm. Verwundert sah er mich an. In seinen Augen spiegelte sich der Spätsommerhimmel.

»Du mich auch«, sagte ich leise.

Und dann küssten wir uns. So als wären wir erst fünfzehn. So als wäre alles möglich. Denn genau das war es.

Im Sommer darauf

»Stell dir vor, ich fange bald an zu studieren«, sagte ich zu dem Baumstamm vor mir. Ich drehte mich zu allen Seiten um, um sicherzugehen, dass niemand in der Nähe war. Aber es war noch früh am Morgen, und ich war offenbar wirklich die Erste hier. Es kam mir seltsam vor, so vor mich hin zu reden, aber ich sprach trotzdem weiter: »Im Wintersemester. Musik. Wie ich es mir früher immer gewünscht habe.« Ein Vogel sang hoch oben in der weiten Baumkrone. »Mama wird schusseliger, aber sie hat richtig Spaß daran, ständig etwas Neues für unser Kinderhotel zu bauen, vieles auch mit den Kids zusammen. Papa ist wieder topfit. Er backt und kocht mit den Kleinen, macht mit ihnen Wattwanderungen, zeigt ihnen, wie man die neuen Hängebauchschweine bürstet. Du müsstest die Kinder sehen! Sie lieben es bei uns. Manche kommen mit echten Problemen, sind total verschlossen. Und nach wenigen Tagen springen sie alle mit leuchtenden Augen auf dem Heuboden herum. Vielleicht hättest du früher auch so einen Ort gebraucht.« Ich nahm ein Blatt vom Boden und betrachtete seine feine Maserung. »Ich unterstütze meine Eltern bei allem. Mal sehen, wie mir das neben dem Studium in Zukunft gelingt, aber Gisela und Eugen packen auch fast täglich mit an. Chris und Caro sind ja nicht mehr da.«

Ich hörte Stimmen aus der Ferne. Vermutlich baute

Andy gerade den Tapeziertisch auf. Aber er war weit genug weg, also fuhr ich fort: »Chris hat Caro überredet, ein Sabbatical zu nehmen und Mads vom Unterricht befreien zu lassen. Sie segeln jetzt ein Jahr um die Welt, wie sie es immer wollten. Sie fehlen mir total.«

Ich musste an die Bilder denken, die Caro alle paar Tage schickte. Mads, Chris und sie mit eng aneinandergedrückten, rotwangigen Gesichtern, alle drei strahlend, hinter ihnen in immer neuen Farbschattierungen das Meer. Ich freute mich jetzt schon darauf, später mit ihnen zu skypen. Meine Schwester und mein Schwager hielten dabei jedes Mal Händchen wie frisch verliebte Teenager, und mein kleiner Neffe plapperte vor Begeisterung so schnell, dass ich nur die Hälfte verstand. Ich musste ihm stets versichern, dass Motte zufrieden und ruhig vor meinem Bett schlief und ich regelmäßig mit ihr seine kleinen Tricks übte, bis er wiederkam.

Etwas raschelte im Gebüsch, aber ich konnte niemanden erkennen. Vermutlich ein Vogel oder ein Eichhörnchen. Ich zog meine Gitarre auf den Schoß. »Wie du weißt, ist heute mein Geburtstag. Zur Feier des Tages dachte ich, ich spiele dir etwas vor.«

Einmal noch atmete ich tief ein, dann schloss ich die Augen. Meine Finger fanden die Töne von *Somewhere Only We Know* wie von selbst. Ich sang so leise ich konnte. Nur für den Wald. Für mich. Für David. Für das von ihm, was vielleicht noch hier war. Und für das, was ich immer in mir tragen würde.

Als ich fertig war, ließ ich die Gitarre sinken und

öffnete die Augen. Dabei streifte mein Blick den verbundenen Fuß in meiner Sandale. »Ach«, fiel mir ein, »schau mal.« Ich zog den Schuh aus und wickelte den Verband behutsam ab, bis nur noch die Folie über dem frischen Tattoo zu sehen war. »Mein Geburtstagsgeschenk an mich selbst, hab ich mir gestern von Andys Freundin stechen lassen.«

Ich strich mit dem Finger über das kleine Schaf, das nun den alten Schriftzug überdeckte. Dort, wo einst *Broken* gestanden hatte, war jetzt nichts als Fell. Schwarzes Fell.

Ich wickelte den Fuß wieder ein und schlüpfte zurück in die Sandale. Einmal noch sah ich auf das Schild mit seinem Namen, blickte den bemoosten Baumstamm hinauf, bis hoch in die Krone, bis ich blinzeln musste. Dann stand ich auf. »Mach's gut, David!«, sagte ich in die Stille hinein. »Bis nächstes Jahr vielleicht.«

Ich lief mit leichten Schritten den schmalen Waldweg entlang.

Florian wartete bereits an der nächsten Gabelung auf mich. Er nahm mich in die Arme. »Alles gut, mein Schäfchen?«

»Alles gut«, sagte ich in seine warme Brust hinein.

»Wie wäre es mit einem Kaffee, Geburtstagskind?«, flüsterte er und küsste mich.

»Gern.« Ich wuschelte ihm lächelnd durch die Haare, nahm meine Gitarre, und wir machten uns auf den Weg.

Arm in Arm liefen wir durch den Wald, über uns nur

die Blätter, die im Wind schaukelten. Durch die Zweige konnte ich bereits Andy und Steffi sehen, die gerade Kerzen auf einen ziemlich bunten Kuchen steckten. Liebevoll streichelte Florian mir mit der Hand über den Rücken und strahlte mich an. Ich küsste seine Nasenspitze und betrat die Lichtung. Auf meinem Sweatshirt stand hinten in Großbuchstaben: *ABI RELOADED*. Und darunter ganz klein: *She made it*.

BUNTE IDEEN

vom

Familienhof Ferienglück

Florians Strickmütze

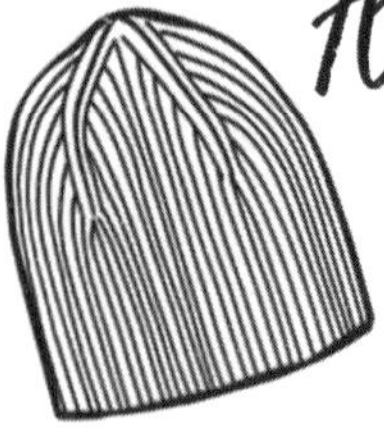

DAS BRAUCHST DU:

- 100 g Wolle in beliebiger Farbe
(z.B. 68 % Schurwolle, 29 % Alpaka, 3 % Polyester, Lauflänge 50 m/50 g)
- Kurze Rundstricknadel Nr. 7 oder 8
(je nachdem, wie fest du strickst)
- Etwa 4 Stunden Zeit

UND SO STRICKST DU DEINE MÜTZE:

MASCHENPROBE: 9 Maschen x 24 Reihen = 10 x 10 cm.

BUNDMUSTER: 1 Masche links, 1 Masche rechts im Wechsel.

HALBPATENT: 1. Runde: 1 Umschlag, 1 Masche rechts abheben, 1 Masche links, bis Rundenende wiederholen.
2. Runde: Die rechte Masche mit dem Umschlag der Vorrunde rechts zusammenstricken, 1 Masche links im Wechsel.
Die 1. und 2. Runde immer wiederholen.

ANLEITUNG: Für eine Mütze der Größe S/M/L/XL jeweils 36/38/40/42 Maschen locker anschlagen, zur Runde schließen und im Bundmuster 3 cm stricken.
Weiter im Halbpatent stricken. 22 cm ab Bundmuster die Maschen auf die Hälfte reduzieren, dafür immer eine linke und eine rechte Masche rechts zusammenstricken = 18/19/20/21 Maschen.
Noch eine Runde glatt rechts stricken, dann Faden abschneiden und fest durch die Maschen ziehen.

Wolfgangs Dinkelbrötchen

DAS BRAUCHST DU:

- 400 g Dinkelmehl (Type 630)
- 100 g Roggenvollkornmehl
- 20 g Hefe
- 340 ml lauwarmes Wasser
- 1–2 Teelöffel Salz

UND SO BACKST DU DEINE BRÖTCHEN:

1. Mehl, Hefe, Wasser und Salz in eine große Schüssel geben und mit den Knethaken drei Minuten lang kneten. Mit Frischhaltefolie abdecken und über Nacht in den Kühlschrank stellen.

2. Den Backofen auf 250 Grad (Ober-/Unterhitze) vorheizen. Backblech mit Backpapier auslegen.

3. Teig aus dem Kühlschrank nehmen, leicht bemehlen, mit einem Löffel 12 Häufchen abstechen und aufs Backpapier legen. 20 Minuten kross backen.

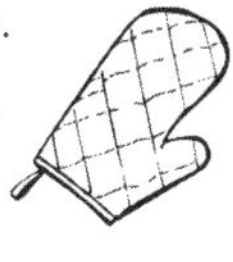

Caros Insektenhotel

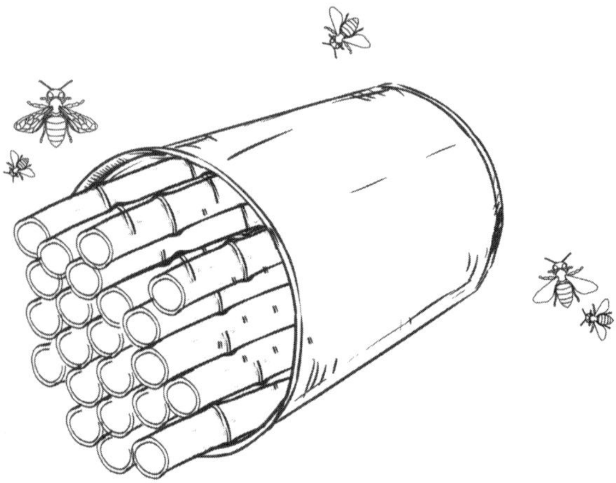

DAS BRAUCHST DU:

- Eine leere, innen und außen gereinigte und vom Etikett befreite Konservendose
- Zange
- Hammer und großer Nagel
- Säge
- Holzbohrer mit unterschiedlichen Durchmessern, ggf. Nägel
- Schleifpapier
- Gut getrocknete Bambusstäbe
- Etwas Watte oder Baumwollfasern
- Eventuell Buntlack und Pinsel

UND SO BAUST DU DEIN INSEKTENHOTEL:

1. Um dich an der Dose nicht zu verletzen, solltest du den Rand mit einer Zange nach innen biegen. Dann mit dem Hammer und einem großen Nagel ein paar Löcher in den Boden der Dose schlagen, damit genug Luft ins Insektenhotel kommt. Wer möchte, kann die Dose bunt lackieren. Danach gut trocknen lassen.

2. Als Nächstes musst du die Bambusstäbe in die richtige Länge bringen. Sie sollten etwas länger als die Dose sein, also ein Stück aus ihr herausschauen. Wenn möglich, sägst du an einem der Knoten, sodass die Röhre an einem Ende bereits verschlossen ist. Am besten geht das, wenn du die Stäbe mit einer Zwinge an einer Platte festschraubst.

3. Das Mark in den Bambusstäben mit einem Nagel oder dünnen Bohrer nach hinten schieben. Jedes Loch muss sauber und splitterfrei sein, dafür kannst du den Bohrer mit etwas Schleifpapier umwickeln und den Stab innen ausputzen.

4. Bei den beidseitig offenen Bambusstücken wird ein Ende mit Watte oder Baumwollfasern verstopft. Dann steckst du die Stäbe mit der Öffnung nach oben so in die Konservendose, dass sie sicher festklemmen, auch wenn du die Dose auf den Kopf stellst.

5. Platziere das fertige Insektenhotel leicht nach vorn geneigt in einer Astgabel oder hänge es an einer Kordel an einen sonnigen und möglichst trockenen Ort, am besten in der Nähe von Blütenpflanzen.

Petras Kräutergarten

DAS BRAUCHST DU:

- Eine Europalette (120 x 80 x 14,4 cm)
- 3 dünne Bretter (120 x 10 cm)
- Nägel
- Etwas Mulchfolie
- Handtacker oder Reißzwecken
- Kies
- Erde
- Verschiedene Kräuterstauden
- Schwarze Tafelfarbe und Kreide

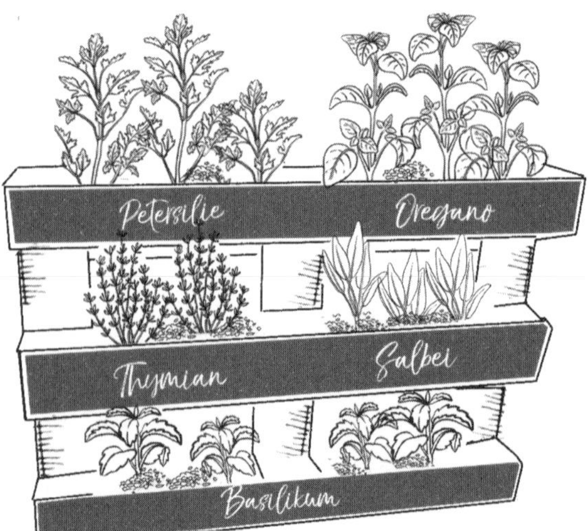

UND SO BAUST DU DEINEN KRÄUTERGARTEN:

1. Zuerst drehst du die Palette um, sodass die Bodenbretter nach oben zeigen, dies wird nachher die Vorderseite deines Kräutergartens. Dann nagelst du die 3 dünnen Bretter jeweils längs unter die 3 Bodenbretter. Auf diese Weise entstehen 6 kleine Kästen zum Bepflanzen.

2. Stelle deine Palette aufrecht hin und kleide die Pflanztröge mit der Mulchfolie aus. Dafür drückst du die Folie hinein und befestigst sie mit einem Handtacker oder Reißzwecken am Holz. Am Boden solltest du mit einem Nagel Löcher in die Folie stechen, damit sich kein Wasser staut.

3. Die Vorderseite der Pflanzkästen kannst du mit schwarzer Tafelkreide anmalen, um später darauf zu notieren, welche Kräuter du gepflanzt hast.

4. Fülle die Pflanzmulden etwa bis auf halbe Höhe mit Kieselsteinen. Den Rest füllst du mit Erde auf.

5. Und schon kannst du deine Kräuter einpflanzen.

Madsis Traumfänger

DAS BRAUCHST DU:

- Einen Holzring aus dem Bastelbedarf
- Einen dünnen Zweig
- Treibholz in passender Länge
- Wolle
- Schere
- Garne, Bänder, Federn oder Perlen zur Verzierung

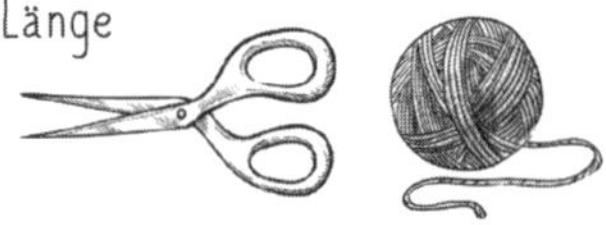

UND SO BASTELST DU DEINEN TRAUMFÄNGER:

1. Zunächst befestigst du den dünnen Zweig mit Wolle am Holzring, sodass er diesen quer in zwei ungleiche Teile teilt.

2. Nun knotest du einen Wollfaden am unteren Teil des Holzrings fest und führst ihn abwechselnd um den Ring und den Zweig. Das kann wild und zufällig geschehen oder auch ein gleichmäßiges Muster ergeben. Jedes Mal, wenn du den Zweig oder den Ring kreuzt, machst du einen Knoten. Wenn du willst, fädelst du Perlen auf den Wollfaden.

3. Nun bindest du das Treibholz so am Holzring fest, dass der dünne Zweig davon verdeckt wird.

4. Die untere Seite des Holzrings kannst du nach Lust und Laune mit Bändern, Perlen, Federn, Garnen etc. verzieren.

5. Am oberen Ende des Holzrings befestigst du einen langen Wollfaden zum Aufhängen.

TONIS MIXTAPE
Wir sind Helden – Nur ein Wort
The Strokes – Last Nite
Carla Bruni – The Winner Takes It All
The White Stripes – The Same Boy You've Always Known
Julia Kautz – Liebe diese Liebe
Guns N' Roses – Sweet Child o' Mine
Coldplay – Fix You
Phoenix – Love for Granted
Queen – Somebody to Lo
Pet Shop Boys – Always on My Mind
Julia Kautz – So viele Menschen
The Beach Boys – Surfer Girl
Bee Gees – Secret Love
Ugly Kid Joe – Everything About You
The Smiths – There Is a Light That Never Goes Out
Keane – Somewhere Only We Know
The Killers – Mr. Brightside
Julia Kautz – Amnesie
Oasis – Don't Look Back in Anger
The Beach Boys – Wouldn't It Be Nice
Elvis Presley – Always on My Mind
Adele – When We Were Young

Danke

Meine lieben Leser*innen, mein erster Dank gilt wie immer euch. Es ist ein großes Geschenk für mich, dass es euch gibt. Die tollen Begegnungen mit euch, eure rührenden Nachrichten, herzlichen E-Mails und begeisterten Rezensionen motivieren mich jeden Tag aufs Neue. Für euch schreibe ich Bücher. Ich danke euch von Herzen, dass ihr sie lest.

Ich danke allen Buchhändler*innen, die in Zeiten, die auch für den Buchhandel alles andere als einfach sind, die Stellung halten, die ihre Kund*innen weiter für Bücher begeistern, die im Lockdown Bestellungen mit dem Rad ausgefahren haben und tagein, tagaus mit Maske in ihren Läden stehen und mit den Augen lächeln – ihr seid großartig.

Meiner Lektorin Lena Schäfer danke ich für die supernette und vertrauensvolle Zusammenarbeit. Deine klugen Anmerkungen haben diese Geschichte erst richtig rund werden lassen. Was für ein Glück, dass du sogar dann herrlich entspannt bleibst, wenn ich am Ende noch mal kurz alles umschreiben will.

Ich danke Grusche Juncker, Andrea Best, Maria Runge, Claudia Hanssen, Katrin Cinque, Barbara Henning, Manuela Braun, Lena Augustin, Daniela Sarter, Carolina Teichmann, Stefanie Dietrich, Stefan Mödritscher und allen anderen fabelhaften Mitarbeiter*innen beim Goldmann Verlag. Ich weiß es sehr zu schätzen, dass ihr meine Bücher mit so viel Herzblut und Kompetenz herausbringt. Es ist mir eine Ehre, mit euch arbeiten zu dürfen.

Ich danke meiner Agentin Eva Semitzidou für ihre fantastische Arbeit. Danke, dass du immer an meiner Seite bist, und dafür, dass du auch dann an mich glaubst, wenn ich es mal selbst nicht tue.

Vielen Dank, liebe Almuth Andreae, dass ich von dir eine neue Art des Austausches über Texte lernen durfte. Du hast mir auch diesmal mehr geholfen, als dir vermutlich bewusst ist.

Meiner Freundin Julia Kautz möchte ich dafür danken, dass ich deine hinreißenden Songtexte auch für Tonis Geschichte verwenden durfte und dass du mich mit deinem Talent und deinem Strahlen immer wieder zum Staunen bringst.

Ich habe das unschätzbare Glück, mit ein paar begnadeten Büchermenschen befreundet zu sein, die meine Texte mit einfühlsam strengem Blick vorab lesen und verbessern und an denen – wenn sie nicht ohnehin längst selbst schreiben – geniale Lektor*innen verloren gegangen sind: Nancy Riesenhuber, Tessa Randau, Daniele Palu, Ralf Grobe und Christine Ritzenhoff – ich könnte euch nicht dankbarer für eure Mühe und euren Beistand sein.

Außerdem danke ich von Herzen …

… allen Buch-Blogger*innen dafür, dass ihr so inspirierend über Bücher schreibt und sie so grandios auf euren Social-Media-Kanälen in Szene setzt. Bitte glaubt mir, wenn ich euch sage: Wir Autor*innen feiern jedes Foto, wir lesen jeden noch so kleinen Post – und wir ahnen, wie viel Arbeit dahintersteckt. Vielen Dank für eure Beiträge zu meinen Romanen und dafür, wie unglaublich nett ihr mich in eurer Welt aufgenommen habt.

… Kristina Lake-Zapp für das auch diesmal immens hilfreiche und beeindruckend genaue Korrektorat.

… Irmi Keis und Tina Lurz von ehrlich & anders für die beste PR-Arbeit, die man machen kann.

… der Agentur Zero Media für drei traumschöne Buchcover und die hübsche Gestaltung des Anhangs in diesem Roman.

… Karla Paul für deine 24/7-Bücher-Lobby-Arbeit, deine klugen Ratschläge – und die geteilte Hundeliebe.

… Ulrike Schacht dafür, dass du mich mit dem liebevollen Blick einer Freundin fotografierst.

… Steffi und Kai Piepkorn für die weltbeste Nachbarschaft, die weltbesten Dinkelbrötchen (danke, dass ich euer Rezept in diesem Buch verwenden darf!) und das viele gemeinsame Lachen in ernsten Zeiten.

… Susanne und Peter Jensen für ihre herzliche Gastfreundschaft. Dank euch habe ich mich in die Gegend um St. Peter-Ording verliebt. Wir sind jedes Mal von Neuem dankbar, euch in eurem Paradies besuchen zu dürfen.

… meinen Freund*innen und meiner Familie für ihre Unterstützung und ihr Interesse an meiner manchmal etwas seltsamen Arbeit. Ich hab euch lieb!

… Robert und Jamie für all das Chaos und all die Liebe.

… Laurent für ein herausforderndes Jahr, in dem du unsere Familie so großartig gemanagt hast. Hättest du nicht das Homeschooling gerockt, im Morgengrauen den Welpen zum Pipimachen getragen, alle bespielt und bekocht und versorgt und den ganzen Laden am Laufen gehalten – dieses Buch wäre wohl niemals fertig geworden.

Unsere Leseempfehlung

512 Seiten
Auch als E-Book erhältlich

Dan war der erste Junge, den Alison geliebt hat. Der Erste, der ihr eine Musikkassette aufnahm. Aber das ist dreißig Jahre her, und Ali hat schon lange nicht mehr an ihn gedacht. Genauso wenig wie an den Tag, an dem sie ihr altes Leben überstürzt hinter sich lassen musste. Bis sie eine Nachricht von Dan erhält. Für einen kostbaren Moment ist Ali keine mitten im Leben stehende Frau und Mutter mehr. Es ist wieder 1978. Sie ist sechzehn und zurück in ihrer Heimatstadt Sheffield, tanzend in zu engen Jeans. Und als Dan ihr ein Lied von damals schickt, muss Ali sich fragen: Was, wenn all das, was hätte sein können, noch vor ihr liegt?